Katja Bühring
Umleitungsempfehlung

Katja Bühring

UMLEITUNGS EMPFEHLUNG

Brighton Verlag® GmbH

1. Auflage Framersheim April 2022
ISBN 978-3-95876-852-9
Covergestaltung: Ernst Trümpelmann,
unter Verwendung von Illustrationen von
©depositphotos.com/RCS_3 und -mythja
Satz: Ernst Trümpelmann
Lektorat: Brighton Lectors®

Verlag und Druck:
Brighton Verlag® GmbH, Mainzer Str. 100, 55234 Framersheim
www.brightonverlag.com
info@brightonverlag.com
Geschäftsführende Gesellschafterin: Sonja Heckmann
Zuständiges Handelsregister: Amtsgericht Mainz
HRB-Nummer: 47526
Mitglied des Deutschen Börsenvereins: Verkehrsnummer 14567
Mitglied der GLS Gemeinschaftsbank eG Bochum
Mitgliedsnummer: 58337
Genossenschaftsregister Nr. 224, Amtsgericht Bochum

Bibliografische Information der Deutschen Nationalbibliothek:
Die Deutsche Nationalbibliothek verzeichnet diese Publikation in der Deutschen Nationalbibliografie; detaillierte bibliografische Daten sind im Internet über http://dnb.d-nb.de abrufbar.

Für Kathrin

1

Sie war perplex. Das nervtötende Gebell eines kleinen hysterischen Hundes drang wie durch Watte zu ihr hindurch. Ebenso die weitere Geräuschkulisse dieses scheußlichen Cafés einer großen Bäckereikette, in das sie immer dann einkehrte, wenn sie ungestört und weitgehend anonym sitzen wollte. Im oberen Stockwerk, das sich nie ganz füllte und zumindest früh am Morgen noch einigermaßen Ruhe versprach – das war ihr Platz.

Axel war weg. Hatte sie hier sitzen lassen – verstört und ratlos. Konnte das wirklich geschehen sein? Sie fühlte sich wie in einem schlechten Traum. Das wahre, pralle Leben, das sie sich immer so sehr herbeigewünscht hatte, war soeben mit voller Wucht über sie hereingebrochen. Verdammte Scheiße!

Wieviel Uhr war es nun? Welchen Wochentag hatten sie und wie war sie hierhergekommen? In ihrem Kopf drehte sich alles.

In diesem schnöden Café saß an diesem verhängnisvollen Morgen mit verwirrten Sinnen Ramona Lorenz, 32 Jahre, Lehrerin an einer renommierten Privatschule in einem gutsituierten, bürgerlichen Stadtviertel einer mittelgroßen Stadt. Fächer Deutsch und katholische Religion, alleinstehend, zierlich, blond, unauffällig, langweilig könnte man sagen, mäßig begabt und vielleicht trotzdem unterschätzt.

Wer wusste das so genau?

Genauer besehen: Ramona war das Kind eines Steuerberaters und einer Steuerfachangestellten, wurde von Kindesbeinen an auf Anpassung trainiert und wohlbehütet bis zum Abwinken in einem geschmacksneutralen Reihenhaus großgezogen. Sie hatte einen älteren Bruder, der die Kanzlei des Vaters in naher Zukunft übernehmen sollte. Ein zweifelhaftes Frauenbild in der Familie – ohne Frage! Daher rührte vielleicht auch ihre Selbsteinschätzung der mäßigen Begabung.

„Sobald du den richtigen Mann gefunden hast, musst du auch nicht mehr arbeiten gehen, mein Schatz! Davon bekommt man nur lästige Falten. Halt die Augen offen, tu was für deine schlanke Linie und es wird sich ein geeigneter Kandidat für dich finden. Du wirst schon sehen!“

Dieses gelungene Patentrezept hatte ihre Mutter selbst befolgt. Die hatte sich den Chef geangelt, zeitig geheiratet und ihr Dasein als Hausfrau und Vorzeige-Mama gefristet. Eine Lebensaufgabe – finanziell abgesichert dank Vattern. Dass Vattern sich immer wieder altersmäßig weiter nach unten orientierte – der Nachwuchs der Steuerfachangestellten ließ sich nicht lumpen – galt es als etwas unangenehme Begleiterscheinung zu akzeptieren.

Ihr überzeugend vorgetragenes Lebensmotto: *„Durchhalten ist die Devise! Nach Regen kommt auch wieder Sonnenschein."*

Zur Rebellion fühlten sich weder Mutter noch Tochter berufen. Dazu fehlte beiden leider die Fantasie und auch die dafür unabdingbar notwendige Energie.

Das Einzige, was man mit etwas Westentaschenpsychologie wohl als einen Ausdruck der Widerständigkeit hätte bezeichnen können, war Ramonas hartnäckige Weigerung, ihrer Familie einen adäquaten Partner zu präsentieren. Sie suchte immer eine Spur neben dem Alltäglichen.

Übersetzt bedeutete dies, sie suchte nach Männern mit Vorgeschichte. Möglichst abenteuerlich, möglichst verkrachte Existenz im Gesamtbild. Das zog sie magnetisch an. Das machte sexy. Das roch nach Leben und Virilität.

„Willst du uns nicht mal deinen neuen Freund vorstellen?", fragte die Mutter so manches Mal hoffnungsfroh, wenn sie ihre Tochter aufgrund mehrtägiger Unerreichbarkeit oder einsilbiger Kommunikation in einer Beziehung wähnte.

„Weißt du, Mama, ich bin noch nicht so weit", antwortete Ramona dann stets ausweichend.

Die zahlreichen Datingplattformen machten es erfreulich einfach, Männer aller Kategorien kennenzulernen. Männer, die in ihrem geschützten sozialen Kontext nicht vorkamen. So, als wären sie nicht existent. Als Akademikerin verfügte sie insgesamt über streng limitierte, sorgsam handverlesene Sozialkontakte, von denen zugegebenermaßen nicht einer die Bezeichnung „Freund*in" verdient hatte. Aber gesellschaftlich vorzeigbar waren sie allemal!

So lief das nun mal in dieser Welt. Entweder Sonnenseite oder … – naja.

Axels Foto hatte sie aus den Socken gehauen. Dieser dunkle, mysteriöse Typ mit den vielen Tattoos, dem verführerischen Palästinenserschal und dem kaltblütigen Blick.

Kaltblütig??? Zuviel des Wunschdenkens vielleicht.

Als berufliche Tätigkeit hatte er „Auftragsmörder" angegeben, und es war nicht mal zensiert worden.

Es stand dort ganz unaufgeregt neben den anderen Typen mit ihren Berufsbezeichnungen wie Dachdecker, Software-Entwickler, Architekt und Einzelhandelskaufmann. Ohne Frage – das war originell. Sie musste ihn einfach anschreiben.

Das war inzwischen vier abenteuerliche Monate her.

Natürlich kam es, wie es kommen musste: Eine lange Liste von Vorstrafen, diverse Gefängnisaufenthalte, keine Berufsausbildung, selbst die Schule ohne Abschluss verlassen – die zügig erfragten Eckdaten von Axels Leben.

Genau Ramonas Beuteschema!

Erst kürzlich aus der Haft der JVA Fuhlsbüttel entlassen (Schwerer Verstoß gegen das Betäubungsmittelgesetz – verständlicher formuliert *Drogenhandel*) und zur Verbesserung der Gesamtprognose aktiv ins Rheinland umgesiedelt, wurde er nun regelmäßig von einem Bewährungshelfer unterstützt.

„Der Thore hilft mir, dass ich besser klarkomm, weißte, Perle?"

Ramona hatte den Einsatz dieses Mannes in naiver Gutgläubigkeit für einen positiven Ansatz gehalten.

Es war nämlich nicht unbedingt davon auszugehen, dass Axel mit seinem Leben selbst klarkommen würde.

Mit seinen 28 Jahren hatte er schon so manch brachiale Erfahrung hinter sich – Vaterschaft inklusive. Immerhin hatte er im Knast seinen Hauptschulabschluss nachgeholt. Das galt als besonders günstige Voraussetzung für seine Entlassung.

Wie herzerwärmend!

Doch zurück zur aktuellen Lage im Café.

„Ich hab den entführt. Weggesperrt. Kapierste nich?"

„Aber warum denn bloß? Axel! Was hat Thore dir denn getan?"

„Nerv hier nich rum! Der is mir voll auf'n Sack gegangen! Jetzt liegt er da fein verschnürt in eurer Hütte auf'er Pritsche. Hat er nun davon!"

Ramona ließ das kurz zuvor erfolgte Gespräch nochmals Revue passieren.

Heute gab's bei Axel also zur Abwechslung mal eine Entführung. Die frohe Botschaft hatte er ihr gerade persönlich zum Cappuccino serviert und sich anschließend mir-nichts-dir-nichts wieder davon gemacht. Der entführte Bewährungshelfer brauchte vermutlich seine liebevolle Zuwendung.

Öfter mal was Neues in der Gangsterkarriere – man musste ja irgendwie in der Szene im Gespräch bleiben.

Aber Thore lag leider nicht in irgendeiner Waldhütte! Das hätte sie ja unter Umständen noch ignorieren können.

Es war die Laube von Ramonas Vater, der als passionierter Jäger dort des Öfteren seine Zuflucht suchte, wenn die Ehe ihm mal wieder unerträglich wurde.

Ramona hegte sogar den Verdacht, dass er den ein oder anderen jungen Hasen aus seiner Kanzlei dort vernaschte. Immerhin gab es in der Hütte – entgegen jeder Logik – ein recht großzügiges Doppelbett. Und immer diese immensen Hotelkosten konnte auf Dauer auch niemand bezahlen.

Welchen Sinn die ganze Kidnapping-Aktion haben sollte, erschloss sich ihr nicht. Thore war eine etwas unterbelichtete Nervensäge, der seinen *Klienten* gegenüber mehr Respekt zu haben schien als umgekehrt. Er trug eine hässliche Brille, hatte dünnes Haar und war immer nervös.

Durchsetzungskraft sah anders aus.

Wie dieses Kerlchen ernsthaft dazu beitragen sollte, gescheiterten Existenzen wieder auf die richtige Bahn zu verhelfen, war Ramona schleierhaft.

Aber musste man ihn deshalb gleich entführen?

In eben diesem Moment stapfte eine übermüdete, sichtlich unmotivierte Angestellte des Cafés die Treppen zum Obergeschoss hinauf und begann mit lieblosen Wischbewegungen, die gesammelten Krümel des Vortages von den Tischen auf den Fußboden zu befördern.

Die unförmige Mittfünfzigerin schien um sich herum nichts wahrzunehmen und würdigte die an verschiedenen Tischen versprengt sitzenden Besucher keines Blickes.

Als sie sich mit ihrem schmuddeligen Schwammtuch Ramonas Tisch näherte, hielt sie kurz inne und schaute mit wässrigen Augen von oben herab auf die blonde, zierliche Frau.

„Mädchen, das kann nur schiefgehen", hob sie unvermittelt zu sprechen an. „Sieh zu, dass du Land gewinnst. Ich weiß nicht viel vom Leben, aber dein Kerl da, der wird dir nur Ärger machen."

Sprach's und wischte unbeeindruckt weiter, als wäre nichts geschehen.

„Aber was soll ich denn jetzt bloß machen?", fragte Ramona die Angestellte mit zittriger Stimme.

„Geh, solange du noch Zeit hast!", riet diese unerwartet eindeutig und verschwand dann ebenso kraftlos, wie sie zuvor erschienen war.

Ramona starrte der Frau mit ungläubigem Staunen hinterher, als sie träge die Treppen hinunterwankte.

Was sollte sie mit diesem merkwürdigen Orakel nur anfangen?

Sie versuchte, ihre Gedanken zu sortieren.

So ein blöder Mist! Erst vor wenigen Tagen hatte sie Axel in einem Anflug nichtsnutziger Romantik von dieser dämlichen Waldhütte berichtet und ihm die genaue Lage im Naturpark Rhein-Westerwald in den blumigsten Worten und mithilfe einer neu aufgelegten Wanderkarte beschrieben, um ihn zu einem gemeinsamen Ausflug dorthin zu animieren.

Und nun? Die Strafe folgte auf dem Fuße.

Sie dachte zurück an Axels Berufsbezeichnung in der Datingplattform: „Auftragsmörder" – meine Güte! Was hatte sie sich da nur eingehandelt?!

Das hätte sie doch zumindest stutzig machen müssen!

2

Die Turmuhr schreckte Ramona aus ihren wirren Gedanken. Klong, klong, klong, klong... „Jetzt schlägt`s 13!", dachte sie noch, aber dann holte sie die Realität jäh ein. „Nein, jetzt schlägt`s 8!!!" Entsetzt stellte sie fest, dass das ihr offizieller Unterrichtsbeginn war.

Sie sprang auf und stürzte übereilt aus dem Café – gottseidank Selbstbedienung und somit war ihr Cappuccino bereits bezahlt. Ihre Schule lag zwar in fußläufiger Entfernung, jedoch benötigte man gut eine Viertelstunde. Normalerweise. Heute raste sie derart, dass sie zehn Minuten später dort ankam.

Vor dem Klassenraum der 9b würgte Malte bereits Raphael, während eine umstehende Gruppe weiterer Schüler das Ganze durch aufmunternde Rufe und rhythmisches Klatschen anfeuerte.

„Malte, würdest du bitte ..." Sie zeigte auf die Tür des Klassenraumes. Wenig beeindruckt drückte Malte nochmal kräftig zu. Während Raphael noch eine Spur dunkler anlief, ließ er spontan von ihm ab und schlenderte dann gelangweilt durch die Tür. Raphael, der Kummer gewöhnt war, schnappte nach Luft und begab sich dann demütig in den Klassenraum.

Für solche Kleinigkeiten hatte Ramona heute nun wirklich keine Nerven.

Es dauerte ewig, bis endlich all die trägen und unmotivierten Schülerinnen und Schüler der 9b auf ihren Plätzen saßen.

„So, liebe Leute! Guten Morgen! Zurück zu unserem topaktuellen Lesestoff: Faust! Ihr dürft ein bisschen darin lesen und nach aktuellen Bezügen suchen."

Die Schüler starrten sie fragend und blöd wie die Lemminge an.

„Na los, los! Ihr habt dazu bis zur Pause Zeit."

Unterricht war heute nichts, worauf Ramona Energie verschwenden konnte.

Sie musste ihre Gedanken sortieren und ihre grauen Gehirnzellen in Schwung bringen. Selbstständigkeit und kreative Problembewältigung zählten leider nicht zu ihren Stärken.

Während sie also grübelnd und ratlos am Lehrerschreibtisch saß und die Schüler sich ungestört in Privatgespräche und Lästereien vertieften, kündigte ein Knistern und Rauschen eine Lautsprecherdurchsage im Klassenraum an.

„Frau Lorenz!!!“ Eine schrille und nur allzu bekannte Stimme tönte durch den Lautsprecher.

„Sie sind 10 Minuten zu spät zum Unterricht erschienen! Bitte begeben Sie sich in der Pause umgehend ins Schulleitungszimmer!“

Diese Art der öffentlichen Brandmarkung war eine Spezialität von Frau Bietighofen – ganz gleich, ob es sich bei den weiteren Zuhörern um Lehrer:innen, Schüler:innen oder Eltern handelte. Hauptsache, das Fehlverhalten wurde einer breiten Öffentlichkeit bekannt und der Beschuldigte möglichst direkt und schonungslos in die Defensive gedrängt.

Mist! Seit die Kameraüberwachung vor einigen Wochen im gesamten Schulgebäude installiert worden war, hatte Frau Bietighofen ihren Kontrollwahn perfektioniert. Angeblich wegen Vandalismus angeschafft, bot diese technische Errungenschaft ihr die einfachste Möglichkeit, die Kolleg:innen zu überwachen, ohne mühsame Kleinrecherchen und das ständige Befragen ihrer treusten Untergebenen.

Seltsamerweise gab es in dieser Causa auch keinerlei Bedenken des Landesdatenschutzbeauftragten. Der Datenschutz galt immer nur für die anderen, niemals für die Lehrer. Warum auch? Als Staatsdienerin hatte sie Leib und Leben ja ohnehin dem Teufel – pardon – dem Staat verschrieben.

Sie registrierte, dass Annabelle eine höhnische Grimasse schnitt und ihr Hofstaat aus albernen Ziegen sofort Beifall wieherte.

„Ruhe da! Da gibt es nichts zu lachen!“, herrschte sie die Mädchen an.

Bei Ramona stellte sich das unbestimmte Gefühl ein, dass heute nicht ihr Tag war.

Sie versuchte, sich mit der großartigen Lebensweisheit ihrer Mutter selbst gut zuzureden: „Nach Regen kommt auch wieder Sonnenschein!“

Aber so richtig tröstete sie das nun auch wieder nicht.

Nach einer elendig langen Doppelstunde Deutsch ohne jeden Ertrag klingelte es zur Hofpause. Wie ein geprügelter Hund begab sich Ramona in Richtung Schulleitungszimmer. Wie immer würde sie Frau

Bietighofen nichts entgegensetzen können, und erschwerend kam nun noch ein Wissensvorsprung im Hinblick auf die Entführung und den Aufenthaltsort eines semibegabten Bewährungshelfers hinzu.

Was Axel wohl gerade mit ihm anstellte??? Kurz sah sie ihn mit einem Schleifstein, an dem er ein sehr langes Messer schärfte, vor ihrem inneren Auge. Sie verdrängte diesen Gedanken zügig und klopfte kraftlos an der Tür des Schulleitungszimmers.

„Herein!“, tönte die schneidende Stimme von Frau Bietighofen.

Ramona trat ein und blieb unschlüssig und mit gesenktem Blick an der Tür stehen.

Ihre Schulleiterin fläzte selbstherrlich hinter ihrem mächtigen Schreibtisch. Unter dem Tisch machte sich ihr Stellvertreter, Konrektor Köhler, mit einiger Hingabe an etwas zu schaffen. Er gab dabei konzentrierte, geschäftige Laute von sich.

Ramona kniff ihre Augen zusammen und schaute genauer hin.

Oh Gott! Es waren Frau Bietighofens kleine, breite Füße, die er in seinen Händen hielt und hingebungsvoll massierte. Daneben standen ihre Stilettos von Christian Louboutin – klassische Dienstkleidung für diese in jeder Hinsicht bemerkenswerte Frau.

„Nur zu, Frau Lorenz! Ich habe nicht den ganzen Tag Zeit!“

Frau Bietighofen deutete unwirsch auf den Delinquentenstuhl auf der gegenüberliegenden Seite ihres Schreibtischs. Wohl durchdacht war dieser Stuhl um einige entscheidende Zentimeter niedriger als der Thron, auf dem die Chefin residierte.

Konrektor Köhler ließ sich, auch nachdem Ramona Platz genommen hatte, nicht von seiner bedeutungsvollen Tätigkeit unter dem Tisch abbringen.

„Und, wie läuft`s so?“, ließ die Schulleiterin Ramona zappeln.

„Gut, gut. Ich wollte heute Morgen nicht …“, fing sie an sich zu erklären.

„Papperlapapp, verschwenden wir keine Zeit. Ich habe Ihr Zuspätkommen bereits der Schulbehörde gemeldet und Ihnen eine Minusstunde aufgeschrieben, die Sie zeitnah nacharbeiten werden. Eine Mahnung der Behörde wird Ihnen schriftlich zugestellt. Damit ist das Thema für mich erledigt. Lassen Sie sich nicht noch einmal bei solch einem Fauxpas erwischen! Warum ich Sie eigentlich sprechen wollte …“

Frau Bietighofen machte eine kunstvolle Pause.

Ramona fühlte sich, wie stets in solchen Situationen, wie vom Traktor überrollt und begriff nur zeitverzögert, was ihr gerade mitgeteilt wurde.

„Wie weit sind Sie mit den Vorbereitungen für Ihr Klassenspiel?"

Pause.

Ramona kam mit dem Wahrnehmen und Verarbeiten der Informationen nicht hinterher.

Einige langlebige Sekunden später fragte sie: „Klassenspiel? Welches Klassenspiel?"

Frau Bietighofen rang sichtlich um Fassung, als sie zur Erklärung anhob: „Frau Lorenz, wie Sie vielleicht wissen könnten, wenn Sie unser Schulprofil etwas mehr verinnerlicht hätten und Ihren Bildungsauftrag eine Spur ernster nehmen würden, steht in der 9. Klasse ein Klassenspiel an, das sich aus den Inhalten des Deutschunterrichtes ergibt. Woran arbeiten Sie denn gerade – ich nehme an mit dem Ihnen innewohnenden hohen Anspruch?"

„Faust", hauchte Ramona kaum wahrnehmbar.

„Fantastisch! Ein Klassiker! Das wird sicherlich eine künstlerisch-theatrale Neuinterpretation geben, die sich gewaschen hat. Fertigen Sie eine Strichfassung an und beginnen Sie zügig mit den Probearbeiten!"

Ramonas Gesichtsfarbe wechselte von Weiß zu Rot zu einem besorgniserregenden Dunkellila. Schnappatmung setzte ein.

„Ja, aber … Frau Bietighofen! Hätte ich das gewusst, dann wäre meine Auswahl sicher niemals auf Faust gefallen. Entschuldigen Sie, wenn ich das so sage, aber die 9b …"

„Ja???" Die Schulleiterin beugte sich mit erhobenen Augenbrauen drohend über den Schreibtisch.

„Nun ja, Sie wissen doch was das für ein Haufen ist. Die zerlegen dieses Stück auf der Bühne zu Kleinholz."

„Was schwebt Ihnen denn so vor? Vielleicht gibt es ja noch die Möglichkeit, kurzfristig eine neue Stückauswahl zu treffen", gab sich die Grande Dame gönnerhaft.

Ramona strengte ihren überbeanspruchten Kopf gewaltig an. Um ein Komplettdesaster zu vermeiden, musste umgehend ein neuer Vorschlag auf den Tisch. Wie eine logische Auflösung ihrer vertrackten Lage kam es ihr plötzlich ungefiltert über die Lippen: „Die Ratten. Wir nehmen Hauptmanns Ratten."

Gottseidank, sie war zufrieden mit ihrer schnellen Reaktionsgabe.

„Melinda spielt das Gretchen", ordnete die Chefin ungerührt an.

Damit war die Stückauswahl ein für alle Mal besiegelt.

„Melinda von Papenburg?", stotterte Ramona entsetzt.

„Die kriegt keinen geraden Satz heraus und ist obendrein noch so unbeliebt, dass sich bestimmt freiwillig kein Faust finden lässt."

„Frau Lorenz, Sie wissen was Professor Dr. von Papenburg für unsere großartige Schule bedeutet. Er ist überaus generöser Förderer, Schulelternsprecher und unterhält engste Kontakte in die Lokalpolitik. Verkürzt gesagt: Ohne ihn können wir einpacken. In unserem Schulprofil brüsten wir uns damit, unentdeckte Talente bei unseren Schülerinnen und Schülern aufzuspüren und zu fördern. Das ist doch nicht zu viel verlangt. Wo bleibt denn Ihr pädagogisches Ethos, Frau Lorenz?! Melinda wird sicher ein tolles Gretchen sein! Und mehr möchte ich dazu auch gar nicht sagen."

Ramona war während Frau Bietighofens Vortrag immer weiter auf dem ohnehin niedrigen Stuhl eingesunken. Die Welt zog an diesem Tag besonders schnell an ihr vorbei.

„Frau Lorenz??? Alles in Ordnung??? Haben Sie mich verstanden?"

„Mir geht es nicht gut, Frau Bietighofen. Ich glaube, ich muss mich für heute entschuldigen."

Mit letzter Kraft rappelte Ramona sich aus dem Stuhl auf und schaffte es nur noch knapp auf die Lehrertoilette, wo sie sich schwallartig übergab.

Kopfschüttelnd blieb die Schulleiterin zurück und seufzte sorgenvoll.

Die jungen Dinger von heute brachten nur noch zweifelhafte Voraussetzungen und halbherzige Anstrengungsbereitschaft für ihren so wichtigen Beruf mit.

Niemals hätte sie ihre Privatschule im Ansehen derart voranbringen können, wenn sie eine solch nachlässige Disziplin und Arbeitsmoral an den Tag gelegt hätte.

Diese Lorenz würde sie noch stärker als bisher im Blick behalten müssen.

„Köhler! Hochkommen! Jetzt die Schultern!", kommandierte sie nach unten.

Wenigstens diesen einen Mitarbeiter hatte sie voll im Griff.

3

Wie sie nach Hause gekommen war, wusste Ramona nicht. Sie lag in ihrer lieblosen Zweizimmerwohnung mit einem feuchten Lappen auf der Stirn im Bett und starrte sinnlos die Decke an. Sie würde einfach liegenbleiben, bis sich die Probleme dieser Welt von selbst gelöst hätten.

Die Zeit verging schneckenlangsam. Zumindest fühlte es sich so an. Wie lange würde man wohl warten müssen, bis sich die Probleme von selbst gelöst hätten?

Sie spürte immer noch eine beiläufige Übelkeit und ein Stechen in der Magengegend. Sie konzentrierte sich darauf, nichts zu fühlen und zu denken.

Still lag sie auf ihrer durchgelegenen VADSÖ-Matratze und starrte stur nach oben, als gäbe es dort etwas Erhellendes zu entdecken. Es flimmerte vor ihren Augen.

Die Stille im Zimmer erschien ihr unwirklich. Sie wartete auf ein Geräusch, das sie erlöste. Nichts war zu hören. Es brummte in ihrem Kopf.

Irgendwann gab sie genervt auf und konnte der Versuchung nicht länger widerstehen, auf die Uhr zu schauen.

Zwanzig nach zwei am Nachmittag.

Toll! Da war sie ja wahnsinnig erfolgreich im Warten auf eine selbsttätige Problemlösung.

Sie wälzte sich umständlich aus dem Bett und griff zu ihrem Handy.

Die Nummer der Kanzlei war schnell gewählt.

Es dauerte ewige Sekunden und zig trostlose Freizeichen, bis sich eine geschäftsmäßige Frauenstimme mit professioneller Attitüde meldete: „Steuerkanzlei Lorenz, Lebedew am Apparat, wie kann ich Ihnen helfen?“

„Nadeshda? Ramona hier! Ist Papa im Haus?“

Ein kurzes Zögern am anderen Ende der Leitung.

„Um was geht's denn?“, fragte Nadeshda taktlos und hinhaltend.

„Das würde ich gerne selbst mit ihm besprechen. Ist er also im Haus?“

„Er ist gerade in wichtigen Verhandlungen. Ich richte ihm aus, dass er dich zurückrufen soll. Kann aber dauern! Tschüss, Ramona!“

Mit diesen Worten legte sie auf.

Ramona schüttelte sich irritiert. Diese Schnepfe trieb es zunehmend bunter. Seit sie die offizielle Verlobte ihres Bruders Olaf war, gab sie sich noch deutlich selbstbewusster und herrischer als zuvor beobachtet. Man konnte gespannt sein, was das noch geben würde, wenn Olaf tatsächlich die Kanzlei übernehmen sollte.

Ramona fragte sich zum wiederholten Male an diesem Tag, warum man mit ihr derart umsprang. Irgendetwas an ihrer persönlichen Ausstrahlung verleitete Menschen dazu, sie

herumzuschubsen.

Sie fühlte, wie Ärger in ihr aufstieg. Diese verdammte Tussi sollte sie jetzt gefälligst mit ihrem Vater verbinden.

Sie wählte nochmals die Nummer der Kanzlei.

„Steuerkanzlei Lor…"

„ICH. MÖCHTE. MIT. MEINEM. VATER. SPRECHEN. JETZT! SOFORT!"

„Ramona?", fragte eine ebenso freundliche wie verunsicherte Stimme.

„Gitte? Oje, es tut mir leid! Ich dachte … Kannst du mich bitte mit Papa verbinden?"

„Natürlich! Einen Moment …", erledigte Gitte vorschriftsmäßig ihren Auftrag.

Gitte war die gute Seele der Kanzlei. Seit den Anfängen dort beschäftigt, immer zuverlässig und zu unattraktiv, um in die Eroberungsliste ihres Chefs zu geraten.

Ramona hatte keine Zeit, sich um ihren misslungenen Auftritt bei Gitte Gedanken zu machen. Es gab Wichtigeres zu erledigen.

„Ja, was gibt's?", meldete sich ihr Vater knapp am anderen Ende der Leitung. Er atmete schwer.

„Papa, entschuldige die Störung! Ich wollte nur wissen, ob du heute oder in den nächsten Tagen zur Waldhütte rausfährst?"

„Und dafür störst du mich bei der Arbeit? Nadeshda hatte dir doch vorhin bereits ausgerichtet, dass es gerade nicht passt!"

Ramona hörte ein missbilligendes Schnalzen im Hintergrund. War Nadeshda etwa Teil der wichtigen Verhandlungen, die gerade im Gange waren?

„Ich muss es einfach wissen, Papa. Es ist wichtig …"

„Du interessierst dich doch ansonsten auch nicht für die Waldhütte, Ramona! Was hat das zu bedeuten?“

„Ich möchte gerne in den nächsten Tagen dort übernachten. Mit einer Kollegin.“

„Mitten in der Schulzeit? Wie willst du denn von dort morgens pünktlich zum Unterricht erscheinen? Pünktlichkeit ist eine Tugend, mein Kind! Das solltest du doch inzwischen endlich einmal begriffen haben.“

„Das lass mal meine Sorge sein, Papa. Wir wollen dort eine Waldwoche mit den Schülern vorbereiten.“

„Du meine Güte! Als hätte man keine anderen Sorgen. Meinetwegen. Du weißt ja, wo die Schlüssel versteckt sind. Und macht bloß kein Durcheinander! Und überzieht das Bett frisch, wenn ihr wieder abreist. Waldwoche … So ein Kinderkram.“

Damit legte er auf.

Ramona zitterte vor Aufregung. Etappenziel erreicht.

Langsam fühlte sie sich besser. In ihrem Kopf setzte so etwas wie klares Denken ein.

Ihr nächster Anruf galt Axel. Auch hier dauerte es eine gefühlte Ewigkeit, bis er sich meldete.

„Jupp!“

„Axel? Wo steckst du?“

„Wo schon? In der Hütte …“

„Was machst du da?“ Ramonas Stimme drohte zu versagen.

„Ich -krrrrrrrrrrrrrrrrrrrrrrrrrrrrrrr – Maul gehauen -chchchch – Vollspacken -zzzzzzzzzzzzzzzzzzzz – kommst du endlich????“

Er klang aggressiv und außer sich vor Wut.

Aufgrund der Verbindungsprobleme konnte sie nur erahnen, was los war. Das klang nicht gut. Es klang ganz und gar nicht gut. Dabei war er am Vormittag im Café noch zu launigen Scherzen aufgelegt gewesen. Was hatte die Stimmung in der Zwischenzeit nur derart kippen lassen?

„Axel, bleib wo du bist. Ich komme jetzt vorbei. Bleib ruhig. Bitte! Und tu ihm nichts. Ich komme so schnell es geht. Bitte beruhige dich!“

Die Verbindung brach ab.

Sie wusste nicht, ob er sie überhaupt noch verstanden hatte. Das „Beruhige-dich-Mantra“ benötigte sie mindestens ebenso dringlich wie ihr durchgeknallter Ex-Knacki.

Sie sprang nun endgültig aus dem Bett, zog sich irgendwelche herumliegenden Klamotten an und rannte in die Küche.

Sie füllte Leitungswasser in zwei leere Plastikflaschen, stopfte hastig ein paar Kräcker und zwei braune Bananen in einen Stoffbeutel, packte ihren Autoschlüssel und rannte aus dem Haus.

Dieses dämliche Zittern hatte wieder eingesetzt. Wie kam sie jetzt überhaupt zu der Waldhütte? Das Karussell im Kopf nahm ebenfalls erneut Fahrt auf.

Sie rutschte auf den Fahrersitz ihres Autos und legte den Kopf auf das Lenkrad.

So saß sie einige Augenblicke lang.

Dann startete sie den Motor und fuhr planlos los – Richtung Stadtzentrum, was natürlich keinerlei Sinn ergab.

Erstaunlicherweise beruhigte das Autofahren sie etwas, sodass sie nach zwei Runden kreuz und quer durchs Zentrum plötzlich die Eingebung hatte, in welche Richtung sie nun fahren musste.

Es war Jahre her, seit sie zuletzt mit ihrem Vater dort gewesen war. Sie konnte seinem Hobby Jagen absolut nichts abgewinnen. Und das traf ihn härter, als er es je zugegeben hätte.

Nun, da sie einmal auf der richtigen Route war, fiel ihr der Weg urplötzlich wieder ein. Wie selbstverständlich verließ sie an der richtigen Stelle die Landstraße und folgte den unebenen Waldwegen mit einer Zielstrebigkeit, die sie sonst im Leben vermissen ließ. Der Wagen holperte gewaltig und es schüttelte sie beim Fahren durch und durch.

Immerhin kam es ihr nun doch noch zugute, dass sie Axel den Weg so minutiös mit Hilfe der Wanderkarte beschrieben hatte.

Hier und heute war sie die unfreiwillige Heldin einer Geschichte, die sie sich selbst eingebrockt hatte. Sie musste das Ruder herumreißen und zum Guten wenden.

Wie genau, das wusste sie noch nicht. Aber sie hatte sich auf den Weg gemacht.

„Ich komme, Axel! Mach dich auf etwas gefasst!“, sagte sie, um sich selbst Mut zu machen. „So nicht, mein Freund! So nicht!“

4

Durchgeschüttelt wie ein guter Cocktail erreichte sie schließlich die Waldhütte, die einigermaßen tief im Naturpark Rhein-Westerwald lag. Sie parkte ihr Auto in sicherer Entfernung und behielt die Hütte unschlüssig im Blick.

Der Mut, den sie sich soeben noch zugesprochen hatte, war bereits so schnell wieder verflogen, wie er gekommen war. Warum nur war sie hierhergekommen? Sie verwickelte sich nur umso schwerwiegender in diese absurde Entführungsgeschichte.

Sie sollte die Polizei rufen und denen den Job überlassen. Axel würde postwendend wieder in den Knast wandern und Thore wäre mit einem Schrecken davongekommen. Ist ja auch irgendwie schlichtweg Berufsrisiko, wenn man mit solchen halbseidenen Gestalten zusammenarbeiten muss.

Axel würde es ganz recht geschehen, wieder hinter Gittern zu verschwinden. Wie konnte er es wagen, sie in so eine Geschichte mit hineinzuziehen?

Die Worte der sonderbaren Bäckerei-Angestellten hallten mahnend in ihrem Schädel: „Geh, solange du noch Zeit hast!"

Während sie noch ihre Gedanken sammelte und sie sich zunehmend darin bestärkt fühlte, die Polizei zu informieren, erschien plötzlich eine muskulöse, dunkle Gestalt in der Tür der kleinen Waldlaube.

Sie kam auch in dieser äußerst bedrohlichen Gesamtsituation nicht umhin, Axel eine durchschlagende Sexyness zu attestieren. Das war eines der überzeugendsten Argumente, warum sie sich wider besseres Wissen auf diesen zweifelhaften Kerl eingelassen hatte.

Ihr persönlicher lonesome Cowboy! Er würde sich verdammt gut in einem Western machen, dachte sie unpassend entzückt.

Axels ganzer Körper verriet Anspannung und höchste Erregung. Er hatte sie natürlich sofort entdeckt und ruderte ungeduldig mit den Armen. Das sollte wohl heißen: „Nun komm schon!"

„So ein Mist! Zu spät. Ich bin erledigt", sprach Ramona mechanisch zu sich selbst.

Langsam schälte sie sich aus ihrem Autositz und stieg umständlich aus dem Wagen.

„Ich bring ihn noch um, ich bring ihn um!“, brüllte Axel ihr von Weitem entgegen.

Schritt für Schritt näherte sich Ramona dem wutschnaubenden Kerl, der zwar unfassbar sexy, aber in allererster Linie absolut unberechenbar war.

„Axel, was ist denn los mit dir? Was hat Thore dir denn bloß angetan, dass du so wütend bist?“

„Der hält einfach nich sein blödes Maul. Soll die Fresse halten. Einfach mal die Fresse halten!“

Ramona stand nun direkt vor ihm. Er bebte vor Zorn. Sie wollte ihn umarmen – eine spontane, beruhigende Geste – aber er schlug ihre Arme einfach zur Seite.

„Lass das! Ich will das jetzt nich!“

„Darf, darf ich ihn sehen?“, fragte Ramona in banger Erwartung. Sie wollte sich versichern, dass Axels Bewährungshelfer noch lebte.

„Nur rein in die gute Stube!“, sagte Axel verächtlich und wies ihr mit einer rohen Bewegung den Weg.

Ramona trat langsam durch die geöffnete Tür. Thore hockte gefesselt und geknebelt auf dem Bett. Sein linkes Auge war stark zugeschwollen, die Lippe aufgeplatzt. Er starrte sie ungläubig und wortlos an. In seinen Augen glaubte sie einen Hauch von Beruhigung – oder vielleicht war es auch Hoffnung – zu erkennen.

Er lebte. Immerhin. Ramona war auf das Schlimmste gefasst gewesen, das wurde ihr in diesem Moment klar. In ihren Augen konnte man sicher eine nicht unerhebliche Spur Erleichterung ausmachen. Sie fasste sich ein Herz und setzte sich zu ihm ans Bett.

„Thore, ich kann mir vorstellen, wie du dich fühlen musst. Es tut mir so leid. Ich werde gleich mal mit Axel nach draußen verschwinden, und dann sehen wir weiter.“

„Es tut dir leid???“ Wie ein aufgebrachter Jungbulle lief Axel in der Laube auf und ab. „Dir tut es leid??? Um den Vollhonk???“

Ramona sah die nackte Verzweiflung in Thores Augen und legte ihre Hand auf seinen Oberschenkel.

„Wir sind gleich wieder da!“ An Axel gewandt: „Kommst du mal kurz mit mir nach draußen? Bitte!“

Wundersamerweise folgte Axel ihrer Aufforderung, wenn auch trotzig und unwillig wie ein kleines Kind.

„Axel, du hast uns vielleicht in eine Situation gebracht! Ich kann es immer noch nicht fassen. Ich fühle mich wie in einem furchtbaren Albtraum."

„Bist du gekommen, um das loszuwerden? Ganz toll, Frau Lehrerin! Ganz toll! Ich denk, du willst mir helfen!" Axel machte Anstalten, wieder zurück in die Hütte zu stürmen. Das konnte für Thore nur schlecht enden.

„Warte! Bitte! Ich will dir ja helfen. Erklär mir doch, warum in aller Welt du diese harmlose Nervensäge überhaupt entführt hast? Das macht doch gar keinen Sinn!"

„Keinen Sinn??? Da kann ich dir aber einen erzählen! Da wirste staunen!" Axel bebte förmlich vor rechtschaffener Empörung. „Der Vollwichser drangsaliert mich die ganze Zeit von wegen neuer Job und so. Hab ich eh kein Bock drauf." Er verzog angewidert das Gesicht.

Ramona wartete geduldig in der Hoffnung auf erhellende Einsichten im Entführungsfall Thore. Etwas anderes blieb ihr ja gerade auch nicht übrig.

„Und weiter? Das klingt jetzt eher mal so, als würde Thore einfach nur seinen Job machen. Schon vergessen? Er soll dir bei der *Resozialisierung* helfen …" Sie sprach dieses Wort aus als wäre es eine Krankheit. Vermutlich war es einfach der verloren gegangene Glaube daran.

„Ja, und weiter? Da kommt dieser Spacken doch mit einer supergeilen Idee um die Ecke: Apothekentaxi! Geht's noch? Soll ich so alten Ommas etwa ihre Medikamente bringen? In so nem Scheiß-Kleinwagen … Twingo!!! Was kommt als nächstes? Soll ich denen noch den Arsch abwischen?" Er schaute sie triumphierend an.

Hah, damit hatte sie wohl nicht gerechnet. Nun würde sie auf der Stelle verstehen, warum diese Entführung unbedingt nötig gewesen war. Man wollte schließlich nichts weniger als ihn seiner Männlichkeit berauben.

„Okay", sprach Ramona gedehnt. „Und weiter?"

„Biste schwer von Begriff, oder was? Ich denk, du bist so schlau! Willst andern was beibringen und kapierst ja gar nix! Nix weiter! Der soll einfach seine Fresse halten und mich in Ruhe lassen. Die Fresse hält er nun schon mal, seit er den Knebel im Maul hat!" Er grinste zufrieden. Irgendwie schien er sich selbst in diesem Moment eigentlich ganz gut zu finden.

Ramona rang um ihre Fassung. Das war ja noch viel dümmer, als sie zu glauben gewagt hatte. Apothekentaxi als Entführungsgrund. Das hatte es in der Kriminalgeschichte sicher eher selten gegeben.

„Axel, weißt du was? Lass mich mit Thore reden. Ich regle das, ja? Ich rede ihm gut zu und dann lassen wir ihn wieder frei. Vielleicht kommst du mit einem blauen Auge davon! Noch ist nichts Schlimmes passiert. Thore will dir sicher nicht deine Zukunft kaputtmachen. Und dann …"

Noch bevor Ramona zu Ende sprechen konnte, ließ Axel einen Urschrei des Protests los. „Hast du sie noch alle? Den lassen wir auf keinen Fall frei! Ich geh doch nich zurück in den Knast wegen dem Trottel. Du dumme Ziege! Dann hau doch ab, wenn du nix Besseres weißt! Mir fällt sicher was ein, was ich mit dem mache!"

Ramona lenkte ein. Deeskalation war nun gefragt, bevor Schlimmeres passierte. „Okay, Axel. Ich verstehe dich. Wir brauchen einen Plan. Einen guten Plan, was wir nun mit ihm anfangen. Du darfst ihm aber nichts antun, versprich das! Warum hat er ein demoliertes Auge und eine blutende Lippe?"

„Hab ihm den Knebel rausgenommen, weil er was trinken sollte. Dann fing der wieder an, Scheiße zu quatschen. Der behält den Knebel jetzt drin."

Axels Worte klangen nicht danach, als ließe er mit sich verhandeln.

Ramona dachte an ihren mitgebrachten Proviant. Thore war nun seit etwa 20 Stunden in Axels Gewalt. Ob ihn schon jemand als vermisst gemeldet hatte? Sie musste unbedingt etwas über sein Privatleben herausfinden.

„Weißt du was, Axel?" Ramona streichelte liebevoll seinen Arm. „Du machst jetzt erstmal einen kleinen Spaziergang und beruhigst dich ein bisschen. Ich kümmere mich um Thore und gebe ihm etwas zu Essen und zu Trinken. Halte dich bitte draußen auf, dann stört dich auch nicht sein dummes Geschwätz."

Axel wollte protestieren. Ramona merkte jedoch, dass er nervlich derart angeschlagen war, dass er eigentlich nur dankbar diese leicht verständliche, klare Anweisung aufgriff.

Sie ermunterte ihn: „Los jetzt! Ich pass auf Thore auf. Wir schaffen das. Ich bin jetzt hier."

Sie glaubte sich selbst nicht, was sie da sagte. Aber auf Axel schienen ihre Worte Eindruck zu machen. Er marschierte tatsächlich schwerfällig los Richtung Waldweg.

„Ich hoffe, du hast dein Handy ausgeschaltet!“, rief Ramona ihm noch nach.

So langsam war sie angekommen in ihrem persönlichen Krimiformat.

5

Sie seufzte innerlich bei dem, was ihr nun bevorstand. Zögerlich öffnete sie die Tür der kleinen Laube. Sie quietschte erbärmlich. Thore schreckte sofort aus seinem Dämmerzustand auf und fixierte sie mit einem seltsamen Blick. So gefesselt und geknebelt wie er dalag, sah er noch verschwindender und armseliger aus als ohnehin schon.

Das Ganze wirkte grotesk. So ein kleiner, schmächtiger Mann, fest verschnürt, mit entstelltem Gesicht, der vor Angst bibberte und nicht wusste, wie und vor allem warum er in eine solche Lage hatte kommen können.

Ramona fühlte sich wie eine Pflegekraft in einem schäbigen Seniorenheim, als sie sich zu Thore ans Bett setzte und ihm gut zuredete: „So, Thore! Jetzt nehmen wir mal deinen Knebel aus dem Mund, und ich gebe dir etwas zum Trinken. Ein paar Kräcker habe ich auch dabei, falls du Hunger hast."

Thore blickte gequält, als Ramona versuchte, den Knebel an der aufgeplatzten Lippe vorbei aus dem Mund zu ziehen. Ein dicker Sabberfaden hing daran. Hm, wie appetitlich! Solche Details wurden im Samstagabendkrimi immer gerne ausgespart.

Als sie das Ding endlich vollständig aus dem Kiefer herausoperiert hatte, fing Thore tatsächlich sofort an zu quatschen. Vielleicht hatte Axel doch recht, und der Kerl war von Natur aus einfach unerträglich.

„Gottseidank! Danke, Ramona! Das ist ja alles total grauenhaft hier. Ich weiß wirklich nicht, was mit Axel los ist. Sprich du mit ihm, bitte! Egal, was ich sage, es bringt ihn nur noch mehr gegen mich auf! Ich bin so froh, dass du da bist! Wie ein Engel standest du da in der Tür! Mein persönlicher Schutzengel! Den spielt sonst nur meine Mamma für mich! Wenn die wüsste, wie man mir hier gerade mitspielt. Nicht auszudenken! Ich kann es selbst nicht fassen. Bringst du mich jetzt gleich zurück? Ich muss mal aufs Klo. Tut mir leid, aber es ist echt dringend. Mach mich mal schnell los!" Er sah sie auffordernd an.

Ramona war zunächst sprachlos wie immer, fasste sich dann aber ein Herz: „Jetzt mal halblang, Thore! Wie denkst du dir das! Ich kann dich jetzt nicht einfach losmachen. Immerhin hat Axel dich entführt, und es wäre nicht in seinem Sinne, wenn du daraus jetzt 'ne Riesenwelle machst und womöglich noch die Polente rufst. Du weißt, dass es dann schleunigst wieder zurück in den Knast für ihn geht."

Diese kurze Ansprache war geradezu gewagt für Ramonas Verhältnisse. Sie war es absolut nicht gewohnt, Ansagen zu machen und sich gar bestimmend und entschlossen zu verhalten. Aber ungewöhnliche Zeiten erforderten ungewöhnliche Maßnahmen. So sagte man doch, oder?

Thore stutzte irritiert. Er war selbstverständlich davon ausgegangen, dass Ramona auf seiner Seite stand und die ganze unsägliche Situation in Kürze würde auflösen können. Was sollte jetzt dieses Geschwafel?

„Wie auch immer, Ramona! Ich muss aufs Klo. Groß, wenn du verstehst …"

Ach nee. Ihr blieb aber auch gar nichts erspart.

„Das geht nur in meiner Begleitung." Sie löste Thores Beinfesseln, zog das schmächtige Männlein in die Aufrechte und wartete, dass er losging. Er stolperte unsicher aus der Hütte. Sie schubste ihn voller Ungeduld. Der Kerl kostete einen wirklich den letzten Nerv.

„Los, hinter die Hütte. Hock dich da neben den Busch!"

Sie drehte sich weg, um sich den genaueren Anblick der Vorgänge zu ersparen.

„Äh, Ramona! Ich kann meine Hose so nicht öffnen und auch nicht herunterziehen. Hast du Klopapier dabei?"

„Klaro, ich hab einen extra Vorratspack mitgebracht! Verdammter Bockmist! Was bist du nur für ein Depp, Thore! So langsam kann ich Axels Wut echt verstehen!"

Sie öffnete seine Hose und riss sie unsanft samt enganliegendem Männerslip (warum überraschte sie das nicht?) herunter. „Sieh zu, wie du klarkommst. Klopapier gibt's nicht!"

Sie drehte sich wieder weg und betete inständig, endlich aus diesem absurden Traum zu erwachen. Womit hatte sie das hier nur verdient?

„Hat nicht geklappt. Ich hab wohl Verstopfung! Wen wundert das? Wer soll denn unter solchen Bedingungen hier noch seine Geschäfte verrichten können!" Thore wirkte beleidigt.

„Meine Mamma sagt immer …", hob er an.

„Oh Mann! Deine Mamma interessiert hier echt keinen", wiegelte Ramona ungewohnt schroff ab.

Sie zog dem ungeschickt torkelnden Mann die Hosen wieder nach oben und bugsierte ihn mit mühsam unterdrückter Aggression zurück in die Hütte.

„Jetzt hör mir mal gut zu, Thore! Wenn du hier heile wieder rauskommen willst, solltest du mal ganz schnell die Klappe halten und nur noch unbedingt nötige Beiträge bringen, die uns lösungsorientiert irgendwie weiterhelfen. Axel ist wütend. Sehr wütend. Ich garantiere für nichts. Wir brauchen einen Plan, um das hier für alle Beteiligten zu einem guten Ende zu führen. Irgendwelche brauchbaren Ideen deinerseits?“

Sie war erstaunt, wie souverän sie plötzlich auftreten konnte. Das sollte sie sich für die Schule merken. Vor allem im Hinblick auf ihre dämliche Schulleiterin, bei der es ihr immer die Sprache verschlug.

Thore starrte sie verwirrt an. Natürlich hatte Mammas Liebling keinerlei geistreiche Eingebung in petto. Was war anderes zu erwarten?

„Ich verstehe immer noch nicht …“, fing er überraschend zaghaft an.

„Dass es uns ernst ist? Das solltest du jetzt aber ganz schnell begreifen, Burschi! Vor allem strapazierst du unsere Nerven ganz gewaltig.“ Ramona versuchte, die eigene Ratlosigkeit gekonnt zu überspielen. Letztlich hatte sie ja selbst nicht den geringsten Schimmer, wie es mit ihrer wohldurchdachten Entführung weitergehen sollte.

Sie lief in der Hütte auf und ab. Wo blieb Axel eigentlich? Er müsste bald zurück sein. Bis dahin benötigte sie sowas von dringend einen Plan … Wer weiß, was sonst passieren würde. Vor allem bei dem dämlichen Gequatsche dieser Nervensäge von Mann. Sie kannte Axels legendäre Wutanfälle. Und er war heute ohnehin nicht zu Späßen aufgelegt.

Sie setzte sich an den kleinen Tisch, der vor dem Fenster der Hütte stand. Auf dem Tisch lagen einige vergilbte Unterlagen, Werbeprospekte von jaegerbedarf.de, Kugelschreiber sowie eine Plastikkarte, auf der „Susis Nagelstudio“ als Schriftzug prangte. Zunächst schaltete sie nicht. Dann grinste sie trotz der misslichen Lage, in der sie sich befand. Hatte ihr Vater etwa einen geheimen Fetisch? Ließ er sich die Fußnägel maniküren, designen mit French, Glitter und Strasssteinchen? Köstlich! Der Gedanke amüsierte sie. Da musste sie demnächst doch mal ganz unschuldig nachhaken …

Sie drehte die Karte um. Mal schauen, wo man dieses Nagelstudio finden konnte … Bestimmt außerhalb der City. Er hatte immerhin seinen seriösen Ruf zu verlieren.

Im nächsten Moment fiel ihr das gute Stück aus der Hand.

„Bonuskarte von Nadeshda Lebedew“ stand dort geschrieben. Sieben von zehn Stempeln hatte sie bereits gesammelt. Wie tüchtig. Eine treue Kundin.

Aber was zum Teufel hatte Nadeshdas Bonuskarte in der Waldhütte ihres Vaters verloren? Ihr Bruder verabscheute das Jagen mindestens genauso wie sie selbst. Der würde wohl kaum mit ihr hierhergekommen sein.

Sie sah in Gedanken Nadeshdas selbstgefälliges Grinsen mit ihren top gebleachten Zähnen vor sich, ihre erst vor Kurzem deutlich vergrößerten Brüste, wie immer mit einem tiefen Ausschnitt verführerisch in Szene gesetzt. In Ramonas Vorstellung flog sie mit ihren aufregend designten Nägeln geschwind über die Tastatur … Sicherlich die schönste Mitarbeiterin des Monats!

Aber sie war schließlich schon 26. Eigentlich fast zu alt für das klassische Beuteschema ihres Vaters. Und ganz nebenbei ja auch die Verlobte ihres Bruders.

Du meine Güte! Wahrscheinlich ging die Fantasie gerade mit ihr durch. Das machte wohl die angespannte Gesamtsituation mit ihr.

Sie stand abrupt vom Tisch auf und setzte sich wieder zu Thore, den sie zurück aufs Bett verfrachtet hatte. Sie beobachtete ihn einen Moment lang nachdenklich.

Wie sollte das Ganze hier nur weitergehen? Bestand überhaupt eine realistische Aussicht auf ein gutes Ende?

Und wenn nicht? Was genau hatte sie sich wohl unter einem schlechten Ende vorzustellen?

Sie schauderte bei diesem Gedanken.

Plötzlich stutzte sie irritiert: Unter Thores Kopfkissen blitzte etwas Schwarzes hervor. Sie zog daran und hielt im nächsten Moment einen schwarzen Latex-BH in Händen. Und wie könnte es anders sein: Geeignet für stattliche Brüste! Ihrer laienhaften Einschätzung nach mindestens Doppel D oder so …

Sie begann, unkontrolliert zu lachen. Es schüttelte sie durch und durch. Sie konnte nicht aufhören.

Thore verdrehte verzweifelt seine Augen. Die Zeit lief ihm davon, und es war kein Plan in Sicht. Seine einzige Hoffnung auf Erlösung stellte sich zunehmend als eine hysterische Irre heraus.

Ramona lachte auch noch, als plötzlich die Tür aufflog und Axel im Türrahmen erschien. Sie wedelte mit dem Latex-BH und grölte mit sich überschlagender Stimme:

„Lust auf 'nen Quickie, mein kleiner Schlawiner?"

Thore und Axel wechselten einen kurzen und einigermaßen ratlosen Blick.

6

„In der Pinte! Ja, um acht! Sei bitte pünktlich!“

Sie legte auf und grinste zufrieden. Die Sache nahm endlich Fahrt auf. Den Realitätssinn hatte sie längst beiseitegelegt. Harakiri-Style nannte man wohl die neue Vorgehensweise.

Just in dem Moment, als Axel wieder in der Hütte erschienen war, dämmerte ihr schlagartig, dass sie reagieren musste. Und zwar zügig, sofern ihr das Leben von Thore noch irgendwie am Herzen lag.

Axel hatte nichts mehr für Scherze übrig. Auch einem Quickie gegenüber war er leider abgeneigt – das hätte ihr zumindest einige wertvolle Minuten mehr Zeit und etwas Ablenkung des Jungbullen eingebracht.

Er scharrte mit den Hufen … Mit hochrotem Kopf und ohne Anzeichen einer Beruhigung (was hatte er da wohl gemacht während seines Waldspaziergangs?) brüllte er sie an: „Halt die Fresse! Was is jetzt der Plan???“

Warum zum Teufel erwarteten alle von ihr einen Plan? Sie war so ziemlich das planloseste kleine Mädchen, das auf diesem Planeten wandelte. Zumindest war das bis zum heutigen Tage ihr Lebensgefühl gewesen.

Nun, mit 32 Jahren, acht Monaten und genaugenommen 3 Tagen wurde sie plötzlich schonungslos in die Welt hinauskatapultiert. In diese feindliche, unverständliche, raue und unberechenbare Welt.

Er wollte einen Plan? Nun war es an ihr, einen Plan zu präsentieren. Und sollte er noch so ungeeignet und schwachsinnig sein.

„Also gut, Axel. Ich habe nachgedacht. Nadeshda wird uns da raushelfen. Ich werde sie heute Abend in der Stadt treffen und das weitere Vorgehen besprechen.“

Sie versuchte etwas, das nach abgeklärtem Gesichtsausdruck aussehen sollte. Axel schien unschlüssig, ob er an den vermeintlichen Plan glauben sollte.

„Nadeshda? Wer zum Teufel …? Ach ja, das is doch die kleine Nutte, die dein Bruder bumst? Wie soll die uns weiterhelfen? Haste sie noch alle? Die is doch hohl wie ’ne leere Flasche Schnaps!“

Mist, damit hatte er womöglich recht. Sie musste dringend überzeugende Argumente auffahren.

„Ich weiß es einfach. Vertrau mir! Ich rufe sie gleich an. Sie ist mir noch einen Gefallen schuldig."

Aus dieser unguten Ausgangslage heraus griff sie zum Telefon. Mich wird schon keiner orten, beruhigte sie sich noch selbst, bevor sie das Handy wieder einschaltete.

Glücklicherweise hatte sie damit in Bezug auf Thore sogar recht, denn bislang hatte niemand überhaupt bemerkt, dass er verschwunden war. Diesen Nobody hatte keiner auf dem Schirm!

Axel überwachte das Telefonat mit einem misstrauischen Gesichtsausdruck. Thore stöhnte derweil leise vor sich hin und versuchte eine halbwegs erträgliche Liegeposition für seinen gefesselten Körper zu finden.

Ramona rief auf Nadeshdas Handy an und hoffte inständig, dass sie nicht mehr in der Kanzlei sein würde. Viertel vor sechs war es inzwischen. Wenn sie nicht gerade freiwillig Überstunden schrubbte (das machte sie zuletzt tatsächlich häufiger bzw. weiß der Teufel, was sie dort wirklich trieb!), müsste sie inzwischen zumindest auf dem Nachhauseweg sein. Ihr Bruder spielte montags immer Doppelkopf in seiner Stammkneipe, der sollte heute also kein Problem darstellen.

„Jaaa?", meldete sich eine zickige und wenig ermutigende Stimme am anderen Ende der Leitung.

„Nadeshda! Ich bin's! Hast du kurz Zeit für mich?" Ihre vertraute Unsicherheit überkam Ramona wieder, wie üblich, wenn jemand unfreundlich zu ihr war.

„Was gibt's denn?" Nadeshda fackelte – so wie es ihrer handfesten Art entsprach – nicht lange.

„Wir müssen uns treffen. Heute Abend. Du musst kommen."

„Sag mal, geht's noch? Ich *muss* gar nichts. Ich habe bis eben gearbeitet und will gleich ins Fitnessstudio. Etwas, was ich dir und deinem schlaffen Körper auch mal dringend empfehlen würde." Nadeshda schnaubte verächtlich.

Ramona zählte innerlich bis drei, atmete tief durch und sprach dann mit einer zu ihrer eigenen Freude völlig fremd klingenden und kalten Stimme:

„Okay. Danke für den Tipp, Nadeshda. Doch – du wirst kommen. Wenn du morgen noch in Papas Kanzlei arbeiten möchtest, dann wirst du kommen. Ich weiß Bescheid. Über alles. Also laber hier nicht dumm rum. Wir sehen uns gleich. Treffpunkt ist um acht."

Tatsächlich verschlug es Nadeshda für einen kurzen Augenblick die Sprache. Das kam quasi nie vor. Der Punkt ging an Ramona. Nadeshda zog hörbar Luft ein und sagte dann: „Um acht? Wo?"

„In der Pinte! Ja, um acht! Sei bitte pünktlich!"

7

Ramona wollte selbst an die nahende Rettung glauben. Wie immer, würde es jemand anders für sie richten müssen. Warum dieser „Jemand Anders“ ausgerechnet Nadeshda sein sollte, entzog sich zwar jeder logischen Erklärung, aber nun gut: Man hofft ja immer auf das – Unverhoffte.

Zunächst einmal war Ramona froh, den Platz des Schreckens zumindest vorübergehend verlassen zu können. Die beiden Kerle waren nun auch wirklich keine Stimmungsbomben. Genaugenommen zogen sie einen regelrecht runter mit ihrer miesen Laune. Und dann diese Undankbarkeit auf beiden Seiten: Der eine erwartete von ihr kompromisslos die sofortige Freilassung, und der andere wollte eine schnelle und diskrete Lösung im Entführungsfall ohne juristisches Nachspiel. War sie Gott oder was?!

Anstatt anzuerkennen, welches Risiko sie einging, indem sie sich in diese Sache hatte mit hineinziehen lassen … Kurz meldete sich wieder der Fluchtreflex bei ihr. Sie würde jetzt einfach wegfahren und nie wieder von sich hören lassen. Sollte Axel diesen Idioten doch totschlagen. Sie wäre ja nicht vor Ort und könnte es ohnehin nicht verhindern. Und hätte ein absolut reines Gewissen und könnte ihre Hände in Unschuld waschen. Was für eine verführerische Aussicht …

Leider war sie jedoch Realistin genug, um sich ehrlich einzugestehen, dass sie sich bereits zu tief in die Sache verstrickt hatte. Sie war Mitwisserin der Entführung, ihre DNA wäre am Tatort nachzuweisen, der Tatort wäre obendrein die Waldlaube ihres Vaters … Straffrei konnte sie damit nicht davonkommen.

„Also, Jungs! Vertragt euch und seid lieb zueinander! Mutti fährt jetzt mal flotti ins Städtchen und macht ein paar Besorgungen. Wenn ihr brav seid, dann bringe ich euch was Schönes mit. Vielleicht sogar die Lösung all unserer Probleme!“ Ramona fühlte sich gut in dieser aktiven Rolle. So locker und humorvoll agierte sie sonst nie im realen Leben. Verdammt, sie wollte es sich nur ungern eingestehen, aber irgendwie gefiel es ihr tatsächlich.

Axel und Thore starrten sie mit betrübt-beleidigten Mienen an und

– schwiegen. Sogar Thore schwieg. Er hatte sich wohl ihre Ansprache von vorhin zu Herzen genommen. Um seine Überlebenswahrscheinlichkeit zu erhöhen, hatte er hart an sich gearbeitet. So stumm wie ein schweigender Fastenmönch lag er dort im Doppelbett ihres Vaters. Es geschahen noch Zeichen und Wunder.

Kurz bevor die Hüttentür hinter ihr ins Schloss fiel, rief Axel noch: „Nun mach hinne! Mir reicht das hier bald!"

Die Pinte war eine Kaschemme der untersten Kategorie. Eine Spelunke, wie sie heute kaum noch irgendwo zu finden war. Alles klebte: Der Boden, die Theke, selbst die Barhocker und die kleinen Stehtische hatten diese Patina, die sich über die Jahrzehnte der Saufgelage dort festgesetzt hatte und die inzwischen kein Schwamm der Welt mehr wegbekommen würde. Es war schummrig in diesem Laden, sodass man die Identitäten seiner Gäste kaum würde feststellen können.

Die Hintergrundbeschallung bildeten deutsche Schlager aus den 60ern. Bei Ramonas Eintreffen lief gerade Heintjes Kultsong „Mama". Thore würde jetzt vor Freude sicher das Herz aufgehen, dachte sie einen kurzen Moment lang an ihr sensibles Entführungsopfer.

Nie zuvor hatte Ramona einen Fuß in die Pinte gesetzt. Was sollte eine Frau wie sie in einem solchen Schuppen, in dem der Altersdurchschnitt Minimum 50 plus war und die Besucher obendrein so aussahen, als scheuten sie neben der Arbeit auch jedes Tageslicht.

Doch heute war der richtige Zeitpunkt gekommen, um einen Besuch in der Pinte nicht nur zu rechtfertigen, sondern gar als unumgänglich zu beschreiben.

Neben der stimmungsvollen Musik umgaben Ramona auch sofort dichte Rauchschwaden.

Na klar! Nichtraucherkneipen sahen anders aus.

Sie schaute sich um und entdeckte Nadeshda, die mit gequältem Blick auf einem Barhocker in der hintersten Ecke des Ladens kauerte.

„Ist schon okay, wenn du mich demütigen willst. Aber warum zum Teufel hast du diesen beschissenen Ort als Treffpunkt gewählt?" Nadeshda versuchte trotz ihrer begründeten Vorahnungen so etwas wie Souveränität auszustrahlen. Sie hatte sich Ramona gegenüber stets haushoch überlegen gefühlt und konnte sich jetzt nicht klaglos in ihr Schicksal ergeben.

„Wir brauchen einen Ort mit größtmöglicher Anonymität. Einen Ort, an dem uns niemand vermuten würde. Einen Ort, an dem keiner Interesse an unseren Gesprächen hat. Kurzum: Die Pinte ist der perfekte Treffpunkt.“ Ramona ließ ihre Worte auf Nadeshda wirken. Sie sah, wie diese ihre Stirn krauszog und vermutlich über das Gesagte rätselte.

Ein grobschlächtiger Kerl, der hinter der Theke Biergläser sortierte, rief herüber: „Wat darf‘s denn sein, die Damen?“

„Zwei Cola Zero!“, versuchte Nadeshda die Regie wieder zu übernehmen.

„Wir ham nur richtige Cola, du Tussi!“ Der Typ hinter der Theke lachte dröhnend, als hätte Nadeshda soeben einen krachenden Scherz rausgehauen.

„Dann lieber zwei Wasser.“ Nadeshda wirkte pikiert. So ging man mit ihr nicht um. Hatte der Typ keine Augen im Kopf, welches Prachtweib er hier vor sich hatte?! Sie zupfte ihre tief ausgeschnittene Bluse in Form. Dem Anschein nach galten an diesem Ort andere Spielregeln als im normalen Leben.

Nachdem der Typ zwei schmuddelig aussehende Gläser mit abgestandenem Wasser aus einer Apollinaris-Flasche befüllt und auf die Theke geknallt hatte (Ramona stutzte: Gab es die Apollinaris-Quelle nicht bereits seit den 90ern nicht mehr?), konnten die eigentlichen Verhandlungen beginnen.

„Bist du so nett und holst uns die Gläser rüber, Nadeshda? Wir haben einiges zu besprechen.“

Erstaunlicherweise tat Nadeshda wie ihr geheißen und sah Ramona dann abwartend an.

„Reden wir nicht lange um den heißen Brei herum. Ich weiß Bescheid. Über dich und Papa. Wenn Olaf das erfährt, dann war‘s das mit dir und der Kanzlei! Und mit den Annehmlichkeiten deines sorglosen Lebens auf Kosten anderer.“ Hatte sie das nicht schön formuliert? Ramona klopfte sich innerlich selbst auf die Schulter.

Nadeshda blickte angestrengt auf das Wasserglas. Sie inspizierte ihre sorgfältig designten Fingernägel. Die Strasssteinchen passten farblich zu ihrer Bluse und zu ihrem Ohrschmuck. „Was willst du von mir?“, fragte sie knapp.

„Du gibst es also zu? Dass du mit Papa ein Verhältnis hast und ihr es in der Waldlaube treibt?“ Ramona war irritiert.

„Ja, und? Weißt du was für ein elender Langweiler dein Bruder ist? Der hat doch keinen blassen Schimmer davon, was eine Frau wie ich wirklich braucht. Dein Vater hat da deutlich mehr Klasse!“ Nadeshda war jetzt wieder in ihrer alten Arroganz erblüht.

„Mehr Klasse?! Du meinst wohl, der alte Bock lässt sich euer Verhältnis schön was kosten! Was bietet er dir denn so? Luxusurlaube auf seine Kosten? Lecker Essen in den Nobelrestaurants dieser Welt? Edle Designerklamotten?“

Ramona redete sich in Rage.

„Naja, was meinst du, wer meine neuen Titten bezahlt hat? Dein Bruder bestimmt nicht! Dem ist sowas doch völlig schnurz!“ Nadeshda genoss ihren Triumph. Diese graue Maus sollte es wagen, ihr blöd zu kommen. Der trieb sie noch die Schamesröte ins Gesicht. Verklemmt war sie wie ihr Bruder!

Beinahe verlor Ramona ihr Ziel tatsächlich aus den Augen. Die persönliche Betroffenheit in dieser Sache und ihr angeborenes Bedürfnis, sich kleinzumachen, wenn andere sich besonders provokant hervortaten, standen ihr im Weg.

Doch an diesem fucking Tag war einfach zu viel passiert. Zuviel, um den guten Anstand zu wahren.

„Halt die Fresse!“, sprach sie plötzlich mit Axels Worten.

Nadeshda blieb der Mund offenstehen.

Und Ramona setzte umgehend nach: „Jetzt hörst du mir mal zu! Lass dir meinetwegen noch den Arsch machen und die Visage liften auf Kosten meines alten Vatters. Aber du weißt so gut wie ich, dass er dich fallenlässt wie eine heiße Kartoffel, wenn die Sache auffliegen sollte. Und mein Bruder obendrein. Du wirst hochkant rausfliegen und dann such dir erstmal wieder ’nen Job und einen so finanzkräftigen neuen Lover. Die liegen nicht gerade auf der Straße. Und dann noch einen, der dein dummes Geschwätz den ganzen Tag erträgt.“

Nadeshda schwieg weiterhin und spielte im Kopf wohl das angedeutete Szenario durch. Sie sah jetzt wieder einigermaßen gequält aus.

„Was erwartest du von mir, Ramona? Raus damit! Was soll diese ganze Geheimnistuerei? Dieser schräge Treffpunkt? Du willst doch irgendwas von mir?“

„Schlaues Mädchen. Ich denke, du hast mich verstanden. Und du weißt sicher auch, dass es mich nicht mehr als einen Anruf kostet, um die Lawine für dich ins Rollen zu bringen. Ich möchte dich tatsächlich um einen kleinen Gefallen bitten …" Die Untertreibung des Jahrhunderts. Aber da musste Ramona jetzt durch. Es gab nicht allzu viele Optionen an Spielzügen in der derzeitigen Situation. „Du kennst doch Papas Waldhütte … Natürlich kennst du sie. Das großzügige Doppelbett, in dem ihr immer so viel Spaß habt. Da liegt derzeit wer anders drin."

Nadeshda schaute ratlos und dumm wie eine Kuh. Sie hatte nicht die leiseste Ahnung. „Wer liegt da drin? Dein Lover?"

Weiter reichte vermutlich weder Nadeshdas Grips noch ihre Fantasie.

„Nicht ganz. Ein Typ namens Thore. Thore Mallm. Aber mein Lover hat ihn genaugenommen entführt."

Die Bombe war geplatzt. Was würde Nadeshda jetzt tun? Das Ganze konnte eskalieren.

Womöglich würde sie hysterisch werden und sofort die Bullen informieren. Bei solchen durchtriebenen Tussen wie Nadeshda musste man auf alles gefasst sein.

Nadeshda schwieg weiter. In ihrem Hirn schien es zu rattern. Das konnte man förmlich sehen.

„Was sagst du dazu?" Ramona klang jetzt fast flehentlich. Vielleicht wäre es ja auch eine Erlösung, wenn endlich ordnungsgemäß die Polizei hinzugezogen würde.

„Thore Mallm sagst du? Wer ist dieser Typ?" Nadeshda klang lauernd. Worauf wollte sie hinaus?

Ramona verdrehte genervt ihre Augen: „Wenn du es genau wissen willst: Das ist der Bewährungshelfer meines Lovers. Ich hab halt im Gegensatz zu dir eher so ein Faible für harte Jungs, weißt du? Aber es ist doch jetzt erstmal völlig egal, wen wir da haben. Du musst uns helfen, die Sache möglichst ohne großes Tamtam aufzulösen, wenn du verstehst was ich meine?"

Ramona wusste selbst nicht, was genau sie damit meinte.

Doch Nadeshda ereilte derweil ein Geistesblitz und sie freute sich darüber wie ein kleines Mädchen: „Hah! Dann weiß ich jetzt, wer da im Doppelbett liegt! Ein Goldjunge!" Sie strahlte über ihr ganzes Gesicht. „Der Name kam mir gleich so bekannt vor. Ich hab letztens noch ein Interview mit seinem reichen Herrn Papa in der Rhein-Zeitung gelesen. Genauer gesagt ist es sein Stiefvater. Er hat sich sehr herablassend über die vergebliche Liebesmüh der Bewährungshelfer geäußert – und als Beispiel seinen Sohn ins Feld geführt. Henning Mallm ist halt voll der klassische Hardliner – vom Sozialstaat hält der grad mal gar nix."

Das ging ja wieder alles viel zu schnell! Ramona begriff nicht, wovon zum Teufel Nadeshda da sprach.

Sie hakte also irritiert nach: „Wer ist denn bitte Henning Mallm? Und warum führt die Rhein-Zeitung mit ihm Interviews über Bewährungshelfer?"

„Das ist doch der Kerl, der mit seiner Zeitarbeitsfirma Millionen scheffelt. Der ist richtig zu Geld gekommen. Auf dem Buckel seiner armen Kundschaft. Mein Bruder war auch mal über die beschäftigt. Ausbeuter sind das. Von der allerübelsten Sorte. Und am Ende stehen die Leute doch wieder auf der Straße. Die werden geknechtet mit den unsäglichsten Verträgen, und immer wieder wird die Hoffnung auf Festanstellung geweckt. Aber dazu kommt es nie."

Nadeshda klang plötzlich wie eine gewiefte Gewerkschaftsbossin, die für die Rechte der Arbeiter auf die Barrikaden geht. Eine ungeahnt neue Facette an dieser Frau. Erstaunlich. Zugegebenermaßen wirkte sie plötzlich auch gar nicht mehr ganz so dumm.

„Okay. Das wusste ich nicht." Ramona wollte weiterkommen in ihren Verhandlungen. Dieses Wissen half ihr jetzt nur bedingt weiter, abgesehen davon, dass Thore sich vermutlich die besten Rechtsanwälte würde leisten können, wenn er wieder freikäme und sie verklagen wollte.

Aber Nadeshda war schon weiter in ihren Überlegungen. Ohne sich mit den Gründen für die Entführung aufzuhalten oder Detailfragen zu klären, sprudelte es aus ihr heraus:

„Da habt ihr also den Richtigen erwischt. Ich bin dabei! Lasst uns diesen Ausbeuter und Menschenschinder Henning Mallm drankriegen. Wir machen's wie Robin Hood – die Rächer der Enterbten! Da können wir sicher eine schöne Summe rausholen!"

Nun überkam Ramona vollends das altbekannte Gefühl „Vom Traktor überfahren". Gerade noch war sie die Aktive gewesen, die die Sache in die Hand nehmen und für eine sinnvolle Abwicklung sorgen wollte, jetzt überschlugen sich schon wieder die Ereignisse.

Sie hatte mit allem gerechnet, aber nicht mit einer solchen Wendung. Vielleicht hatte Nadeshda ja recht? Wenn man schon den legalen

Weg verließ, dann sollte wenigstens dabei etwas für sie herausspringen. Als Belohnung sozusagen. Risikoprämie nannte man das im Fachjargon.

Dieses Robin-Hood-Ding nahm sie ihr nicht ab. Aber Nadeshda wusste, wie man zu Geld kam. Kriminelle Energie hatte sie dem Anschein nach auch zur Genüge.

Kurz und eindringlich appellierte noch eine verzweifelte innere Stimme der Vernunft an Ramona: „Lass die Finger davon! Das kann nichts geben! Du wirfst dein schönes, sorgloses Leben weg!"

Aus Mangel an sinnvollen Handlungsalternativen verwies Ramona diese Stimme jedoch unerbittlich ins hinterste Stübchen ihrer Hirnwindungen.

Stattdessen hörte sie sich selbst mit seltsam geschmeidiger Sprachfärbung sagen: „Interessante Idee! Aber wie gehen wir denn dann jetzt weiter vor?"

„Das lass mal meine Sorge sein, Zuckerpuppe!"

Nadeshda schnippte mit den Fingern. „Zahlen!"

8

Nachdem sie die Pinte verlassen hatten, steuerte Nadeshda zielstrebig und schnellen Schrittes in eine nur ihr bekannte Richtung. Ramona folgte ihr in froher Erwartung, ohne zu wissen, wie es nun genau weitergehen sollte. Ihr Instinkt hatte sie nicht getrogen: Nadeshda würde ihr aus der misslichen Lage heraushelfen und womöglich noch für einen unerwarteten finanziellen Zugewinn sorgen. Sollte sie doch einmal in ihrem Leben etwas eindeutig und kraft eigener Entschlusskraft richtig gemacht haben? Einmal den vollen Einsatz aufs Siegerpferd gesetzt! (Und was für eine Stute das war!) – Obwohl sie in die ganze vertrackte Lage, wie für sie üblich, nur zufällig und aus eigener Entscheidungsunfähigkeit hineingeraten war.

Ramona trippelte also wie ein aufgeregtes Hühnchen neben der draufgängerisch und verbissen dreinschauenden Nadeshda her und hoffte, ja, gierte nach Instruktionen für das weitere Vorgehen. Sicher hatte Nadeshda schon einen bombensicheren Plan, was als nächstes zu tun war.

„Wo laufen wir eigentlich hin, Nadeshda?", wagte sich Ramona erst nach einer ganzen Weile zu fragen.

„Meine Oma wohnt hier in der Nähe. Dort holen wir noch das ein oder andere ab, was wir für die nächsten Tage im Wald brauchen. Ich muss außerdem noch Olaf anrufen und mich für ein paar Tage beruflich wie privat abmelden, wenn du verstehst?"

Es klang alles so selbstverständlich und einfach, dass Ramona es glauben wollte. Zuversicht machte sich in ihr breit. Mit einer Frau wie Nadeshda im Krisenteam konnte nichts schiefgehen. Ramona wollte sich zwar ein Zusammentreffen der Kombination Thore, Axel und Nadeshda in einer kleinen Waldhütte fernab der Zivilisation nicht wirklich vorstellen, aber schlimmer dürfte es ja kaum noch werden. Zumindest wäre nicht mehr sie alleine die Dompteurin des Jungbullen, die die Fütterung immer weiter hinauszögern musste.

Als sie endlich vor der Haustür des schäbigen Mehrfamilienhauses ankamen, in dem Nadeshdas Oma wohnte, schien diese plötzlich doch eine Spur unsicherer zu werden.

„Ich rufe zuerst Olaf an. Lass mich dafür bitte einen Moment allein", forderte sie mit einer Spur Befangenheit in der Stimme.

Ramona fügte sich wie immer sofort und marschierte die Straße hinunter. „Ruf mich, wenn du fertig bist. Und: Viel Glück!"

Wie wollte Nadeshda Olaf bloß vermitteln, dass sie jetzt ab sofort weder zur Arbeit noch nach Hause würde kommen können? Jeder normale Mensch würde misstrauisch werden. Aber ihr Bruder war in vielerlei Hinsicht bemerkenswert stumpf, und vor allem fehlte ihm jedes zwischenmenschliche Gespür. Vielleicht ließ er sich wirklich irgendeinen Mumpitz von seiner Verlobten erzählen und fragte nicht weiter nach. Er konnte ohnehin nicht fassen, warum eine Frau wie Nadeshda sich für ihn entschieden hatte. Da musste man doch die ein oder andere Kröte schlucken, um sie bei Laune zu halten.

Ramona beobachtete mit einem gebührenden Sicherheitsabstand das Telefonat zwischen Nadeshda und ihrem Bruder. Sie verstand nichts und konnte lediglich an Nadeshdas leidenschaftlichem Gestikulieren erahnen, dass es emotional zuging. Vor allem: Das Telefonat zog sich in die Länge. Hoffentlich war das kein schlechtes Omen! Irgendwann konnte sie ihre Ungeduld nicht länger im Zaum halten. Sie näherte sich zögerlichen Schrittes von der anderen Straßenseite aus der Haustür von Nadeshdas Großmutter. Sie konnte erst etwas verstehen, als sie schon ganz nah an Nadeshda herangekommen war, denn sie sprach leidend, mit tränenerstickter Stimme: „Ja, ein Schlaganfall. Wir bereiten eine Überführung in eine tschechische Klinik vor, damit sie ihre Verwandtschaft in ihrer Nähe hat. Ich muss sie beim Krankentransport begleiten. Sie erkennt niemanden mehr. Nur mich."

Ramona schüttelte sich verwundert. Was zum Teufel erzählte sie da für ein Ammenmärchen? Und ihr Bruder war so blöd und stieg darauf ein?

„Mein Schatz, es kann einige Tage dauern, bis ich wieder zurück bin. Erzähl denen in der Kanzlei, ich wäre krank oder sonst was. *(Pause)* Ich komme zurecht, danke. *(Pause)* Ja, es ist nicht einfach für mich. Aber ich bin ja ein starkes Mädchen. *(Pause)* Ich dich auch. In solchen Momenten wird einem klar, was echte Liebe bedeutet. Ich melde mich. *(letzter Schniefer)* Ciao!"

Ramona überquerte die Straße und stoppte unmittelbar vor Nadeshda. Diese tupfte sich ihre tatsächlich auf Kommando produzierten Tränen ab, lächelte Ramona keck an und sagte: „Jetzt kann's losgehen! Dein Bruder ahnt jedenfalls mal nichts. Auf zur Omma, die sich glücklicherweise bester Gesundheit erfreut!"

Dabei strahlte sie eine Energie und Zuversicht aus, die alles andere in den Hintergrund treten ließ.

Nur kurz poppte in Ramonas Hirn eine Warnmeldung auf, dass Nadeshdas Vorgehen eine ganze Portion Kaltschnäuzigkeit und Skrupellosigkeit verriet. Aber nun gut: Für einen Engel hatte Ramona sie noch nie gehalten. Und wenn es nun einmal zu ihrem Nutzen so sein sollte, konnte sie damit auch ganz gut leben.

Nadeshda klingelte an der Tür. Es war inzwischen 22.42 Uhr. Die alte Frau, die recht zügig öffnete, sah so aus, als hätte sie die beiden bereits erwartet.

„Guten Abend, meine Hübschen." An Ramona gewandt: „Ich bin Swetlana – stets zu euren Diensten!"

9

Wie sich alsbald herausstellte, sollte Swetlana die perfekte Adresse sein, um eine erpresserische Entführung vorzubereiten bzw. am Laufen zu halten.

Unter „Großmutter“ stellte man sich gemeinhin ein anderes Frauenmodell vor. Allein das Alter kam ungefähr hin. Ansonsten war Swetlana ungewöhnlich rüstig und agil, mit wachem Blick und ungeheurem Scharfsinn. Auch ihre äußere Erscheinung konnte sich sehen lassen: Um elf Uhr abends war sie adrett geschminkt und vorteilhaft frisiert. Sie trug einen dunklen Hosenanzug, der ihre schlanke Linie äußerst günstig betonte.

Nadeshda fackelte nicht lange und gab ihrer Großmutter in groben Zügen einen Überblick über die Gesamtsituation. Selbst das Hintergrundwissen, besser gesagt die Notlüge, dass Swetlana selbst als Schlaganfallpatientin unterwegs war in eine tschechische Klinik, ersparte Nadeshda ihr nicht. Die Oma schien unbeeindruckt. Dem Anschein nach hatte sie in ihrem Leben schon Schlimmeres oder aber Absurderes erlebt.

Pragmatisch, wie sie war, gab sie den Frauen schnelle Hilfestellung: „Ihr nehmt am besten die Sachen von Jachym. Die habe ich noch vollständig in meinem Kleiderschrank. Ich denke, da ist alles dabei, was ihr braucht.“

Ramona überlegte, von welchen Dingen hier wohl die Rede war. Was sollten sie mit irgendeinem uralten Krempel von einem vermutlich längst verstorbenen Jachym?

Nadeshdas Augen leuchteten hingegen bei diesen Aussichten. „Ehrlich, Oma? Du würdest uns Opas Sachen geben? Das würdest du für mich machen?“

„Los, kommt! Wir schauen gleich mal nach, was wir da Schönes für euch finden.“ Swetlana kam regelrecht in Fahrt.

Sie führte die beiden Frauen in ihr Schlafzimmer. Vor dem riesengroßen Himmelbett stand eine Art kleiner Altar mit Fotos von Jachym, verschiedenen Heiligenbildern sowie einem Grablicht. „Das Licht brennt immer. Tag und Nacht. So ist er stets bei mir!“

Seitlich des großen Bettes war ein ebenfalls überdimensionierter Kleiderschrank aus dunkler Eiche platziert. Sie drehte einen der einsteckenden Schlüssel, quietschend öffnete sich die Tür. Am Boden des Schrankes befand sich eine größere dunkle Kiste. Swetlana zog kräftig daran. „Jetzt helft mir doch mal, das gute Stück hier herauszuschaffen."

Mit vereinten Kräften gelang es ihnen, die Kiste herauszuziehen. Andächtig standen Swetlana und Nadeshda nun vor dieser Kiste, als schienen sie plötzlich gehemmt, sie zu öffnen.

Ramona wollte die Stille durchbrechen und rief bewusst motiviert: „Auf geht`s! Nun wollen wir doch mal schauen was …" Dabei öffnete sie den Deckel der Kiste.

„Was, was … Was zum Teufel ist das denn?" Sie zog eine Kalaschnikow heraus. Und dann noch eine und noch eine. Modelle, die es ihrer laienhaften Einschätzung nach bestimmt schon längst nicht mehr legal zu erwerben gab. Unter den Waffen lagen verschiedene Sturmmasken, Handschellen, Knebel, Stricke, Munition für die Kalaschnikows sowie ein seltsam anmutender Dolch.

„Wolltet ihr zwei Unschuldslämmer mir vielleicht noch irgendwas zu Jachym erzählen? So ganz selbsterklärend ist das hier ja nicht."

Ramona versuchte tapfer und taff dreinzuschauen, aber das Herz hing ihr in der Hose. War sie denn nur von Schwerstkriminellen umgeben? Sie stellte sich kurz vor, wie Nadeshda und sie mit Sturmmasken und Kalaschnikows bewaffnet sich der Waldlaube nähern und im Anschluss kurzen Prozess mit den beiden ahnungslosen Vollpfosten darin machen würden. Diese Vorstellung war verlockend und abschreckend zugleich. Gewaltfantasie nannte man das vermutlich.

„Ach so, du weißt gar nicht Bescheid? Nadeshda! Jetzt verunsichere doch das schöne Kind hier nicht! Mein Mann, Gott hab ihn selig, war Agent der berühmt-berüchtigten Staatssicherheit der Tschechoslowakei (StB). Er war für die Auslandsspionage zuständig und musste sich mehr als einmal seiner Haut erwehren. Ein tapferer Krieger! Dafür habe ich ihn geliebt! Und das hier ist sein Vermächtnis. Das soll jetzt seiner Enkelin zum Glück verhelfen."

Swetlana lächelte erfüllt. Sie schien sich ihrer Sache sehr sicher und hatte offensichtlich keinerlei Zweifel daran, dass Nadeshda nur Schmiedin ihres eigenen, wohlverdienten Glückes war. Wie nett! Eine schrecklich nette Familie – ohne Zweifel.

„Aber – jetzt mal ehrlich – wofür brauchen wir das ganze schwere Geschütz? Wir wollen doch niemanden kaltmachen …“ Ramonas Stimme klang plötzlich dünn und heiser.

Nadeshda grinste wissend und schüttelte langsam den Kopf.

„Ramona, wenn wir wirklich ein ordentliches Sümmchen bei diesem Zeitarbeits-Heini lockermachen wollen, dann müssen wir dem guten Thore zumindest mal ein bisschen Angst einjagen. Es soll ja glaubwürdig wirken. Ansonsten sehen wir nada von den schönen Moneten. Und das wäre zu schade.“

Swetlana nickte energisch zustimmend mit dem Kopf und murmelte: „Da hat sie recht. Da hat sie wirklich recht.“

„Okay“, sprach Ramona leidvoll-gedehnt. „Ich werde jetzt mein Auto herholen, und dann verladen wir das Zeug hier im Kofferraum. Ich möchte aber nicht, dass jemand zu Schaden kommt. Habt ihr das verstanden?“

Nadeshda und Swetlana schauten unschuldig-erstaunt drein, als könnten sie kein Wässerchen trüben.

„Ob ihr mich verstanden habt?“ Ramona baute sich in voller Größe (und das war leider nicht viel) vor Oma und Enkelin auf.

„Na klaro, Zuckerpuppe!“ Nadeshda zwinkerte ihr amüsiert zu.

Auf dieses Wort konnte man sich ganz bestimmt verlassen.

10

Ramona gelang es unerwartet zügig, den Weg zurück zur Pinte zu laufen, sich hinters Steuer ihres Autos zu klemmen und ihren verlebten Corolla vor Swetlanas Behausung vorzufahren. Sie fühlte sich trotz aller Unwägbarkeiten seltsam beflügelt. Gemeinsam mit Nadeshda schaffte sie die schwere Kiste, gefüllt mit dem Notfallbedarf für Entführer, nach draußen. Sie mussten die Rückbänke umlegen, um die Kiste überhaupt erstmal verstauen zu können.

Glücklicherweise war um diese Uhrzeit (fast Mitternacht) an einem stinknormalen Wochentag keiner mehr auf der Straße zu sehen. Sie boten sicher einen merkwürdigen – und auch ziemlich verdächtigen – Anblick.

Nachdem die Kiste im Inneren des Wagens verschwunden war, wollte Ramona schnellstmöglich losfahren. Eine innere Unruhe machte sich langsam in ihr breit … Axel und Thore waren nun bereits seit einigen Stunden allein in dieser trostlosen Hütte. Wenn Thore diese Zeitspanne nicht überleben würde, dann wäre es aus mit ihren Träumen vom großen Geld.

Nadeshda machte gerade Anstalten, sich auf den Beifahrersitz zu werfen, als plötzlich Swetlana diensteifrig aus dem Haus gelaufen kam. Sie schleppte etwas Großes, Unförmiges mit sich.

„Was ist das, Oma?“, fragte Nadeshda einigermaßen irritiert.

„Das müsst ihr auch mitnehmen. Das war damals der letzte Schrei bei Opas Einsätzen: selbstkompostierende Leichensäcke.“ Swetlana lächelte voller Stolz über ihren guten Einfall.

„Selbstkompostierende Leichensäcke? Was soll das denn sein? Ich dachte, die waren damals in der Tschechoslowakei noch nicht so weit mit der Müllverwertung?“ Nadeshda kratzte sich am Kopf.

„Nee, nicht der Sack wird zu Kompost, sondern die Leiche darin kompostiert sich von selbst. Praktisch, oder? Da schlägt man zwei Fliegen mit einer Klappe. Und nach kürzester Zeit gibt es dann gar keine Leiche mehr.“ Swetlana lachte froh und unbeschwert wie ein kleines Kind.

Eine wirklich erstaunliche Rentnerin!

Ramona konnte man langsam mit nichts mehr schocken. „Na, dann mal rein damit. Ich glaube und hoffe zwar, dass diese Säcke nicht zum Einsatz kommen müssen, aber wer weiß das schon so genau. Ein Hoch auf Opa Jachym! Vielen Dank für deine Hilfe, Swetlana! Du bist echt der Knaller!"

Die Säcke wurden ebenfalls im erweiterten Kofferraum verstaut, Nadeshda auf dem Beifahrersitz und mit viel Schwung fuhren die beiden Frauen davon. Swetlana stand noch lange alleine am Straßenrand und sinnierte über das Leben. So jung wie heute Abend hatte sie sich seit Jahren nicht mehr gefühlt. Ihre Enkeltochter Nadeshda entwickelte sich prächtig. Sie hatte ihr anscheinend doch ein paar entscheidende Lebensweisheiten mit auf den Weg gegeben. Und darauf konnte sie wahrlich stolz sein.

„So, Jachym! Zur Feier des Tages zünde ich dir heute mal ein Extra-Kerzchen an! Und mir gönn ich 'nen Extra-Wodka!" Mit diesen Worten schlenderte Swetlana beseelt zurück ins Haus.

Während der Fahrt schwiegen Ramona und Nadeshda. Beide hingen ihren Gedanken nach. Nadeshda überlegte fieberhaft, was sie mit all dem schönen Geld anfangen könnte, das sich bald in ihrem Besitz befinden würde. Sie sah sich bereits ein Leben in Saus und Braus führen – mit wilden Champagner-Partys auf ihrer Privatyacht auf dem indischen Ozean. Sie würde sich regelmäßig bei dem Schönheitschirurgen ihres Vertrauens aufhübschen lassen und zwar so oft und so umfänglich, wie es ihr in den Sinn kam. Das Alter könnte ihr sowas von nichts anhaben. Forever young, forever rich! Ein traumhaftes Leben! Die Welt würde ihr zu Füßen liegen. Vielleicht würde sie sogar eine neue Wohltätigkeitsorganisation gründen, die ihren Namen tragen würde. Der ganze Erdball sollte wissen, dass die schönste, schlauste, sozialste Neureiche unter den Neureichen auf den wohlklingenden Namen Nadeshda Lebedew hörte. Und an diesem Namen würde man in Zukunft nicht mehr vorbeikommen. Von ganz unten hatte sie sich hochgearbeitet, um die Welt zu einem besseren Ort zu machen. Diese Geschichtsschreibung klang doch wirklich vielversprechend, oder?

Ramonas Gedanken waren deutlich profaner. Der nahende Geldstrom stellte für sie noch eine sehr abstrakte Größe dar. Sie machte sich eher um die Entwicklungen der nächsten Stunden Gedanken. Was wäre zu tun, wenn Axel Thore bereits umgelegt hätte? Nun gut, der selbstkompostierende Leichensack wäre in diesem Fall ein geeignetes Hilfsmittel und könnte sogar regelrecht befreiend wirken. Die geplante Entführung hätte sich dann allerdings schneller erledigt als gedacht. Wie würde Nadeshda damit umgehen, wenn ihr Traum vom großen Geld so jäh platzen sollte? Schnell verdrängte Ramona diesen Gedanken wieder. Dieser Verlauf der Geschichte wäre in vielerlei Hinsicht als ungünstig anzusehen.

Als schicksalsbedingte Wohl-oder-Übel-Optimistin setzte Ramona lieber auf Szenario II: Sie kämen bei der Hütte an, würden Thore noch ein bisschen stärker mit Stricken und Knebel traktieren, Nadeshda könnte mit Sturmmaske verkleidet ihm ein wenig Angst mit dem Dolch oder mit einer der Kalaschnikows einjagen. Dann würden sie ein Video des (hoffentlich!) verängstigten Thore aufnehmen und dieses an seinen reichen Stiefvater senden. Irgendwie klang diese Option auch ein bisschen holprig bis unprofessionell, aber man musste eben jetzt aus den natürlichen Gegebenheiten das Beste herausholen. Was würde Axel wohl von diesem neuen Plan halten? Besser gesagt: Wie würde er überhaupt reagieren, wenn jetzt noch jemand am Tatort des Geschehens auftauchte – noch dazu eine vollbusige, geldfixierte Kleinkriminelle?

„That's life, mein Schatz!", murmelte Ramona vor sich hin. Man konnte einiges im Vorhinein nicht exakt planen und würde im weiteren Verlauf spontan reagieren müssen. Die ganze Geschichte wurde zum Spontaneitätstraining für Ramona. In Zukunft würde sie sicher grundsätzlich schlagfertiger reagieren und sich weniger schnell von Situationen überrollen lassen. Ein wirklich positiver Nebeneffekt!

Als sie endlich nach langen, holprigen Waldwegen, die im Dunkeln noch undurchdringlicher wirkten als tagsüber, durchgeschüttelt an der Waldlaube ankamen, schaltete Ramona den Motor aus und saß einen Augenblick still hinterm Steuer.

Sie hatten während der gesamten Fahrt kein Wort miteinander gesprochen. Nadeshda hob gerade zu sprechen an: „Sollen wir jetzt erstmal …", als ein ohrenbetäubender Lärm aus der Hütte nach draußen schallte. Irgendetwas krachte da gerade lautstark zusammen. Im nächsten Moment erschien Axel mit einer Axt im Türrahmen.

„Heilige Scheiße …“, entfuhr es Ramona noch. Instinktiv duckte sie sich tief in den Autositz hinein.

11

„Jetzt ist es aus mit uns", flüsterte Nadeshda ergeben und bekreuzigte sich unwillkürlich. In Momenten der extremen Existenzbedrohung kam dann doch die katholische Erziehung durch.

Ramona schloss die Augen und zählte innerlich bis zehn. Zeit genug, um aus diesem jämmerlichen Alptraum zu erwachen. Als sie die Augen wieder öffnete, stand Axel direkt vor der Frontscheibe des Wagens und lachte irre, die Axt schwang er dabei locker hin und her.

Auf seinem Kopf thronte eine Rehbocktrophäe ihres Vaters, die er mit einer Art Gewehrgurt um den Hals fixiert hatte und so vor dem sicheren Absturz bewahrte.

„Hast du uns was Leckeres zum Essen mitgebracht, Sahneschnitte? Lass mal sehen. Wir sind nämlich hungrig. Sehr hungrig!" Dabei bleckte er sein Gebiss, das irgendwie etwas Raubtierhaftes an sich hatte. Komisch, zuvor war ihr das nie aufgefallen. Erstaunlich, welcher Blick fürs Detail ihr in einem solch beängstigenden Moment noch erhalten blieb.

Axel sprach natürlich nicht wirklich vom Essen. Er deutete gierig auf Nadeshda, die allem Anschein nach voll seinen Raubtiergelüsten entsprach. Ramona spürte ein nur zu gut bekanntes Gefühl der Hilflosigkeit in sich aufsteigen. Wahrscheinlich hatte sie nun bald Nadeshda auf dem Gewissen, die von Axel zeitnah verspeist werden würde. Ob Thore noch lebte, blieb zunächst unklar.

Nadeshda hatte sich zügig wieder gefasst und stieg kurzentschlossen aus dem Toyota aus. Anstatt wegzurennen – was vermutlich der natürlichste Instinkt gewesen wäre – ging sie entschlossen auf Axel zu, baute sich dicht vor ihm auf und flüsterte ihm ins Ohr: „Worauf hast du denn Appetit, mein kleiner Rehbock?"

Sie griff ihn unsanft am Ohr und zog seinen Kopf hinunter bis auf die Höhe ihres beängstigenden Ausschnitts. Er hing nun dicht über den riesigen, drall nach oben geschnürten Brüsten und wusste nicht recht, wie ihm geschah. Das Geweih verrutschte dabei zur Seite und bescherte ihm unfreiwillig ein ziemlich lächerliches Aussehen.

„Fall nicht gleich rein, sonst erstickst du noch!", empfahl ihm Nadeshda. Im nächsten Moment stieß sie ihm mit ihrem Knie fest zwischen die Beine. Er schrie auf vor Schmerz.

„Hast du sie noch alle, du blöde Fotze!" Der vorwitzige Rehbock hatte soeben einen herben Rückschlag erlebt und brachte einen Sicherheitsabstand zwischen sich und Nadeshda. „Ihr Weiber versteht einfach keinen Spaß!"

Ramona nutzte die willkommene Unterbrechung und fragte mit ungutem Gefühl: „Wo ist eigentlich Thore?" Hatte Axel ihn mit der Axt erschlagen? Dann würde er vielleicht portionsweise im selbstkompostierenden Leichensack verstaut werden müssen.

„Der wartet drinnen. Wir haben es uns ein bisschen gemütlich gemacht mit Papis Whiskeyvorrat. Schmeckt gar nich mal so übel, die Plörre." Axel lachte provozierend und schob seinen ungewöhnlichen Kopfschmuck wieder in die richtige Position.

„Die Plörre? Weißt du eigentlich, was Papa da für edle Tropfen zusammengestellt hat? Die Sammlung ist sein ganzer Stolz. Er bewahrt sie hier auf, weil Mama sein Hobby einfach zu kostspielig und zu gesundheitsschädlich findet. Ich hoffe, ihr habt nur mal gekostet?" Ramona stellte sich ihren tiefbetroffenen Vater vor. Ihm war nicht viel in seinem Leben heilig. Der gute alte Whiskey aber schon.

Nun erschien Thore torkelnd in der Tür der Waldlaube und wedelte mit einer fast leeren Flasche Single Malt Bunnahabhain 25. Er grinste selig und irgendwie entrückt.

„Hallo Mädels! Ist das alles aufregend hier. Hab selten so viel erlebt in meinem Leben. Der Axel und ich – wir haben eben auf Bruderschaft getrunken. Und jetzt kommen hier noch pünktlich zwei Schönheiten vorbei – mitten in der Nacht im tiefsten Wald. Ich glaub, ich träume! Noch schöner wäre es, wenn ihr meine Mamma auch gleich mitgebracht hättet. Die macht sich immer so Sorgen um mich. Dass ich keine Freunde hab und so. Wenn die mich so sehen könnte, sie wäre sicher stolz auf ihren großen Sohnemann!" Verklärt und mit glasigen Augen starrte Thore von Ramona zu Nadeshda und wieder zurück. Schlussendlich blieb sein Blick unverblümt an Nadeshdas Ausschnitt hängen.

Ramona erfasste die neue Situation vergleichsweise schnell. Ihre Reaktions- und Verarbeitungsgeschwindigkeit hatte im Verlauf eines einzigen Tages merklich zugenommen.

Thore war nicht mehr gefesselt und lief hier als freier (und besoffener!) Mann in der Waldhütte ihres Vaters herum.

Axel wirkte nicht minder betrunken und dieser körperlich-geistige Ausnahmezustand hatte kurzfristig positive Auswirkungen auf sein Verhältnis zu Thore.

Die Bedrohlichkeit der Gesamtsituation hatte eine Art Pause eingelegt, die es, in welcher Weise auch immer, zeitnah zu nutzen galt.

Sachschäden (unklarer Einsatz der Axt!) mussten dabei billigend in Kauf genommen werden, wenn dafür Menschenleben gerettet werden konnten.

Nadeshda und sie sollten jetzt das beste aus der Situation herausholen, ohne selbst zu Schaden zu kommen.

Aber: Da war er wieder. Der Traktor hatte ohne Vorwarnung Fahrt aufgenommen und Ramona hinterrücks doch überrollt. Es waren einfach zu viele Aufgaben, die in zu kurzer Zeit bewältigt werden mussten. Zu viele Aufgaben mit zu großer Tragweite.

„Wisst ihr was, Jungs? Wir stoßen jetzt erstmal mit euch an!" Ramona stiefelte kurzentschlossen an Thore vorbei in die Hütte und registrierte dabei, dass Axel mit der Axt Großteile des Inventars zerschlagen und sämtliche Wandbehänge wie Jagdfotografien und -trophäen zu Boden gerissen hatte. Sie griff sich auf Erlösung hoffend eine noch fast volle Flasche Benriach 35.

„Bevor wir uns jetzt besinnungslos betrinken, lasst mich eines noch klären: Axel, musste das hier wirklich unbedingt sein?" Ramona deutete vorwurfsvoll auf das sie umgebende Schlachtfeld.

Axel hatte sich inzwischen wieder etwas beruhigt und erklärte treuherzig: „Sorry, Perle, aber du hast von deinem Vatter doch immer nur verqueres Zeug erzählt. Der muss ja auch mal checken, dass es so nich geht! Und besser die Möbel sind Schrott als Thores Knochen, ne? Mein Prass musste einfach mal raus. Ich fand das eigentlich 'ne ganz saubre Lösung! Jetzt geht's mir auch viel besser." Wie zur Bestätigung schlug er sich mannhaft auf die Brust und drückte Ramona als Friedensangebot einen feuchten Schmatzer auf die Wange.

Diese blickte weiterhin skeptisch bis indigniert drein.

„Du weißt doch: Ich lieb nur dich! Das kann ich doch nich auf mir sitzen lassen, dass dein Vatter immer so mit dir umspringt!" Mit einem bezaubernden Grübchenlächeln und einem frechen Zwinkern zog er seine Geliebte an sich heran und küsste sie leidenschaftlich auf den Mund.

Ramona ließ diese Charmeoffensive willenlos über sich ergehen und winkte dann kraft- und ratlos ab.

„Ach, was soll's! Wir müssen wohl aus der Flasche trinken, Nadeshda! Prost!“ Mit Schwung setzte sie die Flasche an ihre Lippen und trank in gierigen Schlucken. Es brannte höllisch in ihrem Rachen, aber es fühlte sich auch befreiend an. Fuck off, das hatte sie sich einfach verdient nach diesem langen Scheißtag.

Sie reichte die Flasche an Nadeshda weiter, die inzwischen auch die zerstörte Hütte betreten hatte.

„Gar nicht mal so übel, Ramona! Bist ja doch viel cooler, als ich dachte. Na zdravi!“ Nadeshda sog in großen Schlucken den Whiskey aus der Flasche, als handele es sich dabei um Wasser. „Auf uns, Zuckerpuppe!“

12

Der nächste Morgen bot einen interessanten Anblick: Nadeshda, Ramona, Axel und Thore lagen kreuz und quer verteilt in der Hütte. Axel und Thore hatten es sich gemeinsam auf dem Doppelbett gemütlich gemacht (das einzige Möbelstück, das Axel in seinem Anfall freudiger Zerstörungswut unbeschadet gelassen hatte). Thore lag seitlich an Axels Brust angeschmiegt, während dieser auf dem Rücken liegend laut vor sich hin schnarchte. Ramona war im Sitzen an die Wand gelehnt eingenickt, genau an der Stelle, an der sie die Benriach-Flasche geöffnet und von der sie sich dann nicht mehr wegbewegt hatte. Nadeshda lag vor der Eingangstür ausgestreckt zwischen dem zerhackten Holztisch und den zersplitterten Überresten der Wandregale.

Es war dann auch Nadeshda, die als erste erwachte und somit wieder unter den Lebenden weilte. Sie fühlte sich zwar etwas verkatert, konnte sich jedoch schnell sortieren und zu ihrem ursprünglichen Plan zurückfinden. Zügig erfasste sie die Gesamtsituation und die Chancen, die sich daraus ableiten ließen. Sie schlich leise aus der Hütte und öffnete den Kofferraum von Ramonas Toyota, der glücklicherweise im Eifer des Gefechts unverschlossen geblieben war. Sorgfältig sortierte sie das Material, das sie benötigte: Stricke, Knebel, zwei Paar Handschellen.

Derart ausgestattet kehrte sie zurück zur Waldlaube. Vorsichtig alle Hindernisse in der Hütte umgehend, näherte sie sich dem Doppelbett, auf dem Axel noch immer lauthals schnarchte. Es kostete sie einige Mühe, Thore in ihre Richtung zu drehen. Er war schwer und unbeweglich wie ein nasser Sack und das, obwohl er doch von sehr schmächtiger Statur war. Glücklicherweise waren beide Männer aufgrund des vorangegangenen Saufgelages so weggetreten, dass sie von Nadeshdas handwerklichen Tätigkeiten nichts mitbekamen.

Zunächst verschnürte sie Thores Körper so gut es eben möglich war. Sein rechtes Handgelenk ragte einladend ausgestreckt in ihre Richtung, sodass sie ihn problemlos mit den Handschellen an das Messinggestell des Bettes ketten konnte. Nun kletterte sie kurzerhand über ihn und zog den linken Arm weiter nach oben, damit sie auch das linke Handgelenk am gleichen Gestell befestigen konnte.

Den Knebel zu platzieren, würde eine größere Herausforderung darstellen. Sie versuchte, mit beiden Händen seinen Kiefer zu öffnen, aber das erwies sich als schier unmöglich. Bei Axel wäre das zu diesem Zeitpunkt kein Problem gewesen, da er ohnehin mit offenem Mund schlief und schnarchte.

Nadeshda nahm den Knebel und probierte, ob sich vielleicht der Mund automatisch öffnen ließe, wenn sie ihn sanft gegen Thores Lippen presste. Nichts passierte.

Doch. Er wurde wach. Restalkoholisiert, wie er war, erfasste er die Situation nur verzögert. Zunächst hatte er die furchterregende Fantasie, dass Nadeshda sich an ihm zu schaffen machte, um ihn zu verführen. Er hatte von solchen Sexabenteuern gelesen und sie sich auch in unterschiedlichen pornografischen Formaten angeschaut. Am eigenen Leib war er jedoch nie in den Genuss einer solchen Behandlung gekommen.

Aber was hieß überhaupt Genuss? Er war eher der romantische Blümchensextyp – deshalb ängstigte ihn diese Vorstellung sehr. Ohnehin holte ihn die Realität nun schroff ein. Zu unbequem war die Position, in der sie ihn befestigt hatte. In dem Moment, als er den Mund öffnen wollte, um etwas zu sagen, stopfte sie ihm blitzschnell den Knebel in den Mund.

„Schschsch … Schön ruhig! Guten Morgen, mein Süßer!“, beruhigte sie ihn vorsichtshalber.

Aber Thore brauchte nicht beruhigt zu werden. Warum sollte er auch davongekommen sein? Glück war nichts, was ihm in die Wiege gelegt worden war. Er zog eher die Trostlosigkeit des Seins an, und die Entwicklungen der letzten 36 Stunden passten dazu ganz gut.

Kurz durchfuhr ihn die schmerzhafte Einsicht, dass er einfach in der vergangenen Nacht hätte abhauen können. Wenn er es nicht in besoffenem Zustand komplett verpennt hätte. Shit happens! Bei ihm allemal.

Nadeshda weckte nun zunächst Ramona und im Anschluss Axel, die beide deutlich verkaterter wirkten, als es bei ihr der Fall war. Das waren wohl die slawischen Gene, die eine gewisse Trinkfestigkeit mit sich brachten. Wie praktisch.

Axel wirkte verwundert wie ein kleiner Junge, dass man seinen neu gewonnenen Freund Thore in eine solch missliche Lage gebracht hatte. Das konnte er so nicht auf sich sitzen lassen.

„Was soll das? Du tust ihm weh! Geht man so mit seinen Freunden um?“ Axel war ehrlich empört.

„Jetzt mal einfach die Schnauze halten. Ramona und ich haben einen sehr guten Plan. Dafür brauchen wir deine Mithilfe, Axel!“ Nadeshda fixierte ihn unerschrocken und streng.

„Ramona, würdest du Axel kurz unser weiteres Vorgehen skizzieren?“ Nadeshda hob die Augenbrauen.

„Äh, ja. Das weitere Vorgehen … Also wir dachten, wir könnten ... Also ja, Thores Stiefvater hat jedenfalls Geld. Viel Geld.“ Ramona wirkte unkonzentriert und konnte mit ihren Ausführungen nicht wirklich überzeugen.

Thore schüttelte verzweifelt seinen Kopf und gab seltsame Laute von sich. Axel wirkte ratlos, was er mit der neuen Information anfangen sollte.

„Ja und?“, fragte er wenig geistreich.

„Schnallst du es denn nicht? Wir wollen da ein bisschen Kohle rausholen. Damit der ganze Scheiß hier nicht völlig sinnlos und umsonst ist. Und wer weiß, wenn Klein-Thore brav mitmacht, kriegt er auch was ab von Papas Kohle. Freiwillig verschenkt der nämlich eher nichts.“ Nadeshda verdrehte ihre Augen. Ihr Team überzeugte nicht gerade durch intellektuelle Glanzleistungen.

„Ja, wenn du meinst“, antwortete Axel eher unwillig und wenig begeistert. „Was denkst du denn, was wir da an Kohle rausholen könnten?“

„Ich dachte an Zwei. Das sollte wohl drin sein.“

„Zweitausend Euro? Meinst du, der macht das einfach so?“ Axel blickte zweifelnd drein.

„Zwei Millionen, du Knallcharge! Einfach so – nö! Wir drehen gleich ein feines Erpresservideo mit Thores Handy, schicken das dem lieben Papi und warten mal ab, was passiert. Ich denke, unsere Chancen stehen nicht schlecht, dass der die Kohle rüberschiebt.“ Und sie ergänzte, an Thore gewandt: „Und wenn wir dir davon was abgeben, dann hüllst du dich im Gegenzug in vornehmes Schweigen über unsere heimelige gemeinsame Zeit hier, ja?“ Nadeshda tätschelte ihm liebevoll die Wange.

Thore nickte ergeben. Was sollte er auch in dieser verfahrenen Situation anderes tun?

13

„Tut mir leid, Kumpel! Echt."

Axel schlug zu. Mitten auf Thores aufgeplatzte Lippe, die gerade angefangen hatte, zu verheilen.

Thore stöhnte auf. Der in seinem Mund befindliche Knebel erleichterte Axels Arbeit zusätzlich. Die Lippe sprang postwendend wieder auf und begann spektakulär zu bluten.

„Jetzt nochmal aufs Auge!", ordnete Nadeshda routiniert an, als ob sie solche Maßnahmen häufiger moderierte.

Thore schüttelte entsetzt den Kopf. Bämm! Und schon hatte Axel kräftig ausgeteilt. Thore wimmerte vor Schmerz.

„Jetzt stell dich nich so an! Meinste, mir macht das Spaß?" Axel wirkte, als sei er tatsächlich von Gewissensbissen geplagt.

Ramona legte letzte Hand an bei der Gestaltung eines Pappschildes. Das Schild hatte sie aus einem Karton von jaegerbedarf.de herausgetrennt. Leider waren vor Ort keine deckkräftigen Plakafarben und noch nicht einmal stinknormale Wasserfarben zu finden gewesen. So musste sie ihr künstlerisches Geschick mit Kugelschreibern beweisen, die mehr oder weniger schnell den Geist aufgaben.

Kritisch überprüfte sie das Ergebnis ihrer Arbeit. Nun gut – wenn man das mangelhafte Arbeitsmaterial berücksichtigte, konnte man es als durchaus zufriedenstellend bezeichnen. Es würde seinen Zweck erfüllen.

„Seit zwei Tagen Gefangener des StB" stand auf dem Plakat.

Die Filmaufnahmen konnten nun beginnen. Thore wurde gefesselt und geknebelt wie er war auf einem Holzschemel platziert (die beiden Stühle hatte Axel leider bereits zu Kleinholz zerlegt). Seine zerschlagene Visage sah tatsächlich furchterregend aus. Auf Axels Arbeit war Verlass. Er hatte wirklich ein Goldhändchen in solchen Dingen.

Das Plakat lehnte Ramona an Thores zusammengeschnürte Beine. Axel und Nadeshda hatten die Sturmhauben übergezogen. Da Nadeshdas Kleidungsstil etwas zu frivol für solch ein Video wirkte, hatte sie den Lodenparka in Übergröße angezogen, der eigentlich Ramonas Vater gehörte und an kalten Jagdtagen zum Einsatz kam. Praktischerweise kaschierte der Mantel auch etwas Nadeshdas übermächtige Brüste, sodass diese nicht für Ablenkung vom eigentlichen Geschehen sorgen konnten. Ramona reichte den beiden jeweils eine Kalaschnikow. Axel erhielt zusätzlich den Dolch für die andere Hand. Wer weiß, wofür das gut war. Die Drohkulisse musste überzeugend wirken.

Da Nadeshda als die Intelligentere der beiden galt (zugegeben war das nichts, worauf man hätte stolz sein können), sollte sie das Sprechen übernehmen. Axel musste in erster Linie gefährlich und unberechenbar wirken (die Rolle schien ihm auf den Leib geschneidert).

Ramona zückte Thores Handy und wollte mit der Aufnahme beginnen. „Ich brauch deine PIN, Thore!"

Keine Antwort.

„Thore???" Achso. Sie zog mit einem Ruck den Knebel aus seinem Mund.

„Aua. Manno. Sei doch mal vorsichtiger. 2412. Das ist das Geburtsdatum meiner Mamma. Ein so schönes Datum! Ich finde …" Ramona stopfte den Knebel ohne Vorwarnung mit voller Wucht wieder zurück in Thores Rachen.

Der quietschte erbärmlich.

„Das Geburtsdatum deiner Mamma?! Das ist der gottverdammte Geburtstag von Jesus Christus, du Hohlbratze! Du checkst ja auch gar nix!", empörte sich Axel rechtschaffen.

Ohne die Debatte weiter zu vertiefen, gab Ramona nun das Kommando: „Los jetzt. Wir starten. Konzentration Nadeshda! Drei, zwei, eins. Action."

Ramona drückte den roten Knopf für die Aufnahme und Nadeshda setzte ein:

„Guten Tag, Herr Mallm. Wir wenden uns heute vertrauensvoll an Sie, weil wir Ihnen ein unwiderstehliches Tauschgeschäft vorschlagen wollen: Ihr Geld für Mammas kleinen Held! *(Um keine Missverständnisse aufkommen zu lassen, um wen es sich dabei handelte, kraulte Nadeshda Thore mit ihrer freien Hand wie ein liebesbedürftiges Haustier.)* Eine Investition in die glückliche Zukunft Ihrer Ehe! Wir holen die Scheinchen bei Ihnen Zuhause ab. Zwei Millionen. Morgen früh. Dann bekommen Sie auch Ihren süßen Dreikäsehoch wieder. Dem gefällt es hier bei uns nicht sooo gut. Wenn es viermal klingelt, dann sind wir das. Bitte stellen Sie dann kommentarlos den Koffer mit dem Geld vor die Tür. Wir sehen uns."

Wie zuvor verabredet, schwenkten Nadeshda und Axel zum Abschluss des Videos die Waffen über ihren Köpfen. Ramona hatte die Assoziation, zwei wilde Kannibalen mit ihrer Beute zu beobachten. Ungefähr genauso ungebildet waren die beiden ja auch. Thore blickte gottergeben drein. Dem war schon alles egal.

„Und, wie war ich?", fragte Nadeshda sichtlich stolz. Diese Frage stellte sie sicher in anderen Momenten Ramonas Vater, überlegte diese kurz und verdrängte den Gedanken schnell wieder.

„Also ehrlich gesagt … Ich weiß nicht." Ramona druckste herum. Offene Kritik und schonungslose Ehrlichkeit waren nicht so ihre Sache.

„Was meinst du damit?", fragte Nadeshda scharf. „Axel, was sagst du zu meinem Auftritt?"

„Toll! Echt super! Können wir so lassen." Axel nickte nachdrücklich, um bloß keinen Argwohn zu säen. Er hatte längst begriffen, wer hier der Boss war und dass man sich mit Nadeshda besser keinen Ärger einhandelte.

Ramona rang mit ihrer inneren Zurückhaltung und der allzu guten Kinderstube.

Dann platzte es aber dennoch aus ihr heraus: „Hör zu, Nadeshda! Du bist grandios! Ganz klar. Besser als wir alle zusammen. Ich denke bloß, dass man da vielleicht noch das ein oder andere etwas stärker herausstellen könnte. Zum Beispiel die Sache mit dem Plakat. Warum haben wir Thore überhaupt gekidnappt? Was hat es mit dem mysteriösen StB auf sich? Was passiert mit Thore, wenn Henning Mallm die Kohle nicht zahlt? Und zu guter Letzt: Hältst du es für schlau, wenn wir das Geld bei ihm daheim persönlich abholen? Was, wenn dort die Polizei auf uns wartet?"

Ramona holte tief Luft. So viel redete sie sonst nie ungefragt. Und eigene Gedankengänge einzubringen war ihr auch mehr als fremd. Was würde jetzt wohl passieren? Sie duckte sich in vorauseilendem Gehorsam.

Nadeshda stutzte. Kritik war sie tatsächlich nicht gewohnt. Ihr erster Impuls war, diese verklemmte Schnecke namens Ramona kurzerhand zu zertreten. So machte man das nun mal im Gartenbau. Schneckengift auszubringen würde jetzt zu viel Zeit kosten.

Doch dann dachte sie für einen Moment nach. Was, wenn Ramona recht hatte? Sollte sie es wagen, auf die Schnecke zu hören? Sie hätte ja nichts außer ihrem Stolz zu verlieren (was zugegebenermaßen schon eine ganze Menge war). Nadeshda rang mit sich selbst.

„Weißte was, Frau Neunmalklug? Wir probieren es aus. Wir nehmen einfach nochmal ein Video auf und schicken dann das Bessere ab. Ich glaube nicht, dass du recht hast. Aber probieren kostet ja nichts." Nadeshda schaute hochmütig und latent angekotzt drein.

Nun setzte Ramona alles auf eine Karte: „Wie wäre es mit einem Intro für unser Erpresservideo? So 'ne passende Musik als Einführung meine ich?"

„Sag mal, willste den Preis für die beste Regie kriegen oder was? Wir wollen einfach nur die Kohle haben, kapiert?!" Axel schaltete sich genervt in die Debatte ein. Das alles dauerte ihm viel zu lange.

„Lass mal herhören", zeigte sich Nadeshda gönnerhaft.

Ramona spielte *Jung und dumm* von Faber an. „Über die Boombox krieg ich das noch lauter rein."

Faber sang:

Ich würd' gerne Immobilienhaie fischen aus dem Zürichsee mit dir.
Doch diese Wichser entwischen mir…

„Also motivierend klingt das nicht gerade, Ramona." Nadeshda schaute zweifelnd in die Runde.

„Ich dachte, ein bisschen Understatement schadet nichts. Muss ja nicht …", ruderte Ramona wieder zurück.

„Doch, doch. Mach mal. Kommt irgendwie doch intellektuell rüber, finde ich."

Nadeshda zeigte sich überraschend offen für Ramonas Vorschläge. Verklemmte Schnecken hatten hin und wieder doch den unschätzbaren Wert, dass sie – zumindest mit etwas Glück bei der Schneckenwahl – über gewisse Theoriekenntnisse verfügten. Nadeshda war da eher die Frau fürs Praktische und Axel – nun ja – der war der Mann fürs Kleinholz. In jeder Hinsicht. Vielleicht bildeten sie drei in ihrer Zwangssymbiose doch ein unerwartetes Dream-Team. Und ihr Entführungsopfer erschien zumindest kooperativ, wenn auch nicht gerade hochmotiviert.

„Wir probieren es nochmal mit dem Video. Das Intro geht bis zum Ende des ersten Refrains. Nach „Immerhin jung" zählst du innerlich bis fünf, Nadeshda, und legst dann los, okay?" Ramona klang zunehmend souveräner in ihrer neuen Rolle als Regisseurin.

„Ja, in Ordnung. Ich geb mir Mühe. Das waren eben ziemlich viele neue Anweisungen, die ich jetzt umsetzen soll."

Hatte Nadeshda gerade von Anweisungen gesprochen? Ramona runzelte irritiert über ihre eigene ungeahnte Durchsetzungskraft ungläubig die Stirn.

„Soll ich Thore zwischendurch mal mit der Kalaschnikow auf den Kopf hauen? Oder mit dem Dolch das T-Shirt zerschneiden?" Axel wollte nun auch mehr Raum in dem durchchoreografierten Video einnehmen.

Ramona hatte dahingehend gleich eine gute Idee: „Du könntest ihn am Ende des Videos mit der Kalaschnikow in den Rücken schlagen, sodass er vom Schemel kippt. Gut?"

Thore rollte entsetzt mit den Augen.

„Yeah! Das is mein Mädchen! Da krieg ich ja gleich Bock auf dich, Perle!" Langsam fand Axel wieder Gefallen an seiner sonst so bescheidenen Lehrerin. So bestimmend durfte sie ruhig öfter auftreten! Das törnte ihn irgendwie an.

„Also los jetzt. Drei, zwei, eins – Action."

Das Intro startete.

Wie verabredet stoppte die Aufnahme an der richtigen Stelle, Nadeshda wartete kurz und begann zu sprechen: „Guten Tag, Herr Mallm! Wir haben Ihren Sohn entführt. Wir – das ist der StB. Wer uns totgesagt hat, weiß jetzt Bescheid. Im Untergrund haben wir all die Jahre weitergemacht. Sozusagen aus alter Familientradition heraus. Wir wollen die Tschechoslowakei in ihrer ursprünglichen Form zurück. Und dafür brauchen wir Geld. Ihr Geld! Besorgen Sie zwei Millionen in kleinen, unmarkierten Scheinen bis übermorgen. Das Geld packen Sie in einen Koffer und geben diesen am Hauptbahnhof in Gabis Schenke ab. Gabi kennt mich und wird das Geld entgegennehmen. Verarschen Sie uns nicht, sonst geht es dem da schlecht."

Axel schlug mit ganzer Wucht das Gewehr in Thores Rücken, sodass dieser mit vollem Schwung vom Schemel kippte und auf das ohnehin lädierte Gesicht knallte. Öffentlichkeitswirksam winselte Thore und wand sich vor Schmerzen auf dem Boden. Nun schwenkten Nadeshda und Axel wieder wie die Wilden ihre Kalaschnikows. Faber setzte erneut ein. Und Schluss.

„Geil. So langsam komm ich richtig in Fahrt. Das macht Spaß!" Nadeshda war ganz erregt von ihrem schauspielerischen Talent. „Warum ziehst du schon wieder so 'ne Schnute, Schnecke?" Sie musterte Ramona misstrauisch.

Diese antwortete pädagogisch geschult: „Ja, das war gut. Sehr gut. Eine wirkliche Verbesserung. Aber, Nadeshda, denk doch mal: Gabis Schenke? Die kriegen Gabi doch sofort dran, wenn wir das so rauschicken. Und wir hätten noch eine Mitwisserin mehr, die womöglich auch was abhaben will von unserer Kohle. Das geht so nicht."

In diesem Moment ließ Axel einen Wutschrei los. „Ihr geht mir auf den Sack. Was soll dieser ganze komplizierte Scheiß? Wir werden ja nie fertig! Dann laber du doch deinen schlauen Kram einfach von draußen rein. Nadeshda und ich sind nur die Brutalos, die nix zu sagen haben."

Nadeshda wollte empört intervenieren, aber sie war schlau genug, die Lage realistisch einzuschätzen. Axel stand kurz vor einem irreversiblen Wutausbruch. Und das konnten sie sich jetzt nicht leisten.

„Gut, so machen wir das, Axel. Beruhig dich bitte und schaff Thore wieder in die Ausgangsposition. Das war eben großartig mit dem Gewehrschlag." Nadeshda schmeichelte Axel gekonnt und kraulte beruhigend seinen Nacken.

Mit einem Griff seiner groben Pranke zog Axel Thore unsanft zurück auf den Schemel. Thore sah nach dem letzten Sturz nun vollends zerschlagen aus. Seine Nase blutete heftig und war geschwollen. Er zeigte keinerlei Widerstand und machte den Eindruck als hätte er längst mit allem, was in der Waldhütte vor sich ging, abgeschlossen.

„Okay. Wir starten. Drei, zwei, eins – Action!"

Intro Faber

Ramona aus dem Off: „Guten Tag, Herr Mallm! Sie kennen uns bisher nicht, aber wir kennen Sie. Und wir haben hier wen, der Ihnen etwas bedeuten dürfte. Richtig. Ihren Sohn. Wir sind vom StB. Totgesagte leben länger. Wir wollen die gute, alte Tschechoslowakei zurück und arbeiten hart daran. Dafür brauchen wir Ihr Geld. Zwei Millionen dürften für Sie ja ein Klacks sein. Das Geld verstauen Sie bitte in kleinen, unmarkierten Scheinen in einen Koffer, den sie übermorgen aus der Regionalbahn von Köln nach Troisdorf werfen. Sie nehmen die Bahn um 13.13 Uhr und schmeißen den Koffer kurz vor der Haltestelle Spich auf der Höhe Grüner See aus dem Zugfenster. Keine Polizei. Sonst geht es dem da schlecht. Ich möchte sogar sagen: Sehr schlecht."

Axels gehaltvoller Schlag in Thores Rücken.

Der kippte vorschriftsmäßig mit vollem Schwung vornüber. Gewinsel am Boden. Axel und Nadeshda schwangen die Kalaschnikows.

Faber.

Und Aus.

14

Nachdem das Video nun endlich in eine vorzeigbare Form gegossen war, stellte sich heraus, dass Thores Funkverbindung nicht ausreichte, um es an Henning Mallm zu versenden.

„Scheiß-O2! Mobilfunk für Arme!“, zeterte Axel vor sich hin.

„Das hilft nix! Da müssen wir wohl ein Stück zurück in die Zivilisation, um das Ding zu versenden. Dann kann Ramona ja auch gleich 'n paar Vorräte für uns an der Tanke besorgen.“ Nadeshda dachte wie immer praktisch.

Ramona wunderte sich nur kurz. Wer genau hatte gerade wieder mal entschieden, dass sie der Depp sein würde, der zurückfährt, das Video verschickt und Vorräte besorgt?

„Ich finde, Axel sollte fahren“, brachte sie sich widerständig ins Gespräch ein. So weit, Nadeshda als Fahrerin vorzuschlagen, reichte ihr Mut nun doch nicht.

„Auf keinen Fall! Wenn der irgendwo an der Tanke auftaucht, rufen die schonmal prophylaktisch die Bullen. Der sieht original aus wie ein Schwerverbrecher.“ Nadeshda klang kategorisch.

„Ich BIN ein Schwerverbrecher, Zuckerschnute! Schön, dass du das auch mal anerkennst!“ Axel sonnte sich sichtlich in seinem fragwürdigen Ruhm.

Die 48 Stunden ohne Dusche oder sonstige Pflegemöglichkeit hatten seinem Aussehen den letzten Schliff verpasst.

„Ich versuche jetzt erstmal, ob mein Handy hier vielleicht Netz hat. Ich hab gerade ehrlich keinen Nerv, die ganze Holperpiste wieder zurück zu fahren, nur um für euch ein paar „Leckereien“ an der Tanke zu holen.“

Ramona schaltete ihr Handy ein. „Strike! 1&1 empfängt hier problemlos!“ Der Triumph währte nur kurz. Im nächsten Moment runzelte sie unglücklich die Stirn.

„Oh nein. Sogar Signal-Nachrichten von meiner geliebten Schulleiterin. Ich habe vergessen, mich in der Schule krankzumelden. Sie hat bereits die Schulbehörde informiert. Das zweite Mal innerhalb von zwei Tagen. Das gibt Ärger.“ Sie seufzte entnervt und checkte die Uhrzeit. „16.10 Uhr. Jetzt erreiche ich da ohnehin keinen mehr. Ich muss unbedingt morgen früh um 7.30 Uhr pünktlich dort anrufen. Erinnert mich bitte, ja???“

„Klaro, Schnecke! Aber jetzt mal los! Das Video verschickst du natürlich nicht über dein Handy! Denk doch mal mit: Dann haben sie uns ja gleich. Fahr los, schick‘s über Thores Handy raus und mach die Besorgungen. Für mich Kippen und Diät-Limo. Zackizack!“ Widerstand war zwecklos, wenn Nadeshda so entschlossen war.

Ramona gab also auf und schlurfte gebeutelt zu ihrem treuen Gefährt. Irgendwie sah der Corolla heute noch schäbiger aus als ohnehin schon. Vielleicht war er aber auch einfach nur genauso mies gelaunt wie sie gerade. Auch Autos haben schließlich Gefühle.

„Vergiss nicht, dein Handy wieder auszuschalten!“, rief Nadeshda ihr noch überflüssigerweise nach.

„Vergiss nicht, Thore den Knebel wieder rauszunehmen und mal mit ihm aufs Klo zu gehen!“, antwortete Ramona in Ansätzen bösartig. Warum sollte nur sie solch ein Vergnügen haben.

Mit einem leichten Grinsen im Gesicht stieg sie dann ins Auto und holperte los.

Wenn sie es sich recht überlegte, hatten sie nach Abschluss des Videodrehs keinen halben Gedanken mehr an Thore verschwendet. Er hatte da einfach stumm und gefesselt rumgelegen, und sie hatten sich unterhalten, als wäre er nicht weiter existent. Wenn sie ihn tatsächlich in die Erpressung im versöhnlichen Sinne mit einbeziehen wollten, dann mussten sie dringend an ihrer Opferbindung arbeiten. Mit Geld alleine würde sich sein Schweigen über die Vorfälle vermutlich nicht sichern lassen. Sie würden ihn anständiger behandeln müssen. Ihre Aufgabe war es, das den anderen beiden nach ihrer Rückkehr schleunigst klarzumachen, bevor der Schuss nach hinten losging. Wieviel sollten sie Thore wohl von der Beute abgeben? Ganz gerecht ein Viertel des Betrags? Oder würde es auch ein Achtel tun? In gut geschüttelten Gedanken versunken erreichte Ramona nach etwa 30 Minuten Fahrt die nächstgelegene Tankstelle.

Noch im Auto sitzend verschickte sie das Video an Henning Mallm, dessen Nummer natürlich in Thores Handy gespeichert war. Nun gab es kein Zurück mehr. Sie, Ramona Lorenz, gehörte spätestens ab diesem Moment ebenso zur kriminellen Kaste wie ihr zweifelhafter Lover und die mit allen Wassern gewaschene Geliebte ihres Vaters. Mehr Abenteuer konnte man vom Leben wohl vorerst nicht erwarten. Eine Gänsehaut überzog sie bei diesen Gedanken.

Sie schaltete Thores Handy wieder aus, stieg aus dem Auto und marschierte in die Tankstelle. Sie registrierte ihr eigenes Spiegelbild in den Glasscheiben der Tankstelle und erschrak: Sie sah abgerissen und übernächtigt aus. Die Haare wirr, tiefe Augenringe, zerknitterte Klamotten. Ein Schatten ihrer selbst. Obendrein musste sie noch eine gehörige Whiskeyfahne vom Saufgelage des Vorabends haben.

Gesenkten Blickes betrat sie die Tanke und besorgte fahrig Toastbrot, Butter, Scheiblettenkäse, ein Glas Nutella und Diät-Limo. Sie näherte sich der Kasse und rief dem Mädchen zu, das mit dem Rücken zu ihr stand und gerade die Zigaretten neu einsortierte: „Zwei Päckchen Ernte 23 bitte." Ein kleiner mieser Seitenhieb an Nadeshdas Adresse. Sie wusste, dass sie diese Marke verabscheute. Simple german blend halt.

„Frau Lorenz?" Das Mädchen hatte sich umgedreht und starrte sie merkwürdig befremdet an.

„Melinda! Das ist ja ein Ding! Was machst du denn hier?" Ramona war ja inzwischen an böse Überraschungen gewohnt, aber mit ihrer Schülerin hatte sie an dieser Stelle nicht gerechnet. Sie gab sich Mühe, locker und unbefangen zu wirken.

„Meine Cousine jobbt hier, und ich helfe ihr hier und da. Ist alles in Ordnung mit Ihnen? Sie sehen so – anders aus." Melinda musterte Ramona misstrauisch von oben bis unten.

„Natürlich. Was soll schon sein?" Ramona lachte gekünstelt.

„Naja, sie waren ja heute nicht in der Schule. Es gab ein ziemliches Chaos deswegen. Malte hat 'ne Schlägerei angezettelt. Mein Vater war heute Nachmittag deshalb schon bei Frau Bietighofen." Melinda schaute schuldbewusst.

Blödes Miststück, dachte Ramona zerknirscht. Direkt mal zum lieben Papi gerannt, der wird schon was draus machen.

„Mach dir bloß keine Sorgen, Melinda! Mir geht es gut. Ich habe mir nur einen Magen-Darm-Virus zugezogen, den ich noch auskurieren muss." Ramona bemühte sich um überzeugende Freundlichkeit.

Melinda schaute pikiert auf die Einkäufe und scannte sie schweigend ein. „Das wären dann 24,89 €, Frau Lorenz."

„Wo ist denn deine Cousine, Melinda? Darfst du überhaupt hier schon die Kasse bedienen und Zigaretten verkaufen?“ Diese blöde, hinterhältige Schnepfe würde sie schon noch eingeschüchtert bekommen.

„Das lassen Sie mal meine Sorge sein, Frau Lorenz. Ich wünsche Ihnen eine rasche Genesung! Und trinken Sie nicht zu viel Diät-Limo. Ist schlecht für den Magen.“ Melinda winkte ihr mit einem verschlagenen Gesichtsausdruck zum Abschied hinterher.

Seit wann konnte dieses Biest so viele gerade, sachlogische Sätze – und das auch noch am Stück – formulieren?

Vielleicht hatte Ramona sie doch bislang unterschätzt. Nicht das Gretchen, der Mephisto käme als Rollenbesetzung für Melinda in Frage.

„Danke! Man sieht sich, Melinda von Papenburg!“ Um eine aufrechte Haltung und einen letzten Rest Würde bemüht trollte sich Ramona niedergeschlagen zu ihrem Auto.

15

Die Rückfahrt zur Waldlaube gestaltete sich noch unangenehmer als alle vorherigen Fahrten. Zum Schüttelfaktor gesellten sich Ramonas trübe Gedanken sowie ab Mitte der Strecke ein unvermittelt einsetzender Regenschauer. „Regenschauer“ war als Ausdruck eine leichte Untertreibung: Es schüttete wie aus Eimern, sodass die Scheibenwischer von Ramonas altersschwachem Gefährt keine Chance hatten. Sie sah quasi nichts und hatte große Mühe, überhaupt auf dem Weg zu bleiben. Letztlich gab sie entnervt auf, hielt an, stoppte den Motor und harrte der Dinge, die da kamen.

Zwei Nächte und einen lausig langen Tag würde sie noch in der völlig demolierten Waldhütte überbrücken müssen und das in illustrer Gesellschaft. Dann sollte hoffentlich die Lösegeldzahlung durch das Zugfenster erfolgen, und sie könnten alle zum Alltag zurückkehren.

Nach ihrer Ankunft in der Hütte musste sie zunächst dringend den Umgang mit ihrem Entführungsopfer thematisieren und auf nachhaltigere Behandlung desselben von Seiten der Femme fatale und des Ex-Knackis bestehen. Oje, das würde schon schwer genug werden.

Und wie würden sie den laaangen morgigen Tag gemeinsam überstehen? Sie hätte in der Tanke noch ein paar Zeitschriften und Rätselhefte mitnehmen sollen. Das Handy fiel als Beschäftigungsmöglichkeit jedenfalls flach.

Und welche Bedeutung hatte die Begegnung mit ihrer Schülerin Melinda an der Tankstelle? Melinda hatte äußerst misstrauisch auf sie reagiert. Und dass ihr Vater der skrupellose und nur auf den eigenen Vorteil bedachte Schulelternsprecher ihrer Schule war, machte die Sache nicht besser. Sicherlich wartete der Kerl nur darauf, irgendwelche Schwachstellen an der Klassenlehrerin seiner Tochter zu finden, um für dieses mäßig begabte Wesen das Beste rauszuholen. Aber auch hier führten ihre unguten Vorahnungen zu nichts weiter, als dass ihre Laune weiter in Richtung Keller sank. Das Leben als Kriminelle war ganz schön ermüdend. Der erhoffte Glamourfaktor ließ bedauerlicherweise auf sich warten.

Der Regen prasselte mit voller Wucht auf ihren Corolla nieder, so, als wolle er sie wegspülen. Selbst der Wald konnte dieser Naturgewalt nicht viel entgegensetzen. Ramona verlor jedes Zeitgefühl. Der Himmel verdunkelte sich immer weiter. Aber lag das am Wetter oder setzte bereits die Dunkelheit ein?

Nach einer gefühlten Ewigkeit schwächte sich der Regen allmählich ab. Sie startete ihren Motor und fuhr langsam los. Es war tatsächlich inzwischen dämmrig geworden, und sie musste mit Licht fahren, um überhaupt noch etwas zu erkennen. Zum Glück kannte sie die Strecke inzwischen gut genug, um sich einigermaßen sicher orientieren zu können. Nach einer Weile hatte sie jedoch das Gefühl, als würden hinter ihr Scheinwerfer aufleuchten. In ihrem Rückspiegel hatte etwas kurz und hell reflektiert. Sie hielt an und drehte sich um. Nichts zu erkennen.

Meine Güte, sie war mittlerweile wirklich total überreizt und paranoid. Wer sollte denn bitte um diese Uhrzeit im Dunkeln hier im Wald herumfahren? Selbst die hartgesottensten Jäger würden sich nicht gerade dieses Wetter aussuchen, um auf Wildschweinjagd zu gehen.

Also fuhr sie weiter und schüttelte ungläubig über sich selbst den Kopf. Sie hatte vermutlich zu viele Horrorfilme in ihrem Leben gesehen. Die Wahrscheinlichkeit, in einer belebten Großstadt Opfer eines Gewaltverbrechens zu werden, war doch deutlich größer als in einem dunklen, unbelebten Wald fernab von jeder Zivilisation.

Es dauerte jedoch nicht lange und wieder waren Lichtreflexe in ihrem Rückspiegel zu erkennen. Diesmal handelte es sich eindeutig nicht um eine Einbildung. Es war noch jemand mit einem Fahrzeug in diesem düsteren Wald unterwegs.

Und nun machte Ramona den Anfängerfehler schlechthin. Anstatt ihre Spur zu verwischen und Waldwege einzuschlagen, die von der Waldlaube wegführten, fuhr sie zielstrebig und mit erhöhter Geschwindigkeit zur Hütte hin. Sie hatte Angst und erhoffte sich Unterstützung von ihren zweifelhaften Gefährten. Schlussendlich setzte bei ihr das klare Denken in diesem Moment vollends aus. Instinktiv wollte sie nur noch raus aus der beklemmenden Situation und nicht mehr allein einem fremden Verfolger im Wald ausgeliefert sein. Alles Weitere spielte augenblicklich keine Rolle.

Und dass sie verfolgt wurde, stand nun unbestreitbar fest. Die Scheinwerfer blieben zwar in sicherer Entfernung, folgten ihr jedoch unablässig. Verkrampft klammerte sich Ramona an ihr Lenkrad und das Auto schoss über Unebenheiten im Boden förmlich hinweg. In einem anderen Moment wäre ihr sicher bei dieser Fahrweise schlecht geworden, aber dazu hatte sie nun schlichtweg keine Zeit.

Endlich sah sie den schwachen Lichtschein der Hütte durch die Bäume schimmern. Ein gutes Stück vor der Hütte stoppte sie den Wagen, sprang heraus und rannte völlig gehetzt los. Sie hämmerte an die Holztür und schrie hysterisch: „Ich werde verfolgt! Schnell! Lasst mich rein!"

Es dauerte einen Moment, dann erschien Axel nur mit Boxershorts bekleidet an der Tür. „Was'n los, Baby?"

In eben dieser Sekunde fuhr bereits mit Schwung ein Wagen vor.

Nicht irgendein Wagen: Eine Chevrolet Corvette Z06. Der kostet sicher ein Vermögen, dachte Ramona noch.

Die Scheinwerfer des Luxusgefährts waren wie ein kunstvoll arrangierter Lichtspot unerbittlich auf die beiden im Türrahmen befindlichen Zielobjekte gerichtet, sodass Ramona und Axel mit ihren Händen geblendet ihre Augen abschirmen mussten. Es war nicht zu erkennen, wer am Steuer des Wagens saß. Kalte, monotone Techno-Beats drangen aus dem Innenraum und erschütterten die Stille des abendlichen Waldes.

So vergingen einige endlos lange Sekunden, die sich für Ramona wie eine ihrer altbekannten Zeitschleifen anfühlten. Gefangen im Hier und Jetzt und unfähig zu reagieren starrte sie immerzu in die grellen Lichtkegel der Scheinwerfer. Auch Axel erschien in diesem Augenblick zur Salzsäule erstarrt zu sein. Im Inneren der Hütte rührte sich ebenfalls nichts.

Unerwartet kam dann aber plötzlich doch Bewegung in die Szenerie: Die Wagentür der Corvette schnappte mit einem bissigen Geräusch auf. Techno-Beats fluteten den wehrlosen Wald.

Und ehe man sich versah, entstieg divenhaft eine kleine, drahtige Figur mit imposanter körperlicher Präsenz dem sportlichen Gefährt.

Ihr auberginefarbener, streng geschnittener Pagenschnitt mit dem schnurgeraden Pony saß wie immer perfekt, als sie sich entschlossenen Schrittes der Hüttentür näherte. In ihrer Hand hielt sie beunruhigender Weise eine Art Reitgerte.

„Frau Lorenz! Dachte ich mir doch, dass ich Sie hier finde!" Drohend und mit ausgestreckter Gerte marschierte Gerlinde Bietighofen Ramona unaufhaltsam entgegen. Reflexartig griff Axel zu einer der herumliegenden Kalaschnikows.

16

Spöttisch blickte die wenig beeindruckte Schulleiterin direkt in den auf sie gerichteten Lauf des Sturmgewehres: „Was seid ihr denn für ’ne Schaustellertruppe? Frau Lorenz, ich muss mich doch sehr wundern!“

Sie schüttelte missbilligend den Kopf. „Ich wusste ja gar nicht, dass ihr theatrales Talent solche ungeahnten Tiefen besitzt. Und diese realistischen Ausstattungsmerkmale! Darf ich mal sehen?“ Die Rektorin machte Anstalten, Axel die Kalaschnikow abzunehmen.

„Keinen Schritt weiter, du Hackfresse!“ Axel fühlte sich schon wieder provoziert.

Meinte die Olle etwa, sie könnte hier einfach so mit einem fetten Schlitten vorfahren und sich über sie lustig machen?

In diesem Moment drang aus dem Inneren der Hütte ein elendes Winseln gefolgt von kratzenden Geräuschen.

„Was ist da drinnen los?“, erkundigte sich Frau Bietighofen scharf wie ein Schießhund. Sie schob den verdutzten Axel mit einer vehementen Geste zur Seite und trat in die Hütte ein.

Axel und Ramona schauten sich hilflos-entsetzt an und waren doch beide absolut unfähig, zu reagieren.

Wer jedoch lauthals reagierte, war der in die Hütte eingedrungene Schießhund.

„Du meine Güte! Was ist denn hier passiert? Und warum liegt hier ein gefesselter, halbnackter Mann mit zerschlagenem Gesicht? Ich erwarte eine Erklärung, Frau Lorenz!“ Die Schulleiterin stand dort, die Hände in die Hüften gestemmt und schaute sich einigermaßen fasziniert in der Hütte um.

Endlich fand Ramona zur Sprache zurück. „Ja, also, wie soll ich das erklären. Ich wollte eigentlich nur die Waldwoche vorbereiten, die ich mit meiner Klasse hier machen möchte. Ich weiß, ich habe noch keinen Antrag dafür eingereicht. Erst sollte das Konzept stehen. Sie wissen ja: Mein mir eigener hoher Anspruch.“

Ramona begann vor Aufregung plötzlich zu schielen. Rettender Einfall, wo bist du???

Schnell, Ramona, überleg dir eine gute Erklärung!

In ihrem Kopf herrschte leider, wie meistens, eine gähnende Leere.

Frau Bietighofen starrte ratlos von einem zum anderen und blieb schließlich mit ihrem Blick an Thore hängen.

„Und wann genau ist die Sache dann aus dem Ruder gelaufen? Oder wollen Sie mir erklären, dass das zerstörte Mobiliar und das verquollene Männlein hier der Vorbereitung dienlich sind?“ Sie zog Thore kräftig am Ohr, um zu überprüfen, ob er noch lebte. Er quietschte angemessen laut.

„Ja, also, das ist dann wieder eine andere Sache. Meine Freundin hier“ – sie deutete auf Nadeshda – „mag es eher auf die harte Tour, wissen Sie. Ohne mein Wissen hat sie sich dann ihre zwei Loverboys eingeladen und hier ihre Sado-Maso-Spielchen betrieben.“

Erst jetzt fiel Ramona auf, dass Nadeshda tatsächlich recht knapp bekleidet war. Unter ihrem hastig übergezogenen Hemdchen blitzte – tatsächlich! – der kürzlich von ihr entdeckte Latex-BH. Was zum Teufel hatten die hier getrieben während sie weg war???

Die Schulleiterin blickte wenig überzeugt drein. „Wenn ich es nicht besser wüsste, Frau Lorenz, dann würde ich behaupten, es handelt sich hier um ein Gewaltverbrechen! Ich muss wohl oder übel umgehend die Polizei informieren. Das ist in diesem Moment geradezu meine oberste Bürgerpflicht.“

Sie grinste diabolisch und weidete sich genüsslich an der Angst ihrer sich in der Defensive befindlichen Mitarbeiterin.

„Nein, bitte nicht! Wir können Ihnen alles erklären, Frau Bietighofen! Wie haben Sie mich überhaupt hier gefunden, wenn ich fragen darf?“ Verfluchte Mistkuh, hätte Ramona am liebsten noch dazugefügt.

„Das tut hier zwar nichts zur Sache, aber ich will mal nicht so sein.“ Die Rektorin setzte eine gekonnte Pause. Alle hingen an ihren Lippen und erwarteten Aufschluss über ihre detektivische Meisterleistung.

„Spy App.“

„Wie jetzt?“, fragte Ramona irritiert.

„Ja, meinen Sie etwa, Sie sind ein freier Mensch? Sie arbeiten für mich, Frau Lorenz. Und Sie kennen mein Motto: Vertrauen ist gut …“

„… Kontrolle ist besser“, vollendete Ramona den oft zitierten Satz der Schulleiterin.

„Ich bin jederzeit über den Aufenthaltsort eines jeden Mitarbeiters informiert, Frau Lorenz. Da kann ich mir keine Nachlässigkeiten erlauben. Und so leid es mir tut, ich werde jetzt die Polizei einschalten, um größeren Schaden von meiner Schule fernzuhalten. Das verstehen Sie doch sicherlich?“ Frau Bietighofen kramte in ihrer Krokodilledertasche nach ihrem Handy.

„Pardon, gute Frau! Das werden Sie ganz sicher nicht tun.“ Nadeshda hatte die ganze Zeit geschwiegen und das Schauspiel aufmerksam verfolgt. Jetzt trat sie entschlossen der Schulleiterin entgegen.

„Glauben Sie, ich weiß nicht wer Sie sind?“, fauchte sie wie eine Wildkatze im Angriffsmodus.

„Ich wüsste nicht, woher wir beide uns kennen sollten. Ich pflege üblicherweise keine Kontakte ins horizontale Gewerbe, gutes Mädchen! Wobei Sie sicherlich eine Fachfrau in ihrem – nun ja – Einsatzgebiet sein dürften, nicht wahr?“ Eine gewisse hochmütige Anerkennung schwang in Frau Bietighofens Worten mit, während sie beeindruckt auf Nadeshdas gigantischen Vorbau starrte.

„Bleiben wir doch bitte bei der Sache!“, wies Nadeshda die Rektorin in ihre Schranken. „Wie schön, Sie endlich einmal persönlich kennenzulernen. Ansonsten hatte ich immer nur mit ihrem Mann das Vergnügen. Der hat durchaus eine gewisse Neigung zum horizontalen Gewerbe, wenn Sie mich fragen.“ Nadeshdas Stimme klang boshaft und kalt.

„Mädchen, was tut das hier zur Sache? An deiner Stelle würde ich jetzt nichts mehr sagen. Das kann nur zu eurem Nachteil gereichen. Egal, aus welchem Puff du nun meinen nichtsnutzigen Kerl kennst.“ Um einen guten Ratschlag war die Schulleiterin auch in vertrackten Situationen noch nie verlegen gewesen.

„Martin Bietighofen heißt ihr werter Gatte. Wie könnte ich diesen wohlklingenden Namen nur vergessen? Manager diverser Schlagerstars. Angeklagt wegen Steuerbetrugs. Vorgeworfen wurden ihm Steuerstraftaten in erheblichem Umfang in Zusammenhang mit Managementleistungen innerhalb der Schlager-Szene.“ Das alles feuerte Nadeshda ab wie aus einer Schnellschusspistole.

Frau Bietighofen steckte das Handy wieder in die Tasche. „Wer sind Sie wirklich? Und warum wissen Sie solche Details über meinen Mann?“

„*Das* tut hier nichts zur Sache. Ich weiß es einfach. Gerold Lorenz hat Ihren Mann ausführlich beraten und aus der Anklage weitgehend unbeschadet rausgeboxt. So kam er überaus glimpflich mit einer Bewährungsstrafe davon, und die Presse erfuhr nichts. Stellen Sie sich vor, was sonst losgetreten worden wäre … Und was das für ihre private Elite-Schmiede bedeutet hätte? Nicht auszudenken …" Nadeshda zog eine bedenkliche Schnute.

„Wollen Sie mich etwa erpressen?", fragte die Schulleiterin plötzlich seltsam matt.

„Nicht doch!", empörte sich Nadeshda. „Wir möchten lediglich, dass Sie jetzt pronto in Ihre heimelige Villa zurückfahren und die Sache hier ganz schnell vergessen. Es wird alles zu einem guten Ende kommen, vertrauen Sie uns nur!" Nadeshda setzte ihr liebenswürdigstes Lächeln auf.

Frau Bietighofen rang sichtlich um Fassung. Sie spielte blitzschnell, wie es ihre Art war, die möglichen Szenarien im Kopf durch.

Nach einer Weile gab sie sich einen Ruck: „Nun gut, meine Herrschaften! Dann will ich mal nicht länger stören! Ich wünsche Ihnen noch viel Freude bei der weiteren Vorbereitung der Waldwoche! Und machen Sie mir keine Dummheiten!"

Sie begab sich auf den Rückzug aus der Hütte. Thore begann unter dem Knebel erstickt zu schreien und schlug mit den Füßen gegen den Bettrahmen.

Als die Schulleiterin sich bereits auf den Sitz ihres Luxusgefährts geschwungen hatte, rief Nadeshda ihr noch nach: „Frau Lorenz muss sich leider für den Rest der Woche krank melden. Was hiermit erfolgt ist. Wir bedauern."

Gedemütigt startete Frau Bietighofen ihren Wagen und wendete geschickt im Dickicht. Axel, Ramona und Nadeshda winkten ihr treuherzig hinterher.

„Eine nette Frau! Und so einsichtig." Nadeshda brachte die Sache auf den Punkt.

17

„Das ist ja gerade nochmal gut gegangen. Mit euch macht man was mit.“ Ramona schüttelte sich, als wolle sie das soeben Erlebte auf diese Weise loswerden.

„Immer locker bleiben, Perle!“, kommentierte Axel unbeeindruckt, während er sich umständlich seine Jeans überstreifte.

„Meint ihr, die hält wirklich dicht? So, wie ich sie kenne, kann ich mir das kaum vorstellen.“ Zweifelnd schaute Ramona in die Runde.

„Ich hatte doch die besten Argumente auf meiner Seite, Schnecke! Und eine Frau wie deine Schulleiterin ist doch guten Ratschlägen gegenüber grundsätzlich aufgeschlossen?“ Nadeshda setzte ihre einstudierte Unschuldsmiene auf.

„Eigentlich nicht. Nein. Was zählt, ist immer nur ihr Wort. Aber irgendwas stimmt auch nicht mit dieser Frau … Ich würde ihr selbst vom Gefühl her so einige Schweinereien zutrauen. Vielleicht ist der Steuerbetrug ihres Ehegatten dabei noch das harmloseste Delikt. Diese blöde …“

„Na, na! Ramona! Jetzt krieg dich mal ein! Glaube mir, sie hat kein Interesse daran, dass die Geschichte mit ihrem sauberen Ehegatten jemals das Licht der Öffentlichkeit erblickt. Die hatten damals mehr Glück als Verstand, dass die Presse keinen Wind davon bekam. Und wenn die tatsächlich noch mehr Dreck am Stecken hat, dann wird sie erst recht keinen Bock auf ungebetene Publicity haben.“ Nadeshda grinste siegessicher. „So, jetzt hab ich aber Hunger! Was hast du denn Feines mitgebracht?“

„Gourmetküche!“, kündigte Ramona sarkastisch an.

Wie die Hyänen stürzten sich Axel und Nadeshda auf die mitgebrachten Sachen. Vermutlich hätte ich besser gleich drei Toastbrote mitbringen sollen, dachte Ramona alarmiert. Nachdem der erste Hunger gestillt war, blieben nur noch ein paar Scheiben des wertvollen Brotes übrig. Und Thore hatte bis dahin nicht einmal etwas abbekommen.

Apropos Thore. Dieses unliebsame Thema musste sie nun unbedingt zügig ansprechen. Am besten bevor man ihm den Knebel aus dem Mund nahm und er wieder begann, dummes Zeug zu reden. Spätestens ab diesem Moment war die Wahrscheinlichkeit einer erneuten Eskalation nämlich absolut gegeben.

„Also, ich würde gerne was mit euch besprechen", begann Ramona recht ungelenk ihr Vorhaben.

„Sprechen is nich so mein Ding!", erwiderte Axel prompt im Brustton der Überzeugung. „Können wir nich mal was Schönes machen? Es is noch Whiskey da!"

„Später, Axel, später! Jetzt brauche ich gerade mal euren ganzen Grips! Da ist Whiskey eher hinderlich." Oh Gott, was redete sie da für eine gestelzte Sülze? Ramona kam sich reichlich dämlich vor. Aber nun waren Feingefühl und taktisches Geschick gefragt.

„Ich würde gerne mit euch einen kleinen Spaziergang machen." Sie wartete gespannt auf die Reaktionen.

„In der Dunkelheit? Bei dem Matsch da draußen?" Nadeshdas Stimme klang regelrecht angewidert. „Ohne mich!"

„Herrgott nochmal! Ihr seid echt anstrengend! Dann müssen wir das halt hier drinnen machen. Aber Thore soll nicht zuhören." Ramona wurde langsam ungehalten.

Ohne Vorwarnung packte Axel Thore am Schlawittchen und bugsierte ihn unsanft vor die Tür. Der stolperte und fiel draußen in den nassen Schlamm. Aufgrund seiner Fesseln konnte er nicht aus eigener Kraft wieder auf die Beine kommen. Aber das schien Axel nicht zu stören, der zurück in die Hütte kam und die Tür ohne jedes schlechte Gewissen hinter sich schloss. „Dein Wunsch is auch mein Wunsch, Perle! Jetzt können wir in Ruhe quatschen. Schieß los!"

„Okay." Ramona blieb nichts anderes übrig. Sie musste die beiden jetzt überzeugen. Solange sollte Thore nun einfach mal im Schlamm liegen bleiben. Danach würde es hoffentlich für ihn wieder bergauf gehen. „Also hört mir mal gut zu! Übermorgen Mittag bekommen wir ja nun hoffentlich unsere Kohle, stimmt's?" Einmütiges Nicken von Axel und Nadeshda.

„Wir müssen Thore ja davon etwas abgeben, damit er auch zuverlässig dichthält und uns nicht doch an die Polente ausliefert. Die Frage ist jetzt: Wieviel geben wir ihm eigentlich ab? Und außerdem: Sollten wir ihn nicht besser behandeln, damit er uns auch wirklich gewogen ist? Was nutzt ihm das schönste Geld, wenn er sich respektlos behandelt fühlt? Dann ist nachher seine Wut auf uns größer als alles andere, und er verpfeift uns doch. Aus Rache sozusagen."

So, jetzt war es raus. Gar nicht mal so schlecht auf den Punkt gebracht, musste sich Ramona selbst loben. Bewusst in einfacher, verständlicher Sprache gehalten, aber dennoch mit klarer Message. Und nun galt es abzuwarten, was bei den beiden Schlaumeiern wirklich angekommen war. Please hold the line!

Eine Weile sagte keiner was. Man hörte lediglich das Prasseln des wiedereinsetzenden Regens auf dem Dach der Waldlaube. Irgendwie gemütlich. Ein Feuerchen wäre jetzt ganz schön, sinnierte Ramona.

Nadeshda meldete sich als erste zu Wort. „Vielleicht hast du recht. Ist für Thore schon nicht ganz so geil, wie er hier gefesselt rumliegt und auch phasenweise die Visage poliert bekommt. Wir haben ja morgen noch einen ganzen vollen Tag, um ihn liebevoll aufzupäppeln. Und wenn wir das gut hinbekommen, vielleicht gibt er sich ja dann mit weniger Kohle zufrieden? Was meint ihr?"

„Ja, genau. Ich will dem eigentlich eh nix abgeben. Was hat der schon geleistet? Die ganze Arbeit machen ja wir." Axel verschränkte selbstzufrieden seine Arme vor der Brust. Das sollte ihm recht sein: Thore besser behandeln und dafür noch mehr Kohle einheimsen.

„Schön, dass wir bezüglich Thore einer Meinung sind", fasste Ramona geschwind zusammen. „Also, mit seiner weiteren Behandlung. Aber das mit der Kohle … Wenn er gar nicht von der ganzen Sache profitiert – also auch Vorteile hat – warum sollte er uns dann schonen? Überlegt doch mal: Wenn wir ihm ein anständiges Sümmchen abgeben, dann hängt er mit drin. Wir können ihn erpressen. Er ist dann quasi Mittäter."

„Ich denke, 1.000 reichen für den dicke. Damit kann er doch was anfangen. Ne neue Brille zum Beispiel. Ein paar Nutten kaufen. So Sachen halt." Axel fühlte sich regelrecht großzügig. Er hatte die Spendierhosen an.

„Vielleicht sollten wir ihn einfach fragen?", tastete sich Ramona weiter vor. „Also, was er sich so vorstellt. Gehaltsverhandlungen. Sowas macht jeder Arbeitgeber, der was auf sich hält. Das steigert die Mitarbeiterzufriedenheit ungemein."

„Wenn du meinst!", stöhnte Nadeshda genervt. „Aber das machen wir morgen, wenn wir ihn mit einer wertschätzenden Charmeoffensive motiviert haben. Glaubt mir, das ist meine Spezialität! Er wird dann in seinen Forderungen sicher bescheidener sein, als es heute Abend der Fall wäre. Axel, hol ihn mal rein, ich werde ihn erstmal trockenrubbeln."

Während Axel wie befohlen nach draußen ging, entledigte sich Nadeshda mit einem professionellen Handgriff ihres Hemdchens.

18

Was Thore nun widerfahren sollte, hätte er sich in seinen kühnsten Träumen nicht vorstellen können. Nadeshda wuchs förmlich über sich selbst hinaus. Sie umgarnte und verwöhnte ihn auf hingebungsvollste Art und Weise. Nachdem sie ihn zunächst vollständig entkleidet hatte, wurde er mit einem Saunatuch (Wo hatte sie das nur hergezaubert?) von Kopf bis Fuß abgerubbelt. Dabei widmete sie sich mit Sachverstand jedem einzelnen noch so kleinen Winkel seines schmächtigen Körpers. Ihre mächtigen Brüste, die immer noch in den verheißungsvollen Latex-BH gepresst waren, streiften immer wieder seinen Körper. Besser gesagt, sie wischten durch sein Gesicht, und zwar derart, dass er kaum noch Luft bekam. Nadeshda stieß während ihrer Spezialbehandlung gurrende Laute aus, die vermutlich dazu gedacht waren, ihn in Stimmung zu bringen. Zwischendurch fütterte sie Thore mit zu Bällchen gerolltem Toastbrot und knabberte gierig an seinen Ohren.

Thore lag stocksteif auf dem Doppelbett der Hütte und kämpfte gegen aufsteigende Panikattacken an.

Er hatte grundsätzlich Angst vor Frauen und vor körperlichen Berührungen sowieso. Aber die Spezialbehandlung, die ihm diese Wuchtbrumme angedeihen ließ, rührte an seinen innersten Urängsten – tief verwurzelt in seiner ruinösen Kindheit.

Thores biologischer Vater war ein Säufer und Schläger der übelsten Sorte gewesen. Und das waren noch die besten Charaktereigenschaften. Obendrein war er ein Psychopath, der seine Mutter und ihn schikanierte und drangsalierte, wo es nur ging. Seine Mutter, die in ihrer frühen Jugend immerhin mal zur Marktkönigin eines regionalen Jahrmarktes gekürt worden war, war nicht in der Lage, sich gegen ihren brutalen Ehemann zu wehren. Im Gegenteil: Je übler er sie behandelte, desto unterwürfiger verhielt sie sich. Vermutlich verdankte Thore seine mangelnde Durchsetzungskraft diesem nicht ruhmreichen Vorbild aus seiner jüngsten Kindheit.

Natürlich war Esmeralda aufgrund ihres untertänigen Wesens nicht in der Lage, sich von ihrem Mann zu trennen. Glücklicherweise wurde er dann eines Tages jedoch in die geschlossene Psychiatrie eingewiesen (er hatte den ortsansässigen Metzgermeister eigenhändig im Blutwurstkessel ertränkt, weil seine Wurst angeblich nicht wie immer schmeckte), wo er von einem Mitinsassen mit einem Kleiderbügel ermordet wurde (die unschönen Details dieser Tat ersparen wir uns an dieser Stelle wohlweislich).

Von diesem Tag an blühte Esmeralda zu ungeahnter Form auf! Der Geißel ihres krankhaften Ehemanns entronnen, wollte sie nun ihr Leben in vollen Zügen genießen. Von ihrer Witwenrente kaufte sie sich schicke Designerkleidung, ließ sich von sündteuren Friseur:innen und Kosmetiker:innen äußerlich hochtunen, erledigte die ein oder andere überfällige Schönheitskorrektur in der renommierten Privatklinik eines gewissen Professors von Papenburg und bestellte sich den ein oder anderen Toyboy ins Haus. (Zugegebenermaßen verschuldete sie sich in dieser Zeit in nicht unbeträchtlicher Höhe – so eine Witwenrente darf man in ihrer Dimension nicht überschätzen – aber sie hatte wieder Spaß am Leben, und das ließ sie auch ihren kleinen Goldschatz Thore am eigenen Leib erfahren.)

Ja, wie erging es eigentlich Thore mit der radikalen Wandlung seiner Mutter? Je ausschweifender Esmeralda ihr neues Leben auskostete, desto vernarrter verhielt sie sich gegenüber ihrem kleinen Sohnemann, der dieser überschäumenden Zuneigung hilflos ausgeliefert war. Vermutlich wollte Esmeralda bei Thore all das aufholen, was in ihrer Konzentration auf ihren psychopathischen Ehemann zuvor jahrelang zu kurz gekommen war.

Sie steckte seinen bereits damals schmächtigen Körper in edelste Garderobe, badete ihn täglich in Milch und Honig, ließ ihn im Fechten unterrichten, flog mit ihm zu Polo-Turnieren und Pferderennen zu den angesagtesten Plätzen dieser Welt. Sie fütterte ihn mit Weintrauben und schlürfte gemeinsam mit ihm Austern, küsste und herzte ihn, so oft es nur ging an allen möglichen und unmöglichen Orten (und dieses Verhalten behielt sie bis zum heutigen Tage bei – letztlich kein Wunder, dass sich niemals eine Frau für Thore interessierte). Zudem war die Frau Mamma grenzenlos eifersüchtig und biss herzhaft alles weg, was der einträchtigen Verbindung von Mutter und Sohn auch nur verdachtsweise im Wege stehen konnte.

Thores Kindheit ließ sich somit sauber in zwei Abschnitte einteilen: Abschnitt I umfasste die Altersspanne null bis dreieinhalb Jahre und konnte unter dem Titel „Angst und Unsicherheit“ treffend zusammengefasst werden. Abschnitt II begann dann mit etwa dreieinhalb Jahren und endete mit satten 21 Lenzen, als seine Mutter endlich den zweiten Mann fürs Leben fand (zu diesem zumindest für Esmeralda finanziellen Glücksgriff kommen wir später). Dieser zweite Abschnitt konnte gut als „Überversorgung und erstickende Mutterliebe“ betitelt werden. Welcher Abschnitt für Thores Entwicklung nun insgesamt besorgniserregender war, lässt sich nicht mit Sicherheit bestimmen. Er selbst tendierte tatsächlich in seiner Einschätzung zu Abschnitt II.

Thore hatte mehrfach versucht, dieses verworrene Kindheitstrauma psychologisch aufzuarbeiten. Bisher mit mäßigem Erfolg. Hartnäckig hielt sich ein unerschütterlicher Mamma-Komplex. Mamma war nun mal einfach die Beste! Daran gab es für ihn nichts zu rütteln. Mit unzähligen Psychologen hatte er sich deshalb böse überworfen. Und nun, da sich Nadeshda mit ausgeklügelter Finesse an ihm zu schaffen machte und er keine Chance hatte, dieser Freude zu entgehen, bemächtigten sich seine tiefsten inneren Ängste und verdrängten Kindheitserinnerungen seiner selbst mit einer Wucht, die er nicht für möglich gehalten hätte. Kurz gesagt: Er hatte panische Angst vor dieser Frau, die mit ihrer vollen Weiblichkeit hausieren ging, als gäbe es kein Morgen mehr. Solche Frauen waren der Inbegriff seiner tiefsitzenden inneren Dämonen. Er merkte, wie er langsam in einen Dämmerzustand der geistigen Umnachtung abdriftete. Sie würde ihn wohl mit Haut und Haar verspeisen. Er hatte es im Gefühl. Solche Frauen schreckten vor nichts zurück und sie waren unersättlich. Nadeshdas gieriges Gesicht mit den aufgespritzten Lippen verschwamm vor seinen Augen, und das vorwurfsvolle Gesicht seiner Mutter legte sich darüber. „Bärchen, du willst doch nicht etwa die Mamma enttäuschen? Hier noch ein Sushi-Häppchen!!! Komm, komm, komm!“

„Hilfe!!!!“ Thores gellender Schrei durchschnitt die behagliche Stille im Raum.

„Aufhören! Sofort aufhören!“ Seine Augen rollten panisch hin und her und waren schreckensweit aufgerissen.

Nadeshda hielt verdutzt in ihren Bemühungen inne. Gerade hatte sie Thore auf die Seite gerollt und begonnen, seine Pobacken ausgiebig zu massieren. Erotische Massagen waren ihre Spezialität. Sie hatte in diversen Fortbildungen ein hohes Niveau in dieser Kunst erlangt.

Axel und Ramona, die sich das Schauspiel bislang vergnügt angeschaut hatten, reagierten ebenfalls überrascht. „Was‘n da los, Alter?“, fragte Axel irritiert. „Heißer wird’s nich!“

Ramona musste unwillkürlich schmunzeln. Gar nicht mal so schlecht, Axels Einwurf.

„Ich will das nicht! Lasst mich in Ruhe! Ich hab hier alles bis jetzt mitgemacht, aber jetzt reicht‘s! Es reicht! Ich hab die Schnauze voll! Sowas von voll!!! Ihr blöden Penner! Was wollt ihr von mir???“

„Ich will deinen Körper!“, hauchte Nadeshda verführerisch mit Telefonsexstimme.

„Und ich will hier raus, ihr Arschgeigen!“

„Mission *Entführungsopfer bei Laune halten* fehlgeschlagen“, konstatierte Ramona trocken.

„Dem is nich zu helfen“, stöhnte Axel genervt. „Kannst bei mir weitermachen, Püppi!“ Er winkte Nadeshda einladend zu sich herüber.

Doch dieser war die Stimmung verdorben. Sowas hatte sie noch nicht erlebt. „Ich brauch Whiskey.“ Mehr hörte man an diesem Abend nicht mehr von Nadeshda. Sie trank sich voller Verdruss mit dem guten Benriach (diesmal leider nur ein 25er) in den Schlaf.

19

Ramona saß im fein säuberlichen Reihenhäuschen ihrer Eltern am gedeckten Kaffeetisch. Ihre Mutter hatte zur Feier des Tages Eierlikörtorte serviert – ein besonderer Stern ihrer Backkunst. Unbehagliches Schweigen herrschte zwischen ihr und ihren Eltern. Dann klingelte es an der Haustür, die Mutter öffnete diensteifrig, und breitbeinig hereinspaziert kam Axel mit einem riesigen, scharfen Dobermann an der Leine.

„Ich muss doch sehr bitten!", empörte sich Ramonas Vater. „Ja, das wollte ich auch gerade!", antwortete Axel. „Also – dich um was bitten, Digga!"

Axels Springerstiefel hinterließen dunkle Abdrücke auf Mutterns hellem Perserteppich. Ungerührt stapfte er durchs Wohnzimmer und setzte sich ungefragt an die Kaffeetafel.

„Den Kaffee nehm ich schwarz!", gab der ungebetene Besucher selbstgewiss seine Bestellung auf.

Der Dobermann begann gelangweilt am Tischbein des antiken Mahagoni-Flügeltisches zu nagen.

„Um was wollten Sie mich bitten?", fragte Ramonas Vater merklich ungehalten.

„Na, um die Hand deiner Tochter, Digga!", erklärte Axel unumwunden.

Ihr Vater schnappte nach Luft.

„Und dass du die Hochzeit finanzierst. Wir wollen ja schon 'ne anständige Sause machen, nich wahr, Perle?" Axel lachte schallend und packte Ramona wie ein Kaninchen am Genick.

Ramonas Mutter schaute zunächst ratlos und begann dann, haltlos zu schluchzen. In diesem Moment klingelte es zum zweiten Mal. Mechanisch ging Ramona zur Tür und öffnete.

Ihre Schulleiterin Frau Bietighofen stand vor der Tür und kreischte: „Sie sind gekündigt! Fristlos entlassen!"

Mit Schwung feuerte sie ihre Krokodilledertasche auf Ramonas Kopf nieder. Wieder und wieder.

Ramonas Mutter erschien mit verweinten Augen im Türrahmen und sagte: „Kommen Sie doch erstmal rein und essen Sie ein Stück von der Eierlikörtorte. Die ist ein Gedicht. Ganz ehrlich!"

„Für ein Stück Eierlikörtorte würde ich töten! Wenn es sein muss, gar auf bestialische Art und Weise“, entgegnete Frau Bietighofen ungestüm und stolzierte ins Wohnzimmer.

Ihre schwarzen Lackstilettos bohrten tiefe Löcher in den bereits durch Axel verschmutzten Edelteppich. Sie drapierte sich elegant auf einen der noch unbesetzten Mahagoni-Stühle und steckte sich ein Zigarillo an. Ramonas Mutter hantierte zittrig vor Aufregung mit dem Tortenheber und hievte ein überdimensioniertes Stück Torte auf Frau Bietighofens Teller. Diese begann sofort hemmungslos mit dem Verschlingen der Kalorienbombe. Alle schauten ihr gebannt dabei zu. Niemand sagte etwas.

Als nun die ungewöhnliche Runde bereits eine ganze Weile in gespenstischer Stille zusammen an der Kaffeetafel saß, öffnete sich plötzlich die Tür des elterlichen Schlafzimmers. Nadeshda erschien darin mit nichts bekleidet außer mit ihrem Latex-BH. Sie zog eine beleidigte Schnute und verkündete in bockigem Ton: „Gerold, wo bleibst du denn? Gleich ist mir die Lust vergangen!“

Ramonas Mutter Sabine wendete sich postwendend an die Schulleiterin und beeilte sich zu versichern: „Das ist unsere Haushälterin. Die saugt gerade das Schlafzimmer. Zieh dir doch was an, Mädchen! Du erkältest dich noch.“

Ramonas Vater versetzte unbemerkt dem Dobermann einen Tritt, der daraufhin entrüstet aufjaulte und dann weiter liebevoll das Tischbein bearbeitete. Axel stand auf und erklärte: „Also, Digga, wenn du nich willst! Ich übernehm das gern!“

Damit verschwand er im Elternschlafzimmer.

Frau Bietighofen hatte ihre Torte verspeist und bedankte sich höflich. „Sehr schön haben Sie es hier. Für die Torte will ich mich natürlich erkenntlich zeigen.“

Sie zog ihren Geldbeutel aus der Krokotasche und zählte mehrere 500€-Scheine ab. „Den Rest überweise ich Ihnen! Wie abgemacht: Zwei Millionen!“

Aus dem Schlafzimmer erklang nun lautes Stöhnen und Schreien, flankiert von rhythmischen Schlägen.

„So würde ich auch gerne mal rangenommen werden, Gerold!“, wandte sich Ramonas Mutter vorwurfsvoll an ihren Mann.

Ramona wachte schweißgebadet auf.

Die rhythmischen Schläge, die sie in ihrem Traum gehört hatte, fand sie in der Wirklichkeit wieder: Thore rang verzweifelt um eine annehmbare Schlafposition. Das gestaltete sich mit zwei durch Handschellen am Bettgestell befestigten Handgelenken als schwieriges Unterfangen. Bei jedem Versuch eines Positionswechsels klackerte es metallisch über Ramonas Kopf. Sie hatte sich zum Schlafen gemeinsam mit Axel und Thore auf das Doppelbett der Waldlaube gequetscht, während die immer noch beleidigte und inzwischen im Suff versackte Nadeshda ausgestreckt auf dem schmutzigen Boden der Hütte schlummerte.

Als Thore bemerkte, dass Ramona wach war, schaute er sie an und raunte ihr verschwörerisch zu: „Wir zwei müssen hier irgendwie raus aus der Nummer! Das nimmt kein gutes Ende! Ich hab's im Urin: Das nimmt kein gutes Ende!"

„Klappe halten und weiterschlafen!", ordnete Ramona ungerührt an. So schlimm wie im Traum war es in der Realität doch gar nicht. Oder hatten sich nur ihre Maßstäbe inzwischen unumkehrbar verschoben?

20

Der nächste Morgen begann genauso trostlos wie der vorangegangene Abend geendet hatte. Es war kalt und ungemütlich in der Waldlaube. Alle waren steif und durchgefroren, und es gab nicht einmal die vage Aussicht auf einen heißen Kaffee.

Thore musste aufs Klo und Axel begleitete ihn nach draußen. Es war nass und dunstig. Der Regen hatte wohl nur eine kleine Pause eingelegt. Axel zündete sich eine Guten-Morgen-Zigarette an und beobachtete ungerührt Thore beim Pissen.

„Axel, wir beide sollten uns mal unterhalten …", versuchte Thore ein Gespräch in Gang zu bringen.

„Jetzt nich!", knurrte Axel mürrisch. Er hatte Hunger, ihm war kalt und irgendwie hatte er sich das alles leichter vorgestellt. So langsam gingen ihm alle seine Begleiter gehörig auf den Sack.

„Ich weiß, wie du dich fühlst. Mir geht es nicht anders. Es ist wirklich anstrengend hier. Ich finde, die zwei Damen treiben es wirklich zu bunt. Wir Männer müssen doch zusammenhalten, nicht wahr? Wie meine Mamma es immer schon sehr treffend auf den Punkt brachte: Traue keiner Frau, außer sie hat dich geboren! Und glaub mir: Mamma weiß, wovon sie da spricht." Thore schaute Axel mit einem hypnotischen Ausdruck im Gesicht durchdringend an.

„Was willst du von mir?" Axel wollte es eigentlich nicht wirklich wissen, aber aufgrund seiner miesen Gesamtstimmung konnte man sich immerhin mal anhören, was der Kerl zu erzählen hatte. Vielleicht hatte er doch unerwartet eine gute Idee, die ihm irgendwie weiterhelfen könnte.

„Gar nichts, Axel! Ich weiß nur, dass du hier der beste Kerl in dieser Runde bist. Merkst du nicht, wie die zwei dich ausnutzen wollen? Diese ganze Idee mit der Erpressung und so … Die wollen mit mir das große Geld machen, und wer soll das dann nachher büßen? Was glaubst du?" Thore zog seine Augenbrauen in froher Erwartung eines Axelschen Erkenntnisgewinns nach oben.

„Wie büßen? Warum soll einer büßen? Wir gewinnen doch alle nur!" Axel rieb sich nachdenklich sein Kinn. Man konnte seinem Gehirn förmlich beim Rattern zuschauen.

„Axel, das meine ich! Du bist einfach zu gut für diese Welt! Es muss immer jemand büßen! Mein Chef hat mich inzwischen sicher längst vermisst gemeldet. Oder mein Stiefvater hat die Bullen informiert. Auf jeden Fall hat meine Mamma alle Hebel in Bewegung gesetzt, um ihr Goldstück zurückzubekommen. Die suchen schon nach mir. Und wenn die mich finden, ja, dann muss irgendwer herhalten als Schuldiger. Und was glaubst du, wer das sein wird?" Thore schaute gekonnt bestürzt und gleichzeitig ratlos drein.

„Was soll diese Scheiß-Quiz-Show? Woher soll'n ich das wissen? Sag mal, checkst du's nicht? *You need to calm down*!" Axels Laune verschlechterte sich weiter rapide. Was wollte dieses verweichlichte Mamma-Söhnchen ihm eigentlich die ganze Zeit erzählen?

„Wenn es nur so einfach wäre, Axel! Aber so funktioniert die Welt leider nicht! Die suchen immer nach 'nem Schuldigen. Und du glaubst doch nicht, dass sie die brave Lehrerin oder die tüchtige Steuerfachangestellte in den Knast bringen wollen? Nee, der Ex-Knacki muss es sein! Die zwei Luder hier werden keine Skrupel haben, dich wieder in den Knast gehen zu lassen. Adé Freiheit, adé Party, adé Spaß, Drogen, Sex ..."

„Es reicht, Thore! Hab's kapiert. Aber warum soll ich dir vertrauen? Wegen mir hängste ja drin in der Scheiße ..." Axel sah plötzlich verzweifelt und gehetzt aus wie ein gejagtes Tier.

„Weil wir uns kennen und mögen, Axel. Und weil ich deine einzige Chance bin, aus der Nummer hier unbeschadet rauszukommen. Es ist nie jemand gut zu dir gewesen im Leben, Axel. Nie war jemand so liebevoll zu dir, wie ich es durch meine Mamma erfahren durfte. Nun nimm es einfach als Geschenk an, dass ich es gut mit dir meine. Wir zwei, wir müssen uns zusammentun. Gegen die zwei Biester da drinnen. Geheimer Männerbund – du verstehst? Und sag nichts davon. Das dürfen die natürlich nicht merken, dass wir sie durchschaut haben." Thores Stimme klang ungewöhnlich sonor und strahlte eine Zuversicht aus, die Axel in diesem Moment dringend gebrauchen konnte. Er hatte recht. Sie mussten sich verbünden. Warum war er nicht selbst auf diese Idee gekommen?

„Alles klar. Wir zwei sind ab jetzt best buddies! So ganz heimlich. Schlag ein!" Axel streckte ihm seine offene Handfläche, die eher einer Pranke glich, entgegen.

Thore nahm das Angebot erleichtert an und schlug mit seiner deutlich kleineren Hand so fest er nur konnte ein.

„Brüder im Geiste, Axel!“, rief er froh.

„Wie jetzt, Digga?“ Axel runzelte die Stirn.

„Das trifft‘s auch! Keep cool, Digga!“ Damit schloss Thore umständlich seinen Hosenstall und ging mit einem stillen Grinsen im Gesicht voraus zurück in die Hütte.

21

„Also was jetzt? Die Vorräte werden nicht bis morgen reichen. Wer fährt?“ Nadeshda stand breitbeinig mit in die Hüften gestemmten Armen in der Hütte und sah auffordernd in die Runde.

„Ich melde mich freiwillig!“, warf Thore töricht ein.

„Sehr witzig. Was für ein Schenkelklopfer!“ Nadeshda verdrehte genervt die Augen.

„Also, ich würd‘s ja machen, aber darf nicht … Schwerverbrechervisage – ihr wisst schon!“ Axel schaute gekünstelt bekümmert drein.

„Nun gut, also, Ramona …“ Weiter kam Nadeshda nicht.

„Nee, nee! Auf keinen Fall! Ich bin hier nicht wieder die Dumme! Soll ich meiner Schülerin etwa nochmal in die Arme laufen? Vermutlich hat ihr Papi schon Stellung in der Tanke bezogen, um mich an Ort und Stelle zu erledigen oder mich mindestens meiner gerechten Strafe zuzuführen.“ Ungewohnt deutlich und entschlossen wehrte Ramona Nadeshdas Vorstoß ab.

„Also, ich finde vielleicht noch irgendwie raus aus dieser grünen Hölle, aber zurück finde ich den Weg auf keinen Fall. Wenn ich fahren soll, dann musst du mitkommen, Ramona! Das ist mein Angebot. Ne andere Option gibt’s wohl nicht, wenn ich euch so reden höre.“ Nadeshda wusste nur zu gut, dass sie an dieser Stelle guten Willen signalisieren musste. Ansonsten würde die ohnehin maue Stimmung ins Bodenlose kippen. Zudem würde sie um einen Anruf bei ihrem Verlobten nicht drumrum kommen. Es würde sonst langsam verdächtig werden. Und eine bessere Mobilfunkverbindung gab es in der Zivilisation allemal. Zudem sollten sie nicht noch einmal leichtsinnig riskieren, sich im Wald orten zu lassen.

„Nun gut“, seufzte Ramona, „aber das letzte Stück zur Tanke wirst du laufen müssen. Ich warte in sicherer Entfernung auf dich im Auto. Deal?“

„Deal!“, antwortete Nadeshda bestimmt.

What a great dealmaker! Ramona fühlte sich plötzlich unerwartet gut. Es lohnte sich doch, seine eigenen Geschicke zu verhandeln. Manchmal hatte man damit den ein oder anderen bescheidenen Erfolg.

Die letzten Bargeldbestände wurden zusammengekratzt. Zusammen kamen sie auf klägliche 18,45 Euro. Das musste für die Verpflegung bis zum nächsten Tag reichen. Tankstellen galten gemeinhin nicht unbedingt als die günstigste Adresse zum Einkaufen für den täglichen Bedarf. Der nächste Supermarkt wäre jedoch noch deutlich weiter entfernt, sodass diese Option ausschied.

„Und mit der Karte bezahlen wir auf jeden Fall nicht. Wer weiß, wozu das sonst führen kann! Dann könnten wir ja auch gleich unsere Visitenkarte an der Tankstelle hinterlassen." Nadeshda dachte wie immer mit.

„Los jetzt!" Ramona wollte die Sache hinter sich bringen und stieg entschlossen in ihr Auto. Nadeshda besetzte, wie schon bei der gemeinsamen Anreise, den Beifahrersitz.

Nach einigen Fehlversuchen beim Starten des Motors sprang der Corolla schließlich schläfrig an.

„Der macht es sicher auch nicht mehr lange, Ramona! Da weißt du ja schon, was deine erste Anschaffung mit den neuen Moneten sein wird. Gönnst dir auch so 'nen edlen Schlitten wie ihn deine Schulleiterin fährt. Die wird staunen!" Nadeshda gluckste vergnügt bei diesen Aussichten.

„Was hast du gegen meinen Corolla? Das ist mein Auto! Mein treues Gefährt. Auch in trüben Zeiten ..." Ramona wurde regelrecht sentimental.

Das Auto holperte über den Waldboden und rüttelte die zwei Frauen in altbekannter Weise durch. Die Stoßdämpfer gaben gefühlt auch nichts mehr her, was ihren Namen rechtfertigen könnte.

„Ach, Schätzchen! Deswegen kommst du nie voran im Leben! Du darfst dein Herz nicht an alte Dinge hängen. Schüttel ihn ab, den ollen Ballast. Der bremst dich nur aus und verhindert jeden Fortschritt." Nadeshda schaute nachdenklich aus dem Fenster. Es hatte wieder zu nieseln begonnen.

„Redest du jetzt von meinem Auto oder was willst du mir sagen? Man kann seine Vergangenheit nicht loswerden, Nadeshda. Sie begleitet einen ein Leben lang auf allen Wegen, bei allen Entscheidungen. Und dieses Auto hier hat schon viele gute und schlechte Momente meines Lebens miterlebt. Natürlich ist es kein menschliches Wesen. Aber es bewertet mich nicht und nimmt mich einfach an wie ich bin. Das ist schon mehr als ich sonst so erwarten kann.“ Ramona hatte plötzlich Tränen in den Augen. Was war bloß los mit ihr? Heulte sie jetzt wegen ihrer alten Karre, oder was?

Nadeshda tat taktvoller Weise so, als ob sie von Ramonas plötzlichem Gefühlsausbruch nichts mitbekommen hätte. Sie schwieg eine ganze Weile und schaute weiter aus dem Fenster, während das Auto unbeirrt über die Waldpisten holperte.

„Weißt du was, Ramona? Du bist echt okay“, stellte Nadeshda nach langen Minuten des Schweigens unvermittelt fest. „Ich hab mich nie groß für dich interessiert. Zwischen uns liegen Welten. Aber vielleicht sind wir ja auch einfach nur zwei Seiten der gleichen Medaille.“ Sie lenkte ihren Blick unsicher zu ihrer Sitznachbarin hin.

Ramona konnte sich nur wundern. Nadeshda wirkte verändert. So nachdenklich kannte sie diese dem Anschein nach so skrupellose Person nicht. Gab es doch mehr Innenleben in diesem perfekt designten Body als sie es für möglich gehalten hatte?

„Ich denke nicht viel über gestern nach“, hob Nadeshda wieder zu sprechen an. „Das hat mich noch nie weitergebracht. Und ich hänge mein Glück nicht an Personen, schon gar nicht an Kerle. Meine Mutter wurde von meinem Vater sitzengelassen, da war ich gerade mal drei, mein Bruder war erst ein Jahr alt. Er war Russe und wollte zurück in seine alte Heimat. Wir haben nie wieder von ihm gehört. Sie hat sich von da an mit Putzstellen und Gelegenheitsjobs durchgeschlagen, um uns zu ernähren. Immer zu stolz, um auf staatliche Unterstützung zurückzugreifen. Egal, wie hart sie dafür arbeiten musste. Aber dieser ständige Kampf um Anerkennung hat sie aufgefressen. Sie bekam Depressionen. Für andere war sie schlichtweg „die Putze“, die es zu nichts gebracht hatte im Leben. Noch nicht mal zu ’nem Kerl, der es mit ihr aushielt. Die fragwürdigen Typen, die sie immer mal wieder anschleppte, hielten sich nicht lange. Ich dachte immer, ich sei daran schuld. Dachte, ihr Leben wäre sicherlich besser gelaufen, wenn sie mich nicht hätte. Diese andauernden Schuldgefühle haben mich fertiggemacht. Als ich fünfzehn war, bin ich von Zuhause ausgezogen. In einer Nacht-und-Nebel-Aktion. Swetlana hat mich dabei unterstützt. Sie wusste, dass ich unter die Räder kommen würde, wenn ich mich nicht aus dieser Lage befreien würde. Vor vier Jahren hat Mama es dann durchgezogen. Sie hat Tabletten genommen. Adieu Tristesse!“ Jetzt war es Nadeshda, der plötzlich eine einsame Träne über die Wange rann.

Ramona stoppte den Wagen. „Nadeshda, ich weiß gar nicht …“

„Sag nichts, Ramona. Aber vielleicht ziehst du zukünftig die Möglichkeit in Betracht, dass ich nicht immer so oberflächlich, hohl und scheinbar gefühlskalt war, wie ich es inzwischen bin. Man könnte das schlichtweg als sinnvolle Überlebensstrategie bezeichnen.“

Ramona sah noch einmal Swetlanas irritierend stolzen Blick vor sich, als sie von ihrer Enkeltochter in deren illegales Vorhaben eingeweiht worden war. In den Augen der Großmutter musste Nadeshdas Mut, ihr Schicksal in die eigenen Hände zu nehmen sowie die Wehrhaftigkeit, den Widrigkeiten des Lebens die Stirn zu bieten, tatsächlich eine begrüßenswerte Entwicklung sein.

„Ich bleibe dabei, Nadeshda: Man wird seine Vergangenheit niemals los. Auch du bist Ergebnis deiner eigenen Vergangenheit. Ob du es nun wahrhaben willst oder nicht. Und ich denke, du bist eigentlich ein viel besserer Mensch, als du es selber glauben willst. Du tust alles dafür, dass man deinen guten Kern nicht entdeckt. Aber er schlummert in dir wie ein Baby, das man lieber erstmal nicht weckt.“

Nadeshda begann unvermittelt zu lachen. Es schüttelte sie förmlich.

Ramona runzelte verärgert die Stirn: „Was ist los? Machst du dich lustig über mich?“ Wütend und ohne Vorwarnung trat sie das Gaspedal des Corollas voll durch. Das Auto machte einen ruppigen Satz nach vorne und zuckelte dann wieder weiter.

„In mir schlummert ein Baby?“ Nadeshda prustete wieder los. „Das werde ich mir merken. Was für ein schönes Bild! Vielleicht will dieses Baby ja auch manchmal nur getröstet und gestreichelt werden?“

Jetzt musste auch Ramona lachen. Sie hatte tatsächlich manchmal ein besonderes Talent für seltsame Sprachbilder. Von wegen talentfrei!

22

Einige hundert Meter vor der Tankstelle entfernt hielt Ramona auf einem Park-And-Ride-Parkplatz. „So, Darling! Von hier an darfst du nun zu Fuß weiter!“

„Klaro. Wird gemacht. Aber erst bringe ich das Telefonat hinter mich.“ Nadeshda verdrehte theatralisch ihre Augen.

„Dann vertrete ich mir so lange mal meine hübschen Beine.“ Ramona machte Anstalten aus dem Wagen auszusteigen.

„Nein, kannst ruhig sitzen bleiben. Ehrlich. Ist mir sogar lieber.“ Nadeshda legte ihre Hand behutsam auf Ramonas Arm.

Diese wollte eigentlich nichts lieber, als aus dem Auto auszusteigen. Ungern mochte sie Zeugin eines Telefonats werden, bei dem ihr Bruder mal wieder ordentlich hinters Licht geführt werden würde. Das schlechte Gewissen, das sie seit Beginn ihres Entführungsabenteuers gegenüber ihrer Familie verspürte, ließ sich in einer solchen direkten Konfrontation nur schwerlich unterdrücken. Wenn sie nur daran dachte, wie entsetzt ihr Vater sein würde, wenn er um den Zustand seiner geliebten Waldhütte wüsste. Vom radikal geschrumpften Vorrat seines Edel-Whiskeys gar nicht erst zu sprechen …

Und ihr Bruder Olaf, als mehrdimensional gehörnter Verlobter, hatte es nicht unbedingt besser erwischt. Aber Nadeshda wirkte in diesem Moment so ungewohnt zerbrechlich, dass sie ihr den Wunsch nach physischem Beistand nicht abschlagen konnte. Also blieb sie, wo sie war und harrte des unangenehmen Telefonats, das geführt werden musste.

Nadeshda wirkte blass um die Nase, als sie ihr Handy anschaltete und Olafs Nummer anwählte. Nach mehreren Freizeichen meldete sich eine emotionslose Männerstimme.

„Olaf, hier ist Nadeshda!“ Ihre Stimme zitterte leicht beim Sprechen.

Unverständliches Gebrummel am anderen Ende der Leitung.

„Ja, das tut mir leid, Olaf. Es war so viel los in den letzten Stunden. Ich konnte mich nicht früher melden.“

Wieder konnte Ramona nichts von Olafs Antwort verstehen.

„Sie liegt jetzt im Krankenhaus von Pardubice. Es geht einigermaßen. Ihre Schwester Aneta ist da zusammen mit Kristyna und Jiri. Ich habe das Gefühl, das tut ihr gut."

Ungehaltene Reaktionen des Gesprächspartners.

„Das weiß ich noch nicht genau. Es tut mir leid, dass in der Kanzlei so viel liegen bleibt ohne mich. Vielleicht kannst du Gitte mal fragen bezüglich der Fuhrmann-Akte. Ja, ich bin dir wirklich sehr dankbar für dein Verständnis."

Nadeshda klang zunehmend verzweifelt. Die Stimme am anderen Ende der Leitung wirkte unbarmherzig und kalt.

„Olaf, ich bin doch ansonsten immer für dich da! Ganz ehrlich. Die Kanzlei liegt mir genauso am Herzen wie dir. Ich kann es gerade nicht ändern. Ich hoffe, dass ich morgen oder spätestens übermorgen wieder zurückkommen kann. Aber das hängt von der Entwicklung hier vor Ort ab."

Kurzer Blaff am anderen Ende der Leitung.

„Das mache ich. Entschuldige die Umstände! Ich melde mich wieder bei dir! Tschüss!" Nadeshda beendete erschöpft das Telefonat.

Ramona war irritiert. Die Szene, die sie gerade mitanhören musste, hatte nur noch wenig mit dem melodramatischen Schauspiel zu tun, das sie beim letzten Telefonat zwischen Olaf und Nadeshda mitverfolgt hatte. Ihr Bruder war gelinde gesagt sehr unsensibel bis arrogant mit seiner Verlobten verfahren. Ahnte er, dass etwas an der ganzen Geschichte faul war?

„Alles in Ordnung, Nadeshda?", fragte Ramona vorsorglich.

„Ja, alles palletti. So ist Olaf öfters drauf. Nichts Ungewöhnliches also." Nadeshda winkte müde ab.

Vielleicht hatte Ramona das Machtverhältnis in dieser Beziehung falsch eingeschätzt. So überheblich und ekelig trat Olaf ansonsten nur gegenüber Leuten auf, denen er sich haushoch überlegen fühlte. Kein gutes Omen für eine zukunftsfeste Beziehung.

„Willst du dir das mit der Hochzeit nicht nochmal genau überlegen, Nadeshda?", tastete sich Ramona vorsichtig vor.

„Ach, papperlapapp! Das steht jetzt gerade gar nicht an! Ich gehe jetzt zur Tanke und verprasse mal schön unsere letzte Knete. Und weißte was, Zuckerpuppe? Wir zwei Hübschen gönnen uns jetzt erstmal 'nen schönen heißen Kaffee!!! Für irgendwas muss das ja schließlich taugen, dass wir hier die ganze Strecke rausgefahren sind!"

Jetzt war Nadeshda wieder ganz die Alte: Selbstbewusst mit frecher Schnauze.

„Gut, gut. Und denk dran: Vom Rest der Euronen keine Kippen kaufen, sondern Toastbrot mit lecker Scheiblettenkäse. Vielleicht findest du ja auch noch 'ne feine Salami von Tönnies. Die stehen ja bekanntlich für Qualität." Ramona zwinkerte Nadeshda aufmunternd zu. Sie hätte es nie für möglich gehalten, aber so langsam begann sie tatsächlich, diese schräge Frau zu mögen. Und die Aussicht auf einen heißen Kaffee verursachte bei ihr ein regelrechtes Hochgefühl.

23

Was Ramona und Nadeshda zu diesem Zeitpunkt nicht ahnten, waren die Pläne, die hinter ihrem Rücken von den in der Hütte verbliebenen Männern geschmiedet wurden. Thore musste in seiner Not Axel recht zügig davon überzeugen, dass sie einen Plan B benötigen würden, falls die räuberische Erpressung von Thores Stiefvater Henning Mallm nicht zufriedenstellend verlaufen würde.

Im Gegensatz zur an die Familienehre glaubenden Nadeshda war Thore deutlich realistischer eingestellt, was die persönlichen Interessen seines Stiefvaters betraf. Der würde es wohl kaum als einen großen Verlust ansehen, seinen erst im Erwachsenenalter dazugewonnenen, schwächlichen Stiefsohn loszuwerden. Im Gegenteil: Henning Mallm wollte von Beginn der Beziehung an die Zuneigung seiner Frau Esmeralda für sich allein beanspruchen. Da störte Mammas Liebling Thore ohnehin ganz gewaltig. Von Anfang an hatte die persönliche Wertschätzung der beiden Männer für den jeweils anderen zu wünschen übrig gelassen. Thore sah in Mallm einen zwielichtigen, nur auf den eigenen Vorteil bedachten Machtmenschen, der notfalls auch über Leichen ging, wenn es das gewinnbringende Geschäft erforderte. Mallm wiederum hielt Thore für einen kümmerlichen Versager, der weder beruflich noch mit einer ungestümen Männlichkeit punkten konnte. „Bewährungshelfer" war im Weltbild eines Henning Mallm keine Berufsbezeichnung, sondern eine Diagnose.

Warum Esmeralda zum zweiten Mal ihr Herz an einen solch charakterlich zweifelhaften Mann verloren hatte, leuchtete Thore nicht wirklich ein. Sie hatte so lange Jahre nach dem Tod ihres psychopathischen Ehemanns ihre Unabhängigkeit als Heiligtum verteidigt, sodass ihr Sohn schwerlich nachvollziehen konnte, warum sie diese für ein solches Kaliber wie Henning Mallm wieder aufgegeben hatte. Natürlich: Finanziell war sie nun besser aufgestellt als jemals zuvor. Ihre nicht unerheblichen Schulden hatte Mallm in einer großkotzigen Geste übernommen und vollständig ausgelöst. Aber was hatte sie dafür alles aufgegeben? Inzwischen bestand Esmeraldas einzige Lebensaufgabe darin, rund um die Uhr die Bedürfnisse ihres herrschsüchtigen Ehemanns zu befriedigen – in jedweder Hinsicht, seien sie geschäftlicher, sexueller oder kulinarischer Natur. Thore selbst hatte dadurch zwar in einem fortgeschrittenen Alter von 21 Lenzen endlich die Chance erhalten, eigene Erfahrungen mit dem ihm zuvor verschlossen gebliebenen Leben zu sammeln. Aber da er ohnehin ein eher ängstlicher Mensch war, hatte er diese Freiheiten kaum jemals zu nutzen gewusst. Inzwischen – mit nunmehr Anfang 40 – waren kaum nennenswerte Erfahrungszuwächse dazugekommen, abgesehen von dem Drei-Tage-Crashkurs, den er gerade durchlief und dessen Ende noch nicht ausgemacht war.

„Also, Axel. Wenn nun morgen die Geldübergabe wie erhofft stattfindet, werden wir die Kohle gerecht unter uns Vieren aufteilen. Zeitversetzt werden erst die Mädels zurück in die Zivilisation fahren und sich an ihren jeweils angestammten Plätzen unauffällig einfinden. Etwa eine Stunde später steigen wir dann in mein Auto – diesmal fahre ich! – und ich setze dich an deiner WG-Bude ab und fahre dann nach Hause. Besser gesagt: Ich fahre erstmal zu meiner Mamma. Die wird sicher schon umkommen vor Sorge um mich! Die Kohle werden wir nach und nach auf unseren Konten einspeisen. Die ein oder andere Sache müssen wir wohl in bar berappen, sonst fällt es auf." Thore klang in seinen Ausführungen ziemlich schulmeisterlich. Axel fühlte sich zurückversetzt in seine Grundschulzeit. Da hatte er genau solch eine Nervensäge als Lehrer gehabt.

„Was fällt auf?", fragte Axel dann auch prompt nach. Die Ausführungen überstiegen bereits seine Auffassungsgabe.

„Wenn wir nach und nach jeder 500 000 Euronen aufs Konto packen, du Schlauberger! Wo sollen wir die denn auf legalem Wege herhaben?" Thore schüttelte entnervt den Kopf.

„Ich hab eh kein Konto", bemerkte Axel stumpf.

„Vermutlich brauchen wir uns diese Gedanken auch gar nicht zu machen, weil der gute Henning unter Umständen überhaupt nicht erst zahlen wird." Thore erwartete Axels Reaktion mit Sorge. Wer wusste, wie er diese Information aufnehmen würde.

Aber da es ja ursprünglich gar nicht Axels Idee gewesen war, Geld zu erpressen, konnte er sich dem Anschein nach auch halbwegs zügig damit abfinden, wenn es ohne Gewinn abgehen sollte. Zumindest fiel seine Reaktion regelrecht gediegen aus: „Naja, was machen wir denn dann? Haste schon 'ne Idee?"

„Aber selbstverständlich, Buddy! Wir haben ja abgemacht, dass ich dich aus allen Schwierigkeiten raushalte, sofern das hier zu einem guten Ende für mich kommt. Falls also keine Kohle fließen sollte, lässt du mich einfach gehen." Thore schaute Axel tief in die Augen und bemühte sich um einen standhaften Blick.

„Ich lass dich gehen? Einfach so? Und was sagen die Mädels dann wohl?" Axel wirkte latent überfordert.

„Das ist doch komplett egal. Ich habe dir doch gesagt, dass die alles daransetzen werden, dich in den Knast zurückzuschicken. Das willst du doch sicher nicht?" So langsam kam Thore in Fahrt.

Axel überlegte in seinem eigenen, schwerfälligen Tempo. „Okay, aber die sind ja trotzdem vielleicht dagegen. Was mach ich dann?"

„Du bleibst einfach bei mir, während die die Kohle abholen. Die sollen Bescheid geben, wenn die Übergabe geklappt hat. Wenn nicht, dann lässt du mich einfach direkt fahren." Es klang zu einfach, um wahr zu sein. Thore fühlte bei diesen Aussichten eine warme Sonne in sich aufsteigen.

„Ja, aber dann hab ich doch gar kein Auto mehr hier. Weißte noch: Wir sind ja zusammen hierhergekommen. Ich fahr dann auch mit dir zurück." Axel hatte tatsächlich mitgedacht.

„Na schön, wenn du das für eine gute Idee hältst. Aber wir sollten unbedingt weg sein, bevor die Damen hier wieder erscheinen. Wer weiß, auf welch dumme Gedanken die kommen, wenn sie um ihren sicher geglaubten, fetten Gewinn gebracht werden." Thore fröstelte plötzlich vor Unbehagen. Ob man sich auf diesen unberechenbaren Axel tatsächlich verlassen konnte? Und ob er schlau genug war, dichtzuhalten?

„Und noch was." Axel entpuppte sich tatsächlich als hartnäckiger Verhandlungspartner. „Kein Apothekentaxi. Sonst kannste das hier vergessen. Also meine Hilfe."

„Abgemacht. Bist ja ein ganz schön harter Knochen, Axel!" Thore musste unwillkürlich grinsen. Eine Achterbahn der Gefühle war das hier – ohne Frage!

Plötzlich erklang ein durchdringendes Hupen durch den Wald. Ach du Scheiße, was war jetzt wieder los???

Axel rannte überstürzt nach draußen. Mit Vollgas bretterte der Corolla auf die Lichtung. Die Mädels grölten und johlten wie zwei Teenager auf Klassenfahrt.

Nadeshda hatte einen dicken Joint zwischen ihren manikürten Fingern. „Den hab ich von den Jungs an der Tanke geschnorrt! Geiles Zeug!“ Sie inhalierte einen kräftigen Zug.

„Seid ihr total bescheuert oder was?“ Axel entriss ihr das Ding und zertrat es auf dem Waldboden. „Wir brauchen jetzt volle Elle euren Grips. Morgen is der Tag der Tage! Und ihr kifft euch die Birne zu!“ Nun ertappte er sich selbst dabei, dass er wie ein Schulmeister daherredete. Wer hätte das geglaubt? Vielleicht wäre das ein neuer Job für ihn?

Darüber musste er dringend mit Thore sprechen, wenn dieser leidige Kram hier endlich vorüber sein würde.

24

„So Mädels! Kriegt ihr euch mal wieder ein, ja?" Axel bemühte sich um Gelassenheit, konnte jedoch einen gereizten Unterton in seiner Stimme nicht verbergen.

Es war inzwischen früher Abend, aber Ramona und Nadeshda hatten nach wie vor nicht zu einer angemessenen Verhandlungsfähigkeit zurückgefunden. Im Gegenteil: Sie kicherten, redeten dummes Zeug und benahmen sich keineswegs ladylike. Wie sollte er mit diesen Tröten nur eine geregelte Geldübergabe hinbekommen? Die würden doch postwendend hops genommen und obendrein sofort alles gestehen, was man ihnen zur Last legte.

Auf ihrer bekifften Rückfahrt von der Tanke hatten sie tatsächlich noch ein wehrloses Reh überfahren. Um diesen Mord an einem unschuldigen Wesen zu vertuschen, war nun einer der selbstkompostierenden Leichensäcke zum Einsatz gekommen. Thore hatte umgehend von Nadeshda den Auftrag erhalten, ein Grab für das Tier auszuheben. Er schnaufte und stöhnte bei jedem Spatenstich, während die Mädels ihn anfeuerten.

„Können wir jetzt mal klar Schiff machen, wie wir das morgen auf die Reihe kriegen? Ja? Reißt euch gefälligst zusammen!" So langsam riss Axels Geduldfaden, der ohnehin eher dürftig gestrickt war.

„Aye aye, Käpt'n!" Nadeshda stellte sich stramm neben dem Erdloch auf und platzierte ihre rechte Hand soldatesk an ihrer Schläfe. „Wie lauten Ihre Anweisungen, Käpt'n?" Sie prustete wieder los.

„Oh, der kleine Axel wird gleich ganz wütend, Nadeshda! Schau nur, wie rot er wird! Pass bloß auf, sonst versohlt er dir gleich deinen hübschen, knackigen Hintern!" Ramona brachte sich nun auch ins Gespräch ein, wenn auch wenig zielführend.

„Thore, wir zwei müssen das Ding allein wuppen. Verdammte Axt! Das gibt doch so keinen!" Um einen nahenden Wutausbruch zu unterdrücken, wandte sich Axel hilfesuchend an den schippenden Thore.

Thore hatte das Schauspiel bislang in einer Mischung aus Erstaunen und Besorgnis verfolgt. Er versuchte, sich auf seine physische Arbeit der Erdauflockerung zu konzentrieren, damit die Angst ihn nicht übermannte. Die Mädels waren wirklich für jede Überraschung gut. Aber auch er hatte wie Axel ernsthafte Sorge, wie sich ihr Geisteszustand bis zum morgigen Tag entwickeln würde. Völlig planlos konnte die Geldübergabe nicht glücken, soviel stand fest. Und wenn es zu einer Festnahme kommen sollte, dann Gnade ihm Gott. Im Falle eines unerwarteten Zwischenfalls konnte man bei Axel für nichts garantieren. Er hatte also ein Interesse daran, dass entweder die Geldübergabe problemlos vonstattenging oder aber zumindest keine Festnahme oder Ähnliches die erst kürzlich getroffene Verabredung mit Axel störte.

„Ich versuche mal, zu ihnen durchzudringen, Axel! Also, Ramona, Nadeshda! Geht's euch gut, ja?" Thore probierte mit seinen beruflich erworbenen Soft Skills zu punkten.

Immerhin widmeten die beiden Thore einen kurzen Moment ihre angeschlagene Konzentrationsfähigkeit und schauten ihn an – skeptisch-interessiert, so wie man ein seltsames Insekt musterte, das gerade an der Fensterscheibe hochkrabbelte.

„Hört mal zu! Axel und ich haben da vorhin schon mal einen groben Plan entworfen." Jetzt galt es, die beiden in kurzen, knappen Ausführungen zu überzeugen. Thore legte den Spaten beiseite und sich stattdessen verbal entsprechend ins Zeug.

Ramona runzelte die Stirn. Anscheinend streifte ein kurzer Blitz der Erkenntnis ihr Hirn, dass es nicht ganz richtig sein konnte, wenn das Entführungsopfer mit dem Entführer Pläne zur Geldübergabe entwickelte. Aber es war tatsächlich nur ein kleiner Blitz, der es nicht bis zum Widerspruch schaffte, weil er gleich wieder erlosch.

Thore setzte seine Ansprache fort: „Axel bleibt hier bei mir. Das ist sicher in eurem Sinne, da er ja – wie wir alle bereits mehrfach festgestellt haben – der Kandidat ist, der am ehesten in der Öffentlichkeit die Aufmerksamkeit auf sich zieht. Kurz: Wenn sie nach einem Entführer Ausschau halten, dann passt Axel perfekt ins Bild. So weit, so klar?", sicherte Thore das Verständnis seiner Zuhörerinnen.

Nadeshda nickte dienstbeflissen. Sie steckte immer noch in ihrer Marine-Rolle fest.

Ramona antwortete mit einer Gegenfrage: „Dann soll ich mit Nadeshda die Kohlen aus dem Feuer holen?" Sie schauderte unwillkürlich bei diesen Aussichten. „Das war doch gar nicht meine Idee!", empörte sie sich unangemessen.

„Du hast mitgemacht. Jetzt hängste auch mit drin", beschied Axel hartherzig. „Weiter, Thore!"

Ramona verging langsam die heitere Grundstimmung. Mit offenem Mund hörte sie Thore zu und wusste nicht, wie ihr geschah. Der Traktor näherte sich mal wieder mit Höchstgeschwindigkeit dem Zielobjekt.

„Also weiter: Ramona fährt das Fluchtfahrzeug. Das sollte zwar in fußläufiger Entfernung geparkt werden, aber auch nicht zu dicht am Ort des Geschehens. Jetzt zum Platz der Geldübergabe: Mit Spich habt ihr euch ja ein feines Örtchen ausgesucht. Laut meinem Navi hat man da etwa eine Stunde Anfahrtszeit von hier aus. Ich hoffe, das war ein wohlüberlegter Schachzug???"

Ramona wunderte sich in ihrem verstrahlten Geisteszustand nur kurz, wie zum Teufel Thore an sein Navi herangekommen war. Sollte dieser Kerl hier nicht die ganze Zeit angekettet am Bettgestell im stillen Kämmerlein gesessen haben? Sie hatten ihn doch erst gerade eben für seine Aufgabe als Totengräber kurz von den Fesseln befreit. Und verfügte sein mickriger Dacia überhaupt über ein Navi? Fragen über Fragen, die Ramona in normalem Zustand sicher zum Nachdenken angeregt hätten, die aber nun einfach unbeantwortet in den Tiefen ihrer verpeilten Hirnwindungen verpufften. Apropos Spich: Warum nur hatte sie diesen verkackten Ort ausgesucht? Die Regionalbahn hatte sie früher manches Mal genutzt, als sie eine wie üblich eher zweifelhafte Beziehung mit einem amphetaminlastigen Fliesenleger aus Troisdorf unterhielt. Auch diesen Kerl hatte sie nie ihren Eltern vorgestellt.

„Ramona???" Thore machte mal wieder seinem Ruf als Nervensäge alle Ehre.

Ich schweife ab, ermahnte Ramona sich selbst. Konzentration, Ramona! Konzentration! „Also, äh, Spich … Ich weiß auch nicht, wie ich darauf gekommen bin … Aber das lenkt vielleicht von uns ab, gerade weil es nicht eben um die Ecke liegt." Das war doch gar nicht mal so schlecht argumentiert und das trotz ihrer situativ bedingten Einschränkungen. „Ich hab Google-Earth auf meinem Handy. Da können wir mal schnell nachschauen, wo wir Nadeshda genau hinstellen."

Nadeshda wollte gerade anmahnen, das Handy nicht in Betrieb zu nehmen, wurde jedoch von Ramona unterbrochen: „Ich bin eh schon geortet, Nadeshda! Jetzt lass mal gut sein!" Ramona schaltete ihr Handy ein und öffnete die App.

„Wenn der Zug von Köln aus kommt, dann müsste Mallm den Koffer mit der Kohle eigentlich – wenn er sich an unsere Anweisungen hält – auf der Höhe Grüner See aus dem Fenster werfen. Da ist so ein lichtes Waldstück, hab ich sogar noch aus früheren Zeiten in Erinnerung. Nadeshda, da musst du warten."

„Muss ich das?" So langsam wurde es selbst einer bekifften und dadurch maximal relaxten Nadeshda zu bunt. „Das heißt, wenn doch die Bullen im Boot sind, dann werden die mich dort erwarten und gleich an Ort und Stelle verhaften. Ihr könnt mich mal! Wer hat denn hier 'nen Bewährungshelfer entführt?"

Alle Augen richteten sich auf Axel. Der hob abwehrend die Hände. „Nee, nee, nee. So nich! Ich hab ihn zwar entführt, aber Kohle raushauen, das wolltet ja wohl ihr?!"

„Wo er recht hat, hat er recht!", mischte sich Thore ein.

„Und außerdem – entschuldige Axel – seid ihr beiden Mädels doch viel gewitzter als unser liebenswerter Schwerverbrecher hier. Wenn ihr also echt mit mir was verdienen wollt, dann müsst ihr nun auch die Kohle in Empfang nehmen. No risk, no fun!" Thore schaute kryptisch drein.

„Also gut, ich fahre den Fluchtwagen. Soll Nadeshda sich vermummen?" Ramona hatte in einem für sie ungewöhnlich schnellen Tempo kapiert, dass das Fahren des Fluchtwagens immer noch die bessere der beiden offenen Posten darstellte.

„Nein, nicht vermummen. Sei so unauffällig wie möglich. Bitte auch nicht zu aufreizend, Nadeshda! Das ist das Gegenteil von unauffällig", dozierte Thore in strengem Ton.

„Unauffällig ist für mich ein Fremdwort, Thore! Ich bin von Natur aus aufreizend!" Nadeshda näherte sich Thore in unangebrachter Weise und drückte ihm zum Spaß die Luft mit ihren Brüsten ab.

Thore wehrte sich unwillig. „Lass das! Du bist einfach furchtbar! Also bist du jetzt dabei, oder was?"

Nadeshda kicherte schon wieder unkontrolliert und blödsinnig. „Weil du es bist, mein kleiner Hase! Gib der Mamma ein Küsschen!"

Verdammte Hacke, wie sollte das nur gutgehen? Axel schüttelte sich vor Unbehagen. Er hätte sich einfach professionellere Mitstreiter aussuchen müssen. Dabei unterhielt er Kontakte zur Crème de la Crème der kriminellen Kaste. Und mit wem musste er nun arbeiten? Mit Amateuren!

25

Am nächsten Morgen hatten sich die Wolken etwas gelichtet – sowohl in meteorologischer als auch in emotionaler Hinsicht. Nadeshda und Ramona erschienen, zumindest auf den ersten Blick, wieder zurechnungsfähig und ansprechbar. Sie hatten sich recht ordentlich ausgeschlafen und dieser Schlaf der Gerechten hatte wirklich Wunder bewirkt.

Die triste Atmosphäre vom Morgen des Vortags war einer aufgekratzten Vorfreude und Aufbruchstimmung gewichen. Nadeshda ertappte sich bereits wieder bei Träumereien von ihrem neuen Leben in Saus und Braus. Sie hatte in den vergangenen Tagen genügend Zeit zum Nachdenken gehabt, und Ramona hatte den letzten Anstoß für ihre Entscheidung gegeben: In ihr neues Leben würde sie nichts und niemanden mitnehmen, außer ihrer geliebten Oma. Wo auch immer sie sich niederlassen würde: Swetlana wäre mit von der Partie. Die Grabpflege für Jachym und Nadeshdas Mutter müssten sie in fremde Hände geben, aber das ließe sich sicher organisieren.

Als neuen Lebensmittelpunkt würden sie sich eine Gegend suchen, in der es keinen Winter geben dürfte, dafür aber einen endlosen weißen Sandstrand als Mindestanforderung. Obwohl es Nadeshda als Steuerfachangestellte eigentlich hätte besser wissen müssen, dachte sie in diesem Augenblick keine Sekunde darüber nach, wie weit man mit deutlich weniger als einer Million Dukaten überhaupt realistisch würde kommen können. Naja, im Notfall hätten sie ja noch Swetlanas Witwenrente.

Sie freute sich schon auf die fassungslosen Gesichter von Vater und Sohn Lorenz, wenn sie ihre Sachen packen und den beiden ungerührt den goldenen Mittelfinger zeigen würde. Dann musste die arme Gitte ran! Keine schöne Vorstellung. Vermutlich würden sie sogar auch Hausmütterchen Sabine Lorenz ausmotten müssen, um sie wieder in den Betriebsablauf der Kanzlei zu integrieren. Nicht ihr Problem! Hoch lebe die Unabhängigkeit!

Doch noch war es nicht so weit. Die Vorbereitungen zur Geldübergabe liefen. Nadeshdas vorrangiges Problem war, dass sie nichts Unauffälliges zum Anziehen dabeihatte. Ihre tief ausgeschnittene Bluse erwies sich als eher ungeeignet.

„Ramona, ihr tauscht einfach die Oberteile!“, regte Thore eine Lösung des Problems an. „Du sitzt doch sowieso die ganze Zeit im Wagen, da sieht dich ja keiner.“

„Ja, super! Soll ich etwa mit so ’nem Spießerfummel gehen? Bestimmt Esprit, die Marke für verklemmte Lehrerinnen!“ Nadeshda schnaubte verächtlich.

„Ja, das ist Esprit und mir gefällt es gut. Aber du sollst ja auch keinen Schönheitswettbewerb gewinnen, sondern zwei Millionen Euro in Empfang nehmen. Und wenn du es genau wissen willst: Ich finde deine pornöse Bluse auch furchtbar!“ Ramona ließ solch ungehobelte Umgangsformen inzwischen nicht mehr auf sich beruhen. Austeilen konnte sie auch, wenn man sie dazu nötigte.

„Jetzt mal ganz ruhig, Mädels! Kein Stress! Ihr seht beide bombe aus! Ganz heiß! Vielleicht probiert ihr‘s einfach mal aus mit dem Kleidertausch? So viel Auswahl ham wir ja leider nich im Schrank“, vermittelte Axel ungewöhnlich diplomatisch.

„Der Schrank ist ja auch hin, wenn man’s genau nimmt. Wer war das nochmal?“, stichelte Nadeshda.

„Kleidertausch!“, trällerte Thore nun enthusiastisch dazwischen. Auch er schien auffallend guter Laune an diesem Morgen. Was im Hinblick auf sein zerstörtes Gesicht, das inzwischen in den schillernsten Regenbogenfarben leuchtete, einen interessanten Kontrast darstellte.

Unwillig schälte sich Nadeshda nun aus ihrer Bluse und reichte diese gereizt an Ramona weiter. Ramona tat es ihr gleich. Zugebenermaßen handelte es sich bei Ramonas Shirt um ein ziemlich lieblos-labberiges Langarmshirt, das bereits seine besten Tage hinter sich hatte und schon recht verwaschen aussah. Eigentlich die perfekte Kleidung zur Vorbereitung einer Waldwoche.

Ramona schlüpfte in Nadeshdas Bluse. Der Ausschnitt ermöglichte Einblicke bis hinunter zu ihrem Bauchnabel. Zum Glück trug sie ein formschönes Baumwollunterhemd, das Schlimmeres verhinderte. Es sah einfach grauenhaft aus.

Nadeshda jedoch hatte zeitgleich ein deutlich größeres Problem: Sie konnte sich das Shirt erst gar nicht überstreifen, da ihre Rundungen die vorgesehenen Kapazitäten dieses Kleidungsstücks massiv überstiegen.

„Willste mein Shirt?", bot Axel großzügig an.

„Bleib mir weg mit dem verschwitzten Ekelding!", keifte Nadeshda ihn an. „Ich nehm den Lodenparka!"

„Ist vielleicht eh besser! Dann suchen die später nicht nach einer Frau mit riesigen Brüsten, sondern nur nach einem unförmigen Wesen in einem Lodenparka. Der Verdacht fällt dann eher auf die Jägerszene. Sehr schlau mitgedacht, Nadeshda!", lobte Thore in seiner einschmeichelnden Art. Somit war die Kleiderfrage geklärt.

Das Einzige, was sich partout nicht auffinden ließ, war Nadeshdas auffällig gemusterter Seidenschal, den sie gerne aus einem gewissen Aberglauben heraus während der Geldübergabe bei sich geführt hätte.

„Ich weiß genau, dass ich ihn getragen habe, als wir hier angekommen sind. Der kann doch jetzt nicht einfach weg sein? Wenn das mal kein schlechtes Omen ist!", jammerte Nadeshda wehleidig.

„Wie teilen wir denn jetzt die Kohle auf?", wechselte Ramona unvermittelt das Thema. Das sollte ja eigentlich in Gehaltsverhandlungen mit Thore im Vorfeld offiziell geklärt werden. Den richtigen Zeitpunkt dafür hatten sie scheinbar verpasst.

„Wir teilen's in vier gleiche Teile", gab Axel einfach so als These heraus. „Also jeder kriegt Fünftausend."

„Du meinst wohl 500 000, du Rechenkönig?" Ramona schüttelte ungläubig den Kopf.

„Kommt aufs selbe raus. Jeder kriegt gleich viel." Axel trat ungewöhnlich standfest auf. Freiheit, Gleichheit, Brüderlichkeit! Waren das nicht bereits die Ziele der französischen Revolution gewesen? So ein nachgeholter Hauptschulabschluss half auch in ungewöhnlichen Lebenslagen.

„Also, da habe ich aber auch noch ein Wörtchen mitzureden", empörte sich Nadeshda.

„Haste nicht! Ihr wolltet Gehaltsverhandlungen, ich hab se geführt. Thore will gleich viel wie wir alle", informierte Axel seine Mitstreiterinnen. Dabei strahlte er eine ungewohnte Souveränität und befremdliche Gelassenheit aus.

„Ja, davon gehe ich auch nicht ab. Sonst mache ich hier nicht mehr mit. Ohne mich gibt's gar keine Kohle." Thore traute sich was. Aber mit so einem überzeugenden Schläger als Rückhalt hatte man alle Argumente auf seiner Seite, fand er.

„Du meine Güte! Seid ihr zwei jetzt beste Kumpels oder was? Wie schön, Axel, dass du meinen Rat befolgt hast, um die Mitarbeiterzufriedenheit zu steigern. Noch schöner wäre es gewesen, wenn wir das gemeinsam gemacht hätten. Jetzt ist es, wie es ist. Wir haben keine Zeit zu verlieren. Nadeshda, wir müssen so langsam los!" Ramona hatte keine Nerven, um jetzt weitere Details zur Aufteilung der Beute zu besprechen. Hauptsache, Thore war guter Dinge und ließ sich mit der Kohle zum Schweigen bringen.

„Das passt mir gar nicht in den Kram", meckerte Nadeshda vor sich hin. „Ihr seid mir echte Geschäftsmänner! Mauschelei ist das! Und wir werden da jetzt als Kanonenfutter rausgeschickt, oder was? Ich sag euch was: Wenn sie uns kriegen, seid ihr auch dran! Aber sowas von! Los jetzt, Ramona!"

Nadeshda schlüpfte mit herablassender Miene in den übergroßen Lodenparka. Axel reichte ihr einen herumliegenden Jägerhut, den sie sich mit majestätischer Würde auf ihr hellbraunes, zum Dutt geschlungenes Haar setzte. Ihre eisblauen Augen blickten unergründlich drein.

So eine schöne Jägerin hatte man selten gesehen! Noch viel seltener dürfte eine solch spektakuläre Erscheinung als Erpresserin ins Visier der Fahndung geraten sein! „Waidmannsheil!" mochte man ihr zurufen.

26

Da Thores Dacia erstaunlicherweise tatsächlich über ein Navigationsgerät verfügte, sollten die Frauen sich laut einstimmigem Beschluss mit diesem Gefährt auf die Reise begeben. Auch benzintechnisch war der Dacia besser gerüstet mit einem fast vollen Tank. Thore brachte dieses Argument ins Spiel. Sehnsüchtig erinnerte er sich an den tristen Sonntag zurück, an dem er morgens, nichts Böses ahnend, sein Auto zur Tankstelle gefahren, vollgetankt und zwei Baguettebrötchen zum Frühstück erstanden hatte. Das war erst wenige Tage her, und es kam ihm vor, als seien es Erinnerungen aus einem früheren, weit entfernten Leben.

Am Abend des gleichen Tages war es zur Auseinandersetzung mit Axel gekommen, und das Schicksal nahm seinen unrühmlichen Lauf. Und alles nur, weil Frau Pfeifer von der Apotheke seinen Weg gekreuzt und beiläufig erwähnt hatte, dass sie einen neuen Fahrer für den Medikamentenservice benötigte. Aber vielleicht hatte Axel ja auch intuitiv richtig gelegen: Mit seiner Vergangenheit als Drogendealer war er vielleicht nicht unbedingt der geeignete Kandidat, verschreibungspflichtige Medikamente auszufahren … Das Leben richtete die Dinge doch manchmal auf seine ganz eigene Art und Weise. Und im Gesamtbild fügte sich alles so, wie es die natürliche Ordnung der Dinge vorsah. Der Umweg über die Entführung mit allen dazugehörigen Unannehmlichkeiten – Schwamm drüber! Thore liebte seinen schwierigen Beruf, auch wenn er dafür schon so manches Opfer hatte erbringen müssen. Und nun sollte sich ja hoffentlich bald alles zum Guten wenden!

Die fesche Jägersfrau und ihre weit weniger spektakuläre Begleiterin nahmen ihre Plätze im Dacia ein und ließen sich von Thore das Navigationsgerät programmieren. Seltsamerweise musste Thore nicht lange suchen, da die Adresse bereits unter "Letzte Ziele" eingespeichert war.

„Sag mal …", wollte Ramona gerade kritisch nachfragen.

„Jaja, es hat alles seine Richtigkeit! Axel war gestern schonmal gemeinsam mit mir hier am Wagen, und wir haben die Distanzfrage geklärt. Du solltest froh sein, dass wir so gut organisiert sind und mitdenken, Ramona! Gut gedacht ist halb gewonnen, sagt meine Mamma dazu immer. Habt ihr mein Handy dabei, um uns Bescheid zu geben, wenn die Geldübergabe geglückt ist?“ Thore wirkte wirklich gespenstisch straff organisiert. Und so verdächtig gelassen …

Doch Zeit ist bekanntlich Geld, und so konnte Ramona sich nicht allzu lange mit diesen Gedankenspielen beschäftigen.

Pragmatisch checkte sie die Fakten: „2412 ist die PIN, stimmt's? Den Geburtstag deiner Mamma werde ich nun für immer in meinem Herzen tragen. Wir schalten das Ding erst ein, wenn wir vor Ort sind. Du behältst mein Handy hier, damit die Bietighofen keinen Verdacht schöpft. Die ist noch in der Lage und lässt unsere ganze schöne Planung wie eine Seifenblase platzen. Sollte sie anrufen, dann sag ihr, die Vorbereitung der Waldwoche nähert sich dem Ende. Und dass es mir gesundheitlich schon viel besser geht.“

„Alles klar! Jetzt solltet ihr euch aber mal auf den Weg machen! Nicht, dass ihr noch im Stau steht und zu spät kommt! Toitoitoi!“ Thore klopfte dreimal aufs Autodach.

Nadeshda, die dem Esoterischen grundsätzlich zugetan war, herrschte ihn an: „Was soll das? Dreimal auf Holz! Willste uns drankriegen?“

Hektisch lief Thore zum nächsten Baum und klopfte dreimal an den Stamm.

„Axel, kette ihn wieder ans Bett! Und zwar pronto!“ Nadeshda schnippte ungeduldig mit den Fingern.

„Zu Befehl, Pussycat! Na komm, Thore! Du kennst das ja schon!“ Axel packte Thore und schubste ihn unsanft vor sich her zur Hütte.

In diesem Moment ließ Ramona den Motor des Dacia aufheulen, hupte dreimal und gab Gas. Im Autoradio spielten die Prinzen „Ich wär‘ so gerne Millionär …“ Ungerührt stimmten die zwei Frauen in den Gesang ein.

Die Stoßdämpfer des Dacia erwiesen sich als leistungsfähiger als die des Corollas. Zumindest hatten die Frauen den subjektiven Eindruck. Sie fühlten sich weniger durchgeschüttelt, und auch die aufsteigende Übelkeit stellte sich erst mit Verzögerung ein.

„Weißte was, Ramona? Das wär doch 'n feiner Job für uns! Testfahrerin! Das sind bestimmt meistens so derbe, ungehobelte Kerle, die das machen. Ist bestimmt 'ne Marktlücke. Wir könnten so 'ne eigene Testzeitschrift für Frauen rausbringen. Von Frauen für Frauen. Und zwar mit so klassischen Männerprodukten. Das wär bestimmt der Renner!" Nadeshda geriet ins Schwärmen.

Ramona staunte mal wieder über Nadeshdas Geschäftssinn. So langsam begriff sie, dass diese Frau über einen schier unerschöpflichen Pool potenziell gewinnbringender Ideen verfügte. Dem Anschein nach verfügte Nadeshda über ein ernstzunehmendes Talent, aus Scheiße Gold zu machen…

Nachdem die beiden der grünen Hölle entronnen waren, zeigte das Navi noch weitere 37 Minuten Fahrzeit an – überwiegend auf der Autobahn. Es war 11.47 Uhr – noch reichlich Zeit bis zur Geldübergabe, die unter Berücksichtigung der Fahrzeit des Zuges etwa um 13.35 Uhr stattfinden sollte.

„Sollen wir uns noch 'nen Flat White an der Raststätte gönnen, Schnecke?", fragte Nadeshda zuversichtlich.

„Warum nicht? Aber von welcher Kohle?", entgegnete Ramona skeptisch.

„Lass Mutti mal machen!" Nadeshda grinste.

Ramona fuhr an der nächsten Raststätte ab. Sie hatte den Wagen kaum geparkt, da stürzte Nadeshda bereits aus der Beifahrertür und begrüßte beherzt eine Rentnergruppe bestehend aus vier älteren Herren ohne weibliche Begleitung.

Die Herren wirkten zunächst ansatzweise überrumpelt, dann jedoch zunehmend erfreut. Ramona duckte sich hinter das Lenkrad des Wagens und wäre am liebsten im Erdboden versunken. Sie fühlte sich an schäbige Rentner-Tricks erinnert, bei denen kriminelle Banden alte Leute um ihr wohlverdientes Erspartes brachten. Hoffentlich schwatzte Nadeshda ihnen nicht ihr sämtliches Bargeld ab.

Doch so skrupellos und unbarmherzig war Nadeshda nun wirklich nicht! Schon winkte sie freudig zu Ramona hinüber und forderte sie auf auszusteigen. Zögerlich folgte Ramona dieser Aufforderung, auch wenn sich schlagartig ein ungutes Gefühl im Hinblick auf ihre noch bevorstehende Bewährungsprobe an diesem Tag meldete.

„Und das ist meine hübsche Freundin! Sag „Hallo" zu unseren neuen Freunden, Ramona!" Nadeshda drückte Ramona an sich und lachte vergnügt.

„Hallo Zusammen!" Ramona tat wie ihr geheißen und stand ansonsten blöd herum.

„Der Josef hat gesagt, sie laden uns jetzt ein auf ein schönes Heißgetränk. Wie nett!! Da sagen wir natürlich nicht nein, nicht wahr, Zuckerschnecke?“ Nadeshda sprach mit einer lieblichen Stimme, die nichts von der Schärfe erahnen ließ, die in anderen Momenten darin lag.

„Nein, da sagen wir nicht nein!“, antwortete Ramona lakonisch.

Zu sechst betraten sie die Tankstelle. Das vergnügliche Beisammensein mit den vier patenten Rentnern bescherte ihnen einen Aufenthalt von vierzig Minuten.

Doch was kostet die Welt, wenn es dafür einen feinen Latte Macchiato gibt? (Flat White führten sie dort leider nicht im Angebot!)

27

Nach ihrem abwechslungsreichen und unterhaltsamen Zwischenstopp stiegen die zwei Frauen gut gelaunt wieder in ihr Gefährt. Die Rentnergruppe hatte sich nicht lumpen lassen und neben diversen Heißgetränken auch noch belegte Brötchen springen lassen. Nadeshda war zufrieden.

Es war inzwischen 12.30 Uhr, und sie sollten sich nun doch besser zügig auf den Weg machen, störte Ramona mit ihrem Hinweis die Harmonie.

Nadeshda wirkte tiefenentspannt und stimmte fröhlich „Theo, spann den Wagen an" an.

„Ramona, das ist ein Kanon. Du musst schon mitmachen!"

„Lass mal gut sein, Nadeshda! Danach steht mir jetzt echt nicht der Sinn." Ramona war es unbegreiflich, dass Nadeshda gegen jedwede Nervosität völlig immun erschien.

„Was macht schon Sinn, Herzblatt? Ob jetzt sinnvoll, sinnlos, sinnlich oder wie von Sinnen ... *Immer locker bleiben* lautet die Devise! Also sing schon!" Und wieder intonierte Nadeshda in ihrer ganz eigenen tiefen Stimme.

Was soll's, dachte Ramona, und stimmte ebenfalls ein.

Zunächst kamen sie gut voran. Doch plötzlich – zu plötzlich! – meldete das Navi „Stau voraus". Ramona hatte keine Möglichkeit mehr, den Stau zu umfahren. Das Dumme nur war: Die Umleitungsempfehlung, die der ambitionierte Radiosprecher passgenau dazu im Radio aussprach, führte vom Autobahndreieck Sankt Augustin-West ab direkt über Troisdorf.

„Womöglich kommen die dann alle an unserer Übergabestelle in Spich vorbei und winken uns fröhlich aus dem Fenster zu! Verdammter Mist!" Ramona spürte Panik in sich aufsteigen.

„Jetzt beruhige dich mal! Es sind nur noch 14 km bis Spich. Erstens schaffen wir das in der Zeit und zweitens: Ist doch ein ganz feines Ablenkungsmanöver, wenn da jede Menge Verkehr ist. Und wir fahren ja in die Gegenrichtung zurück – also freie Fahrt voraus!" Nadeshda wirkte siegessicher.

Die Tussi konnte einem doch ganz gewaltig auf den Keks gehen, stellte Ramona entnervt fest. Das Leben war doch bekanntermaßen weder Ponyhof noch Wunschkonzert. Begriff Nadeshda überhaupt den Ernst der Lage? Man würde sie drankriegen und sie würden in den Knast wandern, wenn die Geldübergabe scheiterte. So langsam zweifelte sie an Nadeshdas Realitätssinn. Vielleicht hatte Ramona sie schlichtweg überschätzt?

Eines wurde Ramona in diesem Moment jedenfalls sehr deutlich bewusst: Sollte die Sache schiefgehen, wäre es an ihr, mit womöglich radikalen Maßnahmen Schadensbegrenzung zu betreiben. Nadeshda erschien ihr dafür plötzlich um einiges zu weltfremd.

In gereiztem Schweigen tuckerten die beiden im Schritttempo über die Autobahn. Die Minuten verstrichen unaufhörlich, und dabei waren sie nicht mal annähernd auf der Abfahrt des Autobahndreiecks angekommen.

„Was machen wir, wenn wir zu spät sind?", fragte Ramona um die Stimmung vollends zu ruinieren.

„Wir werden nicht zu spät sein. Und wenn doch, wird der Koffer sicher noch an Ort und Stelle liegen. Es weiß ja keiner, dass da ein Koffer aus dem Zugfenster fliegen wird." Nadeshda steckte sich eine Kippe an und verräucherte damit das Auto.

„Fuck off! Was nutzen mir die Millionen, wenn ich dafür an Lungenkrebs sterbe?" Ramona wedelte hektisch mit ihrer Hand und begann zu husten.

Als sie nach einer gefühlten Ewigkeit endlich von der Autobahn auf die Umleitungsempfehlung abfahren konnten, staute sich auch dort der Verkehr. Es war inzwischen 13.25 Uhr. In nunmehr zehn Minuten sollte die Übergabe stattfinden.

„Okay, vermutlich kommen wir zu spät. Aber bitte: Don't panic! Denn das Glück ist auf unserer Seite! Überleg doch mal: Welcher Erpresser kommt schon zu spät? Falls uns doch jemand schnappt, können wir ganz unschuldig so tun, als hätten wir zufällig dort einen Koffer gefunden … So what? Das Gegenteil müssen sie uns dann erstmal beweisen." Nadeshda versuchte es weiterhin mit einer grundoptimistischen Einstellung.

Viel mehr blieb ihnen jetzt auch gar nicht übrig.

Als sie weitere 40 Minuten später endlich am Ort der geplanten

Übergabe ankamen, war weit und breit nichts zu sehen. Kein Zug, keine Polizei, kein Koffer. Nur eine reizvolle Wagenkolonne staute sich parallel zur erhöht liegenden Zugstrecke. Ramona stellte den Wagen wie vereinbart in sicherer Entfernung auf dem Parkplatz von ATU ab und blieb in gespannter Erwartung hinterm Steuer sitzen.

Nadeshda schritt um Unauffälligkeit bemüht die Schienenstrecke ab. Nirgends war etwas zu entdecken. Außer ein paar herumflatternden Tüten und anderen Verpackungsmaterialien wirkte am Gleisbett alles wie ausgestorben. Nachdem sie einmal die gesamte Schienenflanke auf der Höhe Grüner See abgelaufen war, blieb sie ratlos stehen. Sie schaute die abfallende Böschung zum trostlos wirkenden und überdies zur Feindabwehr eingezäunten See hinunter und sie überkam ein unangenehmes Gefühl der Lächerlichkeit.

„Was nun?“, fragte sie sich in einem erstaunlichen Anflug von Ratlosigkeit.

Hatte jemand anders die Chance am Schopf ergriffen und sich den Koffer geschnappt? Unverhofft kommt oft – ein Millionengewinn der einem vor die Füße fällt … Wer auch immer der Glückspilz war – er oder sie musste förmlich außer sich sein vor Freude.

Adé schönes neues Leben, Nadeshda! Wäre ja auch fast zu einfach gewesen…

Nadeshda fühlte sich in diesem Moment plötzlich sehr unwirklich. So als betreffe sie die ganze Situation im Hier und Jetzt nicht länger. Wie vakuumverpackt und aus Zeit und Raum gerissen stand sie da in ihrem Lodenparka und bemerkte nicht einmal den aufkommenden Wind, der ihr fast den Jägershut vom Haupte wehte. Es gibt kaum einen einsameren Ort, als am Rande von Bahnschienen zu stehen, zu einer Zeit, zu der bereits alle Züge abgefahren sind.

Die Bäume im Hintergrund rauschten angemessen im Wind und komponierten so einen stillen Abgesang auf Nadeshdas neues Leben. Nadeshda selbst verlor langsam die Bodenhaftung und hob innerlich bereits ab …

In diesem Moment ratterte eine alte Regionalbahn vorbei. „Köln-Troisdorf“ stand auf dem Schild, das an der Zugtür angebracht war. Müde Gesichter klebten hinter den Scheiben des Zuges und starrten ausdruckslos nach draußen.

Natürlich … Der Zug hatte Verspätung! Wir hatten es ja schließlich mit der Deutschen Bahn zu tun, und die kam grundsätzlich niemals pünktlich!

Nadeshda erwachte aus ihrem Delirium, schüttelte sich und hielt erneut Ausschau. Nichts zu sehen!

Doch das hatte nichts zu bedeuten. Mit frischer Energie, gerade noch aus dem nahenden Koma erweckt, lief Nadeshda erneut die Schienenstrecke ab. Ihr Herz pochte vor Aufregung. Irgendwo musste doch dieser Koffer zu finden sein … Hoffentlich hatte Mallm sie richtig verstanden und den Koffer nicht erst *nach* dem Bahnhof Spich aus dem Fenster geworfen. Hatte Ramona sich missverständlich ausgedrückt? Rund um den Bahnhof Spich war dieses Teilstück eindeutig der beste Ort, um unbemerkt etwas aus dem Zug heraus zu entsorgen. Auch von der Straße aus war dieser Abschnitt nicht gut einsehbar, weil er ein markantes Stück höher lag. So viel Finesse konnte man von einem Mann des Kalibers Henning Mallm doch wohl erwarten?

Sie gestand es sich nur ungern ein, aber: Nein. Es gab keinen Koffer. Nirgends. Das bedeutete aber auch, dass niemand etwas aus dem Zugfenster geworfen hatte. Also gab es auch keinen unverhofften anderen Finder. Also hatte man sie schlichtweg drangekriegt.

Aber wieso? Mallm konnte doch nicht ernsthaft das Leben seines Stiefsohnes aufs Spiel setzen, nur weil er zu geizig war, zu zahlen. So kaltschnäuzig würde kein normaler Mensch sein. Der Kerl musste eine wahre Bestie sein. Was sollte sie Ramona jetzt sagen? Schließlich hatte die sie zur zügigen Problembewältigung angeheuert. Und nun: Keine Kohle und keine Lösung des Problems in Sicht.

„Verfickte Scheiße!", fluchte Nadeshda ungewohnt deftig und trat gegen die Schienen. Ihren Fuß durchfuhr ein heftiger Schmerz.

„Das finde ich jetzt etwas hart!", entgegnete eine Männerstimme scheinbar aus dem Off. Nadeshda drehte sich überrascht um. Im nächsten Moment schwang sich ein nicht mehr ganz junger, aber dennoch sehr agil wirkender Mann über den niedrigen Zaun, der den See zur Schienenseite hin abgrenzte. Er musste sich zuvor im Gestrüpp vor ihr verborgen haben.

„Sie sind ja noch viel schöner als ich es auf dem Video unter der Sturmmaske hatte erahnen können! Wow!" Der Mann taxierte Nadeshda von oben bis unten mit Kennerblick.

„Ich hatte gehofft, Sie hier persönlich anzutreffen. Alles andere wäre eine herbe Enttäuschung gewesen.“ Er schnalzte anerkennend mit der Zunge.

„Darf ich mich vorstellen?“ Eine beherzte Hand streckte sich Nadeshda entgegen. „Henning Mallm! Freut mich, Ihre Bekanntschaft zu machen.“

28

Ramona dauerte das Ganze eindeutig zu lange. Nun waren sie schon mit Verspätung angekommen, da hätte das Auflesen des Geldkoffers und die Rückkehr zum Wagen doch zügig vonstattengehen müssen. Warum war Nadeshda immer noch nicht zurück? War doch die Polizei im Spiel? Oder prügelte sich Nadeshda etwa mit einem unerwartet zu Geld gekommenen Passanten, der den Koffer nun nicht mehr rausrückte?

Irgendwann hielt es sie nicht mehr länger auf dem Sitz. Obwohl es so nicht abgesprochen war, überquerte sie die parallel zur Bahnstrecke verlaufende, durch die Umleitungsempfehlung noch immer gut frequentierte Hauptstraße und schlenderte bewusst langsam und um Unauffälligkeit bemüht zum besagten Schienenabschnitt, um nach Nadeshda Ausschau zu halten.

Zunächst konnte sie nichts Aufschlussreiches entdecken. Nadeshda war nirgends zu sehen. Mit einem beherzten Schritt trat Ramona auf die freie Fläche ins Gleisbett, nur um gleich wieder erschreckt zurückzutreten.

Einige hundert Meter entfernt sah sie Nadeshda, die in intensive Verhandlungen mit einem älteren Herren verwickelt war. Die beiden hatten sie bislang nicht bemerkt, und das sollte auch so bleiben.

Da die Distanz zu groß war, konnte Ramona nichts verstehen. Die edle Garderobe und das weltmännische und selbstsichere Auftreten des älteren Herren ließen jedoch nur einen Schluss zu: Es musste sich um Henning Mallm himself handeln. Das konnte nichts Gutes bedeuten! Die Polizei konnte jederzeit hier eintreffen, wenn sie nicht gar bereits im Hinterhalt lauerte.

Ramona begab sich umgehend auf den Rückzug. Sie musste verschwinden und zwar as soon as possible – soviel war klar. Nadeshda war fatalerweise bereits ins Netz der Fahndung geraten. Auf die konnte sie nun wirklich nicht warten.

„Verzeih mir, Zuckerschnecke!“, murmelte sie, Nadeshdas Wortwahl gebrauchend, vor sich hin. „Aber in diesem Fall gilt: Jeder ist sich selbst der Nächste! Gerade du solltest mich da verstehen.“ Mit schlechtem

Gewissen und dennoch entschlossen schwang sich Ramona eilig auf den Fahrersitz und startete den Wagen. „Nichts wie weg“ war das dominierende Gefühl in diesem Augenblick. Und diesen Worten ließ Ramona postwendend Taten folgen.

Nadeshda war einigermaßen überrascht bis schockiert, als sich der agile ältere Herr namentlich als Henning Mallm zu erkennen gab. Sie hatte einige Szenarien für möglich gehalten, aber dass Mallm hier an diesem windigen Plätzchen persönlich erscheinen würde, um sie abzupassen, hatte sie nicht in Erwägung gezogen. Grundsätzlich gehörte Spontaneität ja eher zu ihren Stärken, aber in dieser verfahrenen und undurchsichtigen Situation verschlug es ihr tatsächlich zunächst die Sprache.

Dubioserweise wirkte der Mann weder aufgebracht noch sonst irgendwie beunruhigt oder gar aggressiv. Im Gegenteil konnte man sein Auftreten fast als entgegenkommend und ehrlich interessiert bezeichnen.

Als Nadeshda endlich zu ihrer Sprache zurückgefunden hatte, fragte sie ohne Umschweife: „Wo ist die Polizei?“

„Aber, aber – wer spricht denn hier von der Polizei, liebes Mädchen? Ich suche nach etwas ganz anderem, und da würde mich die Polizei durchaus dabei stören.“ Mallm wiegte bedächtig seinen Kopf hin und her.

Was zum Teufel wollte dieser Kerl? War er ein Lustmörder, der sie gleich entführen und vergewaltigen würde?

Nadeshda fühlte sich unbehaglich. Wo steckte eigentlich Ramona? Die müsste sich doch langsam Sorgen machen und mal nach ihr schauen. Sicher würde Ramona ihre Rettung sein!

Als hätte Mallm ihre Gedanken erraten sagte er: „Bestimmt sind Sie nicht allein unterwegs? Ihre geschätzte Begleitung wird jedoch noch ein wenig auf Sie verzichten müssen. Ich habe ein paar offene Fragen, bevor wir zum Geschäftlichen kommen können.“

Nadeshda nickte mechanisch und antwortete so unbeeindruckt wie möglich: „Natürlich. Das ist ja das Mindeste, was ich für Sie tun kann.“

Was für ein skurriler Typ! Waren die Millionen etwa doch noch nicht verloren? Eine kleine bescheidene Hoffnung begann in ihr zu keimen.

„Ich schlage vor, wir setzen uns jetzt in meinen Wagen und besprechen die Details. Wir könnten auch in meine Firma fahren, aber der

Weg ist vielleicht etwas zu weit. Ich will Ihnen ja keine Unannehmlichkeiten bereiten", merkte Mallm höflich an. „Eine Mini-Bar habe ich auch in meinem Bentley. Wir werden also nicht durstig bleiben!"

„Gut. Dann sag ich mal: An die Arbeit, Herr Mallm! Zeit ist ja der landläufigen Meinung nach Geld. Und das wollen wir natürlich nicht verschwenden." Hier kam bei Nadeshda wieder die Steuerfachangestellte durch.

„Meine Worte, junge Dame! Ganz meine Worte! Ich sehe schon, wir verstehen uns!", bemerkte Mallm zufrieden.

Auch in unübersichtlichen Situationen erwies es sich als hilfreich, wenn man eine Rolle ausfüllen konnte, die einem vertraut war. Nadeshda packte also die tief verinnerlichte Rolle der patenten Geschäftsfrau aus.

29

„Verbinden Sie mich bitte mit der Schulleitung!“ Mahlers 5. Sinfonie erklang drohend und unbarmherzig mit einer kriegerischen Fanfare aus dem Hörer, während Ramona in banger Erwartung verkrampft ihr Handy festhielt. Hatten sie diesen neuen Sound etwa extra für ihren Anruf aufgespielt?

Es vergingen zwei Minuten, die ihr wie eine Runde in der Ewigkeit vorkamen. Die Sinfonie am anderen Ende der Leitung ging über in eine Art Trauermarsch. Den Trauerzug führten Ramonas Eltern mit bedenklichen Mienen an. Sie konnte es vor ihrem inneren Auge genau vor sich sehen. War Frau Bietighofen etwa nicht im Haus? Oder verweigerte sie eine Annahme des Gesprächs mit ihr, weil sie weitere Unannehmlichkeiten befürchtete?

Diese Befürchtungen waren mehr als begründet. Ramona hatte einen Entschluss gefasst – ähnlich aus dem Bauch heraus wie der Einbezug von Nadeshda damals in der Pinte. Damals? Genaugenommen war es erst vor wenigen Tagen gewesen.

Nur die Tragweite des Entschlusses würde diesmal eine Nuance härter ausfallen.

„Geh schon ran!“, zischte Ramona giftig ins Handy. Sie hatte Angst, dass sie ansonsten doch wieder kneifen würde, und das durfte keinesfalls geschehen.

„Sprechen Sie mit mir?“, schnarrte es in eben diesem Moment explosiv durch die Leitung. Frau Bietighofen hatte sich doch zu einer Annahme des Gesprächs hinreißen lassen.

Vielleicht war es die reine Neugier oder aber auch die Hoffnung auf gute Neuigkeiten, die sie dazu veranlasst hatten. Besser wäre sie nicht drangegangen, aber das konnte sie ja noch nicht wissen.

„Oh, Hallo! Guten Tag, Frau Bietighofen! Schön, dass Sie sich die Zeit nehmen. Ich will auch gar nicht lange stören, aber ich brauche Ihre Hilfe!“ Einmal mehr überraschte Ramona sich selbst mit ihrer neuen und so direkten Art, die Dinge anzusprechen.

„Wie lange kennen wir uns jetzt, Frau Lorenz? Sie sollten inzwischen bemerkt haben, dass Hilfsbereitschaft für mich eine Einbahnstraße ist.

Sie, die Kollegen, helfen mir, die Reputation meiner Schule aufrecht zu erhalten. Ich helfe – warten Sie mal kurz – niemandem. Ja, so war das, glaube ich." In gewohnt bissiger Art hatte Frau Bietighofen ihren Standpunkt klar gemacht.

In ihrem früheren Leben hätte Ramona sich jetzt mit eingezogenem Schwanz davongetrollt und gehofft, dass sie nicht noch Schläge in Form von weiteren Schikanen einstecken müsste. Aber diese alte Ramona gab es nicht mehr. Die war inzwischen wohl tot.

„Wir kennen uns lange genug, Frau Bietighofen, sodass ich mir zutraue, eine realistische Einschätzung abzugeben. Wenn es um das Ansehen Ihrer geliebten Schule geht, ist Ihnen kein Weg zu weit und kein Opfer zu groß. Nun haben wir ja dummerweise Informationen über Ihren werten Gatten, die Sie bei Veröffentlichung in den lokalen Medien durchaus in Bedrängnis bringen könnten. Vermutlich gäbe es sogar ein überregionales Interesse bei den vielen Schlagerstars, die Ihr Mann vertritt. Eine furchtbare Vorstellung, was da alles ins Rollen kommen könnte … Sicherlich könnte im Zuge der Ermittlungsarbeit dabei noch das ein oder andere zusätzliche Delikt aufgedeckt werden. Ihr Lebenswerk könnte ernsthaften Schaden nehmen. Ich wäre untröstlich!" Woher nahm Ramona nur all diese wohldosierten Worte mit potenziell tödlicher Giftdosis? Der akute Adrenalinausstoß machte es möglich.

„Na, Sie trauen sich ja was!" Hinter dem flotten Spruch steckte nicht das Selbstvertrauen, dass Frau Bietighofen gerne ausgestrahlt hätte. Ihre Stimme zitterte leicht, und sie rang hörbar um Fassung.

„Was wollen Sie denn von mir? Verschonen Sie mich doch bitte mit Ihren unlauteren Geschäften! Ich will damit nichts zu tun haben!" Ein verzweifeltes Aufbäumen vor dem Unvermeidlichen. Frau Bietighofen ahnte wohl bereits, dass es kein Zurück mehr für sie geben würde.

„Natürlich. Wir lassen Sie in Ruhe. Bald schon! Aber jetzt brauchen wir noch einmal Ihre Hilfe! Sie müssen für uns – wie soll ich sagen – einen Mann aus einer unangenehmen Lage befreien." Ramona wusste eigentlich, was sie sagen musste, brachte es aber nicht recht über die Lippen.

„Müssen wir das jetzt wirklich telefonisch besprechen? Ich nehme an, es handelt sich um das verquollene Männlein? Der arme Wicht!" So etwas wie ehrliches Bedauern schwang in ihrer ansonsten so kalten Stimme mit.

Okay – Frau Bietighofen hatte ihre verschlüsselte Nachricht demnach richtig gedeutet. Nun musste Ramona alles auf eine Karte setzen. Etwas anderes blieb ihr wohl nicht übrig.

„Für Mitleid haben wir jetzt keine Zeit. Er muss weg. Zügig und diskret. Können Sie uns da weiterhelfen? Das würde ich Ihnen zumindest wärmstens empfehlen." Ramona fühlte sich plötzlich abgehalftert und lässig wie eine echte Gangsterbraut. Als hätte sie nie etwas anderes getan als solche Verhandlungen zu führen.

Frau Bietighofen zog hörbar Luft ein. „Was Sie da gerade machen, erfüllt den Straftatbestand der Erpressung. Sie scheinen sich Ihrer Sache ja sehr sicher zu sein, Frau Lorenz. Wie entzückend!"

Die Schulleiterin überlegte bloß einen erstaunlich kurzen Moment lang. „Also, hören Sie mir gut zu! Ich sehe nur einen Weg: Ich werde Harry, unseren Haushandwerker, bitten, seinen Kumpanen Garip anzuheuern. Der hat uns schon manches Mal aus der Bredouille geholfen. Harry nennt ihn auch „Den Mann fürs Grobe", wenn Sie verstehen, was ich meine." Frau Bietighofen erwies sich auch in dieser Situation als schnell im Denken und flexibel im Auslegen ihres Rechtsbegriffs.

Sie fuhr fort: „Wir beide werden jetzt keinen weiteren Kontakt mehr zueinander aufnehmen. Ich gehe davon aus, dass das Männlein noch immer in der verwüsteten Waldhütte weilt? Garip wird das Problem für Sie aus der Welt schaffen. Der kriegt für seine Arbeiten in der Regel 'nen Tausender. Den werden Sie wohl bereit sein, zu investieren?"

„So viel habe ich gerade noch in meinem Sparstrumpf", erwiderte Ramona erleichtert. Das lief ja viel glatter als gedacht. „Ja, er ist noch an Ort und Stelle. Garip sollte zügig tätig werden. Wir haben keine Zeit zu verlieren. Also: Sie auch nicht, Frau Bietighofen!"

Eine kleine Drohung zur Steigerung der Motivation konnte nun wirklich nicht schaden.

„Frau Lorenz, Sie verfügen ja doch über deutlich mehr Potenzial als ich es je zu hoffen gewagt hatte. Sie werden es sicher noch weit bringen im Leben! Sentimentalität hält einen da nur auf!" Frau Bietighofens Worte zeugten von echter Anerkennung.

Ramona erwiderte nonchalant: „Vielen Dank für die Blumen! Am Montag trete ich übrigens wieder meinen Dienst an. Ich freue mich auf ein Wiedersehen!"

Irritiert stellte sie fest, dass diese Aussage tatsächlich ernst gemeint war. Die Zusammenarbeit in dieser leidigen Entführungsgeschichte stellte eine ungeahnte Verbundenheit zwischen den beiden ungleichen Frauen her.

„Nun dann! Frisch ans Werk!“ Frau Bietighofen legte auf.

Ramona fühlte sich befreit. Ihren moralischen Kompass hatte sie längst verloren oder zumindest recht effektiv zum Schweigen verbannt. Ungewöhnliche Zeiten erforderten nun mal ungewöhnliche Maßnahmen. Schließlich konnte sie nicht für einen dahergelaufenen Bewährungshelfer ihr schönes, geregeltes Leben einfach so wegwerfen. Das war nun wirklich zu viel verlangt!

Jetzt musste sie nur noch Axel aus der Hütte locken, damit Garip nicht irrtümlich zwei Männer entsorgen würde. Zudem käme sie das vermutlich auch doppelt so teuer.

In ihrem in einer Seitenstraße geparkten Auto griff sie ein weiteres Mal zum Telefon.

30

Während Ramona um Schadensbegrenzung in dem gescheiterten Erpressungsversuch bemüht war, befand sich Nadeshda in einer recht nebulösen Gesamtsituation.

Henning Mallm hatte sie wie ein echter Gentleman zu seinem Bentley geleitet, der in unmittelbarer Nähe auf dem Parkplatz der Böcke Basamentwerke geparkt war. Den Fahrer des Wagens hatte er umgehend in die Mittagspause geschickt und mit seiner Begleiterin im hinteren Teil des Wagens Platz genommen. Gerade öffnete er ein kleines Piccolöchen und goss die perlende Flüssigkeit in bereitstehende Sektgläser.

Nadeshda bemühte sich angestrengt darum, die professionelle Attitüde einer Geschäftsfrau beizubehalten, obwohl sie sich zunehmend verwirrt fühlte. Warum war dieser Kerl so freundlich zu ihr? Was waren seine Motive? Und wo würde sie sich am Ende dieses Tages befinden? Ermordet im Grünen See treibend oder doch eher im Untersuchungsgefängnis?

Eine dritte Alternative fiel ihr gerade partout nicht ein.

„Auf uns, Sie schönes Wesen!", prostete Mallm Nadeshda zu.

„Prosit! Es möge nützen!", übersetzte Nadeshda ungewohnt geistreich, bevor sie das Sektglas in einem Zug leerte.

„Können wir nun zum Geschäftlichen kommen?", hakte sie eine Spur zu ungeduldig nach.

„Sie sind wohl eine ganz Schnelle!", witzelte Mallm unangebracht. „Aber natürlich, wir sind ja nicht zum Spaß hier!"

Er setzte bedacht das Sektglas an und trank in ruhigen Schlucken.

„Also erstmal: Chapeau! Mein Kompliment für dieses ausgeklügelte Erpresservideo. Obwohl man Sie um Ihre Stimme betrogen hat, habe ich sofort Ihr Potenzial erkannt. Bilder verraten manchmal mehr als 1.000 Worte", sinnierte Mallm tiefschürfend.

„Na, Sie kennen sich ja erstaunlich gut aus mit menschlichen Potenzialen", antwortete Nadeshda mehrdeutig. „Allerdings vermissen wir die angemessene Belohnung für unser aller Arbeit: Den Geldkoffer!" Was sollte es bringen, um den heißen Brei herumzureden?

„Ja, wissen Sie! Da kennen Sie mich leider schlecht. Ich verschenke kein Geld. Und schon gar nicht für meinen mickrigen Stiefsohn, der in seinem Leben einfach nichts auf die Reihe kriegt. Ich hätte ihn nie adoptieren dürfen. Das war der dringende Wunsch seiner Mutter. Eine kapitale Fehlentscheidung." Mallm wirkte erschreckend unsentimental und in seiner Aussage absolut kategorisch.

„Wollen Sie mir etwa sagen, dass Ihnen das Leben Ihres Stiefsohnes nichts wert ist? Es kann Ihnen doch nicht gleichgültig sein, was nun mit ihm passieren wird?" Nadeshda war ehrlich empört. Der arme Thore! Das hatte er wirklich nicht verdient.

„Ich sage es mal so: Meine geliebte Frau, Esmeralda, sie wäre untröstlich, wenn ihrem kleinen Liebling etwas zustoßen würde. Das könnte auch mir die ein oder andere Unannehmlichkeit im Eheleben bescheren. Darauf möchte ich gerne verzichten." Mallms Blick verfinsterte sich bei diesen unguten Aussichten.

„Dann tun Sie etwas! Noch ist es nicht zu spät!", wirkte Nadeshda fast flehentlich auf ihn ein.

„Ja", sprach Mallm gedehnt, „ich werde etwas unternehmen. Ich werde heute noch die Polizei informieren. Die werden die Sache sicher zu einem guten Ende führen – hoffen wir mal." So ganz sicher schien er sich dabei jedoch nicht zu sein.

Nadeshda schauderte es bei dieser offensichtlichen Gefühlskälte und der bislang erfolgten Tatenlosigkeit. Woher wollte Mallm wissen, ob sein Stiefsohn überhaupt noch lebte? Nicht einmal nachgefragt hatte er.

„Was machen Sie beruflich?", wechselte er dann auch abrupt das Thema.

„Steuerfachangestellte", antwortete Nadeshda knapp.

„Und da bezahlt man Sie so mies, dass Sie sich in solch ein illegales Unterfangen treiben lassen?" Mallm runzelte nachdenklich die Stirn.

„Also – gute Bezahlung sieht tatsächlich anders aus. Was tut das jetzt hier zur Sache?" So langsam konnte Nadeshda ihre Genervtheit nicht mehr unterdrücken. Sie kamen hier überhaupt nicht weiter in den Verhandlungen.

„Hören Sie, ich habe aufgrund meiner langjährigen Erfahrung in der Leitung einer großen, erfolgreichen Firma tatsächlich so einiges an Menschenkenntnis erwerben können. Ich fühle Ihr Potenzial – es strömt Ihnen aus jeder Pore! Da können Sie gar nichts dagegen tun. Auf den ersten Blick habe ich das erkannt. Das dürfen Sie doch nicht durch eine solche Leichtsinnigkeit wie diese Entführung einfach so wegwerfen." Mallm wurde in seinem Tonfall zunehmend pathetisch.

Dann ergriff er Nadeshdas Hand: „Kommen Sie mit mir! In meiner Firma werde ich einen passenden Platz für Sie freiräumen! Ich werde Sie aus den polizeilichen Ermittlungen heraushalten, und Sie werden mir dafür treu ergeben zu Diensten sein!"

In Nadeshdas Kopf kreisten die Gedanken. Das war ja alles total crazy! War der Kerl noch ganz frisch im Kopf? Ein narzisstischer Psychopath? Gesteuert von Allmachtsfantasien?

Was er ihr anbot, klang erst einmal sehr verführerisch. Sie käme straffrei aus der ganzen Nummer raus und müsste gleichzeitig nicht zurück in die Kanzlei. Wie sollte sie auch jemals wieder mit Vater und Sohn Lorenz zusammenarbeiten? Das konnte und wollte sie sich nicht mehr vorstellen.

„Ich bin meinen Arbeitgebern gegenüber immer treu ergeben", bemerkte Nadeshda hinhaltend. „Aber, warum zum Teufel, wollen Sie das für mich tun? Da gibt es doch einen Hintergedanken?"

Mallm grinste spitzbübisch. „Da haben Sie mich ertappt. Jeder erfolgreiche Mann hat ja einen schwachen Punkt. Und Sie erinnern mich tatsächlich an die junge Esmeralda! So ungestüm und schön und eigen wie Sie sind! Auch Esmeraldas Leben musste ich wieder in geordnete Bahnen lenken. Und dabei werde ich auch Ihnen helfen! Natürlich ohne jeden Hintergedanken. Esmeralda ist sehr eifersüchtig, wissen Sie!"

Ein seltsamer Vogel, dieser Mallm! Die Klienten seiner Zeitarbeitsfirmen ließ er ohne jeden Skrupel über die Klinge springen, und dann tat er sich als sozialer Unterstützer gefallener Mädchen hervor. Vermutlich hielt er sich für den einzig wahren Retter in der Not …

„An welche Tätigkeit in Ihrer Firma haben Sie denn so für mich gedacht?", fragte Nadeshda vorsichtshalber genauer nach.

„Wir benötigen eine neue Leitung in der Beschwerdestelle, die auch unsere juristischen Verfahren betreut. Ich denke, dafür haben Sie sowohl genug Grips als auch die nötige kriminelle Energie. Weicheier haben auf so einem Posten nichts verloren, wie Sie sich sicher denken können." Mallm schaute sie erwartungsfroh an. „Kommen wir miteinander ins Geschäft?"

„Abgemacht! Aber dann bitte direkt ab Montag!“ Man musste die Feste feiern wie sie fielen. Da war sie wieder, Nadeshdas altbekannte Unerschrockenheit und Spontaneität.

Mit einem Handschlag besiegelten sie ihre Abmachung und Mallm holte zum Anstoßen eine Flasche Korn aus der Minibar.

31

„Meine Güte, was machen die bloß so lange? Da stimmt doch was nicht!“ Thore trippelte aufgeregt in der Hütte auf und ab und umschiffte dabei sorgfältig herumliegende Möbelsplitter.

Natürlich hatte Axel ihn nicht mehr ans Bett gekettet. Der offizielle Übertritt in die Freiheit stand unmittelbar bevor – warum sollte man ihn also durch solch eine Maßnahme unnötig verärgern?

„Ich weiß ja auch nich. Kommt mir schon auch irgendwie lang vor“, stimmte Axel in Thores Bedenken mit ein.

Er hatte während der Dauer seiner diversen Gefängnisaufenthalte ein realistisches Zeitgefühl komplett verloren. Deshalb war seine Einschätzung nicht wirklich ein Maßstab. Aber so viel stand fest: Sie warteten bereits seit zu langer Zeit.

Das Gequatsche von Thore brachte ihn so langsam wieder um den Verstand – das war ein eindeutiger Indikator.

In einem für Axel völlig unüblichen Anfall von Selbstdisziplin beherrschte er bislang seine inneren Regungen in dem Maße, dass er weder unkontrolliert herumschrie noch weiteres Inventar zerstörte noch Thore die langsam verheilende Visage neu polierte. Er wuchs also förmlich über sich selbst hinaus.

In diesem Moment erlöste sie das Klingeln des Handys endlich aus ihren unguten Gedankenspiralen.

„Jupp!“, meldete sich Axel standesgemäß.

„Axel, gottseidank! Hier ist Ramona! Alles klar bei euch?“ Ramonas Stimme klang seltsam fremd und blechern durch die Leitung.

„Ja, schon“, antwortete Axel gedehnt. Irgendetwas stimmte nicht. Das sagte ihm sein untrüglicher Verbrecherinstinkt.

„Wie schaut’s denn aus, Perle?“, fragte er also vorsichtshalber direkt nach.

„Alles palletti! Läuft wie geschmiert hier. Wir haben die Kohle. Du müsstest nun nur zur Tanke rausfahren, damit wir uns da treffen können. Und zwar jetzt direkt.“

Ramona klang gehetzt und irgendwie kein bisschen erleichtert. Was war da los?

„Ich will Nadeshda sprechen", forderte Axel vorsichtshalber unter Einbezug eines kleinen Geistesblitzes. Dieses abgeklärte Weibsstück könnte ihm sicher besser weiterhelfen und über den aktuellen Stand der Dinge informieren als das Nervenbündel Ramona.

„Geht jetzt nicht, Axel. Erkläre ich später. Komm bitte zur Tanke. Steig einfach in den Corolla und fahr los!" Ramona klang regelrecht inbrünstig.

Wenn's denn sein musste. „Thore, pack deine Sachen und los geht's!", kommandierte Axel noch in den Hintergrund, bevor er das Telefonat beendete.

Thore konnte sein Glück kaum fassen. Freiheit! Raus aus der grünen Hölle! Tristes, einsames Leben – ich komme wieder! Er jubelte innerlich. Seine erwartungsarme Zähigkeit hatte sich tatsächlich ausgezahlt. Er würde leben!

Hektisch zog er seine zerlatschten, alten Turnschuhe an, die in der Hütte herumflogen. Am allermeisten freute er sich auf eine schöne heiße Dusche!!! Und danach einen wärmenden Salbeitee. Mit Honig natürlich. Und auf die Stimme seiner geliebten Mamma! Wie würde die sich freuen! Ob Mallm ihr wohl von der Entführung erzählt hatte? Das stand keineswegs fest. Er war wirklich ein harter Hund.

In diesem Moment klingelte wieder das Handy.

„Lass Thore auf jeden Fall in der Hütte zurück", wies Ramona Axel zurecht. „Sein Stiefvater will ihn persönlich abholen."

„Auf keinen Fall, Ramona! Das können wir nich machen. Der will mit mir fahren. Nach allem, was war, hat er auch ganz recht. Uns kann man echt nich trauen!" Axel unterstrich seine Aussage mit einem kräftigen Nicken, das Ramona freilich durchs Telefon nicht erahnen konnte.

Thore reckte beide Daumen nach oben, nickte ebenfalls nachdrücklich und gab Axel dadurch zu verstehen, dass er ganz seiner Meinung war.

„Hör mal zu, du Schlaumeier! Mallm hat diese Bedingung gestellt. Er möchte seinen Sohn selbst abholen, ansonsten ruft er die Polizei. Also sieh zu, dass du Land gewinnst, Axel! Mach hinne!" Ramona klang zunehmend ungnädig.

Missmutig legte Axel auf.

„Du hast's gehört, Thore! Da hilft nix! Der Mallm will dich selber hier abholen. Und ich soll mich jetzt vom Acker machen.“ Axel schaute betrübt drein.

In einem plötzlichen und unerwarteten Anflug von Sentimentalität zog er Thore an sich und umarmte ihn fest. So fest, dass Thore fast die Luft wegblieb. Aber das war er ja inzwischen gewohnt.

Thore löste sich zappelnd aus der Umklammerung und bemerkte skeptisch: „Ich weiß nicht, Axel. Das passt so gar nicht zu Mallm. Warum sollte er das machen? Mich hier persönlich abholen?“

„Weißte was? Ich lass dir Ramonas Handy hier. Falls er nich kommt, rufste einfach nochmal an! Ich kann ja mein Handy nu auch wieder anmachen.“

Gesagt, getan. Axel schaltete sein Handy ein und stieg in den Corolla. Er war voll zufrieden mit seiner lebenspraktischen Denkleistung.

„Bist ne coole Type, Thore! Wir sehen uns! Und dann kriegste deine Moneten!“

Thore stand verloren vor der Hütte und musste mit ansehen, wie Axel mit dem heruntergekommenen Corolla im Wald verschwand.

32

Wie sollte er nun die Zeit überbrücken? Wie lange würde es dauern, bis Mallm hier auftauchen würde? Hoffentlich fand er ihn überhaupt.

Missmutig stapfte Thore zurück in die Hütte, schenkte sich eine großzügige Portion Ben Nevis 23 in ein herumstehendes Wasserglas ein und setzte sich ratlos aufs Bett.

Jetzt war er so voller Vorfreude gewesen, und nun musste er doch wieder warten. Warten auf Mallm.

Ein unbestimmtes Gefühl sagte ihm, dass es kein herzliches Wiedersehen werden würde. Vermutlich würde Mallm ihm Vorwürfe machen, wieviel Geld er hatte zahlen müssen, um sein Überleben zu sichern.

Und alles nur seiner geliebten Frau Esmeralda wegen! Die Frau hatte Mallm schon so einiges an Vermögen gekostet. Jetzt schlug auch noch ihr nichtsnutziger Sohn mit gleich zwei Millionen zu Buche. Infam!

Thore grinste still vor sich hin. Wenn Mallm wüsste, dass sein Stiefsohn selbst nicht unerheblicher Profiteur der ganzen Entführungsgeschichte war, dann würde er bestimmt darauf verzichten, ihn hier persönlich abzuholen. Stattdessen würde er in diesem Fall wohl eher die Polizei schicken.

Nachdem Thore das Wasserglas mit dem Whiskey geleert hatte, fühlte er sich gleich viel wohler. Eine angenehme Wärme stieg in ihm auf, und er fühlte sich plötzlich ganz zuversichtlich. Vielleicht könnte die Geschichte seiner Entführung verfilmt werden? Stoff für einen richtigen Blockbuster wurde doch immer gesucht … Er könnte als Drehbuchschreiber seine ganz persönliche Heldensaga kreieren mit ihm als todesmutigen Hauptprotagonisten … Die Vorstellung gefiel ihm: Kleiner Mann ganz groß! Warum nicht?

Er schnappte sich ein aus dem zerschlagenen Schrank gefallenes Einhandmesser und fuchtelte damit furchterregend in der Luft herum. So sahen Helden aus, nicht wahr? Thore hätte gerne einen großformatigen Spiegel zur Hand gehabt.

Mal sehen, wofür so ein Jagdwerkzeug sonst noch so taugte … Er überlegte kurz. Er würde sich ein paar Pfeile schnitzen und Mallm mit seinen Survival-Fähigkeiten beeindrucken.

Mallm sollte bloß nicht denken, dass sie ihn hier kleingekriegt hatten. Sein zerschlagenes Gesicht legte ausdrucksstark Zeugnis davon ab, welche Qualen er hatte erleiden müssen.

Und dennoch würde er hier gelassen sitzen und Pfeile schnitzen, wenn sein Stiefvater mit dem Bentley vorfuhr.

Das Einhandmesser erwies sich nicht als geeignetes Werkzeug, um Pfeile zu schnitzen. Das musste Thore recht zügig eingestehen. Dennoch gab er sich alle Mühe, um seinem eigenen Wunschbild vom tapferen Krieger zu entsprechen. Was zählte, war die Performance! Das Mantra der Gelassenheit auch in aussichtslosen Lebensphasen beizubehalten – das war ein Ausdruck wirklicher innerer Größe.

Eine gute halbe Stunde saß er schon dort, versunken in sein sinnbefreites Tun, und er bemerkte nicht, dass sich ein Gefährt der Waldhütte näherte. Und es war kein kleines Gefährt! Ein verbeulter und in die Jahre gekommener Ford Transit Custom schepperte durch den Wald mit einem grimmigen Fahrer hinterm Steuer.

Erst als der Wagen mit quietschenden Bremsen unmittelbar vor der Hütte zum Stehen kam, schreckte Thore aus seiner meditativen Tätigkeit auf. Das war nicht das Luxusgefährt, das er erwartet hatte. Auch der Kerl hinterm Steuer war keineswegs sein vornehmer Stiefvater.

Typisch! Hatte Mallm ihm also einfach einen seiner armen Arbeitssklaven mit den sittenwidrigen Zeitarbeitsverträgen zum Abholen geschickt. Und der edle Bentley sollte natürlich auch nicht durch einen ungehobelten Waldweg zu Schaden kommen. Für Thore war ja auch ein verbeulter Transporter gut genug! Ganz fein, Herr Mallm! Ganz fein!

Latent verärgert stand Thore auf und wollte seinen Unmut gerade am grimmigen Leiharbeiter auslassen, als dieser seiner Begrüßung bereits zuvorkam.

Der Mann schwang sich aus dem Wagen und zückte ohne Vorwarnung eine Pistole. Die Pistole auf Thore gerichtet öffnete er die Türen zur Ladefläche des Transporters und kommandierte: „Rein da!"

Die gesamte Erscheinung des Arbeitssklaven war durchaus beängstigend. Zahlreiche Narben zierten sein unfreundliches, zerfurchtes Gesicht. Er war nicht eben groß, dafür sehr muskulös und präzise und effizient in seinen wohldosierten Bewegungen. Sein Blick war starr und mitleidlos. Wie konnte sein Vater nur so einen Typen einstellen? Gab es denn gar keine Kriterien mehr für die Auswahl der Leiharbeiter? Dieser Typ hier sah tatsächlich so aus, als hätte er schon so einige ins Jenseits befördert. Und Thore kannte nun doch eine repräsentative Auswahl ehemaliger Gefängnisinsassen, um das einigermaßen gut beurteilen zu können.

Er sollte seinem Stiefvater demnächst bei der Auslese der Zeitarbeiter besser zur Hand gehen. So ein Fehlgriff in der Besetzungsliste der Angestellten konnte regelrecht geschäftsschädigend sein!

Und was maßte sich dieser Typ hier überhaupt an?

„Sie wissen schon, dass ich der Sohn Ihres Chefs bin? Reißen Sie sich besser am Riemen, sonst wird das hier ein unschönes Nachspiel für Sie haben!“

Eigentlich entsprach es nicht Thores Art, seine Privilegien auszureizen. Aber in diesem Fall musste wohl dringend eine Klarstellung erfolgen!

„Quatsch nicht, du Penner! Rein da!“ Mit gerade so viel Brutalität wie nötig bugsierte Garip Thore in den Laderaum und verschloss mit einem zielgenauen Griff die Türen. Er hatte es nicht mal für nötig erachtet, Thore das Einhandmesser abzunehmen. Beinahe hätte er sich damit selbst verletzt, als er sich ungeschickt im Inneren des Wagens auffangen musste.

Durch die Trennwand des Transit Custom gedämpft, konnte er Sekunden später die raue Stimme des Halunken, der inzwischen wieder auf dem Fahrersitz saß, am Telefon vernehmen.

„Ich hab ihn.“

„Nach Izmir zur Mülldeponie.“

„Die gucken da nicht so genau nach, was sie verbrennen.“

Er lachte dreckig.

33

Fröhlich pfeifend gurkte Axel die Waldpfade entlang zurück in die Zivilisation. Das maximale Schüttelvergnügen, das ihm der Corolla bescherte, brachte ihn so richtig in Stimmung. Nun begann er passend zu seinem Pfeifen den dazugehörigen Song zu schmettern:

„I stay out too late,
Got nothing in my brain,
That's what people say, mm, mm
(…)
Baby, I'm just gonna shake, shake, shake, shake, shake
I shake it off, I shake it off –
Whoo-hoo-hoo.“

Seine Stimme erreichte dabei bemerkenswerte Höhen. Taylor Swift war schon lange sein geheimes Idol. Im Knast hatten ihn ihre Lieder über Wasser gehalten. So viel Gefühl und Leidenschaft vereint in jedem einzelnen Song! Das rührte sein Gangsterherz zutiefst. Ein großes Poster von ihr in lasziver Pose thronte in seiner Zelle direkt über dem Bett und versüßte ihm manch einsame Stunde. Wie gerne würde er diese Göttin von Frau einmal persönlich kennenlernen! Ob sich das vielleicht mit seinem ungeahnten neuen Reichtum finanzieren ließe? Ein Treffen mit seinem Lieblingsstar? Etwas Schöneres konnte er sich kaum vorstellen.

Kurz bevor Axel den Waldweg verlassen und auf die Landstraße einbiegen konnte, schoss ihm plötzlich ein schwarzer Kastenwagen in zerbeultem Zustand entgegen. Nur knapp konnte Axel einem Frontalzusammenstoß entgehen, indem er das Steuer des Corollas herumriss und beinahe im abschüssigen Graben landete.

Wutentbrannt erhob er seine Faust und brüllte die übelsten Flüche. Der finstere Typ am Steuer des anderen Fahrzeugs zeigte keinerlei persönliche Regung, abgesehen von einem diskret erhobenen Mittelfinger. Er stoppte seinen Wagen genau die entscheidenden Sekunden lang, die nötig waren, um Axel die Provokation begreiflich zu machen.

Das ließ sich ein Mann vom Typ Axel nicht zweimal sagen: Er riss die Fahrertür des Corollas auf und sprang nach draußen. Während er sich mit wenigen Sätzen dem Kastenwagen näherte, gab der Fahrer desselbigen gemächlich Gas und fuhr unbeeindruckt von dannen.

„Du Wichser! Du Arschloch! Du feige Sau!“ Axel verausgabte sich in sämtlichen Flüchen, die ihm gerade in den Sinn kamen. Aber es half nichts. Weg war er.

Nur kurz wunderte er sich darüber, was der Kerl hier wohl im Wald verloren hatte. Doch gleich darauf war dieser Gedanke schon unwiederbringlich verpufft.

Den restlichen Weg die Landstraße entlang dachte er bereits wieder an Taylor Swift. Er würde Ramona in seinen Wunsch einweihen, die Sängerin persönlich zu treffen. Vielleicht hatte sie eine Idee, wie eine solche Begegnung zu arrangieren wäre.

Endlich kam die Tankstelle in Sicht. Beschwingt fuhr er auf den Hof und parkte direkt vor der Autowaschanlage. Von Ramona war weit und breit nichts zu sehen. Stattdessen registrierte er ein paar Halbstarke, die sich genüsslich einen dicken Joint teilten. Hier hatte also Nadeshda ihren Fang gemacht. Auch Axel wollte sein Glück versuchen. Schließlich war die Entführungsgeschichte ja nun zu einem erfolgreichen Abschluss gebracht. Das musste gefeiert werden!

Axel stieg also aus seinem Gefährt und schlenderte scheinbar unbedarft zu den Jugendlichen hin, die sich auf einer Bank neben der Waschanlage niedergelassen hatten. Als sie Axel erblickten, reagierten sie zunächst recht provokant.

„Willste uns was verticken, Alter?“, fragte ein blondes Jüngelchen herablassend. „Wir sind schon eingedeckt. Kein Bedarf!“

„Der sieht ja zum Fürchten aus!“, tuschelte ein semihübsches Gör mit abschätzigem Blick ihrer Freundin ins Ohr. Die Freundin gackerte dämlich.

„Ich will euch nix verticken, ich will was von euch!“, brachte Axel die Sache auf den Punkt.

„Ach ja? Und warum sollten wir dir was abgeben, Freundchen? Zieh Leine!“ Der offiziell gewählte Macker der Runde wandte sich großkotzig an Axel.

Darauf hatte dieser nur gewartet. Er griff den Kerl am Kragen und drückte ihn mit harter Hand gegen die Wand der Tankstelle. Glücklicherweise war diese Ecke nicht via Kameraüberwachung einzusehen.

„So, du Penner! Mein Name is Storz, Verdeckte Ermittlung. Wenn ihr hier nich richtig von mir rangenommen werden wollt, dann rückt jetzt euer Zeug raus und verpisst euch! Und zwar zackig!" Storz hieß der Typ, der Axel damals drangekriegt hatte, als er gerade dick eingestiegen war im Drogenhandel. Jetzt konnte der Spacken, dem er immerhin seinen letzten einprägsamen Aufenthalt in der JVA Fuhlsbüttel zu verdanken hatte, auch mal für was gut sein.

Schließlich hatte er wegen diesem Typen seinen geliebten Norden hinter sich lassen müssen, um einen von alten Seilschaften unbeschwerten Neuanfang im beschaulichen Rheinland zu wagen.

Zugegeben – es lag vielleicht nicht nur an diesem Typen. Aber egal.

„Ja, ja, alles klar", wimmerte der Macker erbärmlich. „Lassen Sie mich los, wir geben Ihnen ja alles, was wir haben. Und bitte: Nicht unsere Eltern informieren!"

Axel streckte grinsend seine Hand aus und ließ sich die vorhandenen Rauchwaren aushändigen. Das war ja ein echtes Kinderspiel gewesen.

„Wer hier is eigentlich Melinda?", fragte Axel, der sich gerade schon zum Gehen gewandt hatte.

„Wieso?", piepste das inzwischen deutlich weniger selbstbewusste Mädchen von vorhin.

„Du solltest auf dich aufpassen! Das is mein Rat! Pass bloß auf!" Mit diesem mehrdeutigen Hinweis begab sich Axel auf den Rückzug.

Als Ramona endlich eintraf, lag Axel ausgestreckt auf der roten Bank neben der Waschanlage und rauchte seelenruhig seinen Joint. Die Jugendlichen hatten sich alle geschlossen nach der unschönen Begegnung zügig verkrümelt. Es war inzwischen später Nachmittag, und Axel fühlte sich frei wie ein Vögelchen und feierlich wie eine Christbaumkugel. Das Leben war doch schon eins der Geileren. Zumindest hier und heute.

Doch Ramona brachte irgendwie ungute Vibes in die ganze Sache. Sie bretterte mit dem Dacia auf den Hof, als sei der Teufel hinter ihr her.

„Axel, verdammt! Was machst du da? Hast du sie noch alle?" Sie war noch nicht aus dem Wagen ausgestiegen und schmetterte ihm bereits solche dummen Fragen entgegen.

„Nach was sieht's denn aus, Perle? Komm, leg dich doch dazu!" Sein Mädchen musste dringend mal entspannen. So viel war klar.

„Nichts da! Wir fahren jetzt nach Hause. Jeder zu sich und wir verhalten uns in den nächsten Tagen so unauffällig wie nur irgend möglich. Hast du das verstanden?" Ramonas Augen waren weit aufgerissen. Sie sah fast ein bisschen irre aus.

„Thores Karre stellen wir in seinem Wohngebiet ab, und danach fahre ich dich noch heim. Und ab dann halten wir die Füßchen still, kapiert?"

Mein Gott, das würde auf Dauer nicht funktionieren mit ihm und dieser überspannten Lehrerin. Konnte die nich mal die Kirche im Dorf lassen? Wo waren überhaupt der Geldkoffer und die fesche Jägersfrau abgeblieben?

„Wenn's denn sein muss, dann machen wir das halt so! Aber ich will jetzt mal meine Kohle sehen. Wo sind die Fünftausend?" Bevor er sich noch länger mit einer nervtötenden Ramona herumschlug, mochte er lieber schnell die harten Fakten klären und sich dann gemütlich auf den Rückzug machen. Füße stillhalten konnte er mit genügend Gras im Haus tatsächlich ganz gut.

„Fünfhunderttausend, Axel! Es wären fünfhunderttausend. Aber die sind leider weg. Der Koffer ist bedauerlicherweise im Grünen See gelandet und untergegangen. Kann man nichts machen", beschied Ramona ungewohnt bestimmt.

Axel blieb vor Entsetzen der Mund offenstehen. Im nächsten Moment fasste er sich und brüllte außer sich vor Empörung:

„Taucher! Wir brauchen Tiefseetaucher! Jetzt! Bevor das schöne Geld hin is! Ich wollte doch Taylor Swift treffen. Verdammte Scheiße! Was wird sonst aus meinem Traum?" Ihm stiegen die Tränen in die Augen.

Damit hatte Ramona nun nicht gerechnet. Dieser sentimentale Volltrottel.

Sie versuchte, ihn zu beruhigen: „Axel, die Taucherstaffel ist leider für die nächsten zwei Wochen ausgebucht. Da habe ich natürlich schon nachgefragt. Bis dahin sind die Scheine längst aufgeweicht. Weißt du was? Mach dir nichts draus! Wir gehen einfach mal zusammen auf ein Konzert von Taylor Swift, ja?"

Axel wischte sich die Tränen aus den Augen und stand auf.

„Wenigstens hab ich das Gras. Dann los jetzt. Hauptsache, alle sind gut drauf, und wir sind den Stress los. Ich ruf heute Abend gleich mal Thore an und frag, wie's läuft. Ich mag den. Der is voll in Ordnung!"

Auch das noch! Ramona rang um ihre Contenance.

Sie atmete dreimal tief durch und antwortete dann scheinbar unbeeindruckt: „Lass ihn doch einfach erstmal in Ruhe, Axel. Der braucht jetzt bestimmt ein bisschen Abstand von uns. Kiff dir schön die Birne zu und leg dich ab ins Bett! Aber vorher musst du mir noch mit Thores Karre helfen.“ Entschlossen zog sie Axel von der Bank hoch.

Hoffentlich war er überhaupt noch fahrtüchtig!

34

Erschöpft sank Ramona auf ihren Poäng-Sessel. Es war mäßig bequem (mehr war bei Ikea wohl nicht drin), aber ein verdammter Luxus im Vergleich zur Unterbringung der letzten Tage. Sie fühlte sich, als hätte man ihr alle Energie geraubt. So musste sich eine Luftmatratze nach dem Ablassen der Luft fühlen. Nur noch eine leere Hülle ohne Sinn und Verstand – nützliche Verwertbarkeit gleich Null.

Sie hatten Thores Auto in der Nähe seiner Wohnung in einer Seitenstraße geparkt und den Schlüssel steckenlassen. Axel war ihr von der Tanke aus in Schlangenlinien mit dem Corolla gefolgt. Gottseidank wurden sie nicht noch von der Polizei kontrolliert. Das hätte mit etwas Scharfsinn der ermittelnden Beamten ihrer beider Verhaftung in dieser Situation bedeuten können. Im Anschluss hatte sie das Steuer ihres geliebten Wagens wieder übernommen, Axel nach Hause gefahren, ihm nochmals eingebläut, sich ruhig zu verhalten und am besten den Abend in trauter Runde mit Taylor Swift und seiner Bong zu verbringen. Dann endlich konnte sie zu ihrer Wohnung fahren.

Sie kam sich vor wie eine Kriegsveteranin, die nach langen beschwerlichen Kämpfen endlich heimkehren kann. In den vergangenen vier Tagen war sie gefühlt um Jahre gealtert.

Was blieb eigentlich noch übrig von dem konfliktscheuen, ängstlichen Menschen, der sie zuvor immer gewesen war? Keine Ahnung. Wer war sie denn nun? Ein neuer, ganz anderer Mensch?

Sie grübelte bis ihr endlich ein Licht aufging:

Eine Mörderin! Das war die Antwort! Sie war nun eine Mörderin.

Nicht Axel hatte sich um seinen Titel als Auftragsmörder verdient gemacht, sondern sie selbst hatte nun die Berechtigung erlangt, diesen Titel zu tragen. Genauer definiert war sie keine simple Auftragsmörderin, sondern eine Be-Auftragungsmörderin – was irgendwie noch schlimmer da feiger war.

Um es mit Frau Bietighofens Worten zu sagen: Es war etwas aus dem Ruder gelaufen. Und zwar ganz gewaltig.

Sie, die angetreten war, um Thore aus seiner misslichen Lage zu befreien, hatte nun zu guter Letzt seine Ermordung angeordnet. Wie konnte es nur dazu kommen? War das Ganze eine Überreaktion aufgrund emotionaler Überforderung gewesen? Oder vielmehr ihre Chance, endlich mal etwas selbst in die Hand zu nehmen und die eigene grausame Selbstwirksamkeit zu erfahren?

Fuck off, Ramona, da hätte es doch sicher andere, weniger problematische Mittel und Wege gegeben!

Doch nun war es zu spät für Skrupel und Selbstzweifel. Die Tötungsmaschinerie war in Gang gekommen. Sicher hatte „der Mann fürs Grobe“ längst zugeschlagen und seinen Dienst verrichtet. Ramona fühlte Übelkeit in sich aufsteigen.

Wer sollte sie jetzt von ihrer Schuld erlösen und Absolution erteilen? Wer?

Da Ramona der Kirche bereits seit vielen Jahren den Rücken gekehrt hatte, wählte sie die zweite naheliegende Option: Sie griff zum Telefon und rief ihre Mutter an. „Nach Regen kommt auch wieder Sonnenschein“, murmelte sie dabei vor sich hin. Ihr Digitalwecker zeigte 19.23 Uhr – eine Uhrzeit, zu der man es wieder riskieren konnte, bei ihren Eltern anzurufen. Von 18 bis 19 Uhr war Abendbrotzeit – eine heilige Stunde, in der man tunlichst nicht stören sollte.

Es klingelte dreimal, viermal, fünfmal … War etwa niemand daheim? Ihre Mutter war doch grundsätzlich nie um diese Uhrzeit unterwegs!

„Lorenz“, meldete sich eine einigermaßen leblose Stimme am anderen Ende der Leitung.

„Mama, hier ist Ramona“, gab sie sich wenig einfallsreich zu erkennen.

„Ramona, wie schön. Lange nichts von dir gehört. Papa sagte, du planst eine Waldwoche?“, zeigte sich Sabine Lorenz gut informiert.

„Ja, tatsächlich. Die Planungen sind nun abgeschlossen, die Waldhütte liegt in Schutt und Asche.“ So viel zu Ramonas neuer direct speech.

Sabine Lorenz stutzte einen Moment und lachte dann gequält. „Du hattest schon immer einen seltsamen Humor, mein Kind.“

Ramona nahm all ihren Mut zusammen und sprach dann entschlossen: „Mama, ich brauche deinen Rat.“

„Das ist originell, Ramona! Wann hast du mich zuletzt um einen Rat gefragt? Lass mich überlegen: Bei deiner Kommunion, als du wissen wolltest, ob ich einen Dutt oder eine andere Hochsteckfrisur besser fände. Meinst du, ich weiß nicht, was du von mir hältst?" Ungewohnt ehrliche Worte zwischen Mutter und Tochter.

„Bitte nicht jetzt dieses schwere Thema, Mama! Ich stecke in Schwierigkeiten." Ramonas Stimme versagte in diesem Moment kläglich.

„So – Schwierigkeiten", sprach Sabine Lorenz gedehnt. „Was es auch ist, mein Kind! Lass es nicht an dich ran! Was dich nicht umbringt, macht dich nur …"

„Härter. Alles klar. Ich kenne deine Thesen zu Genüge, Mama. Nur helfen die mir diesmal nur bedingt weiter. Sag: Was würdest du tun, wenn du etwas ganz Schreckliches getan hättest?" Ramona wartete angespannt auf Sabines Antwort.

„*Wie* schrecklich, Ramona?", fragte Sabine dezidiert nach.

„*Sehr* schrecklich", antwortete Ramona wahrheitsgemäß.

„Ich würde eine Nacht drüber schlafen und mich am nächsten Morgen nochmal fragen, wie schrecklich es wirklich ist. Und notfalls diesen Vorgang mehrfach wiederholen, bis die Sache nach und nach ihren Schrecken verloren hat. So bin ich bis jetzt ganz gut durchs Leben gekommen, mein Kind. Nach Regen …"

„Ich weiß, Mama. Nur bin ich mir nicht sicher, ob mich diese Einstellung in diesem Fall wirklich weiterbringt. Hast du denn niemals in deinem Leben Zweifel an deiner Strategie gehabt? Dass es vielleicht bessere Wege geben könnte, aktivere Herangehensweisen, um die eigenen Probleme zu lösen?"

Sabine Lorenz zog hörbar die Luft ein. Nach langen Sekunden des Schweigens antwortete sie kleinlaut: „Vielleicht hat mir dazu einfach der Wumms gefehlt, Ramona. Du solltest jemand anderen um Rat fragen. Ich bin vermutlich keine gute Anlaufstelle in solchen Belangen."

„Danke, Mama. Danke für deine Ehrlichkeit. Das mit dem fehlenden Wumms – das kenne ich. Bin wohl doch deine Tochter. Mach dir um mich keine Sorgen. Das wird wohl wieder. Süße Träume!" Geplättet legte Ramona den Hörer auf.

Vielleicht hatte ihre Mutter recht: Erstmal eine Nacht drüber schlafen. Sie schaute auf die Wetter-App in Thores Handy. Für Morgen war tatsächlich Sonnenschein gemeldet.

Im nächsten Moment durchfuhr es sie mit Schrecken: Thores Handy … Wie konnte sie nur so blöd sein? Das Ding musste weg und zwar schleunigst!

35

„Nadeshda? Endlich! Warum meldest du dich nicht bei mir? Ich komme um vor Sehnsucht", schmachtete Gerold Lorenz durch den Hörer. „Wo steckst du?"

Nadeshda hatte noch mit sich gerungen, ob sie den Anruf tatsächlich annehmen sollte. Nach den Ereignissen der letzten Tage hätte sie nun einfach gerne ihre Ruhe gehabt. Aber sie wusste, dass sie für Klarheit sorgen musste, um wieder ein freier Mensch zu werden.

Nach der ungewöhnlichen Wendung im Entführungsfall Thore sowie der überraschend getroffenen Abmachung mit Henning Mallm war es jetzt an ihr, letzte Hindernisse aus dem Weg zu räumen.

Ramona hatte nicht auf sie gewartet, und sie konnte noch nicht wirklich einschätzen, was das zu bedeuten hatte. Mallm – ganz der Gentleman als der er sich von Beginn an ihr gegenüber präsentiert hatte – wies deshalb seinen Fahrer an, die zurückgelassene Nadeshda umgehend nach Hause zu kutschieren.

Doch, wo zum Teufel war ihr Zuhause? Etwa bei ihrem empathielosen Verlobten Olaf? Keinesfalls würde sie dahin zurückkehren. Und so lautete ihre Ansage: „Ab zu Oma Swetlana." Diese hatte wie immer nicht lange nachgefragt, sondern ihr ein heißes Bad eingelassen und ihr zum Abendessen ihr Leibgericht aus Kindheitstagen Svicková – eine echte tschechische Delikatesse – serviert. Nun fühlte sie sich gestärkt genug, um die Angelegenheiten mit Vater und Sohn Lorenz kurz und bündig abzuwickeln.

„Gerold, was gibt's?", fragte sie knapp und unverbindlich.

„Was es gibt? Zeigst du so etwa deine Zuneigung? Eine Spur freundliches Entgegenkommen wäre wünschenswert, wenn du mit deinem Chef sprichst!" Ihr Liebhaber klang angefasst und musste die Machtverhältnisse einmal mehr klarstellen.

„Danke der Nachfrage. Swetlana geht es besser. Sie wurde aus dem Krankenhaus entlassen, und wir sind nun zurück in Deutschland. Ich kümmere mich um sie und werde erstmal bei ihr wohnen." Fakten schaffen, das war schon immer Nadeshdas Stärke gewesen.

„Gut, mein liebes Frollein! Dann gehe ich davon aus, dass wir uns morgen auch wieder auf der Arbeit sehen. Es ist einiges liegengeblieben. Und am Wochenende möchte ich dich dann freundlichst bitten, mit mir einen Abstecher zur Waldhütte zu machen. Das wirst du doch wohl bei deinem Verlobten durchsetzen können? Lass dir was einfallen!", empfahl Lorenz Senior unmissverständlich. Widerstand war zwecklos – das sollte deutlich genug zu verstehen sein.

„Da muss ich dich leider enttäuschen, Gerold! Zur Waldhütte musst du wohl allein fahren. Bereitet Ramona dort nicht gerade eine Waldwoche vor? Und zur Arbeit komme ich auch nicht mehr. Ich fange einen neuen Job an – ab Montag." Bämm, bämm, bämm. Nadeshda feuerte die Informationen ohne jedes Mitleid ab. Wie lange hatte sie sich von diesem Chauvi gängeln lassen? Zu lange! Und alles für ein paar neue Titten? Das war es doch echt nicht wert!

Die empörte Reaktion ließ nicht lange auf sich warten:

„Nadeshda! Ich erkenne dich nicht wieder! Wie zum Henker kommst du auf die dümmliche Idee, dass ich dich einfach so gehen lasse? Es gibt Kündigungsfristen. Du wirst vertragsbrüchig, wenn du einfach nicht mehr kommst. Das werde ich natürlich nicht auf mir sitzen lassen."

Gerold Lorenz klang zunehmend aggressiv. Was wagte sich dieses dumme Flittchen, so mit ihm zu sprechen?

„Doch, das wirst du, Gerold. Ich kann euch natürlich auch den Grund für eine fristlose Kündigung auf dem Silbertablett servieren. Zum Beispiel, weil ich meinem Verlobten gestehe, dass ich es bereits seit Monaten mit seinem alten Vatter treibe. Das wird ihn sicher hoch erfreuen und für eure weitere Zusammenarbeit ganz bestimmt sehr förderlich sein."

Nadeshda hatte einen wunden Punkt getroffen. Aber Gerold konnte sich dieses schamlose Verhalten schlichtweg nicht erklären und gab sich noch nicht geschlagen.

„Was willst du, Nadeshda? Eine Gehaltserhöhung? Eine neue Nase? Sag's mir, wir werden uns schon einig!" Hier nun zeigte sich wieder Gerold Lorenz feste Überzeugung, dass jeder Mensch käuflich sei. Allen voran Steuerfachangestellte.

„Ich will, dass ihr mich in Zukunft in Ruhe lasst. Du und dein dämlicher Sohn. Dieser eiskalte Langweiler! Ich denke, wir verstehen uns, Gerold! Lass gut sein."

Mit diesen Worten legte Nadeshda auf. Die erste Hürde war genommen. Den staubtrockenen Junior loszuwerden dürfte nur noch Formsache sein.

Gerold blieb fassungslos auf der Hollywoodschaukel im Garten seines Reihenhäuschens zurück. So etwas wie dieses durchtriebene Frauenzimmer war ihm noch nicht untergekommen. In all den langen Jahren als Chef einer erfolgreichen Steuerkanzlei hatte man so nicht mit ihm gesprochen. Die Angestellten hatten seinen eloquenten Führungsstil stets mit Respekt und angemessenem Entgegenkommen belohnt. Wer sich besonders entgegenkommend verhielt und eine hohe Leistungsbereitschaft zeigte, der wurde auch über das übliche Maß hinaus von ihm belohnt. Dieses System hatte bis zum heutigen Tage tadellos funktioniert. Und nun erdreistete sich diese kleine Nutte, ihn vor vollendete Tatsachen zu stellen. Obwohl er bei ihr besonders großzügig gewesen war. Allein die neuen Brüste in Doppel-D hatten ein kleines Vermögen verschlungen. Von all den Flugreisen und Hotelkosten mal gar nicht zu sprechen.

Und er hatte kein Druckmittel in der Hand, um sie zu halten. Ob Olaf wohl schon von seinem Glück wusste, dass er ab sofort ohne vollbusige Verlobte dastehen würde? Der Idiot hatte ohnehin nie verstanden mit welchem Kaliber von Frau er es da zu tun hatte. Der wusste ja nicht mal, wie man sie gescheit rannahm. Vom Temperament her würde eher eine Gitte zu ihm passen oder ein Frauenmodell mit der schmucklosen Leidenschaft seiner Mutter. Oder besser mit der Leidensfähigkeit.

Als Gerold an seine blutleere Frau denken musste, die im Haus folgsam mit seinem abendlichen Cistustee auf ihn wartete, stieg eine Woge des Widerwillens in ihm auf.

Er würde morgen nach der Arbeit postwendend zu seiner Hütte fahren. Er musste sowas von dringend raus aus dieser Ödnis. Ein paar Wildschweine oder Hirschböcke erledigen und guten Whiskey trinken – das würde ihn sicher auf andere Gedanken bringen.

36

Axel gammelte genüsslich in seinem bescheidenen Zimmer der Freibleiben-Stiftung – einem Betreutes-Wohnen-Projekt, das frisch aus der Haft Entlassene bei der gesellschaftlichen Wiedereingliederung unterstützen sollte. Entgegen den Statuten dieser gemeinnützigen Stiftung verschönerte er sich den Abend mit allerlei Rauchwaren. Die maximale Entspannung ließ nicht lange auf sich warten. Es fühlte sich großartig an, endlich wieder ein sorgenfreies und (weitgehend) legales Leben zu führen, ohne ständig über den nächsten Schritt nachdenken zu müssen.

Die letzten Tage hatten ihn doch mehr gestresst, als er es eigentlich zugeben wollte. Es wunderte ihn selbst am meisten, aber es sah ganz danach aus, als habe er nicht mehr die stahlharten Nerven, die man für ein Leben in der Illegalität dringend brauchte. Was hatte das nur für seine Zukunft zu bedeuten? Würde er nun doch einen solch tristen Lebensweg einschlagen müssen, den er immer vermeiden wollte? Mit einem nine-to-five-Job womöglich als Fahrer eines Apothekentaxis?

Er schauderte unwillkürlich.

„Jetzt krieg dich mal ein, Axel!", sprach er sich selbst Mut zu. „Noch is nich aller Tage Abend! Mit dir muss man rechnen. Aber volle Granate!" Er nahm einen ordentlichen Schluck aus seiner Stubbi-Flasche.

Ein gekühltes Bier war ein wahrer Hochgenuss nach der ganzen Whiskey-Sauferei in jüngster Vergangenheit.

Die Idee, als Lehrer zu arbeiten, reizte ihn tatsächlich nach seinen Erfahrungen der letzten Tage. Jungen Menschen eine Orientierung in schwierigen Zeiten zu geben – das musste sich wirklich gut anfühlen. Und hatte er nicht etwa einen kühleren Kopf bewahrt als Ramona, die immer wieder zu Hysterie neigte? Wenn die sich als Lehrerin verdingen konnte, warum sollte ihm das dann verwehrt bleiben?

Er würde gleich morgen Thore anrufen und ihm seinen neuen Berufswunsch mitteilen. Der würde begeistert sein, dass sein verrückter Lieblings-Knacki nun endlich Eigeninitiative im Hinblick auf eine entlohnte, ehrbare Beschäftigung zeigte.

Axel grinste zufrieden. Da sollte mal einer sagen, er hätte keine guten Ideen!

In diesem Moment meldete sich sein Handy. Ramona rief an. Was wollte die denn schon wieder?

„Jupp", meldete sich Axel wie üblich.

„Axel, hörst du mich???" Eine krächzende, ängstliche Männerstimme untermalt von einem lauten Rauschen im Hintergrund tönte durchs Telefon.

„Thore? Wieso rufste von Ramonas Handy an? Und warum klingste so komisch?" Axel verstand nur Bahnhof.

„Mannometer. Ramona hat doch mein Handy. Du erinnerst dich?" Trotz der Angst in Thores Stimme konnte Axel einen genervten Unterton herausfiltern.

„Ah ja, stimmt. Was gibt's?" Axel seinerseits fühlte sich inzwischen doch auch irgendwie belästigt. Das war *sein* wohlverdienter Abend, den wollte er sich jetzt nicht von einem herumnölenden Thore vermiesen lassen.

„Du musst mich retten. Ein völlig irrer Typ hat mich entführt. Der will mich in Izmir -krackkrackkrack – verbrennen." Die Verbindungsqualität schwankte erheblich.

Axel musste spontan lachen. „Entführt? Alter Vatter, das hatten wir doch schon."

Jetzt wurde Thore doch wütend. „Du Vollidiot! Ich mach hier keine Witze! Ich -krackkrackkrack – eingesperrt – krackkrackkrack – schwarzer Kastenwagen. Der will mich umbringen! Beeil dich!"

Kurz überlegte Axel, sich über den „Vollidioten" aufzuregen. Wie redete der denn mit ihm? Dann sortierte er seine grauen Gehirnzellen. Das fiel ihm in bekifftem Zustand natürlich noch deutlich schwerer als im Normalzustand.

„Jetzt mal ruhig, Digga! Wo biste jetzt?" Das war doch eine naheliegende und recht zielführende Frage.

„Keine Ahnung. Der Typ macht hier gerade 'ne Pinkelpause. Krrrr … ganze Weile weg – krack – eingeschlossen. Ich weiß aber nicht – krackrackkrack – Live-Standort schicken. Du fährst hinterher." Thore klang zunehmend panisch.

„Okay. Is gut. Schick mir den Standort. Aber ich hab ja gar kein Auto. Und ehrlich gesagt nich mal 'nen Lappen. Deswegen war das mit dem Apothekentaxi gleich doppelt beknackt von dir, weißte! Aber was soll's: Ich werd Ramona fragen, ob die fährt." Axel war zügig wieder im Krisenmodus angekommen. Und in diesem Modus waren schnelle Entscheidungen gefragt.

„Wieso haste überhaupt noch 'n Handy? Was 'n das für'n Amateur, der Irre da?“ Axel schüttelte abwertend den Kopf.

„So, die Standortinfo kommt jetzt. Beeil dich, Axel. -krackrackkrack – Angst.“ Dann war nur noch Rauschen zu hören. Die Verbindung war unterbrochen.

Axel seufzte tief. Das war's wohl mit seinem ruhigen Abend. Er war so froh gewesen, endlich wieder allein zu sein. Nun musste er sich wieder in unfreiwillige Gesellschaft begeben.

Der Live-Standort trudelte auf seinem Handy ein. Demnach war Thore auf der A3 Höhe Würzburg an einem Autohof gestrandet. Wieso hatte der Depp nur so lange gewartet, ihn anzurufen? Die hatten nun doch einen ganz ordentlichen Vorsprung.

Axel hätte im Nachfolgenden nun beinahe wieder Thore am Apparat gehabt. In seinem schwerfälligen Kopf tippte er auf seinem Handy „Ramona“ an. Dann besann er sich.

„Verdammte verdrehte Scheiße!“ Er wählte „Thore“ an.

„Warum machst du das, du Idiot?“, erklang eine gestresste Stimme am Telefon.

Durfte ihn heute Abend nun jeder beschimpfen, wie es ihm gefiel? Wo blieb da der Respekt?

„Ramona, Perle! Ich hab dich auch lieb! Beweg deinen hübschen Hintern, schwing dich in deine Karre und komm zu mir!“ Ungewohnt humorvoll meisterte Axel die Hürden der zwischenmenschlichen Kommunikation.

„Willste mich verarschen? Ich will jetzt einfach meine Ruhe haben, kapiert?“, versuchte Ramona ihn loszuwerden.

„Okay. Also im Klartext: So 'n irrer Amateur hat Thore entführt. Die sind auf der A3 Richtung Izmir unterwegs. Wir müssen hinterher.“ Axel hatte sich alle Fakten gut gemerkt.

Er war einigermaßen verblüfft, dass Ramona wenig überrascht reagierte. Stattdessen wirkte sie wohlüberlegt, als sie antwortete: „Einverstanden. Wir retten ihn. Aber vorher muss ich noch sein Handy loswerden. Und ich weiß auch schon, wo. Bis gleich.“

„Weiber“, brummelte Axel irritiert. „Soll einer mal verstehen.“

37

Es klingelte an der Tür. Die Klingel klang irgendwie anders als sonst, das bemerkte Olaf sofort. Etwas Tiefes, Bedeutungsschweres lag in ihrem Ton.

Die Kamera der Gegensprechanlage fing das Bild einer Nadeshda ein, das ihm seltsam fremd erschien. Ohne Frage: Das war seine Verlobte und sie sah eigentlich aus wie immer – nämlich scharf. Obwohl sie eines ihrer eher unauffälligen Outfits trug (ihr Yoga-Outfit und darüber einen leichten, mit einem Gürtel zusammengebundenen Strickmantel), konnte diese Frau einfach nichts dagegen tun: Ihr Sexappeal brachte das Bild der Kamera zum Flimmern.

Aber gleichzeitig umgab sie eine seltsame Aura der Unnahbarkeit. Mit einem kalten Blick ihrer eisblauen Augen schien sie ihn direkt durch die Linse der Kamera anzuschauen. Um ihren Mund spielte eine harte, so nie von Olaf wahrgenommene Linie.

„Ja bitte?“, meldete sich Olaf betont gelangweilt. Nadeshda sollte natürlich nichts von seinen lächerlichen Bedenken mitbekommen.

„Mach die Tür auf. Du weißt doch, dass ich es bin“, reagierte Nadeshda bestimmt. Sie hatte doch einen Schlüssel. Was sollte diese Nummer mit dem unnötigen Klingeln? Und warum hatte sie ihm ihre Rückkehr nicht angekündigt?

Irgendwie war ihm die Frau zu kompliziert. Und von ihrem Sexappeal hatte er auch nur bedingt Vorteile. Der Hauptvorteil war wohl, dass andere Kerle ihn um Nadeshda beneideten. Die fragten sich sicher, wie ein dröger Typ wie er an eine solche Frau rangekommen war. Dabei ließ sie ihn bereits seit geraumer Zeit kaum noch „ran“. Überdeutlich gab sie ihm zu verstehen, dass sie auf seine Dienste bereitwillig verzichtete. Das steigerte sein Selbstbewusstsein nicht unbedingt.

Und nun dieser seltsame Auftritt am Abend vor ihrer gemeinsamen Haustür. Auf was konnte er sich jetzt wieder gefasst machen?

Olaf öffnete die Wohnungstür. Anstatt den Aufzug zu nehmen hörte er seine Verlobte entschlossenen Schrittes die Treppen zum Loft emporsteigen. Die Absätze ihrer Schuhe klackerten bei jedem Schritt alarmierend.

Olaf setzte sein arrogantestes Gesicht auf. Das war immer noch die beste Waffe gegen diese Naturgewalt von Frau.

Bis Nadeshda endlich am obersten Treppenabsatz angekommen war, hatte er seinen Blick perfektioniert.

„So,so. Hat es meine Verlobte wohl als nicht notwendig erachtet, ihren Zukünftigen darüber zu unterrichten, dass sie wieder aus Tschechien zurückgekehrt ist?"

Olaf war zufrieden mit seiner stets verfügbaren Bürokratensprache. Darin war ihm Nadeshda eindeutig unterlegen. Ihre Äußerungen strotzten stets vor Emotionalität. Einen taktischen Sieg konnte sie so quasi nie einfahren.

Nadeshda ignorierte den Einwurf und schob sich an ihm vorbei in die Wohnung. Sie war kein bisschen außer Atem und wirkte professionell gefasst.

Sie betrat mit ihren schwarzen Stiefeletten mitleidlos den schicken Parkettboden und streifte von Raum zu Raum, während sich auf Olafs Gesicht eine Mischung aus Entsetzen (Stiefeletten auf seinem Parkettboden!) und Ratlosigkeit breitmachte.

Er unterdrückte nur mühsam den Impuls, sich über ersteres lautstark aufzuregen und fragte stattdessen: „Was ist eigentlich los, Nadeshda? Was soll dieser Auftritt?"

„Ich nehme Abschied, Olaf. Von der Wohnung. Von diesem sterilen Platz, an dem ich es seit drei Jahren mit dir aushalte. Ich werde ausziehen." Nadeshda hielt in ihrem Streifzug inne und musterte eine Fotografie, die sie mit Olaf in ihrer Anfangszeit zeigte. Der Bürohengst und die edle Araberstute. Was für eine befremdliche Kombination! Sie schüttelte ungläubig den Kopf.

„Was soll das heißen? Wie stellst du dir das vor? Ich werde das nicht akzeptieren", konstatierte Olaf nüchtern.

Die einfache Welt des Olaf L.: „Ich werde das nicht akzeptieren." Was für ein Flachwitz. So wie der ganze lächerliche Kerl einer war.

Nadeshda drehte sich zu ihm um und schaute ihm fest in die Augen: „Es wird dir wohl nichts anderes übrigbleiben, Olaf. Oder willst du mich hier festbinden?"

„Warum setzt du das alles hier aufs Spiel, Nadeshda? Uns geht's doch gut!" Olaf verstand zwar nicht, was da gerade vor seinen Augen ablief, aber so viel schwante ihm: Es bedeutete nichts Gutes.

„Wir führen eine stabile Beziehung, können uns aufeinander verlassen. Wir arbeiten zusammen, und bald schon werde ich die Kanzlei übernehmen. Wenn du mich fragst, lieber früher als später. Ich werde dir ein abgesichertes, gutes Leben ermöglichen. Das willst du alles aufs Spiel setzen?“ So langsam spürte Olaf so etwas wie hilflose Wut in sich aufsteigen. Ein Gefühl, das er kaum je erlebt hatte.

Überhaupt erschloss sich die Welt der Gefühle ihm nicht. Aber das, was er jetzt fühlte, musste so etwas wie Wut sein.

Und seine Verlobte schwieg einfach und musterte ihn mit einem seltsamen Blick, den er so gar nicht deuten konnte.

So platzte es jetzt förmlich aus ihm heraus: „Sag endlich etwas! Du blöde Gans! Hältst dich wohl für was Besseres? Was hast du schon geleistet? Gar nichts. Hast dir das Vertrauen deines Chefs und seines Sohns erschlichen. Mit *Nichts* bist du ganz schön weit gekommen, findest du nicht? Was du nicht im Kopf hast, hast du in den Titten!“ Olaf geriet ganz außer sich.

„Ja, lass es nur raus, Olaf. Da hat sich ja so einiges angestaut, stelle ich fest. Ich wiederum bevorzuge den stillen Rückzug. Da die meisten Möbel hier von dir angeschafft wurden, werde ich kaum etwas mitnehmen. Nur meine Klamotten, Schmuck, Schuhe … Ich ziehe zu Swetlana. Und bitte dich nur um eines: Lass mich einfach in Ruhe!“ Nadeshda sprach gespenstisch klar und entschlossen.

Das machte Olaf nur umso wütender.

„Das wirst du bereuen! Ich mach dich fertig! Keinen Fuß kriegst du mehr auf den Boden bei uns! Du undankbares Luder! Alles hab ich dir geboten, alles! Ist das der Dank?“

Er klang verdächtig nach seinem Vater. Der Apfel fällt wohl insgesamt doch nicht allzu weit vom Stamm, konstatierte Nadeshda, fast schon amüsiert. Gottseidank war sie dieser Familienfalle gerade noch rechtzeitig entronnen. Das hätte ansonsten ihre persönliche Hölle auf Lebenszeit werden können.

„Ich brauche keinen Fußbreit mehr eures verdammten Bodens. Seht zu, wie ihr ohne mich klarkommt. Und bedenke eines: Ich kenne dich sehr genau, Olaf. Ich weiß um deine unlauteren Pläne zur Kanzleiübernahme. Viel Glück dabei! Und immer schön sauber bleiben!“ Nadeshda klopfte ihrem Ex-Verlobten aufmunternd auf die Schulter.

Dann holte sie die zwei größten Koffer aus der Abstellkammer und öffnete den begehbaren Kleiderschrank. In wenigen geübten Handgriffen hatte sie bereits große Mengen ihrer Designer-Garderobe verstaut.

„Den Rest hole ich in den nächsten Tagen!“ Mit diesen Worten ließ sie ihren mit der Gesamtsituation vollkommen überforderten Ex-Partner stehen.

Erst als sie schon mit ihren Koffern aus der Tür war, realisierte Olaf in Gänze, was gerade passiert war.

Man hatte ihn verlassen. Einfach so.

Warum hatte er dieser Schlampe nicht einfach ein paar reingehauen? Selbst dazu fehlte ihm der Mumm.

Er schaute resigniert in den Spiegel des Garderobenschrankes und verpasste sich selbst zur Abstrafung seines unmännlichen Verhaltens eine schallende Ohrfeige.

38

Ramona hielt sich nicht mit langen Vorbereitungen auf. Sie griff sich ihren leichten Übergangsmantel (Esprit natürlich!) sowie einen bunten Seidenschal, schlüpfte in ihre Sneaker und band ihr flusiges blondes Haar schnell noch zu einem praktischen Pferdeschwanz.

Dann schnappte sie ihren kleinen dunkelblauen Rucksack, stopfte ihre Geldbörse, Thores Handy, Sonnenbrille (für alle Fälle) sowie eine Packung Lakritzschnecken hinein, löschte das Licht und trat hinaus ins Treppenhaus des dreistöckigen Mehrfamilienhauses. Es war inzwischen fast 23 Uhr und man hörte – nichts. Donnerstagabends um diese Uhrzeit lag man in ihrer Welt bereits seit gut einer Stunde im Dornröschenschlaf. Sie dachte an all die öden Hausmitbewohner mit ihren gebunden Weidenkränzen und den obligatorischen „Willkommen"-Schildern an den Türen. Bestenfalls noch ergänzt durch ein „Vorsicht – hier wache ich"-Schild mit einem hässlichen Köter darauf. Ihre Vermieter waren Hundefreunde und dementsprechend fiel auch die Auswahl der Hausmitbewohner aus. Ein Wunder eigentlich, dass sie auch ohne haariges Familienmitglied die Wohnung überhaupt bekommen hatte.

Nun gut. Das spielte am heutigen Abend nicht wirklich eine Rolle. Sie sollte sich jetzt lieber konzentrieren.

Sie stiefelte zu ihrem Corolla, der vorschriftsmäßig in der von ihr angemieteten Garage abgestellt war. Dazu musste sie den Innenhof des Hauses überqueren. Sie musterte noch einmal das Haus von außen. Kein Licht – nirgends. In keiner der sechs Wohnungen gab es ein wie auch immer geartetes Lebenszeichen. Stumpfe Stille. Mehr war vom Leben wohl auch nicht zu erwarten.

Ramona seufzte und schloss das Garagentor auf. Wie üblich klemmte es beim Öffnen, und sie musste mehrfach mit erhöhtem Krafteinsatz daran ruckeln, bis es schließlich funktionierte.

„Tachchen, alter Kumpel!", begrüßte sie ihren Corolla. „Lange nicht gesehen! Du kommst aus den Abenteuern mit mir nicht mehr raus. Es steht schon wieder was an!"

Der Wagen schwieg bedenklich. Was wollte er Ramona nur damit sagen?

„Du meinst, ich sollte lieber die Finger davonlassen? Recht hast du! Aber ich habe keine andere Wahl, weißt du? Die Suppe, die man sich eingebrockt hat, die muss man auch selbst wieder auslöffeln. Das wusste schon meine Oma."

Es tat gut, dass der Corolla ein so geduldiger Zuhörer war. Alter machte eben doch weise.

Nun stieg Ramona ein. Beim Einschalten des Motors registrierte sie, dass der Tank inzwischen fast leer war.

„Das regeln wir auch noch, alter Junge!", sprach sie ihrem Wagen Mut zu. „Aber vorher musst du noch ein paar Kilometer so klarkommen."

Sie wusste, wie sie zu fahren hatte. Nach einer der alljährlichen Weihnachtsfeiern hatte sie ihre Schulleiterin einmal sturzbetrunken nachhause gefahren. Die schulinternen Weihnachtsfeiern, die Frau Bietighofen für ihr Kollegium ausrichtete, waren legendär. Einmal im Jahr gab die Chefin zügellos Vollgas. Sie ließ die Aula der Schule aufwändig herrichten, orderte beim teuersten Caterer der Stadt und ließ eigens aus Berlin die bekanntesten Szene-Barkeeper:innen mit den neusten Cocktail-Trends auffahren. Das ansonsten so duckmäuserische Kollegium fühlte sich so einmal in zwölf Monaten derart wertgeschätzt, dass es für den Rest der Zeit wieder brav buckelte und ordnungsgemäß die Fresse hielt. Im Verlauf der fünf Weihnachtsfeiern, die Ramona an ihrer Schule bereits miterlebt hatte, hatte sie Dinge mit ihren eigenen Augen gesehen, die sie im Normalzustand niemals für möglich gehalten hätte. Kollegen und Kolleginnen tanzten auf den Tischen (zu den Beats der ebenfalls aus Berlin angereisten Szene-DJs), vögelten in erstaunlichen Kombinationen auf den Schüler-Toiletten und bewarfen sich mit Sahne-Windbeuteln. Später am Abend wälzten sie sich auch gerne in ebendiesen auf dem Boden der Tanzfläche … Nur Ramona behielt stets den Überblick und war auf der Hut, keinesfalls einen wie auch immer gearteten offensichtlichen Fehltritt zu absolvieren. Ob das überhaupt jemand bemerkte, geschweige denn anerkannte, war unklar.

Zumindest eines bemerkte garantiert niemand: Ramonas geheimen Fetisch bildeten getragene Halstücher. Die Weihnachtsfeiern stellten dafür eine wahre Fundgrube dar! Erstens war es die passende Jahreszeit für Halstücher und zweitens waren die Kolleg:innen derart bedröhnt, dass niemandem überhaupt auffiel, wie viele Halstücher und Schals an diesem Abend verschwanden. Im Schulalltag musste Ramona bei ihren Beutezügen deutlich vorsichtiger sein. Allein schon wegen der zahlreichen Überwachungskameras. Zuhause hatte sie inzwischen eine recht stolze Sammlung von an die dreihundert diversen Schals versammelt. Ihre Favoriten bildeten die Halstücher mit schwerer Moschusnote oder aber die holzig-orientalischen Düfte mit einem Hauch Vanille. Da musste man schon echtes Glück haben, um solche Exemplare auf die Schnelle zu erschnüffeln. Das Leben der Anderen – dank ihres heimlichen Hobbies hatte sie daran wenigstens einen gewissen Anteil.

Doch zurück zu Frau Bietighofen. Üblicherweise wurde sie von ihrem speichelleckenden Konrektor Herrn Köhler im Anschluss an die Weihnachtsfeier nach Hause gefahren. Doch am Weihnachtsfest vor zwei Jahren hatte er es zum ersten Mal versäumt, nüchtern zu bleiben. Eine unverzeihliche Pflichtverletzung, unter der er noch lange zu leiden haben sollte. Während dem Kollegium sowie der Chefin persönlich jede Eskapade an diesem Abend verziehen wurde, hatte Frau Bietighofens Schoßhündchen Gewehr bei Fuß zu stehen. Dummerweise war er es aber, der die Schlacht mit den Windbeuteln eröffnete und durch einen unglücklichen, torkelnden Ausrutscher Frau Bietighofen eine volle Ladung ins Gesicht donnerte. Das war selbst der im Vollrausch befindlichen Schulleiterin zu viel.

Aber wir schweifen ab. Also: Ramona wusste jedenfalls noch ziemlich genau, wie sie zur Villa der Schulleiterin fahren musste. Sie lag in einem weitläufigen Wohngebiet am Stadtrand, umsäumt von diversen Gründerzeitvillen, die allesamt von parkähnlichen Grünflächen umgeben waren. Frau Bietighofens Grundstück war mit einem hohen Messingzaun säuberlich vom Rest der Welt getrennt und – natürlich – kameraüberwacht und alarmanlagengesichert. Ramona würde sich also von der Rückseite des Grundstücks nähern müssen, um nicht direkt vor dem Zufahrtstor bereits per Live-Schalte in Frau Bietighofens Wohnzimmer übertragen zu werden.

Nach etwa zwanzigminütiger Fahrtzeit durch eine einigermaßen menschenleere Stadt erreichte Ramona das Wohngebiet. Es lag in fußläufiger Entfernung zum Rhein, und Ramona erlag kurz der Versuchung, einen kleinen Spaziergang am Fluss entlang zu unternehmen. Der Abend war verhältnismäßig mild für Ende September. Was also sprach dagegen?

Dinge, die getan werden mussten, natürlich. Sie seufzte.

Ramona parkte ihren Wagen einige hundert Meter vom Grundstück entfernt und legte die letzten Schritte zu Fuß zurück.

Frau Bietighofen gehörte dem Anschein nach nicht zu den Langweiler:innen dieser Welt. Ihr Anwesen war um kurz vor halb elf am Abend noch hell erleuchtet. Aus einer geöffneten Terassentür klang gediegene Jazzmusik nach draußen. Man hörte laute Unterhaltung und Lachen. Genaueres konnte Ramona nicht erkennen, da hohe Eichen und andere Bäume den direkten Blick auf das Haus versperrten. Der Innenhof war besser einsehbar. Auf den als Gästeparkplätzen ausgewiesenen Stellflächen standen zwei Luxuslimousinen, die sicherlich zu finanzkräftigen Besuchern gehörten.

Ramonas Herz schlug bis zum Hals. Wie sollte sie bloß ihr Auftauchen erklären, falls Frau Bietighofen sie doch entdecken würde? Es galt also keine Zeit zu verschenken!

Ramona zog Thores Handy aus dem Rucksack und schlich seitlich am Zaun entlang. Zumindest hatten die Bietighofens keine scharfen Wachhunde. Die hätten sicher längst angeschlagen.

Auf der Höhe des beleuchteten Außenpools blieb Ramona stehen. Schönes Luxusleben habt ihr da, dachte sie noch, seltsamerweise ohne jede Spur von Neid.

Dann holte sie aus und warf das Handy in hohem Bogen über den Zaun. Es landete nur knapp neben dem Pool auf der Rasenfläche. Ein leichtes „Plopp“ als es auf dem Boden aufkam, dann lag es still und unschuldig da und rührte sich nicht mehr vom Fleck.

Es gibt ja auch wirklich schlechtere Plätze zum sinnlosen Herumliegen, befand Ramona in einem leicht philosophischen Anflug.

Sie hatte alle Daten auf dem Handy zuvor gelöscht und es in die Werkeinstellungen zurückversetzt. Zudem war es von ihr sorgfältig desinfiziert worden. So mochten hoffentlich alle Spuren beseitigt sein, die in ihre Richtung wiesen. Die SIM-Karte würde eine Zuordnung des Smartphones zu einem gewissen Thore Mallm natürlich trotzdem ermöglichen. Mehr konnte sie jetzt erst einmal nicht tun.

Zügigen Schrittes machte Ramona kehrt und erreichte leicht außer Atem ihren Wagen. Nun würde sie flugs Axel Bescheid geben, dass sie erst noch zur Tanke fuhr und dann bei ihm vorbeikam.

Sie hatte kein Handy mehr.

Plötzlich wurde ihr das bewusst, und es durchfuhr sie wie ein elektrischer Schlag. Wie sollte sie bloß ohne Handy zurechtkommen? Sie war ab sofort nicht mehr erreichbar und konnte auch selbst niemanden mehr erreichen. Nicht eine Handynummer ihrer Freunde hatte sie im Kopf, geschweige denn die Nummer von Axel. Sie war nun ein Nobody, der quasi aufgehört hatte, zu existieren. Ramona hielt sich am Wagen fest. Die Welt wankte unter ihren Füßen.

„Jetzt übertreib mal nich, Perle!", hörte sie da Axel vor ihrem inneren Ohr sagen. Und er hatte bestimmt recht.

Selbstmitleid war in der jetzigen Situation völlig unangebracht. Sie stieg in ihr Auto und begab sich in einem wenig überzeugenden Fahrstil zur nächstgelegenen Tankstelle.

39

Der Wagen stoppte abrupt. Aus voller Fahrt bremste der Transit Custom. Thore, der natürlich nicht angeschnallt war, flog mit kosmischer Kraft gegen die Abtrennung zur Fahrerkabine.

„Verhalt dich gefälligst ruhig, du Penner!", schnauzte der grimmige Fahrer sofort los. Thore konnte ihn nicht sehen, aber sein raues Organ übertönte selbst die voll aufgedrehten Boxen des Kastenwagens. Seit Stunden hörte Thore nun türkische Schnulzen – und auch wenn er nichts verstand, so konnte man doch erahnen, wovon die Texte der Lieder handeln mussten: Von unerwiderter Liebe, Verrat, Einsamkeit, Schmerz und vom gesamten Leiden durch Leidenschaft an sich.

„Was ist da los?", brüllte Thore in ebenfalls erklecklicher Lautstärke. Er musste schließlich sowohl gegen die Trennwand als auch gegen die Schnulzen anbrüllen.

„Maul halten!", brüllte der Fahrer zurück.

Immerhin eine Antwort. Das war ja fast eine freundschaftliche Geste. Vielleicht war doch noch nicht alles verloren.

„Olamaz! Da geht nix mehr", schimpfte der Entführer vor sich hin. Und dann stieß er mehrere türkische Flüche aus, die in ihrer puren Klangqualität Thore die Haare zu Berge stehen ließen.

Er dachte nach. Was hatte das für ihn zu bedeuten? Eine Unterbrechung der Route, die ihn auf direktem Weg zur Mülldeponie nach Izmir bringen sollte.

Vielleicht verlor der Kerl jetzt die Nerven und erledigte ihn an Ort und Stelle in einem nahegelegenen Waldgebiet. Das musste er dringend verhindern! „Zeit gewinnen" lautete die Devise.

Ansonsten hatte Axel keine Chance mehr, ihn rechtzeitig da rauszuhauen. Thore versuchte auf telepathischem Weg Kontakt zu ihm aufzunehmen: „Beeil dich, Axel! Gib alles! Du schaffst das!" Erstaunlicherweise war es ihm als antworte dieser: „Mach dich mal locker, Digga! Ich bin dran!"

Du hast gut reden, dachte Thore. Aber irgendwie war es doch auch tröstlich, dass Axel die Lage demnach als weniger prekär einschätzte als er selbst.

Thore nahm allen Mut zusammen und brüllte wieder so laut er konnte: „UMLEITUNGSEMPFEHLUNG!"

Keine Reaktion.

„NIMM DIE UMLEITUNGSEMPFEHLUNG!", versuchte es Thore in gleicher Lautstärke noch einmal.

Anstatt einer Antwort scherte der Entführer urplötzlich unter dem empörten Hupkonzert vieler anderer Autos aus dem bestimmt mehrspurigen Rückstau aus. Thore hörte neben dem Hupen auch wütende, aggressive Proteste. Die den Kastenwagen umgebenden Autofahrer entluden zügellos ihren Zorn.

Das Fahrzeug trudelte in einem seitlichen Zickzackkurs voran. In manchen Momenten hatte Thore das Gefühl, dass sie Hindernisse wegschoben, was in Anbetracht der Gesamtsituation eigentlich nur andere Fahrzeuge sein konnten. Nach schier endlosen Minuten, in denen es Thore aufgrund des neuartigen Fahrerlebnisses schon übel wurde, verstummte das Hupkonzert allmählich. Der Fahrbahnuntergrund veränderte sich, und nun fühlte sich Thore zurückversetzt an die Fahrten rund um die Waldhütte. Es holperte und schüttelte ihn durch und durch.

Wurden seine Befürchtungen nun doch wahr? Wollte der Kerl ihn im Wald erledigen und sich dann wieder auf den Rückweg machen? So hätte er jedenfalls ordentlich Kilometer gespart.

„Wo sind wir?", brüllte Thore, um so etwas wie eine persönliche Bindung zu dem Kerl aufzubauen. Solche Kommunikationsstrategien lernte man als Bewährungshelfer.

Keine Reaktion.

„Schöne Musik", schrie Thore, um ein für den Mann emotional bedeutsames Thema anzuschneiden.

Daraufhin drehte der elende Kerl die Musik noch lauter und sang voller Inbrunst mit. Bei derart ausgeprägtem jämmerlichem Weltschmerz bekam Thore langsam ernste Sorge. Der Typ hatte nichts mehr zu verlieren. So viel stand fest.

„Mamma Mia, steh mir bei!" Thore faltete seine Hände wie zum Gebet und dachte bei diesen Worten mit aller Kraft an seine schöne, starke Mamma.

Plötzlich wurde die Fahrbahn wieder ebenmäßig. Die Holperpiste lag hinter ihnen. Es fühlte sich nach einer ordentlichen Straße an.

Thores Anspannung ließ etwas nach. Vielleicht ging es nun doch weiter wie geplant nach Izmir.

Was ihn jedoch irritierte, war der Live-Standort. Der wich offensichtlich von der Hauptroute ab … Was hatte das zu bedeuten?

Wenn er es nicht besser wüsste, würde er vermuten, dass der finstere Kerl als nächstes Erlangen ansteuern wollte. Gab es dort etwa auch eine illegale Mülldeponie? Aber in Deutschland wurde doch wohl hoffentlich genauer überwacht, was sie dort verbrannten?

Thore sandte nun zur Abwechslung ein Stoßgebet gen Himmel: „Lieber Herrgott, bitte hilf! Schnell und unbürokratisch! Selten nehme ich deine Dienste in Anspruch, aber heute bräuchte ich dich mal. Schick mir einen Engel, meine Mamma oder zumindest den Axel! Danke! Dein Thore!“

Ernster als in diesem Augenblick hatte er es mit dem Herrgott und ihm nie gemeint.

Aus der Fahrerkabine dröhnte es derweil mit rauer Gangster-Stimme begleitend zum Original-Sound:

Bunca gamı bunca derdi
Zalim felek bana mı verdi
Herkes muradına erdi
Yine cananım gelmedi

Thore hatte keine Ahnung was Müslüm Gürses da sang.

Aber es klang dramatisch. Sein Fahrer hatte ernste Probleme. Um das zu kapieren, musste man kein Schnell-Checker sein.

40

Als Ramona endlich bei Axel ankam, war es bereits kurz nach Zwölf. Axel tigerte seit dem Telefonat mit ihr durch die Flure seiner „Betreutes Wohnen-WG“ und war gespannt wie ein Flitzebogen. Beinahe hätte er seinem Mitbewohner Jason eine ausgeteilt, weil der partout nicht aufhörte, auf ihn einzulabern. Dann hatte er es bei einer kleinen Provokation bewenden lassen und Jasons frisch geöffnetes Bierchen im Abfluss versenkt. Abends war zwar keiner der Sozialarbeiter mehr anwesend, aber es gab eine Art Notfallknopf, dessen Betätigung dazu führte, dass postwendend einer der Nervbacken von Betreuern informiert und schnellstmöglich auftauchen würde.

Das wiederum wusste auch Jason, der so viel Selbstbeherrschung an den Tag legte, nicht völlig auszurasten. Immerhin hatte er Axel auch mehr oder weniger geistreich gedeckt, als der für Tage von der Bildfläche verschwunden war und sein Unwesen in der Waldhütte trieb. Jason faselte etwas von „neuer Schnalle“ und „schwer verknallt“ und dass Axel mit seiner Flamme einen Kurztrip nach Amsterdam unternommen hätte. Alte Verbrecher-Loyalität eben.

Da die Sozialpädagogen der Freibleiben-WG genug unangenehme Situationen Tag für Tag mit ihren Schützlingen zusammen meistern mussten, hatten sie nur wenig Interesse daran gezeigt, der Sache nachzugehen. Einen Schwererziehbaren weniger für ein paar Tage im Haus zu haben, bedeutete im Zweifelsfall eine kleine Atempause im ansonsten atemlosen Geschäft.

„Wat geht denn ab, Alter? Willste schon wieder ’n Ding drehen?“ Jason klang ernsthaft besorgt.

„Geht dich grad gar nix an, Digga! Mich holt gleich meine Perle ab und dann sind wir erstmal weg. Mach da nich so ne Welle draus, kapierste? Ball schön flach halten, sonst hängste mit drin!“ Axels wohlmeinender Rat verfehlte nicht seine Wirkung.

„Is schon klar. Na, da geht die Lutzi ja ordentlich ab bei dir! Also deine neue Luzie!“ Jason lachte anzüglich.

„Ja, ja. Super-Luzie! Jetzt verzieh dich einfach! Sonst verschwindet dein neues Bierchen gleich wieder da, wo das alte versackt ist!“

Mit einer abwehrenden Handbewegung verschwand Jason mit dem Bier in der Hand endlich in seinem Zimmer.

In diesem Moment hupte vor dem Haus die Luzie.

Das wurde aber auch Zeit!

Axel schlüpfte in seine abgewetzte Lederjacke, packte sich den Bundeswehrrucksack mit der Wegzehrung (Dosenbier!) und stürmte raus ins Treppenhaus. Aus einer der umliegenden Wohnungen drang ein Johlen und Kreischen. Die hatten wohl Spaß!

Wenige Augenblicke später riss er die Beifahrertür des Corollas auf und schwang sich auf den Sitz. Dann wuschelte er mit seiner groben Pranke Ramona durchs Haar, woraufhin ihr Pferdeschwanz völlig aus den Fugen geriet.

„Warum haste so lange gebraucht? Wollteste dich noch schön machen für deinen Macker?“ Axel sah sie abschätzig an.

„Ja, klaro. Jetzt sitzt die Frisur immerhin“, konterte Ramona schlagfertig.

„Und der feine bunte Schal erst! Der kommt mir irgendwie bekannt vor …“ Axel zog die Stirn kraus – ganz so als dächte er nach.

Dann schnüffelte er an dem guten Stück. „Und der riecht doch nach …“, setzte er an.

„Holzig-orientalisch mit Vanillenote. Riecht genau so, wie er sollte“, wiegelte Ramona kurzerhand ab und wechselte abrupt das Thema. „Jetzt mal Spaß beiseite: Ich musste gerade noch was erledigen. Deswegen hat‘s ein bisschen gedauert.“

„Dir is schon klar, dass wir Druck haben? Die haben Thore geschnappt. Klingt nich gut. Gar nich gut.“ Axel geriet schon wieder in Aufregung. Rote Stressflecken zierten seinen Hals. „Nu fahr endlich!“

So aufgewühlt hatte Ramona ihn selten erlebt. Und das wegen einer notorischen Nervensäge von Bewährungshelfer, den er doch ursprünglich selbst entführt hatte.

„Wo fahren wir denn überhaupt hin?“, erkundigte sich Ramona.

„Nach Izmir!“, informierte Axel sie knapp.

„Da kommen wir mit dieser Karre nie an.“ Ramona schaute zweifelnd drein.

„Sie sind ja noch nich da! Bis jetzt krieg ich auch den Live-Standort. Kein Plan, wie lange … Wir müssen Gas geben, dass wir die einholen.“ Axels Worte duldeten keinen Widerspruch.

„Wie gut, dass ich ein Rennauto habe! Man nennt es auch *Den schwarzen Blitz*!" Ramona ließ den Motor aufheulen und beschleunigte gemächlich.

Danach schwiegen beide gedankenversunken, bis sie sich zwanzig Minuten später auf der A 3 eingefädelt hatten.

„Izmir, wir kommen!", grölte Axel bei heruntergelassenen Scheiben und hängte seinen Kopf beängstigend weit aus dem Fenster.

Ramona seufzte innerlich. Nun sollten sie die Retter in der Not sein für einen Typen, den sie aus unterschiedlichen Gründen eigentlich hatten loswerden wollen. Wenn ihre Verstrickung in diese Geschichte auffliegen sollte, dann würden sie beide im Knast landen. So viel stand fest.

Letztlich hatte Axel den Kerl ja „nur" entführt. Aus grundsätzlich harmlosen Motiven. Zumindest hatte Axel wohl nie ernsthaft in Erwägung gezogen, Thore kaltblütig zu beseitigen. „Der soll einfach nur die Fresse halten" – das waren seine Worte gewesen, wenn sie sich recht zurückerinnerte.

Und sie war angetreten, um Schadensbegrenzung zu betreiben. Um Axel davon zu überzeugen, Thore die Freiheit zu schenken und vielleicht noch eine Art Deal auszuhandeln, damit Thore ihn nicht anzeigte oder ihm anderweitige Unannehmlichkeiten bereitete.

Das war wohl gründlich misslungen. Sie hatte nicht nur auf voller Linie darin versagt, Thore zu befreien.

Zur Krönung des Ganzen hatte sie dann noch ohne triftigen Grund einen Auftragsmörder – wenn auch mit Unterstützung von Frau Bietighofen – engagiert und auf Thore losgelassen. Wenn der Mann nun ernsthaft zu Schaden kam – und das war in den Händen eines Auftragsmörders tatsächlich nicht ganz auszuschließen – wäre sie dafür verantwortlich.

Das würde jedes Gericht so sehen. Und noch schlimmer: Ihr innerer Richter piesackte sie bereits seit der Beauftragung des Killers mit ihren Schuldgefühlen.

Inzwischen wusste sie: Das würde sie nicht packen. Mit dieser Schuld zu leben – daran würde sie zugrunde gehen.

Wie hatte sie nur glauben können, Thores Beseitigung wäre die Lösung all ihrer Probleme?

Eine Kurzschlussreaktion war es gewesen. Und ihre dämliche Schulleiterin war auch noch Mitwisserin.

Wie sollte sie jemals wieder mit dieser Frau zusammenarbeiten? Wer weiß, wen diese Xanthippe noch alles auf dem Gewissen hatte?

Spontan meldete sich bei Ramona die verschwommene Erinnerung an einen eher unfähigen Kollegen, der ständig von Frau Bietighofen drangsaliert worden war, bis er eines Tages spurlos verschwand. Man munkelte, er hätte sich etwas angetan. Mit ihrem jetzigen Wissenstand über das kriminelle Potenzial ihrer Schulleiterin hielt sie inzwischen alles für möglich.

Oder was war mit der Matrone von der Schulaufsicht passiert, die ständig unangekündigte Unterrichtsbesuche an der Elite-Schmiede abhielt und damit drohte, der Schule das Gütesiegel zu entziehen? Die Frau verstarb plötzlich und unerwartet, obwohl sie sich zuvor bester Gesundheit erfreut hatte. Angeblich hatte eine Gräte im Fisch zu ihrem Erstickungstod geführt.

Ramona hatte mit dem Teufel paktiert. Das wurde ihr nun schlagartig klar. Wie hatte sie das nur übersehen können?

Ob es eine Aussicht auf Entkommen gab, war mehr als ungewiss.

Ein erster Schritt wäre getan, wenn sie Thore aus den Fängen des Auftragsmörders befreien könnten. *Der Mann fürs Grobe…* Sicher verbarg sich kein angenehmer Zeitgenosse hinter dieser Personenbeschreibung.

41

Mit einem mehr als flauen Gefühl verfolgte Thore seinen eigenen Live-Standort auf dem Display des Smartphones. Es bestand inzwischen kein Zweifel mehr daran, dass der psychopathische Entführer die Hauptroute verlassen hatte.

Sie befanden sich demnach kurz vor Erlangen. Erlangen – what the hell … So sehr er sich auch den Kopf darüber zerbrach, er konnte keine logische Erklärung dafür finden, warum der Kerl am Steuer dieses Ziel unbeirrt anvisierte.

Um sich eine Art Basisinformation zu verschaffen, fragte Thore flugs die Suchmaschine um Rat. Demnach galten als die zehn Topsehenswürdigkeiten in Erlangen: 1. Der Botanische Garten, 2. Der Schlossgarten, 3. Das Siemens Healthineers MedMuseum, 4. Das Walderlebniszentrum Tennenlohe, 5. Der Marktplatz, 6. Der Dechsendorfer Weiher, 7. Der Aromagarten, 8. Der Heinrich-Kirchner-Skulpturengarten, 9. Das Stadtmuseum und 10. Die Hugenottenkirche.

Wollte der Schuft ihn vielleicht im Dechsendorfer Weiher ertränken? Irgendwie machte das alles nicht wirklich Sinn.

Der raue Gesang des finsteren Gesellen hatte in der letzten halben Stunde nachgelassen, während die Beschallung aus den Boxen nach wie vor unvermindert laut an Thores Nerven zerrte.

Also konzentrierte er sich auf das Mitverfolgen der Route via Live-Standort. Leider hatte die Akkuleistung des Smartphones zuletzt rapide nachgelassen, sodass Thore nicht einschätzen konnte, wie lange das Gerät überhaupt noch funktionieren würde. Eine Zeitlang fuhren sie fast parallel zum Main-Donau-Kanal, um dann im Erlangener Stadtteil Büchenbach „In der Reuth“ anzuhalten.

Zunächst war der Kerl dubioserweise mehrfach um den Block gefahren, bis er schlussendlich den Wagen stoppte und den Motor ausschaltete. Wohnte dort vielleicht sein Auftraggeber? Gab es überhaupt so etwas wie einen Auftraggeber? Wer hatte eigentlich ein Interesse daran, einen unbedeutenden Bewährungshelfer wie ihn zu entführen?

Seltsam, dass er auf diese sich förmlich aufdrängende Fragestellung nicht früher gestoßen war. Jetzt würde es womöglich gleich aus sein mit ihm, und er hatte nicht mal darüber nachgedacht, warum er bereits zum zweiten Mal in nur wenigen Tagen Opfer eines Entführungsfalls geworden war.

Möglicherweise hatte doch Mallm seine Connections spielen lassen, um den ungeliebten Stiefsohn endlich loszuwerden. Und Izmir war nun wirklich weit genug entfernt, um seine Spuren zu verwischen. Keiner würde auch nur einen Verdacht hegen. Seine geliebte Mamma dürfte nie erfahren, wie elendig es mit ihrem Schatz zu Ende gegangen wäre und dass ihr skrupelloser Ehemann der Drahtzieher dieser Ermordung war. Beim Gedanken an seine wunderschöne, starke Mamma spürte Thore einen schweren Kloß im Hals. Tapfer kämpfte er gegen die Tränen an.

Aber irgendwas lief doch anders als geplant. Erlangen war nach Thores fachkundiger Einschätzung zu heimatnah gelegen. Da brauchte man ja nicht einmal Interpol einzuschalten, um seine Ermordung aufzuklären. Aktenzeichen XY würde vermutlich völlig ausreichen.

Aber so einfach würde sich Thore keinesfalls geschlagen geben. Er hatte nichts mehr zu verlieren außer seinem Mut. Und wenn die Lage aussichtslos erschien, warum sollte er dann ausgerechnet auf seinen Mut verzichten?

Er griff entschlossen zu seinem Einhandmesser und brachte sich in Position. Er würde kämpfen bis zum letzten Blutstropfen. Und hatte in der Geschichte nicht manch ein wagemutiger Indianer mit Pfeil und Bogen auch den waffentechnisch weit überlegenen Cowboy erledigt?

„Wir spielen Cowboy und Indianer", sprach er zu sich selbst. „Oh ja, das tun wir!"

Aber es geschah – nichts. Müslüm Gürses sang nicht mehr. Es wurde gespenstisch still im Inneren des Fahrzeugs, und dennoch spürte Thore die unheilvolle Präsenz des düsteren Kerls, der nach wie vor am Steuer des Wagens sitzen musste.

Nach einer gefühlten Ewigkeit hörte er, wie die Tür des Kastenwagens geöffnet wurde und mit einem behutsamen Schnappen wieder zufiel. Wieder diese Präzision in den Bewegungen. Wohldosierte Bewegungen führten zu wohldosierten Effekten. Thore überkam zum wiederholten Male eine Gänsehaut.

Verkrampft umklammerte er das Einhandmesser, bereit, dem Kerl ins Gesicht zu springen, sobald er die Türen zum Laderaum öffnen würde.

Aber nichts dergleichen passierte. Thore vernahm seinen eigenen Herzschlag. Es hämmerte und bummerte in seiner Brust, als wollte sein kleines Herzchen diesem schmächtigen Körper entfliehen.

Er starrte auf das Handy-Display und realisierte nur nebenbei, dass es inzwischen bereits kurz nach Mitternacht war. Wo blieb nun dieser Typ, den er fertigmachen wollte? Hier und jetzt sollte Blut fließen. Er war bereit! Er war innerlich darauf fokussiert, den Killer anzugreifen.

Mit eingezogenem Kopf stand er im Laderaum des Ford Transit Custom und stach probehalber mit dem Einhandmesser ins Leere. So und so und so – wollte er zustechen. Er geriet regelrecht in Rage. „Mach die Tür auf, du Schwanzlutscher!“, wollte er in Gangstermanier brüllen, entschied sich dann aber doch dagegen.

Irgendwie schien der Killer ihn wohl vergessen zu haben. Ein Schicksal, das Thore bekannt vorkam. Immerzu wurde er übersehen, übergangen und vergessen in seinem Leben. An diesen Zustand hatte er sich eigentlich gewöhnt – es brachte sogar manches Mal einige Vorteile mit sich. Aber hier und heute wollte er nicht vergessen werden. Er wollte raus aus diesem schäbigen Kastenwagen. Ob tot oder lebendig, nur nicht mehr länger ein Gefangener sein, den niemand vermisste.

Kurz bevor sich nun doch ein unkontrolliertes Protestgeschrei seiner selbst bemächtigte, wurde Thore plötzlich abgelenkt. Ein Tumult war auf der eben noch so friedlich wirkenden Straße ausgebrochen.

Eine aggressive Männerstimme brüllte auf Türkisch Verwünschungen und Drohungen, die Thore zu gerne verstanden hätte. Die raue Stimme des Entführers klang dagegen fast kleinlaut und kläglich. Da auch er in türkischer Sprache reagierte, musste Thore sich auf das Lesen der Emotionen im Gesagten beschränken. Der Entführer wiederholte immer wieder etwas, was nach einer Entschuldigung klang.

Nun mischte sich die hysterische Stimme einer älteren Frau in die Debatte. Auch sie schien um keine Verwünschung verlegen zu sein. Auch hier folgte ein fast untertäniges, klägliches Gewinsel des Entführers als Reaktion.

Die Sache wurde langsam immer undurchsichtiger. Die Auftraggeber waren dem Anschein nach nicht zufrieden mit der Leistung ihres

Handlangers. Vielleicht hätte der Thore schon direkt an der Waldhütte erledigen sollen?

Nach minutenlangen Wortgefechten bäumte sich dann doch der Widerstandsgeist des Entführers auf. „Richtig so, lass dir nicht alles bieten! Das führt zu nichts im Leben!“, hätte Thore ihm gerne zugerufen. Er kannte die Rolle des Losers aus eigener Erfahrung nur zu gut.

Der Kerl brüllte: „Yıldız, seni sonsuza kadar seveceğim! Sonsuza dek!!!“

Und dann legte er eindringlich auf Deutsch nach: „Wir schaffen das. Komm mit mir, Yildiz! Wir finden einen Weg zum Glück! Ich warte hier auf dich. Komm!“

Geplättet sank Thore zurück auf den Boden des Laderaums. Irgendwann war dann auch einfach mal gut.

42

Ramona und Axel waren inzwischen seit fast zwei Stunden auf der Autobahn unterwegs und hatten über dies und das und weitere Belanglosigkeiten geplaudert. Ramona war darauf konzentriert, sich möglichst nichts von ihren Schuldgefühlen und Sorgen über den Teufelspakt anmerken zu lassen. Axel wiederum wollte einen tieferen Einblick in sein Seelenleben ebenfalls verhindern, da es ihn selbst am meisten irritierte, wie sehr ihm Thore plötzlich ans Herz gewachsen war. Dieser Umstand berührte ihn fast schon peinlich. Erst entführte er den Kerl und nun wurde er rührselig, weil Thore ernsthafte Unbill drohte.

Da Smalltalk nicht wirklich Axels Geschäft war, herrschte über längere Phasen hinaus auch einfach nur ein stumpfsinniges Schweigen zwischen ihm und seiner Mitfahrerin.

Irgendwann – er hatte sich gerade sein drittes Dosenbier geöffnet – fragte er dann doch. Er wusste selbst nicht, wie er auf diese scharfsinnige Eingebung kam, aber es brach plötzlich aus ihm heraus: „Sag mal, hast du eigentlich auch schon drüber nachgedacht, warum Thore jetzt wieder entführt worden is? Noch 'n Knacki, der 'n Prass hat? Aber wer wusste schon, wo er zu finden is? Der war doch supersicher versteckt."

Ramona hatte es befürchtet. Irgendwann hatte die Frage kommen müssen. Selbst ein Axel dachte manchmal nach.

Sie holte tief Luft und antwortete mit angezogener Handbremse: „So richtig weiß ich auch nicht, was da gelaufen ist. Ich hatte unglückseligerweise nochmal Kontakt mit meiner Schulleiterin …"

„Der Schreckschraube? Wieso? Was haste denn mit der zu schaffen?" Axel klang misstrauisch.

Ramona wand sich. Wie sollte sie jetzt aus dieser Nummer rauskommen? Glaubhaft rauskommen.

Sie fasste sich: „Ich musste doch Bescheid geben, dass ich ab Montag wieder arbeiten komme. Und da, naja, da fragte sie halt, wie es bei uns in der Waldhütte so läuft. Und ich könnte erwähnt haben, dass es ein Problem mit Thore gibt."

Jetzt hielt Ramona die Luft an. Hoffentlich würde es beim nachfolgenden Wutausbruch ihres emotional instabilen Lovers nicht zu einem Verkehrsunfall kommen.

Aber er reagierte unerwartet ruhig: „Was willste mir damit sagen? Dass die Olle einen Killer losgeschickt hat? Was hat die denn davon, außer dass sie mit drinhängt?"

Manchmal brachte Axel die Dinge in erstaunlicher Einfachheit treffend auf den Punkt. Eine Eigenschaft, um die ihn die verkopfte Ramona tatsächlich beneidete.

Genau das war hier doch wirklich die Frage: Was hatte Frau Bietighofen von der ganzen Aktion? War das Nicht-Auffliegen-Lassen ihres Ehemanns etwa Grund genug, an einem Mord mitzuwirken? Oder war es gar die Freude am Töten, die sadistische Lust, die Macht über Leben und Tod zu besitzen, die die Schulleiterin zur aktiven Beteiligung bewogen hatte?

Warum nur war Ramona nicht früher darauf gekommen? Jetzt erschien es ihr plötzlich sonnenklar.

Und für diese späte Einsicht hatte es Axels handfeste Expertise gebraucht. Armes Akademikerdasein – weltfremd bis zum Abwinken!

Gerlinde Bietighofen – eine wahrhaft kranke Person. Und nun war sie, Ramona, voll und ganz in ihren Fängen.

Sie dachte an Faust, der auch mit dem Teufel paktiert hatte. Das hatte auch kein gutes Ende genommen … Thore war in dieser Konstellation wohl das arme Gretchen.

Ohne Vorwarnung platzte es dann unverstellt und offen aus ihr heraus: „Axel, ich habe Scheiße gebaut. Ehrlich. Ich bin völlig fertig. Wir müssen diesen Killer stoppen. Den Mann fürs Grobe. Scheiße! Ich bin am Arsch!"

Die Tränen strömten ihr unkontrolliert übers Gesicht. Der Damm war gebrochen. Jetzt konnte Axel ausrasten.

Aber das tat er immer noch nicht. War denn auf nichts mehr Verlass in dieser Welt? Nicht einmal mehr auf Axels gesalzene Wutausbrüche?

„Warum sagst du denn nichts?", flehte sie ihn an.

Er schaute sie von der Seite eine Weile schweigend an.

„Ich hab gedacht, meine Perle is schlauer", entgegnete er dann. „Wie konnteste nur so blöd sein? Dich mit der Ollen einzulassen. Die Frau is übel drauf, das hab ich gleich gecheckt."

Nun heulte Ramona noch unbeherrschter. Jetzt war es so weit gekommen, dass ein verkommener Ex-Knacki ihr sagen musste, was richtig und was falsch war.

„Axel, was sollen wir denn jetzt nur tun? Wenn Thore etwas passiert, dann werde ich meines Lebens nicht mehr froh!" Ramona gierte nach einer schnellen und unkomplizierten Handlungsanweisung, um die verfahrene Situation aufzulösen und ihr Gewissen zu bereinigen.

„Wir sind ja schon voll dabei, Ramona. Wir flitzen jetzt zackig mit dem schwarzen Blitz nach ..." Er checkte den Live-Standort auf seinem Smartphone. „... Erlangen."

„Erlangen? Ich dachte Izmir." Ramona klang verwirrt.

„Was weiß denn ich. Jetzt sind se in Erlangen. Gib Gummi, Perle! Den Thore holen wir daraus. So 'n grober Proll soll mal nich das Letzte sein, was der im Leben sieht."

„Was sagt denn das Navi?", versuchte Ramona wieder so etwas wie Faktenorientierung in ihr Gespräch zu bringen.

„Gute zwei Stunden braucht's nach Erlangen. Die kriegen wir! Auf jetzt!", feuerte Axel seine verweinte Lehrerin an.

Ramona hätte es nie für möglich gehalten, aber in diesem Moment wuchs Axel zu ihrem persönlichen Felsen in der Brandung eines rauen, unvorhersehbaren Lebens heran. Zu einem überdimensionierten, unerschrockenen Felsen. Einmal hatte sie jetzt wohl doch aufs richtige Pferd gesetzt.

Axel würde die Sache in ihrem Sinne richten. Ganz bestimmt.

Denn: Wo ein Axel war, da war auch verdammt nochmal ein Weg!

43

Yildiz, wenn du schlau bist, dann lass dich hier besser nicht blicken. Der Kerl führt dich mitten hinein ins Auge des Unglücks. So viel Lebenserfahrung habe ich, Yildiz! Versprechen wird er dir alles, aber halten wird er nichts davon. Nur Probleme wirst du bekommen. Dich mit deiner Familie überwerfen. Womöglich wird er dir noch ein Kind anhängen. Und mit dem kannst du dann den Papa im Gefängnis besuchen. Wenn du Pech hast, dann hat er alte Schulden nicht beglichen. Ganz bestimmt hat er die nicht beglichen. Und dann sollst du dafür aufkommen. Denn du bist ja noch auf freiem Fuß. Yildiz, glaub mir: Bleib bloß im Haus!

Thore trat in einen inneren Dialog mit der ihm unbekannten Yildiz. Die Ärmste konnte einem nur leidtun. Hatte sich auf einen solchen brutalen Gauner eingelassen, der, anstatt sie in Ruhe zu lassen und ihr einen letzten Rest Würde zu bewahren, nun ewige Liebe und Treue schwor.

Mein Gott, was bildete sich dieser Grobian überhaupt ein, Worte wie *Glück* und *Liebe* auch nur in den Mund zu nehmen. Und der schmachtende Sänger, dem er die komplette Fahrt über hatte lauschen müssen, wäre sicher auch not amused, wenn er wüsste, wer sich seine sicher ernstgemeinten und tiefempfundenen Songs nun auf die Fahnen schrieb.

Plötzlich ein Aufschrei des Entsetzens auf der Straße! Die Männerstimme, die kurz zuvor noch voller Aggression geflucht und geschimpft hatte, wirkte nun verzweifelt und hilflos.

„Burada kal, Yıldız! Bitte! Das kannst du uns nicht antun!"

„Birseyler yapsana, Ali! Halt sie auf!" Das war wohl die Mutter der unglücklichen Yildiz.

Im nächsten Moment wurde die Beifahrertür des Kastenwagens geöffnet, und eine deutlich jüngere und sehr entschlossene Frauenstimme rief:

„Fahr, Garip! Haydi! Haydi!"

Das ließ sich Garip nicht zweimal sagen. Er schaltete den Motor ein und trat mit kurioser Vehemenz aufs Gas. Der schwerfällige Ford Transit Custom machte daraufhin einen überraschten Satz nach vorne, bevor er dann tatsächlich in die Gänge kam.

Von „Davonbrausen" konnte keine Rede sein. Dennoch fühlten sich die zwei Turteltäubchen da vorne sicher wie Bonnie und Clyde.

Vielleicht hatte sich Thore in der unschuldigen Auslegung der Frauenrolle in diesem Drama geirrt. Womöglich war Yildiz eine ebenso skrupellose Mittäterin, die ihren kaltblütigen Geliebten nur zu gerne zur Mülldeponie nach Izmir begleiten wollte.

Und er hatte diese Hexe noch vor Schlimmerem bewahren wollen! Tztztz, Frauen mal wieder. Die sollte man nie unterschätzen. Traue keiner Frau außer ..., kam ihm der Rat seiner Mamma zum wiederholten Male in den Sinn. Wie recht sie doch hatte!

Bevor es weiter nach Izmir gehen sollte, steuerte Garip (Thore kannte nun seinen Namen!) erstmal einen Parkplatz an, der noch in beunruhigender Nähe des Elternhauses seiner Geliebten lag. Das schien die beiden auf Wolke sieben schwebenden Gangster jedoch nicht im Mindesten zu stören.

Thore wurde Zeuge eines ungezügelten Liebesakts. Es war inzwischen halb drei in der Nacht. Sie standen dem Live-Standort nach auf dem sicher ansonsten gering besuchten Parkplatz eines Discounters – Lidl um genau zu sein. Der Ford Transit Custom bebte vor Leidenschaft im Takt einer verbotenen Liebe.

Und Yildiz, das kleine Luder, schrie und stöhnte vor Vergnügen. So etwas kannte Thore tatsächlich nur aus pornografischen Quellen. Der Wahnsinn!

Aber auch ziemlich schamlos! War es ihr etwa völlig egal, dass er als Geisel im Laderaum alles hautnah mitbekam? Er war mal wieder sowas von live am Standort!

Er merkte, wie er langsam rot anlief. Seine gute Kinderstube stand ihm im Weg. Er musste dringend auf sich aufmerksam machen. Nicht, dass Yildiz ihm später Vorwürfe machen würde!

Thore klopfte zaghaft an die Trennwand zur Fahrerkabine.

Die beiden waren jedoch so in Fahrt, dass sie davon nichts mitbekamen. Langsam bereitete dieser aggressive Akt der sexuellen Lustentladung Thore körperliche Schmerzen.

Er klopfte entschlossener an die Trennwand.

In eben diesem Moment klingelte sein Smartphone. Noch acht Prozent Akku-Leistung. Aber er musste drangehen, es war schließlich Axel.

„Wo steckt ihr?", zischte Thore ins Handy.

Rhythmische Schläge und laute Lustschreie von Yildiz bildeten eine kontrastreiche Hintergrundkulisse.

„Aschaffenburg. Biste im Puff, oder was?", fragte Axel durchaus interessiert.

„Frag nicht so doof. Nee. Hier beglückt gerade mein Entführer konditionsstark seine Yildiz. Wer weiß, wie lange seine Puste noch reicht … Beeilt euch! Bitte! Mein Akku macht auch gleich die Biege."

Thore klang trotz seiner blumigen Ausführungen extrem leidend. Axel fragte sich, ob er vielleicht bereits gefoltert worden war.

„Was machen die mit dir, Digga?" Er war in größter Sorge um seinen Freund.

„Ich muss denen beim Liebesspiel zuhören. Das macht mich fertig!", antwortete Thore wahrheitsgemäß.

„Ach was! Entspann dich, Jung! Solang die vögeln, gewinnen wir Zeit. Nutz die Pause und schüttel dir mal schön einen. Klingt doch ganz anregend." Axels Tipps zeugten von einer erfrischenden Unbefangenheit im Umgang mit sexuellen Bedürfnissen.

„Wir heizen jetzt mal unserem schwarzen Blitz ein und sind dann bald schon bei dir. Mach dich locker, Digga!"

Thore wollte Axels Worten zu gerne Glauben schenken. Es tat gut, ihn so reden zu hören.

Alles würde gut werden.

Nur von einem hatte der keinen blassen Schimmer: Wie unerträglich es für ihn war, diesem Stelldichein beizuwohnen. Das grenzte geradezu an sexueller Belästigung.

Er kauerte sich in die entfernteste Ecke der Ladefläche und hielt sich verzweifelt die Ohren zu. Dabei summte er wie ein Mantra vor sich hin: „Wir sind geboren, um frei zu sein!" Ton Steine Scherben hatten ihm schon in vielen Lebenssituationen weitergeholfen.

„Und – wir werden es schaffen. Wir werden es schaffen!"

44

Gerold Lorenz wälzte sich seit Stunden unruhig in seinem Bett hin und her. Zum ersten Mal in seinem 65jährigen Leben hatte er die Empfindung, als würde ihm etwas unwiederbringlich entgleiten. Er hatte solch einen diffusen Gefühlszustand nie zuvor erlebt, und nun überkam ihn eine tiefsitzende Beklommenheit und eine Art unbestimmte Zukunftsangst. Es war ihm zumute, als habe jemand einen schweren Stein auf seine Brust gelegt, gegen den er kaum anatmen konnte.

Du bist alt, Gerold! Jetzt bist du wirklich alt! – flüsterte ihm eine mitleidlose Stimme ein. Woher nur kam diese Stimme? Und: Hatte sie womöglich recht?

All die Jahre hatte er sich weisgemacht, dass seine jugendlichen Geliebten ihn am Altern hinderten. Ein erfolgreicher, gutaussehender Mann in den besten Jahren, der sich mit schönen, jungen Frauen umgab (gutes Aussehen gehörte zu den unabdingbaren Einstellungskriterien in seiner Kanzlei) – das musste doch auf seinen Alterungsprozess abfärben, ihn quasi zum Erliegen bringen.

Konsequent hatte er sein tägliches Sportprogramm im hauseigenen Fitnessraum absolviert (Cross-Fit), sich von seiner Frau Sabine widerliche Detox-Smoothies anrichten lassen (je bitterer, desto gesünder!) und stets auf eine adäquate äußere Erscheinung geachtet.

Seit dem Telefonat mit Nadeshda waren nun einige Stunden vergangen. Und seitdem bröckelte sein Weltbild. Es hatte ganz leise und unscheinbar angefangen, steigerte sich aber mit zunehmender Finesse. Das konnte er spüren. Inzwischen durchzogen ultrafeine Haarrisse sein ganzes schönes Lügengebäude, das er Leben nannte.

Was würde nur von ihm übrigbleiben, wenn die erste Wand instabil werden und damit den Countdown zum Einsturz des gesamten Gebäudes herunterzählen würde?

Es hielt ihn nicht länger in seinem Bett. Er stand auf und schlich aus dem Schlafzimmer. Am Türrahmen des Zimmers blieb er einen kurzen Moment lang stehen und schaute nachdenklich auf das ins Dämmerlicht getauchte Ehebett. Sabine hatte wie üblich Schlaftabletten eingenommen und schlief unbeweglich und starr wie ein Stein. Er kannte diese Frau im Grunde seines Herzens überhaupt nicht. Er hatte auch nie ernsthaft versucht, sie kennenzulernen. Wie nur hatte sie es all die langen Ehejahre an seiner Seite ausgehalten? Was hatte sie in ihm gesehen? Den Ernährer der Familie, der ihr ein sicheres und geruhsames Leben ermöglichte? Den Ehebrecher, obwohl sie ihm nicht ein einziges Mal deswegen eine Szene gemacht hatte? Wusste sie überhaupt davon?

Sie hatten nie darüber gesprochen, wer sie waren oder sein wollten. Und genauso wenig war es ein Thema, wen oder was sie im jeweils anderen sahen. Nun war es vermutlich zu spät, um mit solch substanziellen Gesprächen anzufangen.

Als Gerold das Wohnzimmer durchquerte, umschmeichelte der weiche Perserteppich seine nackten Füße, ganz so, als wolle er ihn beruhigen oder vielleicht sogar in falscher Sicherheit wiegen. Er öffnete die Tür zur Küche und zapfte sich ein großes Glas Wasser am Hahn. Die Küchenuhr zeigte 3.28 Uhr.

Er trank das kühle Getränk in gierigen Schlucken. Es belebte ihn und er fühlte sich gleich viel klarer im Kopf.

Er würde sich den morgigen Tag freinehmen.

Wann hatte er das zuletzt getan? Sich einen Tag freigenommen, einfach so, ohne Grund? Er wusste es nicht. Wenn überhaupt, dann musste das sehr lange her sein.

Um die Arbeitsmoral seiner Truppe hoch zu halten, war er stets um ein vorbildliches Ausleben seiner Chefrolle bemüht gewesen. Zumindest was den eigenen Arbeitseinsatz und das Management der Ferienplanung anging.

Aber er musste raus. Es schien ihm schier unmöglich, in nur wenigen Stunden in der Kanzlei aufzutauchen und business as usual zu zelebrieren. Nicht nach dem, was ihm heute widerfahren war.

Es hatte alles verändert.

Er hatte sich verzockt. Dieser Frau konnte er nicht beikommen. Wenn er ehrlich zu sich selbst gewesen wäre, hätte er seine Fehlkalkulation schon viel früher eingestehen müssen. Aber er konnte sich einfach nicht lösen. Ihr Körper, ihr Sexappeal, ihre Massage-Künste, ihre fordernd-selbstbewusste Haltung, ihre Raffinesse, ihre Skrupellosigkeit. Er könnte noch viele weitere Facetten aufzählen, wenn man ihn bitten würde, eine Tabelle mit guten Gründen *pro Nadeshda* zu füllen. Er war ihr verfallen mit Haut und Haaren.

Doch um sie zu halten, war er zu alt und schlichtweg zu charakterlos. Das Einzige, das ihm immer wieder eingefallen war, um sie an sich zu binden, war das überhebliche Chef-Getue und das finanzielle Sponsoring all ihrer Herzenswünsche. Und das waren nicht eben wenige…

Vermutlich hatte Olaf inzwischen auch erfahren, dass er sich eine neue Verlobte suchen musste. Es stand zu hoffen, dass er niemals einen Zusammenhang zwischen Nadeshdas spektakulärem Abgang und seinem alten Vater herstellen würde.

Wie sollte er seinem Sohn nun in die Augen schauen?

Nicht, dass er Gewissensbisse gehabt hätte. Aber der Verdacht lag allzu nahe, dass ihre fristlose Kündigung mit Vorgängen innerhalb der Kanzlei zu tun haben musste.

Und unangenehme Fragen wollte er sich in seiner angeschlagenen Gesamtverfassung wirklich nicht stellen lassen.

Er würde sich spontan freinehmen und bereits am frühen Vormittag ins Wald-Wochenende starten. Die Laube war ein Ort der inneren Einkehr für ihn. Die Stille des Waldes würde ihm sicher helfen, seine wirren Gedanken zu sortieren.

45

Axel und Ramona waren inzwischen noch gute 60km von Erlangen entfernt. Die Selbstsicherheit, die Axel Thore am Telefon vorgespielt hatte, war in Wahrheit deutlich geringer ausgeprägt.

Er machte sich große Sorgen, wie genau die Befreiungsaktion ablaufen sollte und ob es dabei Verletzte oder gar Tote geben würde. Die Polizei zu informieren, stellte für ihn jedoch keine Option dar. Sein Vertrauen in rechtsstaatliche Institutionen war gering ausgeprägt.

Vermutlich würde er verhört werden, sich in Widersprüche verstricken und dann zackig wieder im Bau landen. Santa Fu war auf lange Sicht doch keine wirkliche Option im Leben. Und das Risiko erschien ihm ungleich realer als die Wahrscheinlichkeit, bei einer eigeninitiativen Befreiungsaktion verletzt oder gar getötet zu werden.

Wenn schon sterben, dann wenigstens als Held.

Aber auf keinen Fall zurück in den Knast. Davon hatte er wirklich die Schnauze voll. Das miese Essen, die stumpf-brutalen Mitinsassen, das ständige Ringen um die interne Hackordnung und vor allem diese elende Langeweile. Die Tage zogen sich wie Kaugummi und waren derart sinnentleert, dass man sie am besten gar nicht erst anfing zu zählen. Verschwendete Lebenszeit in Minuten, Stunden, Tagen, Monaten und Jahren.

Santa Fu war wahrlich nicht Santa Fé!

Um seine Sorgen über die bevorstehende Befreiungsaktion nicht überhand nehmen zu lassen, versuchte er mit Ramona ein anderes Gesprächsthema anzuschneiden:

„Sag mal, Perle: Wieso stehste eigentlich auf mich?“

Er wollte ein wenig positives Feedback sammeln, bevor er gleich aufrecht in den Kampf ziehen musste.

Ramona traf fast der Schlag. Eine unpassendere Frage konnte es in diesem Moment doch wirklich nicht geben.

„Axel, ich hab gerade wirklich nicht die Nerven …“, begann sie.

„Nerven hab ich auch. Deswegen wollt ich mal was Schönes hören. Wegen Romantik und so“, versuchte er zu erklären.

Passend zu diesem überraschenden Anliegen schnulzte nun wie zur

Untermalung der Szenerie aus dem Autoradio die Titanic-Hymne *My heart will go on.* Axel zwinkerte seiner Perle verschwörerisch zu.

Ramona musste unwillkürlich grinsen. Dass Axel überhaupt einen Begriff wie „Romantik“ verwendete, verblüffte und rührte sie zugleich.

„Naja, ich weiß es ehrlich gesagt auch nicht, Axel. Du bist einfach so anders als alle, die ich kenne. Und du bist schlichtweg hammersexy. Du siehst scharf aus, hast ordentlich Muckis und deine grobe, direkte Art, die Dinge und auch mich anzupacken, das törnt mich schon gewaltig an“, bemühte sich Ramona um präzise Ehrlichkeit.

„Wie anders? Wie meinste das?“ Axel ließ nicht locker.

Ramona verdrehte die Augen, ohne den Kopf zu ihrem Beifahrer zu wenden.

„Herrgott nochmal, es ist doch schon etwas ungewöhnlich, dass eine brave, tüchtige Lehrerin wie ich, aus gutem Hause, sich einen Ex-Knacki aussucht, um verliebt mit ihm durchs Leben zu gehen.“

Axel dachte einen Moment lang über das Gesagte nach. Celine Dion schwang sich derweil zu ungeahnten emotionalen Höhen auf und versprühte dadurch eine ganze Portion Melodramatik im klapprigen Corolla. Dann fragte er: „Biste denn verliebt in mich? So richtig, mein ich?“

Ramona lachte hell auf. Das klang regelrecht befreit.

„Nein, Axel. Es tut mir leid. Aber ganz ehrlich: nein.“

Jetzt lachte auch Axel.

„Da bin ich aber froh, Perle! Ich mag dich ehrlich, aber du bist mir auch ’ne Nummer zu hart. Das is mir doch zu stressig so auf Dauer“, versuchte er zu erklären.

Ne Nummer zu hart? Ramona war irritiert und gleichzeitig erleichtert, dass Axels romantische Vorstellungen ihr nicht zu viel abverlangen würden. Aber sie, die Langweilerin, sollte ’ne Nummer zu hart sein?

Vielleicht hielt Axel noch mehr überraschende Erkenntnisse parat?

Celine Dion hatte aufgrund der ernüchternden Begleitumstände nun doch klein beigegeben, war abgezogen und hatte den Staffelstab an ein weniger beladenes Pop-Jüngelchen weitergegeben, der gleich für frischen, unbedarften Wind im alten Auto sorgte.

„Ich fühl mich sehr geschmeichelt, dass ich selbst einem ehemaligen Gefängnisinsassen zu hart bin. Aber könntest du mir vielleicht kurz berichten, wie du zu dieser Einschätzung kommst, mein lieber Axel?“

Jetzt schaute Ramona ihn doch von der Seite an.

Es sprudelte umgehend aus Axel heraus: „Allein das schon wieder. Wie du immer alles so komisch sagst. So Lehrergelaber halt. Und die Aktion mit dem Erpresservideo. Voll die krassen Gedanken machste dir da. Und jetzt haste noch 'nen Auftragskiller auf den armen Thore losgelassen. Und die Zickenshow mit Nadeshda. Ehrlich, Perle! Dich möcht ich nich zur Feindin haben!"

Ramona schwieg verblüfft. Diese Sichtweise auf ihre bescheidene Person hatte wenig damit zu tun, wie sie sich selbst immer wahrgenommen hatte.

Und Axel konnte man manches nachsagen, aber er verfügte zum einen über eine nicht unerhebliche Lebenserfahrung und zum anderen über eine erstaunliche intuitive Menschenkenntnis. Das war ihr in den letzten Tagen mehr als einmal bewusst geworden.

„Danke, Axel!", antwortete sie also ehrlich und schlicht.

„Nich dafür, Perle!" Axel verstand nur Bahnhof, warum seine komplizierte Lehrerin sich jetzt auch noch bei ihm bedankte, obwohl er gerade eher unnette Sachen über sie rausgehauen hatte. Aber manchmal fragte man besser einfach gar nicht nach.

Wir brauchen Bass kommentierte das Autoradio die Lage.

Es war inzwischen 4.13 Uhr und sie fuhren von der Autobahn ab. Nurmehr knappe 15 Minuten Fahrtzeit trennten sie vom zuletzt gesendeten Live-Standort.

„Dass die da jetzt schon stundenlang am Bumsen sind, is echt 'n Ding. Der Kerl hat Kondition!", bemerkte Axel anerkennend.

„Der arme Thore. Der kann das sicher kaum ertragen", bedauerte Ramona dessen missliche Lage.

„Wir nehmen die Kalaschnikows. Da hab ich ja mal echt was richtig gemacht, als ich die Dinger eingepackt hab."

Axel zeigte das Victory-Zeichen und grinste breit.

Oh Mann! Die konkrete Umsetzung der bevorstehenden Befreiungsaktion hatte Ramona bis zu diesem Zeitpunkt wohl verdrängt. Sie fühlte ein unvermitteltes Stechen in der Magengegend.

„Axel, muss das sein? Nicht, dass es noch Verletzte gibt?" Jetzt kam dann doch mal wieder die vorsichtige Beamtin zum Vorschein.

„Perle, das sind Verbrecher! Killer! Meinste, die haben irgend 'nen Problem damit, uns kaltzumachen?"

Zur Untermalung seines düsteren Szenarios schüttelte Axel vehement den Kopf.

„Wenn's gut läuft, dann brauchen wir die Dinger ja gar nich", versuchte er Ramona zu beruhigen.

„Alles klar. Wird sicher gut werden! Die geben uns den Thore bestimmt freiwillig zurück."

Ramona klang wenig überzeugend, aber da mussten sie jetzt durch.

Axel bemühte sich derweil um positive Selbstsuggestion: „Ja sicher, Perle! Die haben Thores dummes Geschwätz von der lieben Mamma längst satt und freuen sich wie Bolle, wenn wir den endlich abholen!"

„Na logo!", stimmte Ramona enthusiastisch zu und fischte dabei ungelenk nach ihrem kleinen, blauen Rucksack, der sich auf der Rückbank des Autos befand. „Willst du auch 'ne Lakritzschnecke?"

Das nannte man wohl Übersprungshandlung.

46

„Wer war das?", fragte sie mit misstrauischer Stimme.

Thore konnte das Misstrauen förmlich aus ihrer Frage heraustriefen hören. Dicke, fette Tropfen Schmierfett.

Alles verpackt in einer einzigen Frage.

„Oh, Yildiz! Önemli bir şey değil. Lass gut sein." Garip konnte seine Emotionen kaum noch in Zaum halten. Auch das hörte man seiner Stimme überdeutlich an.

Alleine die Lautstärke, in der dieses kurze Gespräch geführt wurde, verriet bereits, dass etwas in Schieflage geraten war. Gleichzeitig konnte Thore deshalb Zeuge der Inhalte des Besprochenen werden.

Das energische Schaukeln des Kastenwagens war vor wenigen Minuten abrupt durch einen Anruf unterbrochen worden.

Überraschenderweise nahm Garip trotz seines akuten sportlichen Einsatzes den Anruf entgegen.

Im Verlaufe des Telefonats, das Thore aufgrund des konspirativen Tonfalls nicht wirklich akustisch mitverfolgen konnte, geriet sein Entführer zunehmend außer sich. Zum krönenden Abschluss brüllte er gut verständlich: *„Es läuft! Alles läuft wie geplant!"*

Und nun das! Yildiz war misstrauisch geworden.

Wer war dieser ominöse Anrufer? Und was genau hatte er mit seiner Entführung zu schaffen? Thores Gehirn arbeitete ebenfalls auf Hochtouren.

„Alles läuft wie geplant!" Diese Aussage lechzte ja geradezu nach alarmierender Aufmerksamkeit.

Was Yildiz anscheinend genauso sah. Und das Mädchen war nun wirklich nicht auf den Kopf gefallen. Das merkte man gleich.

Sie löcherte ihren Freund nach allen Regeln der Kunst.

Doch Garip, soeben noch voller Leidenschaft, gab sich plötzlich sehr einsilbig.

„Wir müssen los!", beschied er unmissverständlich.

„Wohin denn?", fragte die vielleicht doch eher unschuldig in die Sache hineingeratene Yildiz.

„Nach Izmir!"

Das rief Garip so laut und drohend aus, als wäre es als direkte Nachricht an seinen auf den billigen Plätzen befindlichen Mitfahrer gerichtet. Thore schauderte.

„Was soll das, sevgilim?“, fragte seine Freundin zurecht irritiert.

Statt einer Antwort ließ Garip den Motor an, rangierte kurz und fuhr los.

Thore spürte, wie sich seine Kehle vor Angst zuschnürte. Fast so, als wolle ihn jemand würgen, aber von innen heraus.

Es war noch nicht vorbei. Und es gab Hintermänner für diese Wahnsinnstat. Hintermänner, die am Ball blieben und sich rückversicherten, ob eine adäquate Abwicklung des Auftrags zu erwarten war. Irgendwer hatte die Anweisung gegeben, ihn in Izmir zu entsorgen. Auf einer verfluchten Mülldeponie!

Er griff panisch zu seinem Smartphone, um Axel über die neusten Entwicklungen zu informieren. Aber: Das Smartphone hatte seinen Dienst quittiert. Fassungslos starrte Thore auf das dunkle Display und drückte immer wieder alle verfügbaren Tasten. Nichts geschah!

Nun übermannte ihn die bislang gut unter Kontrolle gehaltene Anspannung mit einem Mal. Er weinte hemmungslos.

Zu lange hatte er die Fahne des zähen Burschen hochgehalten, der zwar in einer misslichen Lage steckte (und das seit wie vielen Tagen?), aber an eine baldige Auflösung zum Guten hin glaubte. Aber aller Zweckoptimismus zerschellte soeben an der Innenwand eines verbeulten Ford Transit Custom. Wäre sein kleines Domizil eine Gummizelle gewesen – er hätte seinen Kopf gegen die Wand gehauen. Immer und immer wieder.

Gottverlassen. Das war der Ausdruck des Gefühlszustandes, den er in der aktuellen Lage als treffend bezeichnen würde.

Während Thore also mit gekappter Nabelschnur zu Axel vor Verzweiflung weinend einem sinnlosen Ende entgegenfuhr, registrierte er mehr nebenbei, dass die gute Stimmung zwischen den beiden Liebenden nun endgültig passé war. Garip legte einen aggressiven, ruppigen Fahrstil an den Tag und ließ Yildiz dem Vernehmen nach mit ihren Fragen ins Leere laufen.

Hättest du mal auf mich gehört, Täubchen, dachte Thore verbittert. Nun hängst du mit drin.

Den Motorengeräuschen und dem Fahrgefühl nach zu urteilen, mussten sie inzwischen wieder auf der Autobahn angelangt sein. Aktuell ging es in der Fahrerkabine wieder heiß her, aber diesmal nicht in sexueller Hinsicht.

Ein lautstarker Streit war zwischen dem Paar ausgebrochen.

Yildiz drohte, ihn zu verlassen, wenn er ihr nicht umgehend schlüssig erläutern würde, was gerade vor sich ging.

Er brüllte sie an, dass er sein Leben in den Griff bekommen wolle, nur für sie. Er würde alles für sie tun.

Dann wolle sie jetzt sofort die ganze Wahrheit wissen. Über seinen nächtlichen Auftritt bei ihren Eltern, über den komischen Anruf und sein auffälliges Benehmen.

Yildiz war eine harte Verhandlungspartnerin. Die könnte es vermutlich selbst mit seiner Mamma aufnehmen, stellte Thore mit gehörigem Respekt fest. Holla die Waldfee!

„Ich kann‘s nicht! Ich kann‘s dir nicht sagen." Garip klang zugegebenermaßen wirklich verzweifelt.

Vielleicht war er ähnlich verzweifelt wie Thore. Nur aus anderen Gründen.

Schon wieder meldete sich Thores verdammte Empathie.

Wer weiß, warum er diese Scheiße hier angezettelt hatte? Vielleicht brauchte er einfach nur dringend Geld?

Obgleich im emotionalen Ausnahmezustand befindlich, schlichen sich diese Gedanken durch die Hintertür bei Thore ein.

Ob man daraus wohl etwas machen könnte, wagte er nicht zu hoffen.

Vielleicht würde Yildiz ja die harte Nuss knacken.

„Frag weiter, Mädchen!", versuchte es Thore mal wieder mit Telepathie.

Doch das Mädchen befahl stattdessen: „Du fährst jetzt am nächsten Parkplatz raus, Garip. Tu was ich sage!"

47

Axel hielt die beiden Kalaschnikows in aufrechter Position zwischen seinen Beinen eingeklemmt und schaute in leicht angespannter Erwartungshaltung aus dem Fenster auf die nachtnasse Fahrbahn. Ramona musterte ihn unauffällig von der Seite und fand, dass er in diesem Moment unfassbar lässig und geradezu verboten sexy aussah.

Deswegen hatte sie sich diesen Kerl ausgesucht. Der machte keine halben Sachen und ließ sich so schnell von nichts umhauen. Genau diese entschlossene Härte und die absolute Konzentration auf das Hier und Jetzt vermisste sie doch immer wieder bei sich selbst.

Und dabei hatte er gleichzeitig noch diesen unwiderstehlichen Lausbubencharme – eine Mischung aus frech und frei und „Ihr könnt mich alle mal!".

Ihr weichgespültes Leben voll wohlerzogener Benimmregeln und unnützer Versicherungspolicen war dagegen eine ziemliche Lachnummer. Zwischen „Sein oder Nicht-Sein" war sie selbst immer eindeutig am Pol des „Nichts-Seins" angesiedelt.

Angepasst bis zur Nichtexistenz.

Aber wenn sie auch nur eine Einsicht aus ihrem persönlichen Lehrstück der letzten Tage mitgenommen hatte, dann, dass es so nicht weitergehen konnte. Sie verfügte doch über eine nicht unerhebliche Portion Eigensinn und – ja – auch krimineller Energie, sodass man ein saft- und kraftloses Leben in Zukunft als unter ihren Möglichkeiten bleibend würde bezeichnen müssen.

Und auch wenn sie sich ein wenig davor fürchtete, was diese Einsicht für ihren weiteren Lebensweg bedeuten könnte, wusste sie, dass die sinnlosen, ereignisarmen Tage ihres Daseins nunmehr gezählt waren.

Leben, ich komme! Mit mir musst du in Zukunft rechnen!

„Wenn die noch am Bumsen sind, dann machen wir kurzen Prozess! Die rechnen nich mit uns! Wir kommen von zwei Seiten, reißen die Türen auf und zielen mit den Kanonen auf sie." Axel versuchte Ramona möglichst präzise auf die nun folgenden Abläufe vorzubereiten.

„Ich hab die Handschellen. Damit mach ich aber nur den Kerl fest.

Den ketten wir irgendwo dran, rufen die Bullen und machen die Biege." Er klang recht fachmännisch bei seinen Ausführungen.

„Ja, und die Frau? Was macht die dann? Die dreht doch durch und will ihn vielleicht befreien? Die könnte uns richtig Probleme machen!" Ramona bedachte mal wieder das Vorhaben von allen Seiten.

„Ach, Weiber!", schnaubte Axel verächtlich. „Die heult vielleicht n bisschen rum, aber dann wird die ihren Stecher sicher sitzen lassen. Ich glaub nich, dass die da mit reingezogen werden will."

„Und wenn die nicht mehr bei der Sache sind? Wenn die jetzt gemütlich die x-te Zigarette danach qualmen und auf dem Parkplatz rumstehen? Dann sehen die uns doch kommen?" Ramona war hartnäckig.

„Mann, du nervst vielleicht. Wir fahren nich mit der Karre auf den Parkplatz. Die lassen wir vorher stehen und schleichen uns an. Dann kommen wir von hinten und fackeln nich lang rum. Kannste damit leben? Wird schon werden, Perle!" Es bestätigte sich mal wieder Axels Eindruck, dass die Frau einfach zu kompliziert für ihn war.

Ramona fühlte sich zunehmend elend. Wenn das doch alles so einfach wäre, wie von Axel behauptet.

Aber die Sache konnte komplett eskalieren. So viel war klar.

Der *Mann fürs Grobe* war bewaffnet und hatte vermutlich keinerlei Bedenken, seine Waffe auch einzusetzen.

Schon gar nicht, wenn man durch einen Überfall auf ihn geradezu darum bettelte.

Scheiße, Scheiße, Scheiße!

„Axel? Ich hab Angst!" Es war wahrscheinlich wenig einfallsreich, und auf gar keinen Fall zeugte es von Coolness, aber das musste mal gesagt werden.

„Ich weiß, Perle. Hilft aber nix! Da müssen wir jetzt durch!" Simple Wahrheit von Axel pointiert formuliert.

Sie näherten sich unweigerlich dem Zielort.

Ramona parkte auf Axels Geheiß den Corolla am Ligusterweg. Von dort aus waren es nur wenige hundert Meter bis zum Lidl-Parkplatz.

Ramona stellte den Motor aus. Die beiden schauten sich einen Moment lang schweigend an. Dann nickte Axel, reichte Ramona die Waffe und gab damit das Signal zum Aufbruch.

Hätte auch nur einer der Bewohner aus dem gelben Mehrfamilienhaus, vor dem Ramona geparkt hatte, um 4.35 Uhr am Morgen zufällig aus dem Fenster geschaut, dann wäre ihm ein interessantes Paar aufgefallen: Mit großen, schweren Sturmgewehren bewaffnet schlichen die beiden ungelenk die Straße entlang. Die Frau hatte dabei sichtlich Mühe, eine adäquate Trageposition für die Waffe zu finden. Immer wieder fiel sie hinter den Mann zurück, der in seiner ganzen Körperanspannung ausdrückte, das ihm dies so ziemlich auf den Frack ging.

Als die beiden, Ramona inzwischen schweißgebadet, am Discounter ankamen, war von einem dunklen Kastenwagen nichts zu sehen. Die Warenannahme war bereits eröffnet, und ein einsamer LKW von Harry-Brot wurde soeben entladen.

„Wo zum Teufel …?", fragte Ramona überflüssigerweise.

„Maul halten, ich muss nachdenken!", befahl Axel gefährlich ruhig.

Der Fahrer des Harry-LKWs, der bis zu diesem Zeitpunkt gelangweilt und übermüdet auf seinem Fahrersitz lümmelte und die Warenentladung über sich ergehen ließ, traute seinen Augen kaum, als er zwei Gestalten mit mächtigen Gewehren in unmittelbarer Nähe seines Lasters erblickte.

Er rutschte instinktiv immer tiefer in seinen Fahrersitz, bis er quasi unterm Lenkrad hing. Dann griff er zu seinem Handy und tippte hektisch darauf herum.

„Hallo! Bitte kommen Sie schnell! Hier sind zwei Bewaffnete mit Sturmgewehren. Ich glaub, die wollen den Lidl überfallen. Mönaustraße. Bitte beeilen Sie sich doch!"

48

Er gab es auf. Es machte einfach keinen Sinn, es noch länger mit Schlaf zu versuchen.

Es war inzwischen zwanzig vor fünf und Gerold Lorenz hatte einen Entschluss gefasst. Er würde nun endgültig sein Bett verlassen, kurz kalt duschen (das härtete ab!), seinen üblichen, von Sabine bereits am Abend zuvor vorbereiteten ballaststoffreichen Morgenporridge zu sich nehmen, ein paar Sachen zusammenpacken und dann zur Waldhütte rausfahren. Um diese Uhrzeit war es dort am schönsten.

Er konnte den noch jungfräulichen Tag bei seiner Ichwerdung begrüßen. In der erhabenen Stille der Morgendämmerung würde er als lautloser Eindringling, von allen Geschöpfen des Waldes unbemerkt, Zeuge eines Naturschauspiels werden.

Aber das allein konnte niemand begreifen, der es nicht selbst einmal miterlebt hatte.

Doch zunächst musste er noch etwas hinter sich bringen.

Er griff zum Telefon und wählte die Nummer der Kanzlei.

Er erschrak zu Tode, als plötzlich Nadeshdas vertraute und gleichzeitig hochprofessionelle Stimme ertönte. Aber es war natürlich nur die Bandansage des Anrufbeantworters:

Guten Tag! Sie sind verbunden mit dem automatischen Anrufbeantworter der Steuerkanzlei Lorenz. Leider rufen Sie außerhalb unserer Geschäftszeiten an. Bitte hinterlassen Sie uns Ihre Nachricht und vergessen Sie dabei nicht Ihre Rufnummer. Wir melden uns umgehend bei Ihnen! Vielen Dank und auf Wiederhören!

Da Gitte wie jeden Morgen die erste Angestellte vor Ort sein würde, konnte er seine Nachricht persönlich an Sie richten:

„Frau Melzer! Guten Morgen! Gerold Lorenz hier. Ich muss mich für heute leider entschuldigen. Bitte richten Sie das auch meinem Sohn aus und verschieben Sie meine Termine. Ohne großes Aufheben versteht sich. Vielen Dank! …“

Gerold Lorenz zögerte. Spontan überkam ihn das Bedürfnis, seiner treusten und langjährigsten Mitarbeiterin ein paar persönliche Worte auszusprechen. Doch schnell fasste er sich wieder.

„Auf Wiederhören und denken Sie an die Postsendungen, die heute noch raus müssen."

Als hätte Gitte Melzer jemals etwas vergessen.

Er legte auf.

Gerade einmal zwanzig Minuten später war er zum Aufbruch bereit. Er schrieb Sabine eine kurze handschriftliche Notiz („Ich verbringe das Wochenende im Wald. Für Sonntagabend bitte das Wildgulasch vorbereiten! Gerold"), nahm seine Sporttasche und verließ das Haus. In der Garage wartete der Mitsubishi PickUp L200 bereits auf seinen Einsatz.

Der Wagen schien sein letzter Verbündeter zu sein. Groß und gelassen wie immer stand er da in seiner vollen Pracht. Ein echtes Schlachtross – eines erfolgreichen (Schürzen)Jägers nur allzu würdig. Das Fahrzeug strotzte vor Selbstbewusstsein und bewies sich im Auftritt als äußerst charakterstark. Eigenschaften, die Gerold Lorenz auch stets als seine eigenen ausgegeben hatte.

Nun gut. Nach diesem Wochenende sollte er hoffentlich zu seiner alten Form zurückgefunden haben. Das war seine klare Erwartungshaltung – und seinen Erwartungen galt es selbstredend Folge zu leisten.

Er stieg in sein mächtiges Gefährt, rangierte souverän aus der Garage und steuerte dann wie von einer unmenschlich starken Kraft angezogen sein Revier an.

Hier bin ich Mensch, hier darf ichs sein!

Diese Worte kamen ihm spontan in den Sinn. Wenn er sich recht entsann, entsprang diese Verszeile aus Goethes Feder. Wie Faust bei seinem Osterspaziergang hoffte Gerold Lorenz nun auf die Kraft eines neuen Frühlings.

In Wahrheit stand der Herbst vor der Tür. Aber wenn Gerold Lorenz das Horn zum Frühling blies, dann würde es auch Frühling werden.

Die Strecke zur Waldlaube kannte er im Schlaf. Auch wenn es im September um diese Uhrzeit noch recht dunkel war, hatte er keinerlei Probleme, sich im Gewirr der Waldwege zu orientieren. Der Sonnenaufgang war für 6.36 Uhr angekündigt. Er würde also mehr als rechtzeitig ankommen, um ihn von seinem Hochsitz aus mitzuerleben.

Sein PickUp cruiste wie ein überdimensionierter Eroberer durch das Waldgelände. Die Schweinwerfer ließen verängstigte Rehe, Füchse und anderes Waldgetier in Panik zurückschrecken.

„Platz da! Hier komme ich!“, schien dieser Höllenhund von einem Fahrzeug allen entgegenzubrüllen, die ihm in die Quere kamen.

Und so oder zumindest so ähnlich war bislang ja auch das Lebensgefühl von Gerold Lorenz gewesen.

Wenn da nicht diese feinen Haarrisse im Gebälk wären …

Er wischte seine unguten Gedanken beiseite.

Gleich musste die Hütte in Sicht kommen. Da – er erblickte sie bereits durch das Dickicht.

Er stieß einen Seufzer der Erleichterung aus. Nun war er wirklich Zuhause angekommen. Ob mit Nadeshda oder ohne.

Seine wahre Heimat war dieses urige Stück Wald und diese kleine, unscheinbare Hütte.

Er parkte seine Potenzmaschine und stieg aus. Die Tür zur Waldlaube stand offen.

Hatte Ramona etwa nicht … Was war bloß mit diesem Mädchen los? Die hatte so gar nichts von seiner Zielstrebigkeit, seinem Organisationstalent, seiner Eloquenz. Die kam ganz eindeutig nach ihrer limitierten Mutter.

Während er noch seinen trüben Gedanken über seine kümmerliche Tochter nachhing, trat er durch die offenstehende Tür. Was er dann sah, verschlug ihm die Sprache!

Vandalismus! Man hatte seine Hütte zerstört! Sein Heiligtum! Seinen Rückzugsort! Seinen Energiequell!

Alles war zerschlagen und verwüstet! Die Whiskeyflaschen geleert! Sogar der Benriach 35 – das Schmuckstück seiner Sammlung!

Ironischerweise völlig unversehrt war das Doppelbett, auf dem – wie zum Hohn – ein Latex-BH in Übergröße aufreizend drapiert war.

Gerold Lorenz setzte sich steif wie ein uralter Mann aufs Bett, den Latex-BH in Händen und starrte die Hüttenwand an. Wie lange er dasaß, konnte er hinterher nicht mehr sagen, aber den Sonnenaufgang würde er jedenfalls nicht auf dem Hochsitz erleben.

49

„Und jetzt? Was willst du von mir?“, fragte Garip gequält.

Yildiz Anweisung befolgend war er mit seinem Kastenwagen an einem verwaisten, trostlosen Parkplatz von der Autobahn abgefahren. Außer einem schäbigen Klohäuschen, von dem man besser nicht wissen wollte, wie es von innen aussah, gab es nichts auf diesem Parkplatz zu entdecken.

Obwohl auf der A3 um diese Uhrzeit schon einiges los war, hatte sich sonst niemand auf dieses Abstellgleis verirrt.

Sicher hatte hier der ein oder andere LKW seine Nacht verbracht, aber die waren um kurz nach fünf bereits wieder on the road.

Also gab es keinen vernünftigen Grund, Garip mit unangenehmen Fragen zu verschonen, fand Yildiz.

Keine Zeugen, kein Zeitdruck und sogar Sanitäranlagen für den Fall der Fälle. Perfekte Voraussetzungen für ein umfassendes Geständnis.

„Dann leg mal los, Freund!“, forderte Yildiz ihren Partner unmissverständlich auf.

Thore hatte sich inzwischen gut in den harten Schlagabtausch zwischen den beiden hineingehört. Er verstand durch die Trennwand zwar nicht alles, aber doch so einiges. Nur wenn sie ins Türkische wechselten, hatte er natürlich keine Chance. Aber glücklicherweise taten sie das eher selten und auch nie durchgängig.

„Ich weiß nicht, was du von mir willst, Yildiz!“, behauptete Garip nicht sehr glaubwürdig.

„Ach nein? Dann stelle ich dir mal ein paar bislang offengebliebene Fragen: Was willst du ausgerechnet in Izmir? Meine anstrengende Großtante besuchen? Mal so eben spontan … Hiç sanmıyorum.“ Yildiz schnaubte verächtlich.

Dann herrschte unangenehmes Schweigen. Eine ganze Weile sagte niemand etwas.

Schließlich fasste sich Garip ein Herz: „Okay, ich muss ’nen Auftrag erledigen, Yildiz. In Izmir. Mehr kann ich dazu nicht sagen. Vertrau mir und frag nicht weiter nach.“

Thore traute seinen Ohren kaum. Sollte er jetzt über schlappe zweitausend Kilometer in diesem Laderaum vegetieren ohne Wasser, Nahrung und – ja – einen Platz für seine Notdurft?! Aufgrund dieses Dilemmas hatte er sich bereits in einen herumstehenden Eimer erleichtert.

Die Tatsache, dass Garip seine Geliebte nicht über die Existenz seiner Lebendfracht aufklärte, ließ keinen anderen Schluss zu.

Aber Yildiz gab so schnell nicht auf.

„Willst du mich für blöd verkaufen, Garip? Meinst du, ich fahre mit dir nach Izmir, ohne zu wissen, was uns dort erwartet? Tut mir leid, aber dafür habe ich schon zu viel mit dir durchgemacht. Du weißt genau, was ich meine!"

In diesem Moment krachte es vernehmlich im Laderaum. Thore war das Einhandmesser heruntergefallen. Vor lauter Nervosität hatte er damit herumgespielt. Nun erschrak er, mit welchem unerwarteten Sound es zu Boden fiel. Still und leise ging anders.

„Was war das?", fragte Yildiz berechtigterweise.

„Fikrim yok. Hab jede Menge Zeug hinten drin. Da fällt immer mal was um", versuchte Garip hektisch abzulenken.

„Na, da werde ich doch lieber mal nachsehen."

Ehe der Entführer etwas dagegen tun konnte, sprang Yildiz aus dem Wagen, umrundete ihn und machte sich an den Türen zum Laderaum zu schaffen.

Ohne Erfolg. Sie waren verschlossen.

„Yildiz! Lütfen! Lass das!" Garip war um einen souveränen Auftritt bemüht, aber seine Stimme zitterte hörbar und er wirkte regelrecht panisch.

Das entging auch nicht seiner Geliebten.

„Schließ die Tür auf!" Yildiz wurde von bösen Vorahnungen geplagt. Da ihr Freund nicht reagierte, setzte sie noch deutlicher nach: „Garip! Schließ sofort die Tür auf!"

„Yildiz! Ich kann's dir erklären …", flehte Garip. Nichts mehr an ihm wirkte in diesem Moment effizient.

„SCHLIEẞ! JETZT! AUF!" Mit diesem letzten Befehl seiner großen Liebe sackte Garips Widerstand in sich zusammen.

Er reichte ihr den Schlüssel, und Yildiz schloss die Tür zum Laderaum auf. Sie hatte mit illegalem Viehtransport oder ähnlichem gerechnet. Aber als sie realisierte, dass ein kleiner, schmächtiger Mann in mitgenommenem Zustand die geheime Transportmasse darstellte, war sie derart geschockt, dass sie die Tür zum Laderaum sofort wieder zuknallte.

Thore war mindestens genauso erschüttert wie sie. Die Situation hatte sich binnen Sekunden ergeben, und er war nicht darauf eingestellt gewesen, sich unerwartet Aug in Aug mit der Frau zu befinden, der er kurz zuvor noch beim ergiebigen Liebesspiel gelauscht hatte.

Ein hübsches Mädel, das konnte man nicht abstreiten. Die hatte Power. Und diese entschlossene Kinnpartie verhieß für Garip in eben diesem Moment vermutlich nichts Gutes.

Als Yildiz endlich zur Sprache zurückgefunden hatte, klang sie ganz anders als noch zuvor.

Ihre Stimme hatte einen seltsam metallischen Unterton und war frei von jeder Empathie gegenüber ihrem Liebhaber: „Bist du völlig übergeschnappt? Hast du einen Menschen entführt? Garip! Sag, dass das nicht wahr ist!“

Garip rang um Worte. Dann brach es endlich aus ihm heraus:

„Yildiz! Ich sitze in der Scheiße! So richtig! Wie komm ich da wieder raus? Ich muss den Typ da ganz schnell loswerden. Sonst bin ich dran!“

Um des Entführers Fassung war es geschehen.

Er flehte jetzt regelrecht: „Bitte, Yildiz! Verlass mich nicht! Du bist alles, was ich hab! Deine Eltern haben recht – ich bin der letzte Abschaum. Aber bitte, glaub an mich. Ich will mein Leben ändern. Für dich. Aber den Loser da, den müssen wir …“ Garip deutete eine Handbewegung an, als würde er sich die Kehle durchschneiden.

Yildiz, die eine praktisch veranlagte Frau war und zudem außergewöhnliche Geschichten liebte (sie wollte Schriftstellerin werden!), regulierte ihre Bestürzung ungewöhnlich schnell.

Beherzt öffnete sie erneut die Tür zum Laderaum. Thore und Yildiz schauten sich nun für einen Augenblick prüfend in die Augen.

„Ich muss nachdenken, Garip. Was für ein erbärmlicher, kleiner Kerl. Warum soll der denn sterben?“

Sie betrachtete Thore wie ein seltenes, vom Aussterben bedrohtes Zootier und kräuselte bedauernd ihre vollen Lippen.

Thore fühlte sich von Yildiz Blicken seziert. Sie musterte ihn noch einmal eindringlich von oben bis unten und stellte dann ungnädig fest:

„Sorry, Alter! Aber hier stinkt’s nach Pisse!“

Angewidert ließ sie die Tür wieder zuschnappen.

Thores Herz schlug heftig in seiner Brust. Nun stand er da mit seinem Talent.

„*Yildiz, mon amour, bitte, lass dir was einfallen!*“, versuchte er es mal wieder telepathisch.

Es konnte nicht schaden, mehrere potenzielle Retter als heiße Eisen im Feuer zu haben.

Wo zum Teufel blieb eigentlich Axel?!

50

„Scheiße, Scheiße, Scheiße! Verfluchte Scheiße! Sie sind weg! Weg!"

Axel hatte sich nun nicht länger im Griff. Sein Nachdenken hatte kein brauchbares Ergebnis geliefert. So konnte er nun ebenso gut seinen Emotionen freien Lauf lassen.

Das hatte er ohnehin lange nicht mehr getan.

Ramona trippelte nervös neben ihm her auf dem Rückweg zu ihrem treu ergebenen Corolla. Vielleicht hatte der schwarze Blitz eine Eingebung, die ihnen weiterhelfen könnte.

Aber so richtig glaubte sie auch daran nicht.

Die Kalaschnikow wog inzwischen noch deutlich mehr als auf dem Hinweg. Das schwere Stück Metall war nun zusätzlich überfrachtet mit Befürchtungen, Hoffnungslosigkeit und unverbrauchter Aggression, die sich haltlos gegen jeden richtete, vor allem wohl gegen die Trägerin des Maschinengewehrs selbst.

Thore würde sterben und sie war schuld daran.

Das wusste natürlich auch Axel. Vielleicht würde er ihr Richter und Henker sein.

Fast wünschte sie sich das. Das wäre zumindest ein kleiner bescheidener Sieg der Gerechtigkeit – oder eher der Lynchjustiz, aber war das nicht beinahe das Gleiche?

„Axel, ich weiß gar nicht …", hob sie zögerlich und unter dem Gewicht der Waffe schnaufend zu sprechen an.

„Is schon klar, Perle. Nix weißte! Das is ja nix Neues!" Axel war nicht gewillt, sich jetzt noch Ramonas selbstmitleidiges Rumgeheule anzuhören.

Den Rest des Weges legten sie schweigend zurück.

Ramona entriegelte ihr Auto, und die beiden sanken erschöpft und gedemütigt wie geprügelte Hunde auf die Autositze.

Axel zündete sich eine Kippe an und verräucherte mit ausdrucksloser Miene das Auto.

Ramona war derart geplättet, dass sie selbst das nicht registrierte.

„Adieu, Thore! Warst 'n feiner Kerl!", verabschiedete sich Axel ungewöhnlich sentimental. Im nächsten Moment zog er einen Kleinen

Klopfer Pfläumchen aus der Hosentasche, prostete gen Himmel und exte das zweifelhafte Getränk in einem Zug.

Dann rülpste er vernehmlich und zündete sich die nächste Kippe an.

„Und nun? Fahrn wir wieder heim, was?" Axel musterte Ramona von der Seite.

Ramona hatte ihren Kopf auf das Lenkrad gelegt und wirkte, als wäre sie weggedriftet. Doch der Eindruck täuschte.

„Wir rufen jetzt Nadeshda an!", übernahm sie überraschend das Kommando und beförderte ihren Oberkörper ruckartig in eine aufrechte Position.

„Wenn wir zwei Hohlbirnen nicht weiterwissen, dann wird's unser durchtriebenes Luder schon richten!" Plötzlich grinste Ramona unvermittelt.

Warum war ihr das nicht früher eingefallen?

Auch Axels düsterer Gesichtsausdruck hellte sich auf.

„Das is mein Mädchen!" Anerkennend schlug er seine massige Pranke auf Ramonas Schultern. „Da bin ich ja gleich wieder voll in love!"

Um 4.57 Uhr wurde Nadeshda jäh aus ihrem tiefen, traumlosen Schlaf gerissen. Zunächst hatte sie Orientierungsprobleme und wusste nicht, wo sie sich befand.

Dann erkannte sie die Umrisse von Swetlanas Wohnzimmergarnitur und erinnerte sich, dass sie dort auf der Schlafcouch lag. Der erste Tag ihres neuen Lebens hatte noch nicht wirklich begonnen und schon störte jemand ihre Nachtruhe.

Sie rieb sich die müden Augen und spähte aufs Display ihres Smartphones.

Axel! Wer auch sonst würde es wagen …?

„Ich hoffe, du hast eine sehr gute Erklärung …", knurrte sie unwirsch ins Telefon.

„Nadeshda! Gottseidank erreichen wir dich! Wir brauchen deine Hilfe!"

Es war nicht Axel, sondern diese kleine, nervöse Lehrerin, mit der sie in den letzten Tagen doch so manche Chose zusammen erlebt hatte.

Genaugenommen die Lehrerin, die sie ohne Skrupel in Spich an den Bahngleisen in der Nähe eines Basamentwerks in den Händen eines zweifelhaften Herren im Stich gelassen hatte.

Trotz ihrer Müdigkeit stieg Ärger in ihr hoch.

„Ramona, was verschafft mir die Ehre? Wolltest du dich doch nochmal nach meinem Wohlergehen erkundigen? Wie reizend von dir! Ja, ich lebe. Zwar nur knapp, aber ich lebe."

Nadeshda sprach wieder in ihrer alten, von Ramona zutiefst verhassten Arroganz mit ihr. So, als wäre sie das kleine Mädchen und Nadeshda der ruhmreiche Star von Welt. Diamonds are a girl's best friend!

Aber wer konnte es sich in diesem existentiellen Moment erlauben, in alte Muster zurück zu verfallen?

Ramona jedenfalls nicht.

„Tut mir leid, Nadeshda. Meine Charakterschwäche. Ich geb's ja zu. Aber jetzt gerade geht's um Leben und Tod. Wir brauchen dich. Du bist quasi unser Telefonjoker." Ramona wühlte tief in der Kiste des Pathos, um sich Nadeshdas Aufmerksamkeit zu sichern.

„Schnecke, du klingst eigentlich ganz munter …", frotzelte Nadeshda weiter.

Und wurde prompt unterbrochen.

„Thore wurde entführt. Diesmal richtig. Von 'nem Auftragsmörder", platzte es aus Ramona heraus.

In groben Zügen gab sie der verdutzten Nadeshda einen Überblick über die Ausgangslage, ohne freilich ihren eigenen unrühmlichen Anteil an der Folgeentführung zu erwähnen.

Nadeshda, die vom Leben ja einiges gewöhnt war, haderte auch nicht lange mit den unglückseligen Umständen, sondern behielt einen kühlen Kopf und fasste nüchtern zusammen: „Thores Leben liegt in euren Händen, Leute. In diese Situation möchte ich nie kommen. Gott bewahre! Aber es ist doch sonnenklar, was ihr jetzt zu tun habt!"

„Ich ruf nich die Bullen!", brüllte Axel im Hintergrund.

„Wer redet hier von den Bullen? Die kannst du getrost vergessen. Sucht euch die direkte Route nach Izmir raus, ab auf die Autobahn und haltet die Augen offen. Ihr sucht einen dunklen, verbeulten Kastenwagen mit einem fiesen Typen am Steuer und einer jungen, heißblütigen Pussy als Beifahrerin. Weit können sie ja noch nicht sein!" Nadeshda klang wie eine Mafiabraut. Und Ramona liebte sie in diesem Moment dafür.

Und auch wenn ihr Plan – nun ja – nicht unbedingt raffiniert ausgetüftelt und erfolgversprechend klang, so war es immerhin überhaupt so etwas wie ein Plan. Heiter, heiter – immer weiter!

Und zum Aufgeben waren sowohl Axel als auch Ramona innerlich noch nicht bereit. So folgten sie nur allzu gern Nadeshdas wie üblich kompromisslos geäußerter Ansage.

Ramona startete ihren schwarzen Blitz, und Axel aktualisierte hektisch die Route wieder mit dem alten Zielort Izmir.

„Ab auf die Piste!", johlte Axel vergnügt wie ein kleiner Junge. Urplötzlich war er wieder von Thores Rettung überzeugt.

Im Hintergrund ertönten in eben diesem Moment unzählige Polizeisirenen – bemüht darum, ein stimmungsvolles Ambiente zu schaffen.

Aber: Wer konnte schon auf diese Typen setzen?

Im Leben musste man ja schlussendlich doch alles selber richten…

51

„Ja?"
„In Österreich. Nähe Graz."
„Läuft."
„Nee, lebt noch."
„Was? Jetzt schon? Warum?"
„Dann muss ich hier gleich runter."

Das Telefonat war kurz und für Thore war natürlich nur Garips Anteil zu verstehen. Dennoch musste er zugeben, dass es nicht wirklich gut für ihn aussah.

Wer machte da bloß so einen Druck auf Garip? Das war ja kaum zu ertragen. Obwohl von ihm als Opfer ja gar nichts erwartet wurde, fühlte er den Erfolgsdruck, der unweigerlich auf Garip lasten musste. In dessen Haut wollte er lieber nicht stecken!

Stopp! So ein Quatsch!

In Thores Haut wollte man lieber nicht stecken!

Er musste sich mal wieder daran erinnern, seine Empathie beiseite zu lassen und sich stattdessen auf seine eigenen Sorgen zu besinnen.

Thore, es geht um dein Überleben!

„Warum hast du gelogen, Garip?", fragte Yildiz überflüssigerweise.

„Willst du mich verarschen? Denk mal scharf nach!", herrschte ihr Lover sie an.

„Okay, okay. Ich könnte mich jetzt einfach davonmachen, und du kannst zusehen, wie du klarkommst. Aber jetzt häng ich ja nun mit drin. Du Scheißkerl! Hätte ich mal auf meine Eltern gehört!"

Yildiz klang irgendwie empört, aber gleichzeitig auch angefixt von dieser skurrilen Geschichte. Vielleicht machte sie das heiß?

Thore hoffte inständig, dass dem nicht so sei.

„So, was machen wir jetzt mit ihm?", wechselte sie abrupt das Thema.

„Haste doch gehört. Umlegen. Jetzt sofort", fasste Garip knapp die neusten Erkenntnisse zusammen.

Thore standen seine dünnen Haare im Laderaum des Kastenwagens buchstäblich zu Berge.

„Ja, wir knallen ihn ab und legen ihn dann im Hinterhof von Yussufs Shisha-Bar ab. Mit dem hab ich eh noch 'ne Rechnung offen", regte Yildiz unumwunden zur Umsetzung des Vorhabens an.

Eine kurze, bedeutungsschwere Redepause.

„Andererseits – dann hänge ich richtig mit drin. Es gibt sicher auch eine Lösung, die besser für uns beide ist. Eine, bei der wir ungeschoren aus der Sache rauskommen. Fällt dir was ein?"

Wie gesagt: Yildiz war grundsätzlich praktisch veranlagt. Nun wollte sie zur Erhöhung seines Selbstwirksamkeitsempfindens ihren Partner sogar aktiv bei der Problemlösung mit einbeziehen. Wie fortschrittlich!

„Ungeschoren! So spricht ein liebes Schäfchen wie du … Ganz billige Schurwolle hab ich im Angebot, Yildiz!"

Trotz seiner verzweifelten Lage ließ sich Garip noch ungeahnt zu philosophischen Diskursen über Schafe hinreißen.

„Mäh!", meckerte dann auch Yildiz thematisch angemessen und rügte ihn dann gleich wieder: „Lass den Quatsch! Denk lieber nach!"

„Kein Plan, ob's das bringt, Yildiz: Wenn ich den Wicht da laufen lasse und mich der Polizei stelle, dann kann ich ja über die Schulleiterin auspacken. Da kommt schön was zusammen."

Yildiz schwieg derweil. Thore hoffte, dass sie die Fakten sachlich gegeneinander abwog und es für ihn einen erhobenen Daumen geben würde.

Einen erhobenen Daumen für sein Leben.

„Laufen lassen ist zu riskant. Wer weiß, was der draus macht. Aber über deine Auftraggeberin auspacken, das könnt interessant werden. Die wollen doch immer die Hintermänner. Du bist ja nur die Exekutive", bemerkte Yildiz blitzgescheit.

Mensch, Yildiz! Wenn du so schlau bist, dann red ihm aus, mich umzulegen. Er kommt doch viel besser weg, wenn ich überlebe.

Thore fieberte inzwischen mit wie bei einem spannenden Fußballspiel. Ach was, wie bei einem Fußball*krimi*.

„Ich bin ja nur der maşa, Yildiz. Aber um den Knast komm ich nicht drumrum. Hab zu viel Scheiße gebaut. Ich kann den abknallen – jetzt. Wir legen den bei Yussuf ab und auf nach Izmir. Und leben da mutlu ve özgür", schwelgte Garip in Tagträumen.

„Du hast zu viel Müslüm Gürses gehört! So läuft das nicht im Leben. Vielleicht erzählst du mir erstmal, was du alles über deine Auftraggeberin weißt und was genau du schon für sie erledigt hast. Ich brauche allerdings alle harten Fakten – ohne Ausnahme, hayatım!“

Eins musste man ihr lassen: Sie wusste, wie sie den Kerl anpacken musste.

Das Spiel ging in die Verlängerung.

52

Ramona und Axel wunderten sich nur kurz über die zahlreichen Streifen- und Mannschaftswagen, die ihnen mit Blaulicht entgegengerast kamen. Es war ihnen in den vergangenen fünf Tagen so viel Sonderbares widerfahren, sodass dieser unerwartet wirkmächtige Ausdruck der Staatsgewalt sie auch nicht mehr aus der Ruhe bringen konnte.

„Wahrscheinlich machen die 'ne Razzia in irgend so 'ner Shisha-Bar. Geldwäsche und so …", hob Axel zu einer Erklärung an.

„Kann schon sein", erwiderte Ramona semi-interessiert. Sie hatte an diesem Freitag um mittlerweile 5.12 Uhr wirklich keine Kapazitäten mehr für die Probleme anderer Leute.

Sie wollte jetzt nur noch Thore retten und dann schlafen. Eine bleierne Müdigkeit machte sich in ihr breit, und das waren nicht die besten Voraussetzungen für eine erfolgreiche Befreiungsaktion. Und wer weiß, wie lange sie noch würden suchen müssen. Nach einem verbeulten Kastenwagen bestückt mit einem schneidigen Bonnie-and-Clyde-Pärchen. Und einem hoffentlich noch lebendigen Thore.

Während also Ramona mit ihrer Übermüdung und dem damit einhergehenden Motivationsverlust rang, spielten sich in Axels Kopf deutlich gewichtigere Überlegungen ab.

Zunächst behielt er diese für sich, aber allein kam er nicht recht weiter. Es machte ihn nervös, wenn er etwas mit sich selbst ausmachen musste. Und wozu bildeten sie schließlich eine Fahrgemeinschaft? Er musste Ramona dazu befragen.

„Du, sag mal, Perle! Wenn ich jetzt den Thore rette, bin ich dann sowas wie 'n guter Mensch?"

Das war nun ein bisschen sehr direkt formuliert, aber so war er eben. Erwartungsvoll schaute er Ramona an, die halbwegs weggetreten am Steuer des Wagens saß und soeben wieder mit schläfrigen Augen auf den Autobahnzubringer fuhr.

Keine Reaktion.

Das konnte doch wohl nicht wahr sein! So eine entscheidende Frage und die Perle reagierte einfach nicht. Was wollte sie ihm damit nur mitteilen?

„Haste dazu nix zu sagen, oder was? Is dir ja voll egal!" Axel klang recht ungehalten und unerwartet laut.

Ramona zuckte zusammen.

„Was?", fragte sie geistesabwesend.

„Ja, was is denn nun 'n guter Mensch, Ramona? Bin ich das?", versuchte er es leicht umformuliert.

„Woher soll ich das wissen, Axel? Keine Ahnung. Auch Ex-Knackis sind wohl Menschen", schlussfolgerte sie lapidar.

„Aber ich rette doch gerade den Thore, Ramona! Und geh vielleicht bei drauf. Das macht mich doch auch zu 'nem guten Mensch, oder nich?"

„Warum ist das denn jetzt wichtig? Musste mal 'ne Pro- und Contra-Liste machen, Axel. Auf der Haben-Seite könnte dann die Rettung von Thore stehen. Aber den müssen wir ja jetzt auch erstmal finden." Ramona konnte gerade keinen vernünftigen Gedanken mehr zu Ende bringen.

Und nun nervte dieser Kerl noch mit solchen weltbewegenden Fragestellungen.

Was machte einen guten Menschen aus? Zur Erörterung dieser Frage könnte man sicher schlaue Bücher füllen (bestimmt gab es solche genialen Meisterwerke längst in Überzahl!), aber hier und heute interessierte sie das nicht.

Axel war so in seinen Gedankengängen verstrickt, dass er kein Gespür für Ramonas aktuelle Gefühlslage entwickeln konnte.

Er musste jetzt ein paar entscheidende Dinge klarschießen. Das war seine Chance. Wer wusste, wann und ob er jemals wieder eine Möglichkeit zur Beantwortung dieser Fragen bekommen würde. Wenn nicht jetzt, wann dann?!

„Es is so, Perle. Weißt ja, ich hab 'nen Sohn. Leon is jetzt neun. Und ich hab den nie gesehen. Na gut, als Baby hab ich den mir mal angeguckt. Die wohnen ja immer noch in Billwerder zusammen mit Lolles ganzer Bagage. Die Lolle hat mir den Kontakt verboten. Und wenn du die Familie kennst, dann hältst du dich besser auch dran, glaub mir."

Axel schwieg unbehaglich und wusste nicht recht, wie er jetzt fortfahren sollte.

Aber er hatte es geschafft: Ramona hörte ihm zu. Sie war derart überrascht, ihn so reden zu hören, dass sie ihre Müdigkeit kurz vergaß.

„Axel, du hast ja sonst nie über deinen Sohn geredet. Wusste gerade mal, dass einer existiert. Woher der Sinneswandel?" Sie schaute ihn von der Seite an.

„Kein Plan. Aber is ja irgendwie doch totale Kacke, dass da so 'n kleiner Bengel is und der hat keinen Vatter. Is mir doch selbst schon so gegangen, weißte. Und bis jetzt hab ich mich auch einfach geschämt, dass ich immer so lost war und nur so 'n Bullshit abgezogen hab. Aber vielleicht klappt's ja jetzt und ich bekomm's besser hin. Endlich mal 's Leben gescheit auf die Reihe kriegen. Und das mit dem Thore is doch 'n guter Anfang, meinste nich?"

Ihre Blicke trafen sich. In diesem Moment schaute Axel treuherzig wie ein Dackel, und er schien von seinen eigenen Ausführungen mehr als überzeugt.

Ramona rührte das in ungewohnter Heftigkeit.

Vielleicht hatte dieser Typ tief in seinem Inneren einen anständigeren Kern als sie selbst?

Das machte sie fertig. Die pure Möglichkeit, dass sie mit ihrer Einschätzung recht haben könnte, zog ihr den Boden unter den Füßen weg.

Ihr Kinn begann heftig zu zittern, und sie stand kurz vorm Losheulen.

„Was is denn, Perle?", fragte Axel dann noch voller Mitgefühl und mit echter Besorgnis in der Stimme.

Das war zuviel. Sie würde jetzt nicht heulen.

„Muss mal auf's Klo. Ich fahr gleich hier raus."

Verstohlen wischte sie sich über die Augen und lenkte den Corolla auf den nächstbesten Parkplatz.

„Is wirklich alles okay?" Axel irritierte Ramonas Verhalten.

Er war es gewohnt, vieles in dieser unklaren Welt nicht zu verstehen. Aber jetzt hatte er doch zur Abwechslung mal nichts falsch gemacht, und trotzdem war seine Perle unglücklich.

Das sollte verstehen, wer wollte. Er nich!

Auf dem Parkplatz war tote Hose. Der Morgen dämmerte langsam herauf und tauchte alles in ein trostloses Grau.

Außer dem Corolla befand sich nur ein weiteres Gefährt auf dem Gelände.

Ein verbeulter, schwarzer Kastenwagen.

53

Polizeikommissar Strude begab sich übellaunig zu seinem Einsatzwagen. Es war inzwischen viertel vor sechs am Morgen und er war startklar. Man hatte ihn vor zwanzig Minuten unbarmherzig aus dem Schlaf geklingelt.

Gestern Abend noch war die Vermisstenanzeige eines gewissen Thore Mallm bei ihnen eingetrudelt. Dessen Stiefvater, der großkotzige Chef einer überregional bekannten Zeitarbeitsfirma – er inszenierte sich in der Presse als wahrer Wohltäter! – hatte ihn als vermisst gemeldet und behauptet, er werde erpresst. Und da er nicht auf die bereits vor Tagen erfolgte Erpressung eingestiegen sei, fürchte er jetzt um das Leben seines Sohnes.

Das war ihm ja früh eingefallen! Da war doch irgendwas faul. Strude war lange genug im Geschäft, um faule Eier schon von Weitem zu riechen.

Aber das nutzte wohl alles nichts: Der Befehl von oben lautete, er musste der Sache nachgehen.

Eigentlich hatte er damit gleich am späten Vormittag beginnen wollen, wenn da nicht zu unchristlicher Zeit der aufgeregte Anruf einer laut Schilderungen durchaus beeindruckenden Dame mit osteuropäischem Akzent im Revier eingegangen wäre, die den jungen Polizeibeamtenanwärter derart in Aufregung versetzt hatte, dass dieser postwendend bei ihm zuhause durchgeklingelt hatte.

Es gäbe sichere Hinweise, dass ein gewisser Gerold Lorenz in die Entführungsgeschichte verstrickt wäre. Dieser verfüge zudem über eine Waldhütte, die sich für ein solches Verbrechen geradezu aufdrängen würde.

Strude glaubte an nichts dergleichen. Aber Hinweis war Hinweis. Und dem musste er jetzt wohl oder übel nachgehen.

Um diese Uhrzeit! Halleluja!

An diesen unsäglichen Anrufen mitten in der Nacht war bereits vor vielen Jahren seine Ehe gescheitert. Einfach zum Kotzen.

Freundlich oder besser unmotiviert wie er war, hatte er sogar darauf verzichtet, seine Kollegin Mühlenteich zu informieren, und so machte er sich alleine auf den Weg in die Walachei. Was sollte es dort schon Spannendes zu entdecken geben?

Am frühen Morgen war er noch unkommunikativer als ohnehin schon und so musste er zumindest keinen Smalltalk halten.

Es würde ihn nicht wundern, wenn diese angebliche Entführung nur ein weiterer PR-Gag der Zeitarbeitsfirma wäre, die für provokative Werbeauftritte bekannt war (bekanntester Slogan: Zeit ist Geld, und das wollen wir mit Ihrer Hilfe verdienen!). Dieser Mallm war sich grundsätzlich für nichts zu schade.

Eigentlich hätte er aus ermittlungstechnischen Gründen besser nicht den Streifenwagen nehmen sollen, aber sein Golf hatte mal wieder Probleme mit der Batterie und war nicht angesprungen. So musste er wohl oder übel zunächst am Revier vorbeiradeln, und nun konnte jeder bereits von Weitem erkennen: 1,2,3 – hier kommt die Polizei. Inkognito sah anders aus!

Das Waldgebiet, in dem die Hütte des Verdächtigen stehen sollte, lag eine gute halbe Stunde Fahrtzeit vom Revier entfernt. Davon etwa zehn Minuten Landstraße, danach gab es nur noch holprige Waldwege.

War ja klar: Wenn schon, dann sollte er auch was tun für sein Geld.

Er hasste es, Waldwege zu befahren. Bei dem Geschaukel wurde ihm immer schlecht. Überhaupt hatte er eine Veranlagung zur Seekrankheit. Freiwillig bekam man ihn weder auf ein Schiff noch in ein Karussell.

Und nun diese unnötige Herausforderung am frühen Morgen.

Erquickliche Aussichten.

Laut Navi näherte er sich der Stelle, an der er in den Wald würde abbiegen müssen. Sein innerer Widerstand wuchs zunehmend.

Glücklicherweise erblickte er in diesem Moment eine Tankstelle. Eine no-name Tanke, aber einen Kaffee aus dem Automaten würde er wohl auch dort bekommen.

„Du rettender Engel!“, sprach er seinen einfältigen Gedanken aus. Es war inzwischen kurz vor sechs.

Er parkte seinen Wagen direkt vor dem Eingang und schlurfte ohne jede Körperspannung mit gesenktem Kopf hinein. Strude ließ seinen Blick kurz durch den Laden schweifen und wurde bald fündig: Der Kaffeeautomat befand sich zu seiner Rechten.

Erleichtert näherte er sich in großen Schritten dem erlösenden Gerät. Er zückte seine Geldbörse und kramte entschlossen nach Kleingeld.

Plötzlich stockte er mitten in der Bewegung: „Außer Betrieb“ stand dort in krakeliger Handschrift auf einem zerknitterten Stück Papier, das am Automaten laienhaft befestigt war.

Wäre er ein anderer Typ Mensch gewesen, dann hätte er jetzt vielleicht geflucht oder das Mädchen hinter dem Tresen angeraunzt. Aber so stand er nur ungläubig vor dem Kaffeeautomaten und starrte stumpf und ratlos auf den Zettel. Immer und immer wieder las er ihn, als könne er dessen Botschaft nicht begreifen.

„Kann ich Ihnen weiterhelfen, junger Mann?“, wandte sich deshalb das Mädchen hinter dem Tresen keck an den Endvierziger.

„Kaffee. Ich brauche einen Kaffee“, stotterte er leicht beschämt vor sich hin.

„Da hab ich hier was Feines für Sie. Viel besser als jeder Kaffee.“ Mit laszivem Hüftschwung stolzierte der Teenager an ihm vorbei und zauberte im nächsten Moment eine Dose Redbull aus dem Kühlregal.

„Der verleiht Flügel. Ganz garantiert!“, versicherte die Kleine und grinste ihn teuflisch an.

„Ja, wenn Sie meinen“, erwiderte Strude, obgleich er einigermaßen sicher war, dass er dieses Gebräu niemals würde trinken können.

„Wo geht’s denn hin so am frühen Morgen, Herr Hauptkommissar?“ Das Mädchen setzte nun seine beste Unschuldsmiene auf und blinzelte ihn von unten herauf herzallerliebst an.

„Ich muss zu einer Hütte im Wald. Gefahr im Verzug.“ Strude richtete sich zu seiner vollen Größe auf und mimte ein wichtiges Gesicht. Er wollte jetzt zumindest mal ein wenig Eindruck bei diesem jungen Mädchen schinden.

Diese schaltete in Rekordzeit.

„Okay. Alles klar. Ich kann Ihnen nur sagen: Hier waren zuletzt seltsame Gestalten unterwegs. Ich weiß ja nicht, wem diese Hütte gehört. Aber irgendwas stimmt da nicht.“

Das junge Ding nickte nachdrücklich mit dem Kopf, um ihren Worten noch mehr Gewicht zu verleihen.

„So sehe ich das allerdings auch“, stimmte Strude überrascht zu, „Frau …?“

„Von Papenburg. Melinda von Papenburg.“

„Sind Sie etwa verwandt mit …“, setzte er an.

„Ja. Mein Vater.“

Ach, die Tochter vom Schönheitsbaron. Der hatte seiner Frau noch den Hintern gestrafft und neu aufgepolstert, kurz bevor sie ihn dann hatte sitzen lassen. So klein war die Welt.

„Musst du denn nicht in die Schule?", fragte er dann in leicht provokantem Tonfall nach. Dieses kleine verzogene Luder musste sich seine Kohle ja wohl kaum selbst verdienen.

„Ach, Schule wird überbewertet, mein Bester!", erwiderte das Mädchen und hauchte ihm einen Kuss auf die Wange.

Benebelt und mit einer Dose Redbull in der Hand verließ Strude die Tankstelle. Anscheinend hatte er einen Schlag bei jungen Frauen.

Mein lieber Scholli! Wer hätte das gedacht?!

54

„Das nenn ich mal 'nen Treffer! Wir suchen doch genau so 'ne Schrottlaube wie den da vorne!", bemerkte Axel vergnügt und zeigte auf den schwarzen Ford Transit.

„Solln wir mal reingucken?" Er machte Anstalten auszusteigen.

„Warte lieber ab, Axel! Wer weiß, was das für Typen sind. Die verstehen da sicher keinen Spaß, wenn du dich da einfach ranpirschst." Ramona nahm wie immer die vorsichtige, abwartende Position ein.

Eigentlich war sie aber ganz froh für die Ablenkung. So konnte sie sich emotional wieder fangen und Axel fragte nicht weiter dumm nach, was mit ihr los war.

Dieser schreckliche Gut-Mensch.

„Ich gehe jetzt erstmal aufs Klo und dann sehen wir weiter. Bleib bitte sitzen und lass die Leute in Ruhe."

Hoffentlich hielt er sich an ihre Anweisung. Bei Axel konnte man nie wissen.

Jetzt erst bemerkte Ramona, dass sie tatsächlich schon sehr lange eingehalten hatte. Sie stieg aus und begab sich eiligen Schrittes zum Toilettenhäuschen.

Als sie die Tür öffnete, schlug ihr ein widerlicher Gestank entgegen. Sie würgte unwillkürlich.

Die Beleuchtung war bewusst spärlich gehalten, aber man konnte dennoch gut erkennen, was sich dort alles auf dem feuchten, klebrigen Boden versammelt hatte: Lagen von Klopapier, benutzte Tampons, Verpackungsmaterialien aller Art und ein angebissenes Pizzastück. Wie appetitlich!

Egal. Es war dringend.

Während sie sich erleichterte, hörte sie, dass jemand in der Nachbarkabine sein musste.

Da sie sich auf der Damentoilette befand, schloss sie messerscharf, dass es sich um eine weitere Dame handeln musste. Die Chancen standen zumindest nicht schlecht.

Irgendwie beruhigte sie das. Warum auch immer sie daran glaubte, aber eine weibliche Besatzung des schwarzen Kastenwagens erschien ihr irgendwie eine pazifistischere Botschaft auszusenden als irgendwelche düsteren Kerle.

Sie zog sich die Hose hoch und spülte ab.

Zeitgleich wurden nun in beiden Kabinen die Türen entriegelt und Ramona stand plötzlich Auge in Auge mit einer jungen, durchaus verwegen ausschauenden Dunkelhaarigen.

Unwillkürlich musste sie grinsen, und die junge Frau grinste offen zurück.

„Eklig hier, oder?“, fragte Ramona naserümpfend.

„Einfach widerlich.“ Die Dunkelhaarige betätigte den Wasserknopf am metallenen Waschbecken. Ein spärliches Rinnsal tröpfelte gequält aus dem Hahn.

„Aferin! Was soll das sein? Ne Flohdusche?“ Sie hämmerte mehrfach auf den Knopf ein. Das Rinnsal ließ sich davon nicht aus der Ruhe bringen.

Ramona fand Gefallen an dieser selbstbewussten Lady. Wie alt mochte sie wohl sein? Sie schätzte sie etwas jünger ein als sich selbst. Vielleicht auf Mitte Zwanzig.

„Und wie lange habt ihrs noch?“, fragte sie aus ehrlichem Interesse.

Die Verwegene verdrehte genervt die Augen. „Frag nicht! Ewig!“

„Ewig ist relativ!“, antwortete Ramona altklug.

„Ach ja? Das glaub ich kaum: Wir wollen nach Izmir.“

Yildiz blitzte Ramona aus dunklen, scharfsinnigen Augen an.

Diese konnte ihren eiskalten Schrecken kaum verbergen.

„Ach so? Dann mal gute Fahrt!“, zwitscherte sie nervös und rannte mit ungewaschenen Händen zurück auf den Parkplatz.

Yildiz schaute ihr irritiert hinterher.

„Axel! Los! Wir müssen was tun! Das sind sie! Die haben Thore!“ Atemlos und nahe der Hysterie stand Ramona vor Axel, der es sich inzwischen im Corolla gemütlich gemacht hatte und Tetris auf dem Handy zockte.

„Meine Fresse, was nervst du! Hab die Faxen echt dicke! Eben durfte ich nich mal gucken gehen, und jetzt sollen die sogar Thore haben? Was hast ’n du dir gerade eingeworfen, Perle?“ Unbeeindruckt spielte Axel weiter. Sein Akku war fast aufgebraucht und jetzt wollte er die letzten Minuten Spielzeit wenigstens noch in vollen Zügen genießen.

Doch Ramona war nicht zu Späßen aufgelegt. Sie riss den Kofferraum auf und schnappte sich die Kalaschnikow. Dann schulterte sie das Ding und wankte mehr oder weniger überzeugend in Richtung Kastenwagen.

„Sach mal, geht's noch?" Axel war fassungslos.

Doch zum Nachdenken hatte er jetzt keine Zeit mehr. Entweder beging seine Perle gerade den Fehler ihres Lebens oder sie hatte recht.

Im ersten Fall musste er sie aufhalten und im zweiten Fall würde sie jede Unterstützung brauchen können.

Und da Axel schon immer ein Mann der Tat war, fackelte er nicht lange, sondern schnappte sich die zweite Kalaschnikow.

Die Bonnie des Gangsterduos kehrte soeben nichtsahnend aus dem Toilettenhäuschen zurück und wurde bereits auf halber Strecke zum Kastenwagen von Ramona abgefangen.

„Stehenbleiben oder das war's!", sprach Ramona mit einer professionellen Attitüde, als hätte sie nie etwas anderes gesagt oder getan. Die Kalaschnikow hielt sie dabei zielgerichtet auf Kopfhöhe der jungen Frau.

Yildiz hielt mehr verwundert als erschreckt in ihrer Bewegung inne und hob instinktiv die Arme.

„Nicht dein Ernst, oder?", fragte sie einigermaßen erstaunt.

Im gleichen Moment zog Axel den Clyde des Gangsterpaares vom Fahrersitz des Transits. Der hatte doch tatsächlich gerade ein kleines Nickerchen gehalten und war dadurch recht wehrlos. Axel schubste ihn schwungvoll in die Arme seiner Geliebten, die ihn reflexartig auffing.

„Und jetzt wollen wir Thore! Lasst ihn raus! Sofort!" Ramonas Stimme klang scharf und gnadenlos wie eine Obsidianklinge. Es war nahezu unmöglich, diesem Befehl nicht Folge zu leisten.

Zumal, wenn man dabei in zwei Gewehrläufe schaute.

„Ja, ja, klar! Wir holen ihn. Bitte nicht schießen!", bettelte Garip ziemlich unprätentiös und so gar nicht gangstermäßig routiniert.

„Erbärmliche Pfeife!", dachte Ramona ungnädig. Jetzt hier so rumzuwinseln.

Das Martinshorn, das gefühlt schon seit Stunden an diesem Tag ihre Begleitmusik war, drängte sich nur langsam und mit erheblicher Verzögerung in Ramonas Wahrnehmungsbereich.

Sie hatten doch gar nicht die Bullen gerufen …, überlegte sie schwerfällig, als bereits der Mannschaftswagen mit Blaulicht den Parkplatz erhellte.

„Waffen runter!", brüllte der Einsatzleiter, noch bevor Axel und Ramona im nächsten Moment zu Boden geworfen und mit brutaler Wucht in Handschellen gelegt wurden.

Die Welt war mal wieder im Zeitraffer unterwegs, während Ramona in der Slow Motion feststeckte.

Irgendwas war hier schiefgelaufen. Ihr fiel bloß gerade partout nicht ein, was es sein könnte.

55

Gerlinde Bietighofen war Frühaufsteherin – allein schon aus beruflichen Gründen. Aber auch an freien Tagen durchzog ein diszipliniertes Tagesprogramm ihre vermeintliche Freizeit.

Denn nur wer hart und schonungslos an sich arbeitete, war zu Höchstleistungen imstande. So viel war klar.

Diese Einstellung prägte ihre Lebensgestaltung ebenso kompromisslos wie andere Leute jeden Abend ein Feierabendbier tranken. Das hinterfragte ja schließlich auch niemand.

Um 5.30 Uhr hatte wie stets ihr Wecker geklingelt, und sie war mit ihrem gewohnten Sportprogramm in den Tag gestartet: Gymnastik und Schwimmen.

Zu dieser Jahreszeit ließ es sich noch im Außenpool aushalten, bald schon würde sie in den Innenbereich wechseln müssen. Da der Hauspool jedoch deutlich kleiner war, verfügten die Schwimmbahnen nicht über die Standardlänge von 50 Metern, und das allein machte die Sache schon unrund.

Also galt es nun die letzten Tage im Außenpool in vollen Zügen zu genießen.

Zwanzig Bahnen später stieg sie erfrischt und gut gewappnet für den Schultag aus dem Becken.

Die gewünschte Wirkung war erzielt: Sie hatte den Kopf frei und gleichzeitig die notwendige Energie und Durchsetzungskraft für den bevorstehenden Tag.

Und sie hatte das vorfreudige Kribbeln wieder etwas besser im Griff, das sie permanent wie ein verliebter Teenager kichern und mit gerötetem Gesicht in die Ferne schweifen ließ. Ihr Mann schöpfte schon langsam Verdacht, dass etwas im Busch war. Sie konnte sich allerdings auch in dieser Sache keine Nachlässigkeit erlauben.

Eigentlich hatte sie sich fest vorgenommen, keinerlei Kontakt zum angeheuerten Killer aufzunehmen. Ihr treuer Vasall, Haushandwerker Harry Lörke, hatte wie üblich die Verhandlungen übernommen und auf eine zügige Erledigung der Angelegenheit gedrungen.

Aber sie konnte es einfach nicht lassen. Diese Macht über Leben und

Tod zu haben, elektrisierte sie förmlich. Deshalb hatte sie bereits zweimal Garip (sie kannte lediglich seinen Vornamen) auf seinem Mobiltelefon angerufen, um sich nach dem Stand der Dinge zu erkundigen.

Am liebsten wäre sie live dabei, wenn dieser erbärmliche Bewährungshelfer die Lichter ausgehaucht bekommen würde. Aber zumindest am Telefon könnte sie der Eliminierung doch vielleicht beiwohnen?

Gerlinde, fahr runter! redete sie sich selbst gut zu.

Das geht zu weit! Du rufst jetzt nicht nochmal an!

Während sie also mit sich selbst und ihren innersten Regungen rang, schnappte sie sich ihr Badetuch und schritt Richtung Außendusche.

Doch was war das? Sie bückte sich und hielt im nächsten Moment ein Smartphone in Händen – Samsung, ein älteres Modell mit Spider-App.

Wie war dieses antike Stück nur auf ihr Grundstück gelangt? Keiner der gut betuchten Besucher der vergangenen Tage würde jemals mit einem solchen Understatement in Form eines derart veralteten Modells durch die Welt wandeln. Mehr Schein als Sein – das war schließlich die Devise, die im Haifischbecken der Schlagermusik jederzeit galt.

Oder treffender formuliert: Nicht kleckern, sondern klotzen!

Kopfschüttelnd legte die Schulleiterin das Gerät zur Seite und duschte sich eiskalt ab.

Sollte sie dieser Vorfall beunruhigen? Waren etwa Landstreicher unterwegs und spionierten ihre Villa aus?

Aber Ängstlichkeit war noch nie ihre Sache gewesen.

Sie schlüpfte in den bereitgelegten Seidenbademantel und die Adiletten und steuerte entschlossen die Mülltonnen an.

Mit einem beherzten Griff öffnete sie die erstbeste Tonne und versenkte das mysteriöse Fundstück darin.

„Bye, bye, du Miststück!", gab sie dem Smartphone fast erleichtert einen letzten Gruß mit auf den vorgezeichneten weiteren Weg.

56

Strude verfluchte den Tag seiner Berufswahl. Er steuerte eine vermaledeite Waldlaube in einem abgelegenen Waldstück an, nahm dabei aufgrund der zahlreichen Bodenwellen eine immer übermächtiger werdende Übelkeit in Kauf und rechnete nicht damit, dass das Aufsuchen dieses Ortes ihn maßgeblich weiterbringen würde.

Fuck Off – warum hatte er nicht einfach eine Laufbahn als Verwaltungsfachangestellter im mittleren Dienst angestrebt? Einen gemächlichen Posten, einigermaßen anständig bezahlt und mit viel Luft nach oben im Stressbarometer?

Nun musste er sich trotz seines nicht mehr wirklich jugendlichen Alters in solch unwegsame Gefilde begeben und das bei unklarer Gemengelage …

Wer wusste es? Vielleicht irrte er sich ja mit der falschen Fährte, und ihn erwartete ein psychopathischer Meuchelmörder am Zielort?

Das wäre dann wenigstens mal eine fette Schlagzeile wert:

Sein letzter Einsatz – Wie Kommissar Unerschrocken einen Psychopathen im Alleingang stellen wollte und dies auf grausame Art und Weise mit seinem Leben bezahlte

Trotz der beschissenen Gesamtsituation musste er unwillkürlich grinsen. Vielleicht könnte er als Reporter eines Boulevardblattes zu Ruhm und Ehre kommen? Noch war es nicht zu spät, das Metier zu wechseln.

In diesem Moment tönte Outkast aus dem Radio „Hey Ya!“. Ein Song aus einer längst vergangenen Zeit mit einem ebenso verblassten Lebensgefühl.

Strude stoppte unvermittelt den Einsatzwagen, drehte das Autoradio auf maximale Lautstärke und öffnete seine Dose Redbull.

Der Wagen vibrierte und er nahm einen großzügigen Schluck des pappsüßen Gebräus. Sein Magen zog sich zusammen und für einen kurzen Moment dachte er, er müsste sich übergeben.

Doch nichts geschah. Also schüttete er den Rest in wenigen großen Schlucken hinterher.

We get together.
Oh, we get together.
But separate's always better when there's feelings involved.
Know what they say – it's:
Nothing lasts forever!
Then what makes it, then what makes it?

Da war er wieder: Der altbekannte, schwere Gedanke an seine Ex-Frau und die Gewissheit, dass er sie von sich fortgetrieben hatte. Wer bitteschön sollte es auch mit ihm aushalten?

Aber wo versteckte sich denn eigentlich der Sinn des Ganzen?

Menschen trafen sich, verliebten sich, blieben für eine Weile zusammen, ödeten sich an, entfremdeten sich und gingen wieder auseinander.

Das war der immerwährende Kreislauf – von ein paar naiven Utopisten vielleicht abgesehen.

Nicht mal für ein gemeinsames Kind hatte es gereicht.

Armes Leben! Arme Saskia!

Frustriert kickte Strude die zwischenzeitlich geleerte Dose aus dem Fenster. Mit einem vorwurfsvollen „Plong" landete sie wenig elegant in einem Haselstrauch am Wegesrand. Dort hing sie nun in der Luft und konnte nicht vor und nicht zurück.

„Leidensgenossin", brummte Strude und ließ den Motor wieder an.

Im Radio erklang nun irgendein unterirdischer Hit von Miley Cyrus. Schnell regulierte er die Lautstärke wieder auf Normalmaß.

Seine Ohren rauschten von der Klanggewalt des Outkast-Songs, und die Kombination mit einem Redbull auf nüchternen Magen bescherten ihm tatsächlich die Nuance eines psychodelischen Trips.

Derart beschwingt und beschwipst setzte er seine Fahrt fort. Wäre er aufmerksamer gewesen und hätte seine fünf Sinne beisammen gehabt, wäre ihm sicher aufgefallen, dass auf den schmalen Waldpfaden diverse Reifenprofile ihre Visitenkarte hinterlassen hatten. Nicht unbedingt typisch für ein so unberührtes Fleckchen Natur.

Gute fünfzehn Minuten später erreichte er die Waldlaube, der er den unerwarteten Ausflug am frühen Morgen verdankte.

Es war inzwischen kurz vor halb sieben.

Als erstes bemerkte Strude die plattgewalzte Erde vor der Hütte. Es sah so aus, als hätten mehrere, darunter auch schwerere Fahrzeuge hier geparkt und gewendet.

Eines dieser schweren Fahrzeuge stand gebieterisch und protzig vor der Hütte: Ein schwarzer Mitsubishi PickUp.

So viel zur romantischen Idealvorstellung eines unverfälschten, urwüchsigen Naturparks!

Ganz Ermittler zückte Strude umgehend sein Smartphone und fotografierte sowohl die plattgewalzte Erde als auch den schweren Schlitten. Als nächstes hielt er die Hütte im Bild fest – ein unauffälliges, x-beliebiges Hüttlein, das so auch in allen anderen Ecken dieses Waldes hätte stehen können.

Doch nun galt es, sich einen Überblick über die harten Fakten zu verschaffen. Bedeutete: Er musste herausfinden, wem der PickUp gehörte und wo dessen Fahrer abgeblieben war.

Gerade wollte er eine Halterabfrage bei seinen Kollegen starten, als er plötzlich bemerkte, dass die Tür zur Hütte offenstand.

Er zog umgehend seine Waffe, entsicherte sie und schlich behutsam zur Tür. Vorsichtig spähte er hinein.

Die Hütte bot einen Anblick der Verwüstung.

Zerschlagene und demolierte Möbel lagen über den gesamten Hüttenboden verteilt, Trophäen und Fotos mit Jagdszenen waren von den Wänden gerissen und das zersplitterte Glas der Bilderrahmen glitzerte verschlagen und verlockend zugleich in sämtlichen Ecken und Winkeln des Fußbodens. Und mitten in diesem Chaos ruhte wie eine einsame Insel ein großes Doppelbett mit Messinggestell.

Auf diesem Bett saß ein alter, in sich zusammengesunkener Mann, der wie betäubt vor sich hinstarrte und dem Anschein nach nichts von Strudes Auftauchen mitbekommen hatte.

„Herr Lorenz?“, fragte Strude in klarem, strengem Tonfall.

Die Waffe hielt er immer noch auf Anschlag.

Keine Reaktion.

„Sind Sie Gerold Lorenz? Gehört Ihnen diese Hütte?“, schob Strude unbeeindruckt nach.

Nichts.

„Hören Sie mich? Brauchen Sie Hilfe?“

So langsam überkam Strude der böse Verdacht, dass der Kerl vielleicht einen Schlaganfall oder ähnliches erlitten haben konnte.

Er steckte seine Waffe ins Revers und näherte sich entschlossen dem Doppelbett. Dabei umschiffte er vorsichtig die Klippen aus zerstörtem Mobiliar.

Beherzt ließ er sich neben den Mann auf das Bett sinken und legte ihm eine Hand auf die Schulter.

„Geht es Ihnen gut?“, fragte er überraschend mitfühlend und versuchte gleichzeitig, den Blick des Fremden aufzufangen.

Wie aus einem tiefen Schlaf erwachend regte sich nun die erstarrte Gestalt und blickte ihn mit desillusioniertem Blick an: „Sie ist weg. Hat mich verlassen. Einfach so.“

Okay. Damit hatte Strude nun nicht gerechnet. Die Probleme waren anscheinend überall ähnlich gelagert.

„Das tut mir leid, Herr Lorenz. Ich würde gerne sagen: Das wird schon wieder, aber leider habe ich da selbst andere Erfahrungen gemacht. Trotzdem müssen Sie uns jetzt helfen! Seien Sie ein Mann – reißen Sie sich zusammen!“

Liebeskummer war ohne Frage eine üble Sache, aber schließlich hatte er eine Entführung aufzuklären und demnach sollte er jetzt keinesfalls zu nachsichtig sein mit diesem Mann.

„Ich brauche selber Hilfe. Wie soll ich bitte Ihnen weiterhelfen?“, fragte Gerold Lorenz verwirrt.

Wie um seinen derangierten Geisteszustand zu beweisen, hielt er Strude mit ausgestreckten Armen den Latex-BH entgegen.

Was zum Teufel …? Nein, Strude wollte es gar nicht genauer wissen!

„Herr Lorenz, wenn man verzweifelt ist, dann tut man so manches, was sich später als – ähm – eher unklug erweist. Wir suchen einen gewissen Thore Mallm, Bewährungshelfer von Berufs wegen. Uns wurden Hinweise aus vertrauenswürdiger Quelle zugespielt, dass Sie mit dieser Entführung zu tun haben. Streiten Sie das ab?“

Strude baute sich vor Gerold Lorenz auf und blickte ihn mit erhobenen Augenbrauen von oben herab an. Die mitfühlende Phase erklärte er mit sofortiger Wirkung für beendet.

Lorenz schaute ihn einen Moment lang überrascht an. Dann begann er unvermittelt zu lachen. Laut, langanhaltend und irre.

Die ganze Hütte dröhnte von diesem polternden Gelächter. Es schüttelte ihn durch und durch. Er krümmte sich und lief rot an, so sehr übermannte ihn der Lachanfall.

Der Mann war wirklich nicht ganz bei Trost, stellte Strude beunruhigt fest.

Das konnte für Thore Mallm nichts Gutes bedeuten. Sofern er noch am Leben war.

„Herr Lorenz, ich glaube, Sie begleiten mich jetzt besser mal mit aufs Revier."

Strude zog den immer noch prustenden Mann mit einem Ruck nach oben. Erstaunlicherweise ließ der das willenlos geschehen.

Die zwei Männer traten in seltsamer Eintracht aus der Hütte heraus. In eben diesem Moment fiel ein Sonnenstrahl auf Strudes fahles Gesicht, und die Sonne begrüßte mit majestätischer Würde den neuen Tag.

Es war Punkt 6.36 Uhr.

57

Als Ramonas Slow Motion- sich endlich mit der realen Fast-Forward-Version synchronisiert hatte, saß sie bereits in Handschellen im Mannschaftswagen der bayrischen Polizei. Langsam drang auch das aufgebrachte Geschrei und nervtötende Gezeter zu ihrem Bewusstsein durch. Wer regte sich denn da so auf?

Sie drehte schwerfällig ihren Kopf zur Seite und erschrak.

Es war Axel, der völlig außer sich vor Wut fluchte und sich gegen die Handschellen und die Fixierung aufbäumte, als ginge es um sein Leben.

„Bullenschweine! Verfickte Scheiße! Ihr habt hier die Falschen! Fuck The Police!“ An Kraftausdrücken mangelte es Axel gewiss nicht.

Dummerweise zeigten sich die Beamten jedoch wenig beeindruckt von seiner wortgewaltigen Aufmüpfigkeit.

Seelenruhig gab ein tiefenentspannter Mittdreißiger die Personalien der beiden dem Polizeifunk durch.

Woher hatten die denn plötzlich ihre Ausweise bekommen?

Anscheinend waren einige entscheidende Dinge tatsächlich an Ramona vorbeigegangen.

„Oha, sehr interessant. Da haben wir ja den Richtigen erwischt. Das war‘s dann wohl mit seiner Bewährung. Immer wieder das gleiche Spiel … Eigentlich sollte man solche Typen am besten gleich drin behalten.“

Selbstgefällig drehte sich der Mittdreißiger zu den beiden um.

„Herr Brandner, ganz so unschuldig, wie Sie tun, sind Sie nun auch nicht. Ich habe gerade interessante Neuigkeiten erfahren. Dieser Auftritt hier dürfte Sie schneller wieder ins Kitchen bringen als Sie laut „Scheiße“ sagen können.

Illegaler Waffenbesitz, tztztz, bewaffneter Überfall, tztztz. Vermutlich finden wir noch ein paar erkleckliche Drogendepots in Ihrem – ähm – Corolla.“

Missbilligend schnalzte der hochmütige Beamte mit der Zunge.

Ramona wurde den Eindruck nicht los, dass er der jungen Blondine imponieren wollte, die zwischen ihr und Axel positioniert worden war.

Ein hübsches Ding mit einem grausamen Zug um die Mundpartie.

Ob eine Frau mit einem solchen Wesenszug wohl die geeignete Besetzung als Streifenbeamtin war?

Nicht abschweifen, Ramona! ermahnte sie sich selbst.

„Sie wollen uns doch nicht etwa vorverurteilen? Dafür sind Sie doch viel zu intelligent!", brachte sich Ramona nun schmeichlerisch ins Gespräch ein.

„Ich schlage vor, Sie hören uns einfach kurz zu, Herr …?" Ramona setzte eine gekonnte Pause.

„Schäfer", ergänzte Herr Schäfer.

„Aber ganz ehrlich, junges Fräulein, Sie haben hier gar nix zu melden. Sie und ihr Kompagnon sitzen knietief in der Scheiße. Am besten sollten Sie schonmal ihren Rechtsbeistand informieren!"

Schutzpolizist Schäfer wollte sich nicht nachsagen lassen, dass er sich nicht an gültiges Recht hielt.

In eben diesem Moment schrie Axel erneut auf. „Nein!!! Aufhalten! Stoppt das Gesocks!!! Sofort!"

Der Kastenwagen fuhr soeben rückwärts aus der Parktasche.

„Wenn Sie nicht gleich still sind, dann muss ich Sie leider in die Geschlossene abtransportieren lassen, Herr Brandner. Ich meine es nur gut mit Ihnen: Reißen Sie sich gefälligst zusammen!" So langsam verlor selbst der entspannteste Mitdreißiger die Contenance.

„Aber bitte, halten Sie doch den Wagen auf! Die haben unseren Freund entführt! Die werden ihn umbringen!"

Auch Ramona konnte nun ihre Erregung nicht länger in Zaum halten.

„Ihre müden Märchen locken hier niemanden hinterm Ofen hervor. Wir wissen, was Sie eigentlich vorhatten: Den Lidl Mönaustraße zu überfallen. Da das nicht funktioniert hat, wollten Sie ihr Mütchen an diesen armen Menschen hier kühlen. Jetzt lassen wir die beiden mal schön in Frieden weiterreisen und wir sprechen auf dem Revier weiter."

Herr Schäfer zwinkerte der Blondine zu.

Der Subtext war: „Sieh nur, Püppi, so macht man das!"

Die Püppi rollte genervt mit den Augen. Viel lieber hätte sie dem aufmüpfigen Herrn Brandner mal eins mit ihrer Waffe übergezogen. Ein bisschen Brutalität durfte es schon sein. Wozu hatte sie sich ansonsten diesen Beruf ausgesucht?

„Scheiße! Jetzt macht endlich was, ihr Rotzbullen!", brüllte Axel noch, bevor die Püppi ihm mit roher Gewalt einen Knebel in den Mund stopfte.

Sie zwinkerte Herrn Schäfer zu, Subtext: „So macht man das, du Sackgesicht!"

In eben diesem Moment rollte der verbeulte Ford Transit Custom seelenruhig an ihnen vorbei. Yildiz winkte kokett aus heruntergelassenen Fensterscheiben und warf den Polizeibeamten eine Kusshand zu.

„Schlampe", zischte die Blondine erbost, während die drei uniformierten Männer im Mannschaftswagen anerkennend nickten und ein rothaariger Dicker sogar vor Begeisterung in die Hände klatschte.

58

Garip und Yildiz schüttelten sich vor Lachen. Zum ersten Mal seit ihrem feurigen Liebesakt stellte sich wieder eine befreite Unbeschwertheit bei beiden ein. Sie waren einfach nur froh und erleichtert, unbehelligt davon gekommen zu sein.

Zunächst knapp dem Tod von der Schippe gesprungen – diese psychopathische kleine Frau mit dem übergroßen Sturmgewehr hätte sie am liebsten an Ort und Stelle erledigt, da waren beide sich sicher – hatten sie nun auch noch der Staatsgewalt ein Schnippchen geschlagen. Manchmal musste man einfach Glück haben im Leben.

Oder besser: Ein große Portion *kader* – Schicksal – hatte ihrem lahmenden Glück auf die Sprünge geholfen.

Sie wussten zwar nicht, wie es jetzt weitergehen sollte, aber auch das würde sich schon noch in ihrem Sinne fügen.

„Haste gesehen, wie dumm die beiden uns nachgeglotzt haben? Und dann deine Kusshand – das war echt der Hammer!“ Garip legte voller Stolz seine Hand auf Yildiz Schulter.

„Ich fand mich auch ziemlich gut“, bemerkte Yildiz ohne falsche Bescheidenheit.

In eben diesem Moment brummte Garips Handy, dass er inzwischen auf Vibration eingestellt hatte.

„Geh nicht ran!“, bat Yildiz in böser Voraussicht.

Garip schüttelte nur resigniert den Kopf und hielt sich das Smartphone ans Ohr.

„Ich höre.“

„Es läuft.“

„Nein, noch nicht. Es kam was dazwischen.“

„Freie Fahrt jetzt. Läuft.“

„Was? Warum wollen Sie …?“

„Aber … Das mach ich nicht.“

„Ich versteh nicht …? Ich erledige das wie immer sauber.“

„Ja, ich meld mich.“

Er beendete das Telefonat, indem er den entsprechenden Button betätigte.

Yildiz bemerkte sofort, dass etwas nicht stimmte.

„Was will die alte Hexe jetzt schon wieder?"

„Sie will dabei sein. Wenn ich ihn kaltmache. Am Telefon." Garip rang um Fassung.

Das ging nun selbst ihm zu weit. Irgendwo waren die Grenzen des guten Geschmacks erreicht, und genau dort fing dann die Verbrecherehre an.

„Aber wieso? Es gibt doch keinen Grund, dir nicht zu trauen. Du hast doch immer alles zuverlässig für sie erledigt, sagst du." Yildiz konnte ihre Bestürzung nicht verbergen.

„Das ist's nicht. Ich krieg das Doppelte, wenn ich den langsam töte. Die will die Todesschreie hören."

In eben diesem Moment erklangen fürchterliche, röchelnde Geräusche aus dem Laderaum. Thore musste sich bei diesen Aussichten akut übergeben.

Yildiz schwieg. Sie mussten jetzt sehr genau überlegen, wie es weitergehen sollte.

Während sie schweigend weiter auf der Autobahn gen Izmir fuhren, beruhigte sich die Geräuschkulisse auf den billigen Plätzen nicht.

„Lass es raus, Junge!", ermunterte Yildiz ihren blinden Passagier, um ihm zumindest eine Prise Aufmerksamkeit zu schenken.

Garip steuerte den Ford Transit inzwischen fahrig und unsicher. Er war übermüdet und sorgte sich zudem um die weitere Abwicklung des Auftragsmordes.

Er setzte alle Hoffnung auf seine Geliebte, die doch nie um gute Ideen verlegen war. Auch in dieser verfahrenen Situation würde ihr sicher etwas einfallen.

Und so war es auch.

„Ruf sie an", wies sie Garip bestimmt an.

„Kann ich nicht. Hab keine Nummer."

„Verdammt! Also wenn sie gleich anruft, dann nimmst du ihren Vorschlag an." Yildiz klang streng und bestimmend. Widerstand war zwecklos.

„Ja, aber Yildiz…", stotterte Garip, den kaum noch die glaubwürdige Aura eines professionellen Auftragsmörders umgab.

„Du machst, was ich dir sage! Und fährst an der nächsten Abfahrt raus."

Meine Güte, die Kerle waren doch alle gleich, dachte Yildiz zerknirscht. Kleine verzogene Muttersöhnchen, denen man den Marsch blasen musste.

Ob es sich dabei nun um Geschäftsmänner, Anwälte, Schauspieler oder Auftragsmörder handelte. Alle brauchten sie eine harte Hand. Sonst konnte man es auch gleich lassen.

59

Ich verbringe das Wochenende im Wald.
Für Sonntagabend bitte das Wildgulasch vorbereiten!
Gerold

Wieder und wieder studierte Sabine diesen Fetzen eines Schriftstücks, den ihr Mann ihr als Morgengruß zurückgelassen hatte. Es war kurz nach halb sieben, und sie war soeben verkatert aus ihrem Schlaftablettenkoma erwacht. Sie fühlte sich zerstört wie an jedem anderen gottverdammten Morgen, und nun begrüßte sie hämisch diese Demütigung in Schriftform.

Schon klar, mit ihr konnte man es ja machen. Das wusste jeder, und insbesondere ihr Mann nutzte dieses Wissen inzwischen seit über drei Jahrzehnten ergiebig und ausdauernd aus.

Eigentlich war Sabine innerlich längst erloschen. So etwas wie echte Gefühle und tiefer gehende Emotionen waren ihr im trübsinnigen Verlauf der Zeit fast vollständig abhandengekommen.

Aber etwas war anders an diesem Morgen. Vielleicht war es das Telefonat mit ihrer Tochter am Vortag gewesen, das etwas in ihrem Innersten in Gang gesetzt hatte.

Vielleicht war es auch die erschreckende Einsicht, dass ihr Sohn Olaf, obwohl er von seinen Anlagen her konservativer und deutlich uncharismatischer als sein Vater war, sich zuletzt charakterlich ebenso fragwürdig wie sein Erzeuger entwickelte.

Und nun hatte seine Verlobte sich einfach von heute auf morgen von ihm getrennt. Völlig sprachlos vor ungläubigem Entsetzen hatte Olaf gestern am späten Abend noch an Sabines Küchentisch gesessen, ihr in knappen Worten die für ihn unverständlichen Fakten geschildert und düster vor sich hingestarrt.

Einmal mehr hatte also eine deutlich jüngere Frau in ähnlicher Abhängigkeitssituation Sabine gezeigt, wie man es auch machen konnte. Nämlich geradlinig und entschlossen. Ohne falsche Scham, ohne Angst, das Leben in die eigenen Hände zu nehmen.

Und ganz bestimmt war es dieser schmutzige Wisch Papier, den sie gerade als giftige Liebesbotschaft ihres Mannes in Händen hielt und der ihr nicht zum ersten Mal eine schallende Ohrfeige versetzte für all die verpassten Chancen, sich aus ihrem goldenen Gefängnis zu befreien.

Sabine spürte, wie etwas in ihr in Aufruhr geriet. Zunächst konnte sie dieses Empfinden tief in ihrem Innern nicht recht deuten. Etwas wogte und wallte und brodelte und kochte und wollte überschießen und hinaus.

Nach einem kurzen Moment der Irritation und des In-Sich-Hinein-Horchens wusste sie, was es war.

Es war Ärger, nein, Wut, die in ihr aufstieg.

Es fühlte sich beängstigend mächtig und unbeherrschbar an. Und sie wusste: Wenn sie dieses Tier in sich herauslassen würde, gäbe es kein Halten mehr.

Sie hatte es satt. Endgültig satt! Nicht einen Tag länger würde sie sich diesem verlogenen Leben hingeben.

Nie mehr Wildgulasch und Detox-Smoothies zubereiten (sie hasste beides abgrundtief!).

Nie mehr edle Hemden und schmucke Designer-Garderobe für den Mann von Welt bügeln, während sie selbst im Aschenputtel-Look von Woolworth daherkam.

Nie mehr wegschauen, wenn ihr Mann mal wieder einer seiner unappetitlich jungen Geliebten nachstellte.

Und vor allem nie mehr eine schlechte Mutter sein, die ihrer eigenen Tochter bei Problemen nicht mit hilfreichem Weltwissen und einem stabilen moralischen Kompass zur Seite stehen konnte.

Sie würde Gerold verlassen. Noch heute am Tag.

Der Wille kann bekanntlich Berge versetzen, und dieser Wille war so übermächtig, wie sie ihn noch nie zuvor in sich verspürt hatte.

Sabine wusste nicht, wohin sie gehen und womit sie sich in Zukunft ihre Brötchen verdienen würde, aber das war alles zweitrangig im Vergleich zu ihrem Herzenswunsch: Weg hier!

Bloß weg!

Sabine ging beschwingt zu ihrem begehbaren Kleiderschrank und schaute sich interessiert um.

Sie studierte ihre Garderobe, als sähe sie diese zum ersten Mal. In Reichweite befanden sich ausschließlich die Kleidungsstücke des täglichen Bedarfs, die bei ihr stark in Richtung formlos-schön tendierten.

Doch dahinter versteckt, fast vergessen, gab es noch das ein oder andere Abendkleid raffinierterer Machart. Freilich waren die edlen Stücke seit vielen, vielen ungezählten Jahren nicht mehr ausgeführt worden. Bei näherer Betrachtung schauten sie auch etwas griesgrämig bis verstimmt drein.

Zu gesellschaftlichen Anlässen hatte Gerold seine Frau grundsätzlich nicht mehr mitgenommen. Jenseits der 30 empfand er sie nicht mehr als vorzeigbares Modell, und zudem hätte dies seine Chancen bei den jungen Dingern geschmälert. Er hatte sich jede Menge dumme Ausreden einfallen lassen, warum sie besser zuhause bleiben sollte, und sie hatte stets zustimmend gelächelt und nachhaltig geschwiegen.

Bis zum heutigen Tag.

Figürlich hatte Sabine so gut wie nichts draufgelegt in den letzten drei Dekaden. Sie war allen Widrigkeiten zum Trotz nie zur Frustesserin mutiert.

Und so zog sie nun das gewagteste der Abendkleider aus dem Schrank (schwarzer Samt, enganliegend und rückenfrei) und begab sich in feierlicher Stimmung ins Badezimmer.

Wenn sie nun endlich ging, dann wenigstens mit Stil.

In ebendiesem Moment klingelte das Haustelefon.

60

„Meine Güte, worauf warten wir denn noch? Wenn Sie uns im Revier verhören wollen, dann bitte mal los. Wir haben schließlich nicht den ganzen Tag Zeit.“

Ramona, die eigentlich aufgrund ihrer guten Kinderstube auf wohlerzogene Zurückhaltung getrimmt war, riss langsam der Geduldsfaden.

Es war inzwischen kurz nach halb sieben. Sie saßen nun schon seit einer gefühlten Ewigkeit in diesem unsäglichen Mannschaftwagen der Polizei und nichts passierte. Abgesehen natürlich davon, dass unter den Augen von vier uniformierten Staatsdienern der Entführer samt seiner scharfen Braut und dem armen Thore in aller Gemütlichkeit davontuckern konnten. Und abgesehen davon, dass Schutzpolizist Schäfer baggerte, dass es nicht mehr zum Aushalten war.

Am liebsten hätte sie diese unangenehme Wahrheit einfach mal ausgesprochen: „Vergiss es! Sie verabscheut dich zutiefst!“

„Ach, ich finde es hier gerade ganz gemütlich“, sinnierte Schäfer und warf mal wieder einen anzüglichen Blick nach hinten auf die Blondine.

„Ähm, also Herr Schäfer, wenn ich das so sagen darf, ich glaube, sie hat recht. Die erwarten uns sicher längst auf dem Revier.“ Der dicke Rothaarige traute sich was.

„Maul halten, Kessler! Wer ist hier der Chef?“ Launiger Blick nach hinten.

Der Dicke verstummte augenblicklich.

„Ärghhhh – rrrööö – trz“, erklang es unverständlich aus Axels Mund. Der Knebel setzte der korrekten Aussprache enge Grenzen.

„Was will er, Babette?“, fragte Herr Schäfer scheinheilig seine umgarnte Kollegin.

„Ich denke, er möchte wissen, ob Sie eigentlich grundsätzlich nicht mit ihren Kollegen im Rheinland zusammenarbeiten“, übersetzte Ramona taktisch klug kalkuliert.

„Im Rheinland? Wo bitte ist denn das? Nie gehört! Hier gilt: Bayern first!“ Herr Schäfer lachte dümmlich grunzend.

„Wie meinen Sie das denn?“, erkundigte sich ein bislang eher zurückhaltender Dunkelhaariger, der am Steuer des Mannschaftswagens saß.

„Nun gut, das Entführungsopfer, das Sie soeben mit seinen Entführern erfolgreich haben davonfahren lassen, ist sicherlich längst bei der Polizei in Wohnortnähe vermisst gemeldet worden. Vielleicht sollten Sie – ich sag mal – *länderübergreifend* vorsichtig nachhorchen, ob wir nicht doch besser informiert sind als Sie. Könnte ansonsten später unangenehm auf die bayrische Einsatztruppe zurückfallen." Ramona wusste selbst nicht, woher sie diese gestelzten Ausführungen nahm, aber irgendwie traf sie damit den Nagel auf den Kopf.

„Christian, vielleicht ist da was dran? Wir könnten doch zumindest mal bei den Kollegen dort anfragen, ob sie was von einer Entführung wissen?", hakte der Dunkelhaarige nach.

„Bullshit!", schnauzte Herr Schäfer erbost.

„Also im Vertrauen, Herr …", Ramona setzte eine Pause.

„Turan."

„Herr Turan, ich würde der Sache tatsächlich nachgehen. Sie haben doch Ihre gesamte berufliche Karriere noch vor sich." Ramona setzte eine vertrauensvolle Miene auf.

Herr Turan sah zuerst Ramona an, gab sich dann einen Ruck und wandte sich an seinen großmäuligen Vorgesetzten: „Ich mach das jetzt, Christian. Ich ruf da an und frag mal nach. Kann ja nichts schaden."

„Du Idiot! Du lässt dich hier vorführen von einer Kriminellen, die schwerbewaffnet Leute überfällt. Du musst noch manches lernen, Kleiner!"

Überheblich legte Schäfer Turan die Hand auf die Schulter und tätschelte ihn damit herabwürdigend.

In eben diesem Moment bretterte in überzogenem Tempo ein Kastenwagen auf den Parkplatz – schwarz, verbeult, ein Ford Transit Custom.

Die durch ihre Kusshand populär gewordene Beifahrerin sprang aus der Seitentür und stürmte atemlos auf die Polizisten zu.

„Sie sind noch hier! Allah sei Dank! Mein Freund möchte eine umfassende Aussage machen. Aber wir brauchen einen Deal. Ohne Deal läuft hier nix." Yildiz Augen blitzten bei diesen Worten in unmissverständlicher Strenge.

„Ich glaub, mich tritt ein Pferd", polterte Herr Schäfer los. „Was wollt ihr denn jetzt wieder hier?"

Garip, der inzwischen ausgestiegen war, umrundete mit demütig gesenktem Kopf den Ford Transit und öffnete dann mit einer einzigen ruckartigen Bewegung die Tür zum Laderaum.

Vor den Augen der erstaunten Beamten und der erleichterten Freunde Axel und Ramona torkelte ein mickriges Männlein aus der geöffneten Tür.

Sein Gesicht war verschwollen und leuchtete in allen schimmernden Farben des Regenbogens, die dünnen Haare standen zerzaust in alle Himmelsrichtungen, und die Brillengläser waren teilweise zersprungen. In seiner rechten Hand hielt er klauenartig umkrampft einen Gegenstand, den der dicke Rote umgehend als Einhandmesser kategorisierte.

Axels Augen wurden feucht, er stieß noch mehr unverständliche Töne aus und wand sich in seiner geknebelten Lage. Ramona schrie hysterisch auf: „Er lebt! Er lebt!" und küsste ungestüm die Blondine.

Diese reagierte unerwartet verlegen auf die Kussattacke und bemerkte dann süffisant: „Schäferlein, ich glaube, du hast mit deiner Lageeinschätzung knapp daneben gelegen."

„Ich ruf dann mal die Kollegen im Rheinland an", hüstelte dieser ebenso kleinlaut wie zerknirscht. „Ist ja klar, dass wir Bayern wieder mal die Probleme der Welt lösen müssen."

61

Rund dreißig schweigende Minuten später erreichte Strude mit seinem Zeugen – oder sollte man besser bereits vom Verdächtigen sprechen? – das Revier.

Er hatte von unterwegs nun doch gezwungenermaßen seine Kollegin informiert, die sich erst mal minutenlang pikiert darüber ausließ, warum Strude sie nicht über seinen Einsatz im Wald in Kenntnis gesetzt hatte.

Blöde Kuh! Sie durfte dafür schließlich ausschlafen, und das war jetzt der Dank!

Was es genau mit Gerold Lorenz auf sich hatte, daraus wurde Strude bislang nicht schlau. Der Kerl wirkte einerseits kultiviert und sah in seinem biederen Jägerdress keinesfalls aus wie ein Gewaltverbrecher.

Andererseits erschien er wirr und auf eine gewisse Art gar unzurechnungsfähig. Zudem gab es erdrückende Indizien, die gegen ihn sprachen: Die verwüstete Waldhütte, die anonyme Hinweisgeberin am frühen Morgen im Revier, der emotionale Ausnahmezustand, in dem er ihn in seiner Waldlaube angetroffen hatte.

Die Spurensicherung war bereits unterwegs zur Hütte, das hatte seine engagierte und stets einsatzbereite Kollegin Mühlenteich umgehend angeordnet. Wenn diese Spuren erstmal ausgewertet wären, dann gäbe es sicherlich schon mehr Klarheit.

Der Stiefvater des Entführungsopfers war inzwischen mit einer Haarbürste aus dem Besitz von Thore Mallm unterwegs zur Wache, um einen zügigen DNA-Abgleich mit den gefundenen Spuren zu ermöglichen.

Nun saßen Strude und Gerold Lorenz im kargen Verhörraum des Polizeipräsidiums 1 und harrten der Dinge, die da zwangsläufig kommen mussten. Zunächst einmal bedeutete dies: Warten auf Kommissarin Mühlenteich.

Und die ließ sich unverschämterweise echt Zeit.

Erst machte sie eine Riesenwelle und dann kam sie nicht in die Hufe … Typisch! Strude schüttelte bei diesem Gedanken missbilligend den Kopf.

„So, Herr Lorenz. Wir können erst offiziell beginnen, wenn auch die Kollegin hier eingetroffen ist. Machen Sie es sich bequem. Kann ich Ihnen denn vielleicht etwas anbieten? Einen Kaffee?“ Strude bemühte sich um einen zuvorkommenden Umgang. Diese Strategie hatte bereits so manchen Kriminellen zum Sprechen bewegt.

Doch Gerold Lorenz war nicht nach Plaudern zumute. Genervt nahm er auf einem der unbequemen Plastikstühle Platz und winkte bei der Aussicht auf einen schlechten Kaffee energisch ab.

„Nein, danke. Ich wüsste jetzt so langsam doch mal gerne, was hier eigentlich los ist. Man hat doch offensichtlich meine Hütte verwüstet und zerstört. Ich bin also Opfer einer Straftat geworden. Und nun sitze ich hier und soll verhört werden? Das stört mein Rechtsempfinden doch ganz empfindlich.“ Lorenz verschränkte die Arme vor der Brust und trug einen latent bockigen Gesichtsausdruck zur Schau.

Langsam wurde ihm klar, dass er sich von diesem Mann mit psychologisch wirkungsvollem Einsatzwagen hatte überrumpeln lassen. Er hätte keinesfalls zustimmen dürfen, ihn zum Revier zu begleiten. Das sah ja fast so aus, als hätte er etwas zu verbergen.

Die berufsbedingte Gerissenheit des erfahrenen Steuerberaters und Kanzleichefs stellte sich langsam wieder ein.

Gottseidank. Lorenz spürte, wie er nach der vorangegangenen nervlichen Entgleisung Stück für Stück wieder seine gewohnte Souveränität zurückgewann.

Strude wiederum durchfuhr in eben diesem Moment eine Woge der Antipathie. Hatte er den verwirrten Mann zuvor noch ein Stück weit für seinen diffusen Zustand bedauert, so begriff er nun, mit welcher Sorte Mensch er es hier zu tun hatte. Und zwar mit der Sorte, die sich selbst für überlegen hielt und andere versuchte, herabzuwürdigen, um die eigene Macht zu erhalten.

„So brauchst du mir nicht zu kommen, Freundchen!“, dachte er im Stillen.

Urplötzlich wurde vehement die Tür zum Verhörraum aufgerissen. Herein rauschte Kollegin Mühlenteich. Kurze brünette Haare, sportlich-praktisch gekleidet, klein und drahtig gebaut, geschätzt Anfang vierzig.

„Tachchen zusammen!“, begrüßte sie die beiden Männer hemdsärmelig.

„Herr Lorenz, wie schön, dass Sie die Zeit erübrigen konnten. Mühlenteich mein Name!"

Beherzt streckte sie ihm die Hand entgegen.

Lorenz ließ ihre Hand ins Leere laufen und entgegnete stattdessen: „Ich kann überhaupt keine Zeit erübrigen. Ich möchte Anzeige erstatten gegen Unbekannt und dann schnellstmöglich mit den Aufräumarbeiten in meiner Hütte beginnen. Wo bitte kann ich also diese Anzeige aufgeben?"

Frauen wie diese Mühlenteich riefen bei ihm schon immer reflexartig eine tiefe Abneigung hervor. Frauen mit Haaren auf den Zähnen, kein Stück liebreizend oder erotisch. Mannsweiber waren das, die meinten, sie könnten ihm sagen, nach welchen Spielregeln gespielt wurde.

Nach seinen natürlich, aber das hatte die Tante wohl noch nicht gecheckt.

„So, so. Das ist ja interessant. Eine Anzeige möchten Sie aufgeben. Nun gut. Ich würde sagen, da müssen Sie sich noch ein Momentchen gedulden." Kommissarin Mühlenteich war die Freundlichkeit in Person. Wenn auch nicht ganz überzeugend dargeboten.

„Also, das muss ich mir hier jetzt nicht länger antun. Ich bin ein freier Mann, und ich werde jetzt gehen." Lorenz stand auf.

„Sie können natürlich tun und lassen, was Ihnen beliebt, Herr Lorenz. Nur macht das die Sache für Sie nicht unbedingt besser. Sie sollten jetzt lieber Ihre grauen Gehirnzellen in Schwung bringen und uns überzeugende Fakten präsentieren, warum Sie nichts mit der Entführung eines gewissen Thore Mallm zu tun haben wollen." Kommissarin Mühlenteich legte eine bedeutungsschwangere Pause ein und fixierte ihn erwartungsfroh mit hochgezogenen Augenbrauen.

„Ja, ähm, also", schaltete sich nun Strude umständlich ein, „wie Sie sich denken können, ist die Spurensicherung schon vor Ort in Ihrer Hütte und sucht nach DNA-Spuren des Opfers. Es wäre besser für Sie, wenn Sie dort nichts finden würden."

„Verdammt nochmal, was soll das Ganze denn? Ich kenne keinen Thore Mallm und habe dementsprechend auch keinerlei Interesse daran, ihn zu entführen. Wie kommen Sie überhaupt zu solch einer infamen Unterstellung? Rufen Sie meine Frau an, die wird Ihnen bestätigen, dass ich seit mindestens 14 Tagen nicht mehr in meiner Hütte im Wald war." So langsam stieg Gerold Lorenz Pulsschlag in ungute Höhen.

In was für eine Farce war er hier geraten? Wie konnte so etwas in einem Rechtsstaat passieren? Dass man als unschuldiger Bürger einer solch tendenziösen Vernehmung ausgesetzt wurde…

„Ja, also, Herr Lorenz. Ihre Frau haben wir uns bereits erlaubt, zu informieren.“ Mühlenteich zwinkerte ihrem überraschten Kollegen Strude zu.

(Der musste neidlos anerkennen: Diese Kollegin war auf Zack!)

„Sie wird bald hier eintreffen, und dann können wir sicher einige Dinge direkt aus der Welt schaffen.“ Beruhigend legte sie Lorenz die Hand auf den Arm.

Gerold Lorenz schauderte unwillkürlich, denn ihre Hand war eiskalt.

Er räusperte sich: „Nun gut. Warten wir also auf meine Frau, und dann hat sich Ihr Verdacht ja sicher schnell erledigt. Anschließend erwarte ich saubere Ermittlungsarbeit im Hinblick auf den Vandalismus in meiner Waldlaube.“

„Damit müssen Sie sich dann bitte an die entsprechende Abteilung wenden. Für Sachbeschädigung sind wir hier nicht zuständig. Damit Sie im Bilde sind: Wir haben einen anonymen Hinweis erhalten, dass Sie mit der Entführung des bedauernswerten Mannes unmittelbar zu tun haben. Haben Sie Feinde? Gibt es jemanden, der ein Interesse daran hat, Ihnen persönlich zu schaden?“ Mühlenteich war angefixt wie ein gut trainierter Spürhund. Sie ließ einfach nicht locker.

„Nein, Mädchen, da fällt mir niemand ein. Und du solltest nicht so verbissen sein. Das ruiniert dein hübsches Gesicht.“ Es war eindeutig an der Zeit, der Trulla mal klarzumachen, dass man so nicht mit ihm umsprang. Man könnte auch sagen, er zeigte sein wahres Gesicht.

Seine Laune war im Keller, er litt seit dem gestrigen Tag an akuten Versagensängsten, und er hatte nun einfach keine Kraft mehr, sich länger freundlich zu präsentieren. Er wollte endlich raus aus diesem Revier und zurück zu seiner Waldhütte. Das war doch wohl nicht zuviel verlangt?

Die Gegensprechanlage im Verhörraum knarzte. Erst ertönte ein langgezogenes Rauschen und dann unvermittelt: „Frau Lorenz ist da!“ Die Durchsage klang blechern und unwirklich.

Gerold Lorenz atmete erleichtert auf. Diesem unwürdigen Treiben würde jetzt endlich ein Ende bereitet.

„Sie kann reinkommen", erwiderte Strude die Durchsage.

Sekunden später wurde die Tür geöffnet, und Gerold Lorenz verschlug es augenblicklich die Sprache. Im Türrahmen stand seine ihm seit über 30 Jahren angetraute Ehefrau, das Heimchen vom Herd, seine stets treu ergebene Gefährtin.

Aber er erkannte sie kaum wieder.

Katzengleich stolzierte sie auf blutroten Pumps ein paar perfekt platzierte Schritte in den Raum. Ihr Kleid war schwarz, samten, enganliegend und betonte ihre immer noch erstaunlich gute Figur vorteilhaft. Dunkel geschminkte Augen und Lippen im gleichen Ton wie die Pumps – die perfekte Maskerade. Die blonden Haare hatte sie zu einem strengen Dutt frisiert.

Das war nicht die Ankunft seiner kleinen, auf Gefolgschaft trainierten Sabine, das war der Auftritt der schwarzen Witwe. Daran bestand kein Zweifel.

„Ich möchte eine Aussage machen. Aber nicht hier im selben Raum mit diesem Mann." Sabines Zeigefinger schnellte nach vorne und zeigte gnadenlos auf Gerold Lorenz.

„Aber Sabine …", stotterte dieser in verunsichertem Tonfall. Seine Macho-Allüren waren auf einen Schlag komplett verflogen. „Was hat das zu bedeuten?"

„Das fragst du mich, Gerold? Du hast große Schuld auf dich geladen, und ich werde dich nicht länger decken. Nicht einen Tag länger." Die schwarze Witwe drehte sich gekonnt um die eigene Achse und machte Anstalten, den Raum wieder zu verlassen. Mit einem Blick über die Schulter fragte sie die Kommissare kokett: „Können wir also? Ich möchte gern meine Aussage machen."

Strude und Mühlenteich hatten den Auftritt bislang atemlos vor Staunen mitverfolgt.

Mühlenteich fasste sich als erste wieder.

„Ja, klar. Das kriegen wir doch hin, Frau Lorenz. Wenn Sie mir dann bitte folgen würden."

62

„Bitte weitermachen“, ertönte ein kaum hörbares heiseres Stimmchen aus dem hoch aufgetürmten Kissenberg des Krankenbettes.

Axel, der gerade seine enorme Pranke vorsichtig zurückgezogen hatte, gehorchte umgehend und ergriff erneut Thores Hand, um diese weiter beruhigend zu streicheln.

Man hatte Thore nach seiner Befreiung kurzerhand zur Beobachtung ins Malteser Waldkrankenhaus in Erlangen einliefern lassen. Da sich durch die freiwillige Rückkehr von Bonnie und Clyde den Polizeibeamten endlich glaubhaft vermitteln ließ, dass Ramona und Axel lediglich auf Befreiungsmission unterwegs gewesen waren, hatte man ihnen zwar die Sturmgewehre abgenommen, aber sie dann postwendend wieder auf freien Fuß gesetzt. Sie mussten sich nun trotzdem mit einer Anzeige wegen illegalem Waffenbesitz herumschlagen, aber daraus würde vermutlich nichts Größeres gemacht werden. Zumal sie nun wohl sogar als so etwas ähnliches wie Helden gefeiert werden würden. Wer auch immer sie informiert hatte: Die Presse war kurz nach Thores Freilassung zügig vor Ort am Parkplatz gewesen und hatte Ramona und Axel mit Kalaschnikows im Anschlag (kurzzeitige Leihgabe der Polizei eigens für den gelungenen Presseauftritt!) vor dem Ford Transit posieren lassen und dann noch ausführlich interviewt.

Ramona war diese Art des „Im-Mittelpunkt-Stehens“ sehr unangenehm, aber es ließ sich schlichtweg nicht vermeiden. Die Presse – nicht nur die Regenbogenpresse – liebte diese Art von Geschichten: Hier die Guten, die man ungezügelt abfeiern durfte, und dort die Bösen, die man der ewigen Verdammnis zuführen wollte.

So schön ließ sich die Welt schließlich nicht alle Tage in Schwarz und Weiß einteilen.

Doch zurück zu Thores Zustand: Er war nach seiner Befreiung kaum ansprechbar gewesen. Er zeigte so gut wie kein Zeichen des Wiedererkennens, als Axel und Ramona endlich von Handschellen und Knebeln befreit zu ihm gelassen wurden.

Das Einzige, was er immer und immer wieder vor sich hinmurmelte, war: „Wo bist du so lange gewesen, Axel?“

Tonlos, emotionslos. Er stand stocksteif da und ertrug die Umarmungen von Ramona und Axel ohne diese zu erwidern.

Das Einhandmesser ließ er nicht mehr los, auch nicht, nachdem der Krankenwagen eingetroffen und man ihn auf eine Trage gebettet hatte.

Wie die Krankenschwester Axel und Ramona soeben erklärt hatte, war Thore dehydriert und unterkühlt. Zudem stand er unter Schock. Er hing nun an einem Flüssigkeits-Tropf, und man hatte ihn mit einigen zusätzlichen Decken und Kissen eingepackt. Über seinen geistigen Zustand konnte man bislang noch keine seriösen Aussagen tätigen.

Glücklicherweise durften sich die beiden Freunde trotz seines schlechten Allgemeinbefindens in Thores Krankenzimmer aufhalten. Die Mediziner hielten es sowohl für seine Genesung als auch für die mögliche Rückkehr seines Erinnerungsvermögens für förderlich, vertraute Menschen in seinem direkten Umfeld zu belassen.

Bis zu diesem Moment hatte er kein weiteres Wort gesprochen. Und nun das erste Lebenszeichen: „Bitte weitermachen!“

Axel und Ramona lächelten sich erleichtert an.

„Das is mein Jung! Weiter so, Digga!“, kommentierte Axel diesen Fortschritt geradezu liebevoll.

Vor der Tür des Krankenzimmers patrouillierte bereits seit einer halben Stunde ein nervöser Mensch, der sich als Hauptkommissar Oberst vorgestellt hatte. Er hatte dem Anschein nach durch eine undichte Stelle in der Polizeieinsatzgruppe erfahren, dass sein ihm unterstellter Kollege Schäfer beinahe ein Komplettdesaster verursacht hätte, in dem er die Entführer hatte davonfahren lassen. Das würde dienstrechtliche Konsequenzen nach sich ziehen.

Nun musste er diese Schlappe dringend ausbügeln, indem er den Kollegen im Rheinland zeitnah brauchbare Ermittlungsergebnisse übersandte.

Der Fahrer des Ford Transit hatte bereits über seine Auftraggeberin geplaudert wie ein Vögelchen. Da war ihnen, wie es schien, ein ganz dicker Fisch ins Netz gegangen, wenn sie diese Anschuldigungen allesamt würden nachweisen können. Aber zunächst musste erst einmal der aktuelle Fall – die Entführung des Bewährungshelfers Thore Mallm – lückenlos und schnellstmöglich aufgeklärt werden.

Warum war dieser ins Visier dieser ominösen Schulleiterin geraten? Gab es weitere Mittäter oder Mitwisser?

Schutzpolizist Schäfer hatte die Kollegen im Rheinland noch an Ort und Stelle auf dem Parkplatz der A3 über das Wiederauftauchen von Thore Mallm in lebendiger Form informiert. Diese gingen zu diesem Zeitpunkt bereits einer weiteren aussichtsreichen Fährte nach. Aber wie passten diese beiden Fährten zusammen?

Gab es überhaupt einen Zusammenhang? Und wenn nicht: Wer war dann auf dem falschen Dampfer?

Um die zahlreichen offenen Fragen zu klären, musste er dringend mit diesem Bewährungshelfer sprechen. Aber der schien jenseits von Gut und Böse irgendwo im Nirwana herumzudriften. Man hatte Oberst bislang nicht mit ihm sprechen lassen.

Vielleicht sollte er sich erst einmal das Befreiungskommando bestehend aus diesem muskelbepackten Ex-Knacki und der kleinen Lehrerin vornehmen?

Dass dem Ex-Knacki das Verschwinden seines Bewährungshelfers aufgefallen war, erschien – nun ja – naheliegend. Aber welche Verbindung bestand zwischen ihm und diesem braven blonden Mädchen, das man sich schwerlich überhaupt als Lehrerin vorstellen konnte? Fragen über Fragen.

Aber Oberst würde die Sache lösen. Wenn es sein musste, auf unkonventionellem Wege. Der Ruf der Polizei Erlangen und ihrer Ermittlungsarbeit stand auf dem Spiel.

Endlich mal wieder eine Gelegenheit, sich bei der Staatsanwältin beliebt zu machen.

Bei diesen guten Aussichten musste er unwillkürlich lächeln. Im nächsten Moment klopfte er entschlossen an die Tür des Krankenzimmers.

63

„Ich denke schon, dass wir Ihnen um Längen voraus sind. Entschuldigen Sie, das ist jetzt nicht arrogant gemeint. Aber wir hier in Erlangen verplempern nun mal keine Zeit. Bayrische Gründlichkeit, wenn Sie verstehen was ich meine.“ Hauptkommissar Oberst lachte anmaßend.

Der Typ am anderen Ende der Leitung klang in etwa so motiviert wie ein Fahrkartenkontrolleur am Ende seiner Nachtschicht. Da konnte etwas zur Schau getragener Hochmut nicht schaden.

Zumal man ja doch auf der Hut sein musste, damit nicht das grobe Fehlverhalten in der unteren Hierarchie der Erlangener Polizei unverhofft hochgekocht wurde. Diese zwei leidigen Zeugen mit den Kalaschnikows konnten hierbei zu einem entscheidenden Störfaktor gedeihen.

„So, so. Die Gründlichkeit der Erlangener Polizei. Ja, da schau her!“, ätzte Strude einigermaßen genervt.

Er hätte seiner Kollegin das Telefonat überlassen sollen. Die würde diesen dämlichen Ober-Oberst garantiert nicht ungestraft davonkommen lassen mit solchen groben Überheblichkeiten.

„Nun gut, Herr Oberst, dann lassen Sie uns doch noch einmal zusammenfassen, was wir inzwischen wissen – oder besser zu wissen glauben.“ Strude wartete auf ein Signal der Zustimmung, aber nichts dergleichen erfolgte.

So sprach er einfach ins Blaue hinein weiter: „Das bedauernswerte Entführungsopfer Thore Mallm ist lebendig, aber bar jedes Erinnerungsvermögens bei Ihnen in Erlangen auf einem heruntergekommenen Autobahnparkplatz aufgetaucht. Praktischerweise hat sich der missmutige Entführer zeitgleich den vor Ort anwesenden Beamten gestellt und inzwischen so einiges über seine angebliche Auftraggeberin ausgeplaudert. Dieses extravagante Geschöpf ist rein zufällig die Schulleiterin ebenjener Lehrerin, die mit einer Kalaschnikow bewaffnet, den armen Bewährungshelfer aus den Händen der Entführer befreien wollte. Dieses Vorhaben wurde gemeinsam mit dem überaus patenten Axel Brandner umgesetzt, der den ermittelnden Behörden hinlänglich bekannt ist aufgrund seiner zahlreichen Vorstrafen und nebenbei Klient des Geschädigten im Entführungsfall. Nun stellt sich in unserem sehr aufschlussreichen Telefonat noch heraus, dass der Vater der von Ihnen gefassten Befreiungsaktivistin wie durch wundersame Fügung unser hier im Verhörraum befindlicher Verdächtiger ist. Unterbrechen Sie mich, wenn ich etwas durcheinanderbringe!"

Eines musste Oberst freimütig zugeben: Dieser Strude hatte ein unbestreitbares Talent, die Dinge auf den Punkt zu bringen. Und ehrlich gesagt, klang die Story dadurch in der Gesamtschau tatsächlich etwas skurril. Aber: That's life!

Das Leben schrieb bekanntlich die besten Geschichten.

Wenn sich jemand so eine Story ausdenken würde, man hielte ihn mindestens für bekloppt.

Vielleicht sollte er mal ein Buch schreiben über die zahlreichen bizarren Erlebnisse, die er in seinen langen Berufsjahren inzwischen wie Briefmarken gesammelt hatte.

Wobei: Diese Geschichte hier klang doch wahrhaft nach einem Sahnehäubchen in seiner Sammlung!

„Ja, das haben Sie ganz ordentlich im Überblick dargestellt, Herr Strude. Es klingt zwar etwas abenteuerlich, aber an den harten Fakten lässt sich nun nicht rütteln."

Hauptkommissar Oberst gehörte nicht zu den naiven Zeitgenossen. Er wusste, dass es mehr zwischen Himmel und dem Bodensatz dieser insgesamt eher fragwürdigen Welt gab, als es der Normalbürger gemeinhin für möglich erachtete.

„Okay. Wenn Sie sich da so sicher sind … Bedauerlicherweise habe ich aber doch noch einen kleinen aber entscheidenden Wissensvorsprung Ihnen gegenüber, Herr Bayer – pardon – Oberst!" Strude ließ ihn einige taktvolle Sekunden lang schmoren.

„Herrschaftszeiten, was nun? Ich glaube, sie bluffen!", blaffte Oberst gereizt.

„Was würden Sie sagen, wenn Sie nun von mir erführen, dass wir in unserem bescheidenen Revier im Rheinland bereits die Ehegattin des Verdächtigten Lorenz sitzen hätten und diese auch sehr aufschlussreiche Hinweise für uns bereithielte?" Strude bemühte sich, nicht allzu triumphal zu klingen.

„Was denn jetzt? Was sagt die Alte – entschuldigen Sie – Frau Lorenz?" Oberst konnte seinen Unmut kaum unterdrücken.

„Nun ja, die Ehegattin beschreibt einen krankhaften Triebzwang ihres langjährig Angetrauten. Ein notorischer Schwerenöter und Fremdgänger. Sie hat uns gleich eine ganze Handvoll weiterer glaubhafter Zeuginnen benannt, die diese These stützen. Wenn wir nun in der Waldlaube tatsächlich DNA-Spuren des Entführungsopfers nachweisen könnten, dann wäre es auch interessant zu wissen, ob es weitere Spuren von der tatverdächtigen Schulleiterin dort zu finden gibt. Die beiden hatten augenscheinlich eine Affäre. Die Waldhütte bildete wohl den gern frequentierten Rückzugsort für ebensolche Eroberungen des Herrn Lorenz." Wieder setzte Strude eine taktische Pause.

Oberst ließ sich die dargelegten Fakten durch den Kopf gehen. Konnten die Zusammenhänge wirklich derart leicht zu rekonstruieren sein? Das war ja fast zu einfach und zu schön, um wahr zu sein.

Andererseits: Warum sollte er es nicht auch mal einfach haben?

Die Aussagen seiner drei Hauptzeugen waren insgesamt wenig ergiebig:

Die Lehrerin berief sich auf ihr Zeugnisverweigerungsrecht, vermutlich um ihren Vater nicht zu belasten.

Der Ex-Knacki redete reichlich dummes Zeug. Eines nahm man ihm jedoch unbedingt ab: Dass er nur das Beste für diesen schmächtigen Bewährungshelfer wollte und bereit gewesen war, sogar sein Leben zu riskieren.

Und der Bewährungshelfer selbst? Der litt wohl an etwas, das man laut der behandelnden Ärzte als Amnesie bezeichnete. Er wusste schlichtweg nichts mehr über die Vorfälle der letzten Tage. Rein gar nichts.

Egal, wie er es drehte und wendete, er musste jetzt Entscheidungen treffen und die weiteren Ermittlungen zügig vorantreiben, wenn das mit den Beliebtheitspunkten bei der Staatsanwältin noch was werden sollte.

Somit blieb ihm wohl nichts anderes übrig, als über seinen eigenen Schatten zu springen und sich notgedrungen mit diesem bauernschlauen Kommissar Strude zusammenzutun.

Er ballte die Faust in der Tasche und schlug einen geschäftsmäßigfreundlichen Ton an: „Gut, Herr Strude! Dann schlage ich jetzt mal Folgendes vor: Wir warten die Ergebnisse Ihrer sicherlich hochambitionierten SpuSi ab und Sie schicken jetzt mal dalli eine brauchbare Einsatztruppe zu dieser durchtriebenen Schulleiterin. Diese Frau scheint ja gemeingefährlich zu sein. Nicht, dass noch heute am Tag weitere Opfer zu beklagen sind! Das könnte ich mir niemals verzeihen. Wir hören uns dann zeitnah wieder! Es war mir ein Vergnügen!“

„Einverstanden. Das wären auch meine Vorschläge zur Sache gewesen. Wir verstehen uns! Bleiben Sie sauber!“ Strude legte auf.

Arrogantes Arschloch, dachte er noch, während Hauptkommissar Oberst über die Sache mit dem „Sauber-Bleiben“ sinnierte.

64

Gerlinde Bietighofen war konsterniert. Was sich in der vergangenen dreiviertel Stunde in den heiligen Hallen ihrer Elite-Schmiede abgespielt hatte, ließ sich kaum in Worten beschreiben.

Sie war gerade in eine überaus wichtige Unterredung mit dem Schulelternsprecher Prof. Dr. von Papenburg involviert gewesen, bei der es um nichts weniger ging, als um die Aufnahme der von ihr geführten Bildungseinrichtung in die Exzellenzinitiative des Bundes. Professor von Papenburg hatte all seinen Einfluss geltend gemacht und überzeugend Strippen in der Lokalpolitik gezogen, um den Weg für diesen entscheidenden Schritt zu ebnen. Horrende Fördermittel würden fließen, sollte es tatsächlich dazu kommen. Nur zehn schulische Bildungseinrichtungen sollten bundesweit diese Auszeichnung erhalten, die mit einer Sonderstellung in vielerlei Hinsicht verbunden wäre.

Ein größeres Werbeversprechen könnte man für die zukünftige zahlungskräftige Klientel der Eltern wohl kaum aufbieten. Nicht umsonst hieß sie Frau *Biet*ighofen! Und die weniger zahlungskräftige Kundschaft könnte man sich endlich erfolgreich vom Hals halten, da die Schulgebühren mit der dann nachvollziehbaren Legitimation weiter deutlich anziehen dürften.

Ohne Vorwarnung wurde sie dann inmitten dieser so entscheidenden Besprechung von einem Sondereinsatzkommando niedergestreckt. Eigentlich hatte sie durchaus etwas übrig für solche Überwältigungsfantasien. Des Öfteren hatte sie mit ihrem Gärtner – Gott habe ihn selig! – solche erotischen Spielchen praktiziert. Dabei konnte es durchaus auch etwas gröber zur Sache gehen.

Aber inmitten einer solchen über die Maßen entscheidenden Unterredung hatte ein Bezwingungsmanöver dieser Ausprägung wirklich nichts verloren. Wie stand sie denn nun da?

Hoffentlich war Professor von Papenburg jetzt nicht derart abgeschreckt, dass er unüberlegte Handlungen vollzog, wie etwa seine Tochter von der Schule zu nehmen oder die Lokalpolitiker zurückzupfeifen, die sich für sie stark machen sollten.

Und das alles nur wegen dieser Lorenz, der kleinen Bazille.

Nie war sie mit irgendeiner ihrer kleineren oder auch größeren Schweinereien aufgeflogen (nicht mal mit der durchaus spektakulären Beseitigung des Gärtners), und kaum war diese ohnehin wenig ergiebige Kollegin mit im Boot, ging die Sache schief.

Es war doch ein bombensicheres Ding gewesen. Was hatte diese Tröte nur wieder verbockt, dass gleich ein Sondereinsatzkommando bei ihr anrollte?

Egal. Sentimentalität gehörte nicht zu Frau Bietighofens Charaktereigenschaften. Sie würde diese unfähige graue Maus ungerührt über die Klinge springen lassen, sollte heißen: verpfeifen, und schon wäre ihre Welt wieder in schönster Ordnung. Ihren eigenen Anteil konnte sie kurzerhand unter den Teppich kehren. Darin war sie schließlich mehr als geübt.

Wie wollte die kleine Lorenz denn den Herrschaften von der Polizei glaubhaft verklickern, dass sie, die hochangesehene Schulleiterin einer Elite-Akademie, bei solch einem schmutzigen Geschäft mitwirken würde? Das war doch völlig absurd.

Je näher sie darüber nachdachte, umso absurder erschien es ihr selbst. Sie musste dringend ihre Mordlust bändigen, ansonsten würden ihr in Zukunft doch wieder leichtsinnige Fehler unterlaufen.

Gereizt rutschte Gerlinde Bietighofen auf dem unbequemen Plastikstuhl herum, den sie ihr angeboten hatten. Wehmütig dachte sie an ihren persönlichen Thron im Schulleitungszimmer und schnaubte verächtlich. Eine Fußmassage könnte sie zur Entspannung durchaus auch gebrauchen.

Das Verhör sollte eigentlich längst begonnen haben, aber man ließ sie in diesem kargen, lieblosen Raum, der nicht mal ein Fenster besaß, schmoren.

So einfach kocht ihr mich nicht weich, Freunde! dachte sie für sich.

Im nächsten Moment betrat eine nicht mehr ganz junge Frau in deutlich zu sportiver Aufmachung den Raum. Innerlich grinste die Schulleiterin bereits. Mit dieser geschmacksverirrten halben Portion würde sie es locker aufnehmen.

„Ich möchte eine Aussage machen!“, übernahm sie auch prompt die Regie. Immer gleich in die Offensive gehen. Das verunsichert den Gegner enorm. Dieses Wissen gehörte zum Standardrepertoire für erfolgreiche Führungskräfte.

„Ach wirklich? Sie gehen ja ran", kommentierte die Kommissarin trocken.

„Mühlenteich mein Name. Dann legen Sie doch mal los!"

„Ich sehe jetzt einmal geflissentlich darüber hinweg, in welche Lage Sie mich mit diesem Einsatz ihrer Kasperletruppe in meiner Schule gebracht haben. Das wird natürlich ein juristisches Nachspiel haben. Aber nun gut. Ich weiß, warum ich hier bin." Frau Bietighofen fixierte die Kommissarin mit einem scharfen Blick.

„Sieh an! Das ist interessant", konterte Mühlenteich vage.

„Ja, es geht hier vermutlich um meine glücklose Mitarbeiterin Ramona Lorenz. Das arme Ding ist wohl auf die schiefe Bahn geraten. Kein Wunder, wenn Sie mich fragen." Frau Bietighofen nickte nachdrücklich besorgt.

„Es ist so: Ursprünglich wollte sie eine Waldwoche in der Waldhütte ihres Vaters vorbereiten. Doch die Sache ist dem Anschein nach völlig eskaliert. Frau Lorenz und ihre äußerst zweifelhaften Freunde haben im Drogenrausch einen Mann in ihre Gewalt gebracht und wussten bei klarem Kopf nicht mehr, wie sie aus der Sache rauskommen sollten. Ich bin zutiefst erschüttert über diese unvorhersehbare Entwicklung der Dinge. Ich habe Frau Lorenz stets mein vollstes Vertrauen entgegengebracht." Sie tupfte sich imaginäre Tränen mit einem Taschentuch weg.

„Okay, Frau Bietighofen. Sie verfügen über ein erstaunliches Wissen über gewisse Vorgänge in einer Ihnen unbekannten Waldhütte und über die innere Verfassung Ihrer Kollegin Ramona Lorenz. Wie kommt's und warum haben Sie nicht umgehend die Polizei verständigt?" Mühlenteich gab sich lässig.

„Wissen Sie, das Mädchen hat sich bei mir ausgeweint. Sie rief mich an, völlig verzweifelt. Für meine Kollegen bin ich wie eine mütterliche Freundin. Wenn es Probleme gibt, dann kommen sie zu mir. Und in diesem schrecklichen Fall habe ich einen fatalen Fehler begangen. Ich bin erschüttert. Wirklich. Das können Sie mir glauben."

Mühlenteich ließ die rührseligen Worte von Frau Bietighofen einen Moment lang auf sich wirken.

Dann hakte sie mit einem lauernden Unterton nach: „Und wie genau würden Sie ihren Fehler selbst beschreiben?"

„Ich habe nicht sofort die Polizei informiert. Ich habe ihr gut zugeredet, dass sie den Mann wieder freilassen sollen. Aber ich habe nichts unternommen … Ist – ist er etwa tot?“, fragte Frau Bietighofen mit einem entsetzten Unterton.

„Nein, da kann ich sie trösten. Es geht ihm den Umständen entsprechend. Er erholt sich in einem Krankenhaus.“

Kam es ihr nur so vor oder sah Frau Bietighofen einen kurzen Moment lang enttäuscht aus?

„Aber jetzt mal Butter bei die Fische! Es rührt mich zu Tränen, was Sie mir so alles vortragen. Das Dumme ist nur: Wir haben Sie bei den Eiern! Wir haben Garip Otlu gefasst und der hat großzügig über Sie ausgesagt. Da kommt ja doch so einiges zusammen, gute Frau! Also verschonen Sie mich mit ihrem verlogenen Gesülze und beantworten Sie gefälligst die Fragen zu unserem aktuellen Fall. In den Bau wandern Sie so oder so. So, wie es aussieht, lebenslänglich.“ Mühlenteichs Geduld war allmählich erschöpft.

Gerlinde Bietighofens Selbstsicherheit konnte man beim Abblättern beobachten. Lage für Lage befreite sie ihr Gesicht. Zum Vorschein kam eine alte, knittrige Visage mit harten Zügen um die Mundpartie.

In ihrem Kopf überschlugen sich förmlich die Gedanken: Wie zum Teufel war ihnen Garip Otlu so plötzlich ins Netz gegangen? Der war doch beim letzten Telefonat bereits kurz vor der ungarischen Grenze gewesen. Die deutsche Polizei war in ihrer Fahndungsarbeit doch besser als ihr Ruf, stellte sie verblüfft fest. Das konnte einfach nicht wahr sein!

Aber sie war in erster Linie ratlos vor Entsetzen: Der einzige Fall, den Sie nicht selbst kreiert und in Gang gesetzt hatte, sollte ihr jetzt zum Verhängnis werden.

Das würde sie nicht akzeptieren. Ramona Lorenz musste bluten. Ausgeweidet und gevierteilt sollte sie werden!

Die kleine miese Ratte! Sie würde sie mit in den Abgrund reißen, soviel stand fest.

Wenigstens dieses Leben wollte sie noch auf dem Gewissen haben, bevor es ihr ans Leder gehen würde.

„Okay, Frau Mühlenteich“, sprach die Schulleiterin gedehnt. „Ich bin zugegebenermaßen irritiert, aber kooperiere vollumfänglich. Dazu gehört auch, dass ich Ihnen jetzt die ganze Wahrheit über die Causa Ramona Lorenz mitteile. So leid es mir für das Mädchen tut, aber Strafe muss bekanntlich sein.“

Gerlinde Bietighofen sortierte sich innerlich. Sie musste jetzt in wenigen, passgenauen Sätzen die Geschütze so abfeuern, dass Ramona Lorenz den größtmöglichen Schaden davontrug.

Also hob sie zu einem Vernichtungsschlag an: „Die Sache mit der Waldwoche habe ich Ihnen ja bereits erzählt. Aber das eigentlich Unhaltbare an der Sache war, dass Sie mich nicht etwa anrief, um sich Rat zu holen. Nein! Sie war auf der Suche nach einem Auftragsmörder. Zudem legte sie Wert darauf, dass der entführte Mann unter möglichst großen Qualen beseitigt werden sollte. Wollte gar ein Video von der Hinrichtung erhalten! Abscheulich fürwahr! Und da ich von Natur aus hilfsbereit bin und zudem Mitleid mit dem armen Ding hatte, habe ich mich auf die Sache eingelassen. Unverzeihlich. Ich weiß. Aber können Sie sich das erklären? Ein junges Mädchen aus gutem Hause und dann so etwas? Beinahe pervers, wenn Sie mich fragen."

Gespannt wartete die Schulleiterin auf die moralisch empörte Reaktion der Kommissarin. Das würde sie vermutlich in ihrem naiven Weltbild aus den Schuhen hauen.

Diese jedoch winkte nur müde ab. „Netter Versuch, Frau Bietighofen. Aber leider so durchschaubar. Wir wissen von Ihrer Affäre mit Gerold Lorenz, dem Vater der von Ihnen beschuldigten Kollegin. Und streiten Sie es nicht ab! Wir haben ihre DNA-Spuren bereits in der Waldhütte nachgewiesen, genauso wie die DNA-Spuren des Entführungsopfers. Und diese dämliche Geschichte mit der Waldwoche – ich bitte Sie! Den gleichen Mist erzählt uns Ihr Geliebter. Ist Ihnen da nichts Besseres eingefallen? Wäre Ramona Lorenz nicht gewesen, würde der Entführte vermutlich nicht mal mehr am Leben sein. Eine junge, starke Frau, die sich gegen ihren übermächtigen Vater stellt und ein Menschenleben rettet. Das können so verkommene Menschen wie Sie natürlich nicht begreifen."

Mühlenteich hatte sich regelrecht in Rage geredet. Es gab sie tatsächlich: Die guten Menschen. Aber sie musste sich immerzu mit dem Abschaum befassen. Zum Heulen war das.

Gerlinde Bietighofen hatte es derweil zum ersten Mal die Sprache verschlagen. Eine Affäre mit Gerold Lorenz?!

Der Typ sollte sich um ihre Steuern kümmern und die von ihrem Mann und ihr zur Schau getragenen weißen Westen von dunklen Flecken reinhalten.

Aber eine Affäre war ja nun wirklich reichlich weit hergeholt. Sie stand nicht auf solch eitle Gockel, sondern auf kernige Naturburschen.

Unpassenderweise musste sie in diesem Moment unkontrolliert loslachen.

Wie unwürdig, dachte sie noch, aber sie konnte einfach nicht aufhören zu lachen.

65

„Herr Brandner, da waren wir doch schon. Wir drehen uns mit Ihrer Aussage ständig nur im Kreis.“ Hauptkommissar Oberst war so langsam mit seinem Latein am Ende.

Solch unbrauchbare Zeugen hatte er selten vernommen.

Während das Rheinland Erfolgsmeldung um Erfolgsmeldung vermeldete, fischte er weiter im Trüben und kam gefühlt nicht einen Schritt voran.

Die Staatsanwaltschaft – verkörpert in der Person von Frau Trapattoni – wurde zunehmend ungeduldig.

„Wie sind Sie denn nun auf das Verschwinden von Herrn Mallm aufmerksam geworden, und wie konnten Sie seine Spur bis zu dieser Hütte im Naturpark Rhein-Westerwald zurückverfolgen?“ Oberst war der Meinung, dass dies eine klar formulierte Frage darstellte, auf die es sicherlich auch eine klar formulierte Antwort geben müsste.

„Also, es ist alles so schnell gegangen an dem Tag“, druckste Axel herum. Wie sollte er denn jetzt bitte aus der Nummer rauskommen?

„Waren Sie an beschriebenem Tag zusammen mit Herrn Mallm unterwegs? Vielleicht haben Sie sogar einen Spaziergang im Wald unternommen?“, hakte Oberst nach, der jetzt dringend verwertbare Informationen benötigte.

Axel überlegte in dem ihm eigenen schwerfälligen Tempo.

„Ja, das is vielleicht so gewesen. Ja, das klingt gut!“, bestätigte Axel den gelungenen Hinweis des Kommissars.

„Und dann? Wie ging es weiter?“ Oberst musste sich sehr am Riemen reißen, um nicht aus der Haut zu fahren.

„Also wir liefen da so rum – im Wald.“ Axel ließ die Aussage auf sich und den Kommissar einen Moment lang wirken.

„Ja????“ Oberst beugte sich erwartungsfroh über den Tisch im Verhörraum. „Haben Sie jemanden getroffen?“

„Ja! Also nein. Wir sind da an so ’ner Hütte vorbeigekommen.“ Axel wusste nicht weiter.

„War dort jemand in der Hütte? Haben Sie jemanden gesehen? Oder vielleicht ein Auto?“, bohrte Oberst weiter.

„Äh, ja. So ein Auto." Axel nickte treuherzig.

„Kruzifix! WAS FÜR EIN AUTO? Herr Brandner, geht es etwas genauer???"

Axel überlegte, welche Autos gemeinhin an Waldhütten auftauchen könnten. Plötzlich hatte er eine glasklare Eingebung. Oder besser gesagt: Ein Erinnerungssplitter tauchte in seinen trägen Gehirnwindungen auf.

„Eine Corvette. Es war eine Corvette, glaube ich." Er grinste zufrieden.

„Eine Corvette?" Oberst hätte ihn am liebsten geküsst.

Das passte ja wie die Faust aufs Auge.

„Und dann, Herr Brandner?"

„Dann musste ich mal pissen, und als ich zurückgekommen bin, da war Thore weg." Axel atmete erleichtert und gut hörbar aus.

Das war doch jetzt wirklich eine ganz gute Story, oder?

„Moment, Moment, Herr Brandner! Wie lange waren Sie denn weg?" So fix wollte sich Oberst jetzt dann doch nicht zufriedengeben.

„Kein Plan. Aber schon nich so kurz. Ich hab gedacht, der is jetzt einfach ohne mich los. Und dann wollt ich halt zurücklaufen. Aber da kam dann schon die Ramona mit ihrem Corolla angerauscht und hat gesagt, ich soll mitfahren."

Axel stöhnte auf. Mein Gott, was war das alles anstrengend!

„Hm, seltsam. Das muss ja dann alles ganz schön schnell gegangen sein. Der Herr Mallm wurde ja in der Hütte den DNA-Spuren zufolge gefangen gehalten. Warum also wollte Frau Lorenz, dass Sie mit ihr fahren? Sie kannten sich bis dato doch noch gar nicht?" Irgendwas stimmte in der geschilderten Reihenfolge der Abläufe nicht. Das sagte Oberst todsicheres Kriminalistengespür.

Nur was? Und warum sollte der Mann lügen, der doch sein Leben für seinen Bewährungshelfer aufs Spiel gesetzt hatte?

„Kein Schimmer. Hat einfach gefragt, ob se mich mitnehmen soll. Bin ja auch n ganz schmucker Kerl, oder? Erst wussten wir ja nich mal wohin. Wir sind da so planlos rumgegurkt. An die Tanke gefahren. Haben über so Sachen gelabert. Die fand mich glaub ich ganz gut so. Dann is die ja noch mal alleine los zur Hütte. Und später sind wir dem Thore nach. Der hat mich ja angerufen." Jetzt kam Axel so langsam in Fahrt mit seiner Märchenstunde. Und so ein paar pikante Sprengsel Wahrheit durften ruhig dabei sein.

„Ja, richtig. Wir haben ja den Anruf auf ihrem Handy nachvollziehen können. Nur verstehen wir nicht ganz, wie Frau Lorenz Handy in Herrn Mallms Besitz gekommen ist. Wir haben es ja im Tatfahrzeug gefunden. Zudem scheint sein eigenes Handy wie vom Erdboden verschluckt zu sein. Aber wir suchen noch danach." Oberst wiegte nachdenklich seinen Kopf und mutmaßte dann weiter:

„Vermutlich war Frau Lorenz in der Hütte, überraschte ihren Vater mit einer seiner zahlreichen Geliebten – unglückseligerweise im aktuellen Fall mit ihrer Schulleiterin. Sie entdeckte die Geiselnahme des Herrn Mallm und stellte die beiden Entführer zur Rede. Dabei muss sie ihr Smartphone dort verloren haben, das dann Herr Mallm in einem unbemerkten Moment an sich nehmen konnte. Das eigene Handy haben die Täter ihm sicher abgenommen."

Axel bestätigte die Ausführungen des Hauptkommissars durch ein enthusiastisches Nicken.

„Die wollten den Thore bestimmt für so Sexspielchen benutzen. So reiche Typen sind doch immer voll krank im Kopf." Ein paar hilfreiche Hinweise zur Lösung des Falls wollte Axel nun auch beisteuern.

„Nun mal langsam, Herr Brandner. Ich denke, die Sache ist simpler gestrickt: Herr Mallm ist den beiden Turteltäubchen ungelegen dazwischen gekommen bei ihrem geheimen Sextreff. Und damit er nicht ausplaudern kann, haben Sie ihn kurzerhand abtransportieren lassen. Die Verdächtige ist bekannt dafür, nicht zimperlich zu sein. Die hat schon weit mehr auf dem Kerbholz." Oberst fühlte sich plötzlich ganz beschwingt. Er hatte den Fall im Grunde genommen gelöst.

„Ganz stark, Herr Oberst! Sie sind ja 'n richtiger Fuchs! Ihnen kann man ja auch garnix vormachen. Guter Mann! Echt! Sie sind 'n guter Mann!"

Axel holte aus und haute seine Pranke mehrmals schwungvoll auf Hauptkommissar Oberst Schulter.

Der musste sich extrem zusammenreißen, um nicht vor Schmerz laut aufzuschreien. Aber innerlich wuchs er bei diesem Lob förmlich über sich selbst hinaus.

Der Mann hatte einfach recht: Er war ein richtiger Fuchs!

Fantastic Mr. Fox!!!

66

Strude legte zufrieden den Hörer seines old-school Signo 1-Telefons (garantiert strahlenfrei!) auf. Hauptkommissar Oberst und er hatten im besten Sinne *länderübergreifend* eine famose Ermittlungsarbeit hingelegt.

Die beiden Haupttäter waren überführt. Und als Beifang hatten sie noch den Schergen dieser dämonischen Schulleiterin Garip Otlu mit im Netz, der für die Anklage entscheidende harte Fakten würde liefern können. Endlich spürte er mal wieder so etwas wie Berufsethos: Sein Job war es, die Bösen zu überführen und dafür zu sorgen, dass sie schnellstmöglich weggesperrt wurden.

Das würde nun aufgrund der wasserdichten Rekonstruktion der Abläufe umgehend erfolgen.

Die SpuSi hatte ergiebige Ergebnisse geliefert: Vor etwa einer halben Stunde vermeldete sie zunächst den Fund des Smartphones des Entführungsopfers Thore Mallm in der privaten Mülltonne der Beschuldigten Gerlinde Bietighofen. Zudem ließen sich die Reifenprofile sowohl der Corvette Z06 als auch des Ford Transit Custom vor der Waldlaube des Gerold Lorenz eindeutig bestimmen. Verstörenderweise war in unmittelbarer Nähe der Waldlaube noch ein seltsam verpackter, halbherzig vergrabener Rehkadaver aufgetaucht, der bereits erhebliche Zersetzungserscheinungen aufwies. Diese Vorgehensweise bei der Beseitigung von Jagdabfall stellte einen unerhörten Vorgang dar, der jeglicher Jägermoral von Grund auf widersprach. Was das über den geistigen Zustand des leidenschaftlichen Jägers Gerold Lorenz vermuten ließ, musste insgesamt äußerst bedenklich stimmen.

Woher die beiden Herrschaften sich kannten, war inzwischen auch geklärt: Gerold Lorenz hatte sich um die unsauberen Steuergeschäfte der Familie Bietighofen gekümmert. Und dabei hatte er sich in seiner ausufernden Schwerenöterei wohl nicht zurückhalten können … Strude schüttelte sich bei dem Gedanken.

Alter Hundsfott! dachte er für sich.

Dass die Tochter Ramona Lorenz noch weiter zu ihm hielt und die Aussage verweigerte, erstaunte Strude zutiefst.

Nach allem, was der Kerl ihr und ihrer Familie angetan hatte. Eine wirklich heroische Gestalt, diese junge Frau.

Selbstlos und ohne innere Zweifel war sie in den Kampf gezogen, um ein Menschenleben zu retten. Und hatte dabei sogar mit einem ehemaligen Strafgefangenen kooperiert, der ihr bei der ersten Begegnung im Wald sicher auch nicht unbedingt vertrauenserweckend erschienen sein musste.

Und überhaupt: Dass sich ein Ex-Knacki derart uneigennützig und mit Herzblut für seinen Bewährungshelfer einsetzte, war auch keinesfalls als selbstverständlich anzusehen.

Was hatte dieser Thore Mallm doch für ein unverschämtes Glück im Unglück gehabt!

„Julia! Wir haben die beiden im Sack!“, informierte Strude mit selbstzufriedenem Grinsen seine Kollegin Mühlenteich.

In kurzen, knappen Ausführungen schilderte er den Ertrag der länderübergreifenden Ermittlungsarbeit, nicht ohne seinen eigenen Anteil dabei gebührend hervorzuheben.

„Ich gönne dir den Spaß, die frohe Kunde unserem allzu vitalen Beschuldigten zu überbringen. Untersuchungshaft ist bereits angeordnet. Die Dame der Schöpfung, die mordende Direktorin, nehme ich mir vor. Aber die ist ohnehin schon aufs Schlimmste gefasst. Das Smartphone in der Tonne hat nun als letztes Mosaiksteinchen unser Ermittlungspuzzle komplettiert.“

Strude trommelte auf seinem Schreibtisch ein kleines Liedchen mit seinen Handknöcheln, stand dann abrupt auf und schwofte beschwingt in den Verhörraum 2, in dem Gerlinde Bietighofen immer noch schmorte.

Kommissarin Mühlenteich schnappte sich derweil ihre Kaffeetasse und schlenderte betont gelassen in Verhörraum 1, in dem Gerold Lorenz weiterhin auf seine umgehende Freisetzung wartete.

„Na endlich!“, begrüßte er Mühlenteich sichtlich genervt.

„Wissen Sie eigentlich wieviel Uhr wir haben? Ich verschwende hier bereits meinen gesamten Vormittag! Das sind immer die schönsten Stunden im Wald. Ich möchte jetzt endlich meine Anzeige wegen Vandalismus erstatten und dann zurück zu meiner Hütte.“

Lorenz stand auf und machte Anstalten zur Tür hinaus zu spazieren.

„Herr Lorenz, setzen Sie sich bitte. Sie können nicht gehen.“ Mühlenteich sprach mit einer seltsamen Langsamkeit, und ebenso gemächlich ließ sie sich nun auf den auf der anderen Schreibtischseite befindlichen Stuhl im Verhörraum sinken.

„Klären Sie mich bitte auf? Das hier ist Freiheitsberaubung! Ich werde mir das nicht länger gefallen lassen. Informieren Sie umgehend meinen Anwalt!“

Lorenz psychische Verfassung war im rapiden Sinkflug begriffen.

Ohne, dass bislang weitere Worte gefallen waren, hatte er intuitiv bereits erfasst, dass es nicht gut für ihn aussah. Die wollten ihm etwas anhängen.

Und seine Frau schien bei diesem skandalösen Treiben tatsächlich mitzuwirken. Was sonst sollte dieser atemberaubende Auftritt zuvor zu bedeuten haben?

„Ja, einen Rechtsbeistand benötigen Sie nun auch, Herr Lorenz. Ich nehme Sie fest wegen des dringenden Tatverdachts, den Bewährungshelfer Thore Mallm seiner Freiheit beraubt und einen Auftragsmörder auf ihn angesetzt zu haben. Sie können von Glück sagen, dass der Mann im Gegensatz zu dem stümperhaft vergrabenen Reh noch lebt und nicht bereits in Zersetzung begriffen ist. Das könnte strafmildernd wirken. Für ihre Geliebte wiederum sieht es schlecht aus. Sehr schlecht. Ich weise Sie darauf hin, dass Sie das Recht haben, zu schweigen.“

Die zuvor noch so ungelenk und grün hinter den Ohren wirkende Kommissarin erschien ihm plötzlich schockierend routiniert und eiskalt. Hatte sie denn gar kein Mitleid mit ihm?

Gerold Lorenz konnte es nicht fassen. Er war Opfer eines billigen Komplotts geworden.

Welche Rolle spielten seine Frau und fast noch wichtiger seine Tochter dabei? Und wer hatte der Polizei überhaupt diesen mysteriösen Tipp gegeben, dass er in diese Entführungsgeschichte verwickelt sein sollte?

Und vor allem: Für welche Geliebte sollte es schlecht aussehen? Seines Wissens hatte er keine Geliebte mehr in seinem Repertoire.

So viele offene Fragen. Und doch siegte mal wieder seine Eitelkeit als er nachhakte: „Von welcher Geliebten sprechen Sie denn da bitte?“

Kommissarin Mühlenteich lächelte müde: „Sind es tatsächlich so viele, dass Sie schon den Überblick verlieren? Natürlich von DER Geliebten, mit der Sie zuletzt Ihre Schäferstündchen in der Waldlaube abgehalten haben. Gerlinde Bietighofen. Die Schulleiterin ihrer Tochter wohlgemerkt."

Das saß. Gerold Lorenz schnappte nach Luft und wollte seine berechtigte Entrüstung kundtun. Doch es kam lediglich ein ärmliches Krächzen dabei heraus.

Als er endlich zur Sprache zurückgefunden hatte, schnauzte er wie von Sinnen: „Glauben Sie etwa, ich steh auf alte Schachteln? Sowas wie diese Bietighofen pack ich nicht mit der Kneifzange an!"

„Jetzt seien Sie einmal ein Mann und stehen wenigstens zu Ihrer Liebe. Nach allem, was Sie für diese Frau getan haben. Ihr Kerle seid doch elende Waschlappen!"

Mühlenteich hatte genug gehört. Da drehte sich einem ja förmlich der Magen um.

„Abführen!", kommandierte sie knapp und verließ kopfschüttelnd den Verhörraum 1.

67

Axel hatte sein Smartphone bei Hauptkommissar Oberst auf dem Revier frisch aufgeladen. Als er es nun gegen 13.30 Uhr am Freitagmittag wieder in Betrieb nahm, wurden ihm unglaubliche 47 verpasste Anrufe angezeigt. Zudem platzte sein WhatsApp-Speicher aus allen Nähten. Was war passiert? Warum war sein Typ plötzlich so übermäßig gefragt?

Allein Nadeshda hatte dreizehn Mal bei ihm angerufen.

Sogar Lolles Nummer erschien mehrfach in der Anrufliste, sofern ihre Nummer tatsächlich noch die Gleiche war und sich nicht irgendein Etikettenschwindel dahinter verbarg. Was wollte die Mutter seines Kindes plötzlich so dringend von ihm? Nach langen Jahren der von ihr rigoros durchgesetzten Kontaktsperre?

Er hatte keine Zeit, sich weiter darüber den Kopf zu zerbrechen, denn in diesem Moment funkte bereits wieder Nadeshda an.

„Jupp“, meldete sich Axel nach alter Väter Sitte.

„Sagt mal, was ist denn da bei euch los? Kaum lässt man euch alleine losziehen, startet ihr voll durch. Die Leute lieben euch!!!“ Nadeshda klang euphorisch und irritiert zugleich.

Axel wiederum verstand nur Bahnhof. „Wie jetzt? Ich sitze hier in Erlangen bei Thore am Krankenbett und krieg nix mit. Was is da los?“

Nadeshda lachte befreit auf. „Das glaub ich jetzt nicht! Sag bloß, ihr habt gar nicht auf dem Schirm, dass Ramona und du die neuen Celebritys seid? Eure selbstlose Befreiungsaktion mit Omas guten alten Kalaschnikows geht durch alle Medien rauf und runter. Im Netz habt ihr eine Fangemeinde, da verblasst selbst Taylor Swift vor Neid.“

„Also, äh, woher wissen die das denn überhaupt? Versteh ich jetzt echt nich.“ Axel kratzte sich am Kopf.

Ramona runzelte fragend die Stirn. Zwar war ihr Handy wieder in ihren Besitz übergegangen, jedoch hatte sich noch keine Auflademöglichkeit ergeben. Deshalb fehlte ihr bislang jeder noch so kleine Kontakt zur Außenwelt.

Aber irgendetwas schien da im Busch zu sein …

Nadeshda staunte nur kurz darüber, wie schwer von Begriff Axel mal wieder war.

„Schon vergessen?", hob sie an. „Ihr habt doch dem Heini der *Erlanger Nachrichten* auf dem Parkplatz dieses kryptische Interview gegeben und euch dabei sehr respektabel mit den Kalaschnikows in Szene gesetzt. Swetlana kommt um vor Stolz. Naja, das haben die dann natürlich in ihren Live-Ticker gesetzt, und von da an ging die Story viral. Ein Heldenmythos erobert die Welt! Nun gut, zumindest Deutschland. RTL ist auch schon vor Ort. Schaut mal aus dem Fenster!"

Mit dem Smartphone am Ohr hastete Axel in wenigen Sätzen zum Fenster. Während Nadeshda weiter vor sich hin blubberte, ließ er das Handy sinken und starrte mit offenem Mund auf das Schauspiel vor der Klinik.

Gruppen von Schaulustigen – nicht wenige bestückt mit bunten Plakaten – hatten sich vor dem Haupteingang eingefunden, und gleich mehrere Fernsehteams samt Übertragungswagen hatten dort Position bezogen.

„Ich muss Schluss machen", brummelte er kurzangebunden und würgte die gesprächsfreudige Nadeshda abrupt ab.

„Perle, das glaubst du jetzt nich!" Er winkte hektisch Ramona heran.

„Fuck!", entfuhr es dieser als sie die Tragweite ihres neuen Bekanntheitsgrades urplötzlich erfasste. Sie hielt sich haltsuchend an der Fensterbank fest.

„Verdammte Scheiße, Axel! Was machen wir denn jetzt bloß?"

Nun klammerte sie sich reflexhaft an ihn. Das war eindeutig besser als die Fensterbank!

„Is doch glasklar, Baby! Wir lassen uns ordentlich abfeiern!"

Mit diesen Worten schob Axel Ramona von sich, riss enthusiastisch das Fenster auf und grölte der Menge vor dem Haupteingang zu:

„Huhu, hier sind wir! Geht's euch gut?" Er formte ein Herz mit seinen langen, tätowierten Fingern.

Die Menge geriet in Wallung. Sprechchöre kamen auf.

Zunächst verstanden die beiden nichts.

Doch immer klarer ließ sich ihre Botschaft herausfiltern:

Wir feiern euch! Helden braucht das Land!

Axel strahlte über das ganze Gesicht. „Sowas Schönes hab ich ehrlich noch nich erlebt, Perle. Die lieben uns."

Ramona fühlte sich unbehaglich. „Axel, die lieben uns für was, was wir gar nicht sind. Mein Vater wandert jetzt in den Knast und die olle

Bietighofen auch, für etwas, was die gar nicht getan haben – sondern wir.“

Wie konnte sich Axel bloß so kindlich naiv über diese Fangesänge freuen?

„Und der arme Thore, der hat ’ne Amnesie. Der weiß nicht mal mehr, wie übel wir ihm mitgespielt haben. Vielleicht fällt es ihm wieder ein. Und dann?“

Ramona füllte mal wieder ihre alte Rolle als streberhafte Spielverderberin aus, aber was blieb ihr ansonsten auch übrig?

In diesem Moment erklang ein heiseres Husten und Räuspern aus dem Krankenbett.

„Nun ja, liebe Volkshelden! Ganz so eng würde ich das jetzt mal nicht sehen. Schließlich haben wir doch überhaupt nur aufgrund der Ereignisse zueinander gefunden, und ich glaube, es hat nicht unbedingt die Falschen erwischt, die jetzt in den Knast müssen. Meine Mamma wird so froh sein, dass ich lebe und endlich Freunde mein Eigen nennen kann! Freunde fürs Leben!“ So sprach Thore, der bislang derangiert und absolut abwesend auf der Krankenliege gelegen hatte.

Im nächsten Moment streckte er wieder alle Viere von sich und starrte grenzdebil zur Zimmerdecke.

Axel und Ramona schauten sich einen Moment lang sprachlos an. Dann riss Ramona das Fenster auf und jubelte ohne falsche Scheu und völlig gelöst ihren Fans entgegen. Nie hatte sie sich lebendiger gefühlt als in diesem Moment.

68

Sechs Monate später:

„Mein Gott, Nadeshda! Wie soll dieser Riesenhumpen von einem Koffer denn bitte in meinen kleinen Corolla-Kofferraum passen??? Dann brauchen alle anderen nichts mehr mitzunehmen!“ Ramona schnaubte sichtlich genervt.

„Nur die Ruhe, Mädels! Dafür hab ich fast nix dabei!“ Axel traf soeben im Innenhof von Ramonas Mehrparteienhaus ein und wedelte lässig mit einer kleinen Herrenhandtasche.

„Nicht dein Ernst, du Penner!“, lachte Nadeshda amüsiert.

„Wie soll das denn bitte für fünf Tage reichen? Du wirst stinken wie ne olle Socke!“

„Ach wat! Zahnbürste, Deo, 5 Schlüpper und 5 Paar Socken. Reicht doch!“ Axel grinste zufrieden.

„Notfalls leihe ich dir dann wohl das ein oder andere T-Shirt. Meine Mamma hat mir sicher wie immer mehr als genug Wechselwäsche eingepackt“, warf Thore beschwichtigend ein.

Nachdem also der Kofferraum des Corolla bereits mit Nadeshdas Koffermonstrum vollends ausgefüllt war, mussten andere Möglichkeiten ausgeschöpft werden, um das restliche Gepäck zu verstauen.

„Ist doch gar kein Problem, ihr Einfaltspinsel! Wir setzen uns jetzt alle rein, und dann nehmen wir halt Thores und Ramonas Koffer mit in den Innenraum. Axel sitzt vorn, der klemmt sich den kleineren Koffer zwischen die Beine, und Thore und ich packen Ramonas Koffer hinten zwischen uns.“

Wie immer erwies sich Nadeshda als durchaus praxistauglich.

Es folgte ein Geschiebe und Gequetsche im Inneren des Wagens. Axel musste mit angezogenen Beinen auf dem Beifahrersitz hocken, da selbst der kleinere Koffer noch so viel Platz in Anspruch nahm, dass an ein normales Sitzen nicht zu denken war.

Auf der Rückbank schob Nadeshda ohne viel Federlesens den größeren Koffer weit in Thores Sitzbereich, so dass dieser vor lauter Eingepferchtsein kaum noch Luft bekam.

„Irgendwie kenne ich dieses Gefühl hier nur zu gut, Nadeshda! Immerhin sind es diesmal nicht deine Riesenbrüste, die mir den Atem rauben."

Als Dankeschön für diesen Seitenhieb schob Nadeshda den Koffer noch einmal ruckartig weiter in Thores Bereich.

„Kann es jetzt endlich losgehen?", fragte Ramona, die vermeiden wollte, dass es noch vor der Abfahrt zu ernsthaften Streitigkeiten kam.

„Jupp!", ächzte Axel aus seiner sehr unkomfortablen Lage. „Wie lange fahren wir denn?"

„Wenn alles glatt läuft, 'ne Stunde", antwortete Nadeshda von hinten ungerührt.

„Na dann! Vamos amigos!" Ramona startete den Corolla, der unter sichtlicher Anstrengung nur sehr gemächlich in Gang kam.

„Bin mal gespannt, ob wir es mit diesem antiken Gefährt überhaupt bis zum Flughafen schaffen." Thore nörgelte schon herum, bevor es überhaupt richtig los ging.

„Klappe halten, Aussicht genießen!", bestimmte Axel, der jetzt einfach mal seine Ruhe haben wollte.

So fuhren die vier ungleichen Freunde von dannen.

Sie waren gerade mal zwanzig Minuten unterwegs, als Thore schon wieder anfing zu jammern. „Ich hab so einen Durst! Können wir mal an der nächsten Tanke halten?"

„Na toll! Wir hatten uns drauf verlassen, dass du uns mit Getränken und Häppchen versorgst, und jetzt haste noch nicht mal was zum Trinken dabei?" Nadeshda war regelrecht empört.

„Also bitte? Wer versorgt denn mich? Ein bisschen liebevolle Zuwendung könnte ich auch gebrauchen, nach allem was ich mit euch durchgemacht habe. Fahr bitte da vorne mal ran, Ramona!" Thores Ansage klang überraschend fordernd.

„Ach ja, unsere Lieblingstanke! Wenn wir irgendwo anhalten, dann natürlich hier." Nadeshda kicherte.

Alle außer Thore kannten diese Tanke nur zu gut.

Thore deckte sich mit drei Flaschen stillem Wasser ein, Nadeshda gönnte sich eine Flasche Diät-Limo und verlangte mit einem Augenzwinkern an Ramona eine Schachtel Ernte 23.

„Frau Lorenz, wo geht's denn hin? Mal wieder zur Waldlaube?" Das Mädchen hinter dem Verkaufstresen traute sich was.

„Nein, Melinda, da kannst du ganz beruhigt sein. Wir fliegen in den Urlaub. Also alles ganz harmlos." Ramona legte noch einen extragroßen Lionsriegel zu den Einkäufen dazu.

„Ja, Urlaub haben Sie sich ja nach all den Aufregungen auch redlich verdient, Frau Lorenz! Ich habe Ihnen ja noch gar nicht zur kommissarischen Schulleitung gratuliert. Der allzeit bereite Herr Köhler ärgert sich natürlich schwarz, dass Sie an ihm vorbeigezogen sind. Aber die Argumente lagen ja glasklar auf Ihrer Seite." Melinda blinzelte unschuldig.

„Du meinst wohl eher, dein Vater war glasklar auf meiner Seite. Ich weiß schon, dass er im Hintergrund die Muskeln hat spielen lassen." Ramona hatte schlichtweg keine Lust, um den heißen Brei herumzureden.

„Natürlich. Das auch. Aber meinem lieben Papa liegt ja auch daran, dass die Schule über eine kompetente und für die Anliegen der Eltern stets zugängliche Schulleitung verfügt. Und dass ich jetzt den Platz für das Exzellenzstipendium bekommen habe, freut mich natürlich ganz besonders." Melinda schenkte ihrer Lehrerin ein bezauberndes Lächeln, während sie die Einkäufe einscannte.

„Macht 19 Euro 63."

Thore beeilte sich seine EC-Karte zu zücken, um für alle zu bezahlen.

Ramona stellte fest: „Du warst schon die richtige Besetzung für den Mephisto, liebe Melinda! Ich wünsche dir auf jeden Fall alles Gute für deine weiteren Vorhaben. Aber jetzt genieße erstmal unbeschwert deine Ferien!"

Dieses Mädchen war ein gerissenes Luder, aber Ramona konnte eine gewisse Sympathie ihr gegenüber nicht verhehlen.

„Das werde ich machen, Frau Lorenz! Und sie lassen im Urlaub mal ordentlich die Sau raus. Sie wissen ja: *Grau, teurer Freund, ist alle Theorie, Und grün des Lebens goldner Baum.* Kriegen Sie mal den Kopf frei von dem ganzen spröden Schulwahnsinn. Wo geht's denn eigentlich hin?"

„Nach Izmir, Melinda! Mach's gut und Grüße an den Herrn Papa!"

Mit diesen Worten verließ das Dreiergespann die Tankstelle. Vor der Tür wartete Axel, der derweil zwei bis fünf Kippen verhaftet hatte. So genau ließ sich das nicht rekonstruieren.

Umständlich verstauten sich die vier Freunde wieder im Corolla. Same procedure as before.

69

Wie sich alsbald herausstellte hatten die Vier gut daran getan, rechtzeitig loszufahren. Der Corolla zuckelte altersschwach und unter dem ungewohnten Ladegewicht ächzend nur so dahin. Von einem beschwingten Fahrgefühl konnte keine Rede sein…

Die Verkehrssituation tat ihr Übriges.

Sie waren vier Stunden vor Abflug gestartet und kamen gerade mal eine dreiviertel Stunde vor Flugstart am Köln-Bonner Flughafen an. Vor allem die beiden Männer beschwerten sich lautstark über ihre schmerzenden Knochen und eingequetschten Organe. Die Stimmung drohte bereits zu kippen.

Zum Glück hatten sie schon im Auto den Online-Check-In gewählt, so dass sie vor Ort nur noch ihre Koffer aufgeben mussten. Natürlich sprengte Nadeshdas Koffer die Gewichtsobergrenze. Nachdem also einiges von ihrem „Bedarf für alle Fälle“ (Lockenstab, Glätteisen, großzügiges Maniküre-Set, ein opulentes Sortiment Rundbürsten, acht Paar Schuhe in allen Höhen und Tiefen) den Koffer gewechselt hatte, konnten sie endlich ihr Gepäck aufgeben und sich auf den Weg zum Gate machen.

Aufgrund von Umbauarbeiten verzögerte sich jedoch auch dieser an sich überschaubare Weg.

„Wir haben eine Umleitungsempfehlung eingerichtet!“, erklärte eine junge, ansehnliche Mitarbeiterin des Bodenpersonals freundlich. „Sie verlieren dadurch höchstens fünf Minuten. Es ist etwas umständlich, da Sie übers Rollfeld müssen. Aber sehen Sie es mal so: Ein bisschen Abenteuer gehört ja im Leben auch manchmal dazu!“

Thore grinste gequält, während Axel gereizt antwortete: „Verdammte Bruchbude hier!“

Aber auch diese unerwartete Hürde nahmen die vier Freunde letztlich erfolgreich. Ramona konnte sogar noch mit einem geübten, flinken Handgriff das smarte orange-blau-weiße Halstuch der schönen Mitarbeiterin (eindeutig holzig-orientalische Note!) ergattern und war allein dadurch mit der Situation versöhnt.

Endlich am Gate angekommen, herrschte dort bereits reger Betrieb.

Familien in allen Kombinationen und Größenordnungen standen bereit für den Heimaturlaub. Rundherum schnatterte es in türkischer Sprache, und Ramona hätte viel darum gegeben, wenigstens etwas davon zu verstehen. Es war Ferienzeit, und in Izmir war es im Frühjahr schon deutlich wärmer als in Deutschland. Wohl dem, der seine Verwandtschaft im Süden besuchen konnte!

Aber sie wollte sich nicht beschweren. Schließlich würden sie dort ebenfalls jemanden besuchen: Yildiz hatte sie alle Mann zu ihrer – wie sie selbst sagte – etwas wunderlichen Großtante eingeladen. Yildiz verbrachte dort einige Monate, um an ihrem Erstlingswerk zu schreiben. Es gab sicher schlechtere Plätze auf dieser Welt, um das zu tun.

Die vier Freunde waren auf Nummer sicher gegangen und hatten sich in Izmir von Yildiz ein billiges Appartement besorgen lassen. Wer wusste schon, wie wunderlich die Großtante wirklich war.

Nur Thore bedauerte das ein wenig, da er sich unter „Großtante" eine wahre türkische Pracht-Mamma mit allen dazugehörigen Vorteilen ausmalte.

Aber sie würden dank Yildiz auf jeden Fall eine orts- und sprachkundige Begleiterin dabeihaben. Ihr Urlaub konnte eigentlich nur gut werden.

Sie mussten nicht lange warten, und schon begann der Einlass in den Flieger. Brav stellten sie sich in der Economy-Reihe an.

Reisen mit SunExpress – der Sonne entgegen! Ein geradezu verheißungsvolles Versprechen.

Nadeshda, Thore und Ramona hatten drei Plätze nebeneinander ergattert, während Axel freiwillig auf den Platz auf der anderen Seite des Mittelgangs der Boing 737 ausgewichen war. Es kam zu leichten Irritationen, als ein älteres, übertrieben touristisch gekleidetes Ehepaar die Plätze neben Axel einnehmen sollte.

Die Dame rümpfte die Nase aufgrund Axels bloßer Erscheinung und wandte sich entsetzt an ihren Mann, der allen Ernstes versuchte, bei der Flugbegleiterin einen Platztausch zu erwirken. Dieses Spektakel spielte sich in aller Öffentlichkeit und ohne Rücksicht auf Axels Empfinden ab.

Aber Axel wäre nicht Axel, wenn ihn das auch nur ansatzweise beeindruckt hätte. Die Flugbegleiterin drückte dann auch ihr Bedauern aus, dass sie in dieser Sache nicht weiterhelfen könnte.

„Jetzt mach mal halblang, du Klappspaten!“, riet abschließend ein junger Kerl aus der vorderen Sitzreihe dem Senior. „Weißt du nicht, mit wem du es da zu tun hast? Der Kerl hier ist Träger vom Bundesverdienstkreuz! Guckst du kein RTL, oder was?“

Damit war die Sache geklärt. Axel ließ dem jungen Heißsporn mit erhobenem Daumen einen anerkennenden Pfiff zukommen, die älteren Herrschaften setzten sich einigermaßen peinlich berührt auf ihre Plätze.

Als der Flieger endlich in der Luft war, löste sich langsam auch die Spannung, die durch unbequeme und lange Anfahrtszeit zum Flughafen, Kofferdebatten, Umleitungsempfehlungen und ähnliches entstanden war.

Endlich Ferien!

Ramona konnte es kaum glauben. Die letzten sechs Monate hatten ihr komplettes Leben derart auf den Kopf gestellt, dass sie mit dem Verarbeiten schwerlich hinterher gekommen war.

Wie Axel war sie nun stolze Trägerin des Bundesverdienstkreuzes für ihren selbstlosen und mutigen Einsatz zur Rettung eines Menschenlebens. Die Anerkennung war ihr umso gewisser, weil sie mit ihrem Engagement sogar ihren eigenen Vater sowie ihre Schulleiterin überführt und ins Gefängnis gebracht hatte. Da diese Frau zudem als Serientäterin entlarvt werden konnte, trug das zusätzlich zu ihrem Ruhm bei.

Die kommissarische Schulleitung hätte sie niemals von sich aus angestrebt, wenn nicht der Schulelternsprecher Prof. Dr. von Papenburg sich derart für sie stark gemacht hätte. Eine gewisse Genugtuung konnte sie deshalb auch nicht verhehlen, als sie damit in der Beförderungshierarchie am ewigen Konrektor Herrn Köhler lässig vorbeizog.

In Zukunft würde dieser sein fingerfertiges Handwerk auf schmalere Füße umstellen müssen.

Oder sie würde ihn gleich durch ein elektrisches Fußmassagegerät ersetzen lassen.

Manchmal – vielleicht sogar meistens – war das Glück halt doch mit den Dummen! Unverhofft kam's oft!

Und merkwürdigen Orakeln, die in Form von unförmigen Mitfünfzigerinnen in scheußlichen Bäckereifilialen daherkamen, würde sie künftig wohl auch keine weitere Beachtung mehr schenken.

Dass sie nun Prof. Dr. von Papenburg zur grenzenlosen Dankbarkeit verpflichtet war – who cares! Ein bisschen korrupt war doch jeder!

Und es bereitete Ramona ein dämonisches Vergnügen, nun all die heiligen Säulen einzureißen, die ihre Vorgängerin Frau Bietighofen mühevoll für die stabile Statik ihrer Eliteschmiede gesetzt hatte.

Bald würde nichts mehr übrig sein von deren ohnehin mehr als fragwürdigen pädagogischen wie ökonomischen Ansätzen!

„Ramona? Hörst du mir überhaupt zu?" Das war Thore.

„Nee, sorry! Was meinst du?"

„Wie es deiner Mamma inzwischen geht? Hat sie den so unerwarteten Verlust deines Vaters verkraftet?" Thore, der stets um seine Mitmenschen Besorgte.

„Ja, mehr als das. Es geht ihr blendend. Sie hat ziemlich geschickt verhandelt und die Kanzlei an den Meistbietenden verkauft. Samt ihrem Sohn, der leider leer ausgegangen ist. Jetzt macht sie sich ein schönes Leben und hat obendrein noch eine Ausbildung als Goldschmiedin begonnen. Sie ist richtig aufgeblüht. Ein später Frühling für diese Frau!"

Ramona dachte über ihre eigenen Worte nach. Es stimmte tatsächlich. Aus der blutleeren Mutter war ein pralles Paket Lebensfreude geworden.

Innerhalb nur weniger Monate …

Aktuell plante sie das Reihenhäuschen zu verkaufen und nach Köln zu ziehen. Sie brauchte es nach eigenen Aussagen großstädtischer.

„Wirklich erstaunlich wie das Leben manchmal so spielt …", murmelte Thore versonnen und lehnte sich selbstzufrieden in seinem Sitz zurück.

HOW THINGS WENT ON...

Axel konnte seine fixe Idee, Lehrer zu werden, leider nicht ohne Weiteres in die Tat umsetzen. Thore schaffte jedoch eine sinnvolle, artverwandte berufliche Tätigkeit für ihn heran: Die beiden starteten ein neues Resozialisierungsprojekt, das Strafgefangene bereits während ihres Gefängnisaufenthaltes engmaschig begleitete und ihnen Perspektiven für die Zeit nach der Entlassung aufzeigte bzw. diese mit ihnen gemeinsam entwickelte. Axel fungierte als selbst Betroffener oftmals als Türöffner für die besonders „harten Nüsse". Dementsprechend hoch war auch die Erfolgsquote dieses Projektes, das längerfristig die Rückfallquote der Haftentlassenen deutlich reduzierte.

Axels ehemalige Lebensgefährtin Lolle rückte aufgrund von Axels Verdiensten für das Allgemeinwohl von ihrer strikten Abschottungspolitik ab. Axel durfte nach langen Jahren endlich Kontakt zu seinem Sohn Leon aufnehmen. Als erste gemeinsame Unternehmung besuchten die beiden ein Taylor Swift Konzert.

Thore hatte durch die Entführungsgeschichte am eigenen Leib erfahren, dass er viel zäher und widerstandsfähiger war als er es selbst für möglich gehalten hätte. Das hatte entscheidende Auswirkungen auf seine berufliche wie private Entwicklung. Das innovative Resozialisierungsprojekt, das bereits während des Gefängnisaufenthaltes ansetzte und einen ehemaligen Strafgefangenen als Mitwirkenden einband, fand nach anfänglicher Skepsis zahlreiche Nachahmungsprojekte und machte ihn in der „Szene" der Gefangenenbegleitung und -nachsorge sehr bekannt. Bedingt durch diesen Bekanntheitsgrad traf Thore dann auf einer von ihm geleiteten Fortbildung auch endlich auf eine Frau, die seinen Vorstellungen entsprach und ihm den aktiven Part überließ. Paola war ebenfalls Bewährungshelferin und hatte die notwendigen feinen Antennen, Thore weder zu bedrängen noch mit Liebe zu überschütten, sondern ihn einfach so zu nehmen, wie er eben war. Nach anfänglichen Beißattacken ließ sich selbst Thores Mamma von Paolas Vorzügen überzeugen.

Nadeshda arbeitete für einige Monate in der Zeitarbeitsfirma von Henning Mallm. Dort saß sie als Leiterin der Beschwerdestelle quasi an der Quelle aller unsauberen und unlauteren Praktiken, mit denen diese Firma ihr entliehenes Personal traktierte. Da Nadeshda aufgrund der Leidensgeschichte ihres Bruders bei diesem Personaldienstleister ein persönliches Hühnchen zu rupfen hatte, sammelte sie akribisch alles, was juristisch gegen Henning Mallm zu verwerten war. Die Informationen spielte sie als Whistleblowerin einer Gazette zu, die daraus einen großen Aufmacher für ihre Wochenendausgabe fabrizierte. Der Skandal um die Zeitarbeitsfirma erregte deutschlandweit großes Aufsehen. Einige Köpfe im Vorstand rollten daraufhin, und Henning Mallm persönlich musste Konsequenzen ziehen und seinen Stuhl räumen. Schadensersatzzahlungen in Millionenhöhe wurden in der Folge für hunderte ehemalige Beschäftigte gezahlt. Nadeshda verliebte sich während ihrer Zusammenarbeit mit der zuvor genannten Gazette in die zuständige Redakteurin Merle Mertens. Diese erkannte Nadeshdas Talent als Investigativjournalistin und verschaffte ihr einen Platz als Volontärin bei ihrer überregionalen Zeitung.

Yildiz machte sich ans Werk und setzte endlich ihren Traum in die Tat um, ihren ersten eigenen Roman zu verfassen. Dafür kündigte sie ihren sicheren Job im Großhandel ihrer Eltern und begab sich in die deutlich inspirierendere Umgebung nach Izmir. Ihr Erstlingswerk sollte ein Zusammenschnitt der Entführungsgeschichte aus Täter- sowie aus Ermittlerperspektive werden. Eine überaus ergiebige Zusammenarbeit entstand dabei mit Hauptkommissar Oberst aus Erlangen. Dieser bot ihr an, sie auch zukünftig mit schrägen Geschichten aus seiner langjährigen kriminalistischen Arbeit zu versorgen, sodass sie aus diesen Vorlagen spannende Kriminalliteratur erschaffen könnte. Zu Garip unterhielt Yildiz eine enge Brieffreundschaft und besuchte ihn auch regelmäßig im Gefängnis. Müslüm Gürses zum Trotz verklickerte sie ihm eines Tages, dass sie sich neu verliebt habe und er nicht länger auf sie als zukünftige Braut würde setzen können.

Swetlana erhielt nach einigen zähen juristischen Verfahren ihre geliebten Kalaschnikows wohlbehalten zurück. Als unabdingbare Auflage wurde sie jedoch dazu verpflichtet, einen vernünftigen Waffenschrank mit entsprechender Sicherung zu installieren. Die neue Partnerwahl ihrer Enkelin begrüßte sie sehr („Endlich bringst du mir mal was Gescheites ins Haus!“), auch wenn ihr Nadeshdas Umzug in Merles Eigentumswohnung deutlich zu schnell vonstatten ging.

Gerold Lorenz verstand die Welt nicht mehr. Nach seiner Verurteilung fiel er in eine langanhaltende Depression, infolgedessen er sich im Gefängnis einer Therapie unterzog.

Dabei kamen einige Dinge ans Licht, die ihm auch im Hinblick auf sein fragwürdiges Frauenbild und seinen Jugendwahn mehr Klarheit bescherten. Insbesondere arbeitete er heraus, dass er sich im Grunde seines Herzens über Jahrzehnte hinweg selbst nicht an- und ernstgenommen hatte. Gerold Lorenz fand im Gefängnis zur inneren Einkehr und zum Glauben und wurde aufgrund guter Führung bereits nach drei anstatt nach fünf Jahren aus der Haft entlassen. Danach schloss er sich dem Jesuitenorden an und arbeitete ehrenamtlich für den Jesuiten-Flüchtlingsdienst in Deutschland.

Gerlinde Bietighofen wurde aufgrund der Schwere ihrer Verbrechen zu lebenslanger Haft mit anschließender Sicherungsverwahrung verurteilt. Bis zuletzt kränkte es ihre narzisstische Persönlichkeit zutiefst, dass sie wegen ihrer unnützen und minderbegabten Kollegin aufgeflogen war und dass es ihr nicht gelungen war, den Verdacht auf sie zu lenken und selbst unbeschadet davonzukommen. Ihre sadistische Ader konnte sie im Gefängnis nicht weiter ausleben, da sie selbst als unterstes Glied in der Gefangenen-Hierarchie eingestuft wurde und all ihre Energie darauf verwenden musste, um selbst nicht zu Schaden zu kommen. Ihr Mann besuchte sie nur ein einziges Mal im Gefängnis, um die Scheidungspapiere von ihr gegenzeichnen zu lassen. Danach tat er sich mit einem Schlagersternchen zusammen, die zeitnah in der großzügigen Villa einzog und Gerlindes Corvette übernahm.

Garip war als ausführendes Organ von Gerlinde Bietighofens Straftaten zu 9 Jahren und zehn Monaten Haft verurteilt worden. Als mildernder Umstand erwies sich, dass er sich freiwillig gestellt und sein letztes Opfer am Leben gelassen hatte. Zudem war er zur vollumfänglichen Kooperation und Aussage bereit – ein kleiner Deal zu seinen Gunsten sprang dabei – wie von Yildiz gefordert – tatsächlich heraus. Dennoch kamen einige unschöne Tatbestände zusammen, bei denen Erpressung und Bedrohung noch die minderschweren Vergehen darstellten. Seine letzte Tat – die Entführung des Bewährungshelfers – hatte jedoch bei ihm zu einem endgültigen Umdenken geführt. Nicht zuletzt Müslüm Gürses war es zu verdanken, der ihm den ein oder anderen Denkanstoß mit seiner lebensweisen Musik verpasst hatte. Er bereitete sich von Beginn seiner Haft an auf ein legales Leben in Freiheit vor und nutzte dabei umfassend die Unterstützung von Thore und Axel, die ihm im Hinblick auf Schulabschluss und Ausbildungsmöglichkeiten beratend zur Seite standen und Kontakte zu diversen Selbsthilfeangeboten herstellten. Dass Yildiz ihm nach einigen Monaten der Haft den Laufpass gab, konnte er nur aufgrund seines bis dahin bereits hart erarbeiteten Zukunftsprofils einigermaßen gut wegstecken.

Vive la liberté! Und darauf arbeitete er in seiner ihm eigenen Effizienz und Entschlossenheit hin.

DANKE

Mein herzlicher Dank gilt meiner Familie und meinen Freund:innen, die unerschütterlich an mich und meine Buchidee geglaubt haben und mir in vielfältiger Hinsicht unterstützend zur Seite standen.

Um die guten Geister beim Namen zu nennen: Mein Mann Lars, mein Vater Ulrich sowie mein Onkel Harald Krämer, meine Freunde Vilmar Bieri, Yvonne Hübinger, Christian Lippert, Annette Takács, Kerstin Jungfleisch, Tülay Saridag und Stephanie Wink.

Ein ebenso großer Dank gilt dem engagierten und beherzten Team des Brighton Verlags!

ÜBER MICH

Geboren wurde ich 1980 in Bad Ems/ Rheinland-Pfalz. Nach dem Abitur machte ich verschiedene Praktika und studierte dann in Heidelberg Sonderpädagogik mit dem Hauptfach Deutsch. Zeitgleich absolvierte ich ein Erweiterungsstudium in Spiel- und Theaterpädagogik. Seit dem Studium schrieb ich regelmäßig szenische Texte, die im Rahmen diverser Theaterprojekte zum Einsatz kamen. Dabei war ich sowohl als Schauspielerin als auch als Regisseurin aktiv.

Das kreative Schreiben bildet seit jeher einen Schwerpunkt meines schulischen Deutschunterrichts. Nach beruflichen Stationen in Wolfenbüttel, Ludwigshafen, Worms und Koblenz arbeite ich inzwischen als Förderschullehrerin an der Landesschule für Gehörlose und Schwerhörige Neuwied/ Rheinland-Pfalz und erprobe in diesem Rahmen gemeinsam mit meinen Schüler:innen stets neue sprachliche Ausdrucksformen – im laut- und gebärdensprachlichen, im schriftlichen sowie im nonverbalen Bereich.

EBENFALLS ERSCHIENEN BEI DER BRIGHTON VERLAG® GMBH: EIN SPANNENDER THRILLER VON INGOLF HIRTH, MITGLIED BEIM SYNDIKAT E.V. SOWIE DER AUTORENGRUPPE UNTERSCHLEISSHEIMER WORTAKROBATEN

Die Ghostwriterin
ISBN 978-3-95876-826-0
196 S. • 19,90 €

Susanne Berger war der aufstrebende Stern der Münchner Poetry Slam Szene, bis sie nach einem ihrer Auftritte spurlos verschwand. Drei Jahre später wird die Ghostwriterin Maria Quander beauftragt, eine Biografie über die Künstlerin zu schreiben. Ihre Recherchen geben ihr nicht nur einen Einblick in das Leben der alleinerziehenden Wortkünstlerin und die keineswegs nur poetische Welt des Dichterwettkampfs, sondern bringen sie auch auf die Spur eines bislang unentdeckten Serienmörders. Trotz aller Warnungen führt sie ihre Recherchen um den Verbleib von Susanne Berger fort. Schließlich gerät Maria selber in das Blickfeld des Täters ...